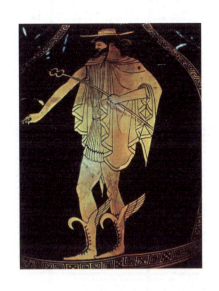

HERMES

在古希腊神话中，赫耳墨斯是宙斯和迈亚的儿子，奥林波斯神们的信使，道路与边界之神，睡眠与梦想之神，亡灵的引导者，演说者、商人、小偷、旅者和牧人的保护神……

西方传统 经典与解释 HERMES
Classici et Commentarii
古今丛编
Library of Ancient and Modern
刘小枫◎主编

伊菲革涅亚

—— 附戏剧前言与古典笔记

Iphigénie
Suivie des écrits sur les auteurs grecs

[法] 拉辛 Jean Racine ｜ 著

吴雅凌 ｜ 编译

华夏出版社

"古今丛编"出版说明

　　自严复译泰西政法诸书至20世纪40年代，因应与西方政制相遇这一史无前例的重大事件，我国学界诸多有识之士孜孜以求西学堂奥，凭着个人禀赋和志趣奋力迻译西学典籍，翻译大家辈出。其时学界对西方思想统绪的认识刚刚起步，选择西学典籍难免带有相当的随意性和偶然性。1950年代后期，新中国政府规范西学典籍译业，整编40年代遗稿，统一制订选题计划，几十年来寸累铢积，至1980年代中期形成振裘挈领的"汉译世界学术名著"体系。尽管这套汉译名著的选题设计受到当时学界的教条主义限制，然开牖后学之功万不容没。80年代中期，新一代学人迫切感到必须重新通盘考虑"西学名著"翻译清单，首创"现代西方学术文库"系列。这一学术战略虽然是从再认识西学现代典籍入手，但实际上有其长远考虑，即梳理西学传统流变，逐步重建西方思想汉译典籍系统，若非因历史偶然而中断，势必向古典西学方向推进。正如科学不等于技术，思想也不等于科学。无论学界迻译了多少新兴学科，仍与清末以来汉语思想致力认识西方思想大传统这一未竟前业不大相干。

　　"五四"新文化运动以来，学界侈谈所谓西方文化，实际谈的仅是西方现代文化——自文艺复兴以来形成的现代学术传统，尤其是近代西方民族国家兴起后出现的若干强势国家所代表的"技术文明"，并未涉及西方古学。对西方学术传统中所隐含的古今分裂或古今之争，我国学界迄今未予重视。中国学术传统不绝若线，

"国学"与包含古今分裂的"西学"实不可对举，但"国学"与"西学"对举，已经成为我们的习惯——即"五四"新文化运动培育起来的现代学术习性：凭据西方现代学术讨伐中国学术传统，无异于挥舞西学断剑切割自家血脉。透过中西之争看到古今之争，进而把古今之争视为现代文教问题的关键，于赓续清末以来我国学界理解西方传统的未竟之业，无疑具有重大的现实意义和历史意义。

本丛编以标举西学古今之别为纲，为学界拓展西学研究视域尽绵薄之力。

古典文明研究工作坊

西方经典编译部甲组

2010年7月

目 录

编译说明

十七世纪下半叶，伴随路易十四绝对王权的崛起，法语取代拉丁语成为两百年间欧洲范围的通用语言，法兰西文明迎来空前繁荣的古典主义时期。比路易十四晚生一年的拉辛（Jean Racine，1639—1699）堪称这一时期法语文学最高成就的代表。伏尔泰对拉辛的肃剧造诣自叹弗如。《哲学辞典》以近十页篇幅评释《伊菲革涅亚》（*Iphigénie*）这部"历代法语肃剧中的冠军之作"，其溢美之词既见证拉辛在法兰西文学中的地位，也点明拉辛与古希腊肃剧诗人的一脉相承：

> 名副其实的肃剧呵！贯穿所有时代和所有国族的美呵！外族人无法从内心深处感知这奇迹般的成就，真太不幸呵！我知道戏中描绘的情境早在欧里庇得斯笔下就有了，但这些想法在欧里庇得斯那里只如采石场的大理石料，直至拉辛才建造出巍峨的宫殿。①

拉辛毕生共创作十一部肃剧，其中四部取材自欧里庇得斯的作品。《哲学辞典》专设词条谈论"古人与今人"（Anciens et Modernes），用拉辛的例子论证今人作家比古人作家更高明。有趣的是，拉辛本人反倒是以"崇古派"的身份参与路易十四年

---

① Voltaire, Dictionnaire philosophique, tome 1, Paris: Garnier, 1879, "De la bonnetragédie française", p.412.

代的古今大论辩。早在1711年巴黎爆发著名的"荷马之争"以前，拉辛在1674年借《伊菲革涅亚》出版之际，公开挑战以佩罗（Charles Perrault）为首的"崇今派"作家，为古代诗人辩护，掀起一场沸沸扬扬的"欧里庇得斯之争"。

拉辛在世时《伊菲革涅亚》先后有四个公开刊印的版本，即1675年初版的单行本之后，又有1676年、1687年和1697年三个文集版本。目前通用版本以1675年初版为准。几个版本之间改动不大。除若干标点符号的订正之外，1676年版仅更动一行诗，1687年版无更改，1697年版有七处修订，诸如删却第三幕第六场伊菲革涅亚对阿喀琉斯的四行诗（1039—1042），拉辛晚年或认为此处情感表白失于直露。本译稿根据伽利玛版《拉辛全集》戏剧诗歌卷迻译（Jean Racine, *Œuvres complètes*, Tome I, *Théâtre & Poésie,* Georges Forestier éd., Gallimard, *Pléiade* 1999，书中简称OC1），同时采编法文编者注释，并依照1675年初版随文标注诗文行数。

拉辛的戏剧前言往往是针对同时代批评家的回应和反驳，既有论战意味，也是体现诗人创作主张的珍贵文献。除《伊菲革涅亚》初版前言之外，本书还选译《安德洛玛克》（*Andromaque*）和《淮德拉》（*Phèdre*）这两部同样取材自欧里庇得斯的戏剧前言，以供读者对比参读。

《伊菲革涅亚》初问世，德·维里埃神父（Pierre de Villier，1648—1728）即发表《关于当前肃剧的对话》（*Entretiens sur les tragédies de ce temps*）。该单行本共152页，于1676年由Estienne Michallet出版社匿名发行。这篇对话体的评论要著将《伊菲革涅亚》视作"没有爱情也很美的肃剧"范例，通过比照古希腊肃剧作品，批评十七世纪法语肃剧引入过多爱情戏码，致使削弱真正的肃剧精神。这篇对话为我们了解拉辛时代的法国文坛论辩提供了不无裨益的示范。

　　在《伊菲革涅亚》前言中，拉辛嘲讽佩罗凭某个有误的拉丁文译本对欧里庇得斯做出误读。法国中世纪以来通行拉丁语教学，拉辛少时却受教于冉森派的波尔－罗亚尔修院学校，熟读古希腊原文经典，在同时代文人作者中实属罕见。1655—1658年，拉辛在求学期间留下为数可观的修习古希腊经典的阅读笔记，法文全集本共计260余页。这些笔记提供珍贵的视角帮助我们深入理解拉辛的文学并思考法国十七世纪"古典主义"（classicisme）与古典传统的渊源。本译稿根据伽利玛版《拉辛全集》文论卷迻译（Jean Racine, *Œuvres complètes,* Tome 2, *Prose*, Raymond Picard, éd., Paris: Gallimard, 1952，书中简称OC2），同时采编法文编者注释，并随文标出法文版页码。

　　本稿中的古希腊经典援引均依据周作人先生、罗念生先生和王焕生先生的译本（《罗念生全集》，第一至五卷，补卷，人民文学出版社，2004—2007年；《欧里庇得斯悲剧集》，上中下卷，中国对外翻译出版公司，2003年；《奥德赛》，人民文学出版社，1997年）。个别字词依据文意转承略有调整。涉及古希腊神话，拉辛习惯使用拉丁文神名，如不称宙斯而称朱庇特等。本稿在《伊菲革涅亚》译文中保留法文用法，在古希腊经典阅读笔记中仍然按照希腊神名译出，特此说明。

　　附录根据《拉辛全集》戏剧诗歌卷（OC1，775-793）迻译德·维里埃神父的《关于当前肃剧的对话》，同时采编法文编者注释，并随文标出法文版页码。此外收入译者阅读拉辛文稿的两篇小文，以期就编译说明未及交代之处做一点补充。书中不当之处，还请方家指正。

伊菲革涅亚

人 物

阿伽门农

阿喀琉斯

奥德修斯

克吕泰涅斯特拉，阿伽门农之妻

伊菲革涅亚，阿伽门农之女

埃里费勒，海伦和忒修斯之女

阿耳刻斯、欧律巴特斯，阿伽门农的侍从

埃依娜，克吕泰涅斯特拉的女侍

多里斯，埃里费勒的心腹女伴

众卫兵

地 点

奥利斯。阿伽门农的营帐里。①

---

① 在由勃艮第宫的舞台设计师所撰写的回忆录《马赫洛回忆录》
（*Mémoire de Mahelot*）中，1678年卷谈及《伊菲革涅亚》："舞台上布满营帐，
后景是大海和船只。从一张字条开场。"这里当指巴黎演出（而非凡尔赛宫）
的舞台设计。拉辛标明的地点与设计师的安排略有出入。如果是在"阿伽门
农的营帐里"，那么舞台场景应该设在营帐入口。整个布景与《亚历山大大帝》
（也有营帐）和《安德洛玛克》（也有大海船只作后景）颇有相似之处。

第一幕

第一场

阿伽门农、阿耳刻斯

阿伽门农

> 是的，是阿伽门农你的王叫醒你，①
> 听呀，认出你耳边呼唤的声音。

阿耳刻斯

> 真是你呀，主公！是什么要紧事
> 竟让你远远跑在黎明前头？
> 微弱的天光不够替你照亮为我领路。
> 整个奥利斯只有你我还睁着双眼。
> 莫非你听见空气传出什么声响？
> 莫非今夜有好风让我们如愿以偿？
> 可全都睡了，全军、风和涅普顿神。②

阿伽门农

> 在卑微运命中满足的人有福了，

5

10

---

① 《安德洛玛克》和《亚他利雅》的开场语均是："是的"。

[译按] 阿伽门农对阿耳刻斯用"你"称呼，阿耳刻斯对阿伽门农用"您"称呼，诸如此类，译文中统一译成"你"，不再另做说明。

② 对观欧里庇得斯的《伊菲革涅亚在奥利斯》(简称"奥")："全没有声音了，没有鸟的，也没有海的声息，风也沉寂了，在欧里波斯海的上面。"
（奥9–11）

他远离这困住我的华美枷锁，

生活在诸神隐匿的幽暗境地里！①

阿耳刻斯

主公啊，从何时开始你这般措辞？

诸神在你有所求时总是厚施恩宠，

给你百般荣誉，是何等秘密的羞辱　　　　　　　　　　*15*

如今让你不领情，还仇恨他们的礼物？

阿特柔斯之子，你是君王、父亲和良夫，

你拥有希腊人中最富饶的一方地土。

你祖先两头继承朱庇特的血脉，②

又凭着联姻与神族亲上加亲。③　　　　　　　　　　　*20*

那得神谕美誉的年轻的阿喀琉斯，

那天神允诺多少奇迹的阿喀琉斯

向你闺女求亲，为这美好的婚姻，

他决心在特洛亚点燃亡城的火种。

主公啊，哪般光荣胜利才堪媲美　　　　　　　　　　　*25*

这船队在你面前摆开的壮丽景致，

上千艘战船载二十名希腊君王，

只等好风起，听你的号令出发。

这漫长的寂静确乎延误你们征战，

---

① 对观欧里庇得斯："我羡慕那些人，平安地过活，没人知道，也没有荣誉。但是我不大羡慕那在高位的人们。"（奥17–20）对君王权力的厌倦说辞在古希腊肃剧中颇为常见。索福克勒斯在《俄狄浦斯王》中让克瑞翁说过相似的话（584–586）。同见塞涅卡的《俄狄浦斯》开篇（6–11）和《阿伽门农》的歌队唱词（103–104）。文艺复兴以来的戏剧同样不乏类似说辞。

② 阿伽门农的父亲阿特柔斯从父系和母系看均是宙斯的后裔。

③ 阿伽门农的妻子克吕泰涅斯特拉是勒达的女儿。依据传说，勒达与神王宙斯生下海伦和波鲁克斯，同时与国王廷达瑞俄斯生下克吕泰涅斯特拉和卡斯托尔。

30　三个月来大风在我们头顶被拴紧，
　　长久封印那条开往伊利昂的路。
　　虽有百般荣誉，你终究是凡人，
　　人活在世上，不停变化的运命
　　从来不保证不带杂质的幸运。①
35　很快……啊，这字条写着什么不幸，
　　主公啊，让你眼泪纷纷流不停？
　　是襁褓中的俄瑞斯特斯不幸夭折？
　　是克吕泰涅斯特拉还是伊菲革涅亚？
　　那上头写了什么，请不吝告诉老仆。

阿伽门农

40　不，你不会死的，我不能答应！②

阿耳刻斯

　　主公啊……

阿伽门农

　　　　　　你看出我慌乱无措，且听原因，③
　　老友，再来评说我今夜能否安眠。
　　你记得奥利斯全军大会那一日，
　　战船好似得到好风的召唤。
45　我们在万千欢呼声中出发，
　　远远威吓特洛亚海岸的敌人。

---

①　对观欧里庇得斯："你须得享快乐也得受忧患，因为你是生而为凡人呀。"（奥28–30）

②　呼应《安德洛玛克》第三幕第八场的第1040行诗："不，你不会死的，我会受不了。"［译按］文中的"你"指伊菲革涅亚。

③　［译按］拉辛的诗剧遵循法语诗歌的亚历山大译（Alexandrin，又称"十二音节诗体"）规范。在戏剧中，有些诗行由不同人物在对话中共同完成。译文以缩进编排的方式标出，不再说明。

一桩突来奇事中断这次航行，
向来逢迎的大风阻拦我们出港。
全军只得滞留，无用的船桨
徒然翻搅一动不动的海水。① 　　　　　　　50
这闻所未闻的奇观让我转念
求告本地人敬拜的神明。
墨涅拉奥斯、涅斯托尔和奥德修斯
随从我在神坛上献了秘密的祭礼。
神的回复啊，阿耳刻斯，当场骇煞我！ 　　　55
当时我听闻卡尔卡斯口吐这些话：
"你们带兵攻陷特洛亚将落空，
除非献一场庄严肃穆的祭礼，
要有一名与海伦同血脉的少女
在本地的狄安娜神坛上流血牺牲。 　　　　60
想让天神收回的大风重新刮起，
你们要将伊菲革涅亚献作燔祭！"

阿耳刻斯

　　你的闺女！

阿伽门农

　　　　　　我当时何其惊讶，如你想见，
全身的热血顿时结成寒冰。
我说不出话，愁肠千百折， 　　　　　　　65
痛哭流涕良久才打破沉默。
我咒骂诸神，诸神不再应答，
我在神坛上发誓绝不屈服。
父爱受了惊我怎能再信神？

---

① 对观维吉尔，《埃涅阿斯纪》，8.93—94。

70　　　我要求当场解散希腊联军。
　　　　奥德修斯表面赞同我的说辞，①
　　　　让我宣泄胸中乍涌的洪流。
　　　　但他随后恢复残忍的机智，
　　　　对我大谈起荣誉和祖国，
75　　　所有服从我号令的民人和君王，
　　　　应许给希腊的亚细亚帝国。
　　　　我有何脸面为了闺女牺牲家国，
　　　　沦为无光彩的王老死家中。
　　　　而我自己（我不无羞涩地承认）
80　　　迷恋这身权力，自负这点高贵，
　　　　王中的王，希腊全军的头领，
　　　　这名号逢迎我心中傲慢的软弱。
　　　　不幸不止于此，每当暗夜
　　　　一点轻浅的睡眠令我暂停思虑，
85　　　诸神就来索讨圣坛上的血祭，
　　　　指责我的怜悯心亵渎神圣，
　　　　威胁用雷电劈打我混沌的心魂，
　　　　诸神已抬手，由不得我拒绝。
　　　　我屈服了，阿耳刻斯，被奥德修斯说服，
90　　　大哭着发令处死我的亲生闺女。
　　　　但还要从母亲怀里把她带走。
　　　　我为此被迫用尽不祥的狡计！
　　　　假托是爱着她的阿喀琉斯发话，
　　　　送信到阿耳戈斯催那娘儿俩动身，

---

　　　① 在欧里庇得斯的版本里，不是奥德修斯而是墨涅拉奥斯在积极促成这场献杀计谋（奥94–98）。

谎称那英雄急着和我们出发，　　　　　　　　95

想再见我闺女，在出发前成亲。

阿耳刻斯

你不畏惧急躁的阿喀琉斯吗？

这位英雄有爱情和理性的武装，

你以为他会保持沉默不语，

任凭你以他的名义行谋杀？　　　　　　　　100

他岂能眼睁睁让爱人被献祭？

阿伽门农

阿喀琉斯当时不在场。佩琉斯

他的父亲敌不过邻敌的攻击，

你可记得，召他离开战船回了家。[①]

看来啊，阿耳刻斯，那场战斗　　　　　　　105

若能继续拖延他的不在场就好了。

只是谁能在激流中力挽狂澜？

阿喀琉斯去打仗很快打赢了，[②]

这位得胜者带着赫赫战功，

昨日趁着黑夜回到军中。　　　　　　　　110

但我心里还有更难解的死结，

我闺女一路赶来正奔向死亡，

没有一丝疑心这般严酷的判决，

也许还在庆幸父亲好意安排，

闺女……这名里有多少圣洁的权利，　　　　115

---

　　①　拉辛提到阿喀琉斯的父亲佩琉斯，对观《伊利亚特》卷二十四的两行诗："他已达到垂危的暮日，四周邻居可能折磨他，没有人保护，使他免遭祸害与毁灭。"（488-489）

　　②　拉辛有可能是想到塞涅卡的《特洛亚妇女》（229-232）。另参看下文167-168。

她的青春我的血脉，这些不难舍。

难舍的是多少德性，相互的爱，

她对我尊崇，我对她慈祥，

她心里对我的孝敬无可撼动，

120　我也承诺给她更多回报。

不，天神啊！我绝不信公正如你

竟也赞许这偏狂的暗黑献祭！

神谕一定只是考验我，

我若敢执行必将惩罚我。

125　阿耳刻斯，我选中你来吐露秘密，

你这回要表现出热情和审慎。

王后从前在斯巴达信赖你，

安排你做了我的随身仆从。①

拿着这封信，赶快去找王后，

130　沿着密刻奈的路不停朝前赶。

你看见她就阻止她继续前行，

把这张刚写的字条交给她。

千万别迷路，带个忠实的向导。②

我的闺女一步踏上奥利斯③

135　必死无疑。卡尔卡斯等着她，

到时会禁止哭声，为诸神传话。

---

　　① 在嫁给阿伽门农以前，克吕泰涅斯特拉是斯巴达王廷达瑞俄斯的女儿。[译按] 欧里庇得斯："我是廷达瑞俄斯那时打发来，作为你妻子的嫁资的一部，做忠诚的陪嫁来。"（奥48）

　　② 阿伽门农叮嘱老仆不可迷路，对观欧里庇得斯："你到了道路分歧的地方，要四面观看，不要疏忽了……"（奥140-145）

　　③ 呼应《巴嘉泽》（*Bajazet*，1672年）："我留他不住。他一出门就必死无疑。"（1560）

而宗教，朝我们发怒的宗教，
胆小的希腊人只会言听计从。
那些被我的荣耀刺激野心的人
会重拾他们的阴谋和奢望， 140
也许还会夺走我让他们受损的权力……
快去救她，莫因我的软弱害了她。
但你千万不得冒失冲动，
在她面前透露我那不祥的秘密。
如果可能，就让我闺女永被蒙在鼓里， 145
不知晓我曾忍心让她遭受的祸难。
让我免受那狂怒中的母亲咆哮，
你说话要与我的信保持一致。①
为了让闺女和被得罪的母亲回家，
我谎称阿喀琉斯改变心意， 150
他一度受爱情催促着急成亲，
现如今推迟婚约至归乡日。
你还可以补充阿喀琉斯的冷淡，
人们私下归咎于年轻的埃里费勒，
英雄从勒斯波斯岛带回的女俘， 155
如今留在阿耳戈斯我闺女身边。
说这些足够了，别的千万别提。
晨光发白了，已照见我们了，
有人来了，声响我听见了。
是阿喀琉斯。快走。诸神啊！还有奥德修斯。 160

---

① 对观欧里庇得斯："好让我口头的话说出来，和你所写的这些是一致的。"（奥115-116）这是老仆的话。相比之下，拉辛笔下的阿伽门农显得思虑缜密。

第二场

阿伽门农、阿喀琉斯、奥德修斯

阿伽门农

  怎么？大人，好似才一阵风，

  胜利已把你带回到奥利斯？

  莫非是一股新鲜勇气的初次表现？

  如此高贵成就之后还有几多辉煌！

165 占领或平定整个忒萨利亚地区，

  等待出发时顺带征服勒斯波斯岛，①

  诸种见证才能的不死的纪念品，

  无非是阿喀琉斯闲时的娱乐。②

阿喀琉斯

  大人，多承谬赞这微不足道的征战。

170 但愿天神不再苦心滞留我们，

  尽早开辟一方更高贵的战地，

  好让我追逐光荣，不负你的勉励！

  不过，大人啊，我该不该相信

  意外听来让我心欢喜的传言？

175 莫非我的心愿承蒙附允终要成真？

  我是否有望成为最幸福的人？

  听闻伊菲革涅亚被护送至本地，

---

  ① 勒斯波斯是特洛亚的盟国。阿喀琉斯在出征特洛亚的路上征服此地，参看《伊利亚特》(9.271，9.665)，以及拉辛在前言里的相关说法。

  ② 对观塞涅卡，《特洛亚妇女》，107–108。

不久她和我的命运会连在一起。

阿伽门农

　　我的闺女？谁告诉你要带她来这里？

阿喀琉斯

　　大人，传言有什么令你这般讶异？

阿伽门农（对奥德修斯）

　　正义的天神啊！莫非他知晓我那不祥的狡计？

奥德修斯

　　大人，阿伽门农感到惊讶合情理。

　　你可想过眼下威胁我们所有人的不幸？

　　天神啊！你竟选中这个时候谈婚约？　　　　　　　*185*

　　眼下大海拒绝为我们的战船开路，

　　全希腊陷入不安，军队日渐不振。

　　眼下为了感动严酷无情的诸神，[①]

　　恐怕要流血牺牲，且是最宝贵的血。

　　阿喀琉斯却一心只顾他的爱情？

　　莫非他宁肯冒犯公众的忧心，　　　　　　　　　*190*

　　竟要希腊人的头领去触犯时命，

　　大摆特摆豪华的婚礼筵席？

　　啊！大人，你被爱情软化的心

　　就这样珍爱家国，怜惜希腊人的不幸？

阿喀琉斯

　　等到了佛律癸亚战场自然有说法，[②]　　　　　　　*195*

---

　　①　语出维吉尔，《埃涅阿斯纪》，2.602。拉丁原文 divum inclementia。拉辛译成法文 inclémence des Dieux。在此之前，inclémence 一般用来形容空气、时间等自然元素。

　　②　佛律癸亚战场（Les Champs Phrygiens），泛指特洛亚战场。参看下文224，1378。

是奥德修斯还是我更珍爱家国。
眼下你们尽管夸口表忠心，
你们可以从容不迫地祝福家国，
在神坛上铺满祭品和牲血，

200　亲自查看牺牲的肋骨上有何征兆，
找寻大风突然停歇的原由。
至于我，我全交托给卡尔卡斯，
大人，也恳请你包容我如此匆忙
催促这场并未触怒诸神的婚约。

205　我满心热情，却不会偷闲，
很快会在海岸边加入希腊人。
我会无比遗憾，若是其他战士
抢先登岸，在特洛亚领头奖。

阿伽门农

天神啊！为何你那隐匿的神意

210　要封住这等英雄去往亚细亚的路？
眼见这高贵的热情大放光彩，
我在归途中岂不是徒添苦楚？

奥德修斯

诸神啊！我听到了什么？

阿喀琉斯

大人，你竟说的是什么？

阿伽门农

王公们，须得让众人各自回家。

215　我们因轻信的希望长久受愚弄，
等待那不可能刮起的好风。
天神在庇护特洛亚；太多征兆表明，

发怒的天神禁止我们找寻出征的路。①

阿喀琉斯

是什么可怕的征兆表明天神愤怒？

阿伽门农

你不也求问过关乎自己的预言？　　　　　　　　　　*220*

何必再自我蒙骗？世人皆知，

诸神让你攻陷伊利昂城领头功，

但世人亦知这美好的功名有代价，

特洛亚战场标记着你的葬身地，

你在别处生活还能吉祥长寿，　　　　　　　　　　*225*

若去特洛亚注定死在花样年华。

阿喀琉斯

那集聚的众多君王想为你们复仇，

将满带永恒的耻辱还故乡，

而帕里斯的放肆情火将得逞，

毫发无伤留住你妻子的姐妹②！　　　　　　　　　　*230*

阿伽门农

怎么！你那超凡的英勇才干

竟然不足够为我们报仇雪耻吗？

你亲手蹂躏勒斯波斯岛，

战乱迄今惊动整个爱琴海。

特洛亚看见对岸战火③，湾港积满　　　　　　　　　*235*

海浪送来的残骸和死尸。

---

①　阿伽门农佯装放弃特洛亚战争，最早见于《伊利亚特》，1. 109起。

②　指海伦，克吕泰涅斯特拉的姐妹。

③　勒斯波斯岛相距特洛亚五十来公里，且间隔着达达尼尔海峡。现实
中不可能从特洛亚看见勒斯波斯岛的战火，这里应理解为诗歌的夸饰手法。

呜呼！特洛亚人为另一个海伦哭泣，①

那被你俘虏送往密刻奈的女了。

我毫不怀疑这位年少的美人，

240　守秘是枉然，她的高傲泄露天机，

她的沉默表明高贵的身份，

隐瞒不住她本是显赫的公主。

阿喀琉斯

不！不！这样拐弯抹角太机巧。

你远远地认不清诸神的秘密。

245　我岂是因无用的威胁而止步？

焉能逃避即来的追随你的荣誉？

命运女神确曾对我母亲预言，

当初她与有死的凡人同婚床。

据说我要么选择无光彩的长寿，

250　要么时日无多而能流芳后世。②

不过既然我终究难逃一死，

难道甘心做大地的无用负担，

过分吝惜源自女神的血脉，

在父亲家中等待昏暗的晚年，

255　始终避而不走光荣的道路，

没留下一丝声名就彻底死亡？③

---

　　① 暗指埃里费勒（首次出现在第345行）。阿伽门农在说出真相的时候，本人并不知情。〔译按〕首次出现当在第154行。

　　② 阿喀琉斯的命运选择，参看《伊利亚特》，9. 410–416。在荷马诗中，阿喀琉斯说此话时的态度有所不同。他受阿伽门农冒犯，拒绝参战，希望回乡，于是用两种命运为自己辩解。

　　③ "彻底死亡"（mourir tout entier）的说法最早出自贺拉斯的《颂诗》（III，30，6）: nom omnis moriar。又见高乃依，《西拿》，267。

啊！千万莫设下这些可耻的障碍。

让荣誉说了算，这才是我们的神谕。

诸神掌管我们的生命时日，

大人，但我们掌管自己的荣名。　　　　　　　　　　　*260*

何必为神们的最高律令而苦恼？

一心只想如神们一样不死吧。

不管运势何如，凭着英勇才干

追求如神们一样伟大的运命吧。

我要去特洛亚，不管预言怎么说，　　　　　　　　　*265*

只求诸神用一阵好风送我出征。

就算最后只剩我一人攻城，大人，

帕特罗克洛斯和我也会为你雪耻。①

哦不！命运把那座城交付在你手中。

我一心只盼追随你的荣耀。　　　　　　　　　　　　*270*

我不再催促你同意尽早完婚，

爱情会让我远离这些战船。

爱情还会以你的声誉为重，

让我做出榜样鼓舞全军，

特别是严禁我置你不顾，　　　　　　　　　　　　　*275*

听凭你顺从那些胆怯的劝言。

---

① 在《伊利亚特》中，对阿伽门农表态的英雄是狄奥墨得斯："要说你的心急于回家，你就走……我和斯特涅洛斯两人将战斗到攻下伊利昂。"（9.42–49）

第三场

阿伽门农、奥德修斯

奥德修斯

　　大人，你听到了，不论付出何种代价，

　　他一心只想奔赴特洛亚，走他应走的路。

　　我们担忧他的爱情，如今这爱情

280　出于幸运的错乱，反助我们对付他。

阿伽门农

　　唉！

奥德修斯

　　　我该从这声叹息里作何种猜测？

　　这可是同血脉的一点反抗的怨声？

　　莫非一个夜晚已动摇你的信念？

　　这就是你对我们说的肺腑之言？

285　想想吧！你闺女是你欠希腊的。

　　你对我们做了承诺。因有这诺言，

　　希腊人日日去问卜的卡尔卡斯

　　当众预言好风必定重新刮起。

　　万一事实与预言正相违背，

290　你想卡尔卡斯还会继续缄默吗？

　　你徒然想要平息他的控诉，

　　他会不揭发你反而让诸神说谎吗？

　　希腊人得不到牺牲大为沮丧，

　　谁知他们自认有理的狂怒能出的乱子？

千万避免去逼迫愤怒的民人，　　　　　　　　　295

大人啊，在你与诸神之间发话。①

况且一开始不是你恳请切切，

号召众人前往克珊托斯河的荒野？②

不是你游说一个又一个城市，

重提海伦的所有情人立过的盟誓？　　　　　　300

当年全希腊男子是你兄弟的情敌，

纷纷向美人的父亲廷达瑞俄斯求亲。

不管是哪个幸运儿被选为夫君，

众人立誓相约要捍卫他的权利。

若有人胆敢放肆窃取这份战果，　　　　　　　305

我们这些劫掠者的手必取他的头颅。③

这盟誓当年乃是为爱情而起，

若不是你，我们离了爱情何必遵守？

你将我们从新生活的热情里拉开，

你一人让我们抛下所有妻儿。④　　　　　　　310

众人从四面八方赶来齐聚，

眼里闪烁为你们雪耻的荣光。

正当全希腊一致表态支持你，

公推你为此次伟大行动的发起人，

---

①　在欧里庇得斯笔下，先知卡尔卡斯和愤怒的希腊人所构成的威胁已然可见。不过，阿伽门农是在墨涅拉奥斯面前提到，奥德修斯发动希腊人来反对他们兄弟二人（奥513-533）。

②　克珊托斯（la Xante），特洛亚的河流，又称斯卡曼德罗斯河（Scamandre）。参看下文1377。

③　在欧里庇得斯笔下，这段故事由阿伽门农在开场对老仆说起（奥57-65）。参看拉辛，《安德洛玛克》，1486。

④　为了避免离开妻子佩涅洛佩和幼子特勒马库斯，奥德修斯一度在希腊联军面前装疯。

315　　　正当所有与你比肩的君王
　　　　准备抛洒热血为你效忠，
　　　　难道阿伽门农却要独自拒斥胜利，
　　　　吝惜一点亲人的血以换取光荣？
　　　　难道你还没出发已吓破了胆，
320　　　只敢号令希腊人各自解散回家？

阿伽门农

　　　　啊！大人，你远离那压迫我的不幸，
　　　　你的心很容易表现出高贵从容！
　　　　但是，假使你看见爱子特勒马库斯
　　　　绑着致死命的带子走近祭坛，①
325　　　你也会因这可怕的景象心慌意乱，
　　　　把这番漂亮的话换成号啕大哭，
　　　　你也会感受我现今感受到的痛苦，
　　　　狂奔过去挡在卡尔卡斯和他之间！
　　　　大人，你也知道，我确已许下诺言，
330　　　我闺女若来了，我同意将她献杀。
　　　　但若我的计划落空，若命里注定
　　　　她被留在阿耳戈斯或赶来的路上，
　　　　请允许我不促成那残忍的一幕发生，
　　　　我站在家族的立场解释此等障碍，
335　　　我将斗胆相信某位神在庇护我闺女，
　　　　这位更温柔的神在看照她的生命。
　　　　你的忠告从来对我影响甚深远，
　　　　我羞愧难当……

---

① 指用细带子装饰那献祭用的牺牲。

第四场

阿伽门农、奥德修斯、欧律巴特斯①

欧律巴特斯

　　　　主公……

阿伽门农

　　　　　　啊！你来告诉我什么事？

欧律巴特斯

　　　王后正走过来，我抢先来报信。

　　　她很快要把闺女交到你怀里。　　　　　　　　340

　　　她快到了。有一阵子她迷路了，

　　　在那片好似隐藏军营入口的林中。

　　　树林里那么黑，才刚走过的路，

　　　我们一转眼几乎就找不回来了。

阿伽门农

　　　天神啊！

欧律巴特斯

　　　　　她还随身带着年轻的埃里费勒，　　　　345

　　　从勒斯波斯交到阿喀琉斯手里的女子。

　　　她说要来奥利斯求问卡尔卡斯，

　　　因她对自己的运命一无所知。

　　　她们抵达的消息已传开，

---

　　① 欧律巴特斯是奥德修斯的家仆（《伊利亚特》，2. 183–186；《奥德赛》，19. 246–249）。这里似变成阿伽门农的部下。

350　　　　军中战士无不心醉神迷，
　　　　　他们特别倾慕美丽的伊菲革涅亚，
　　　　　为了她千百次对天祈福。①
　　　　　有的满怀尊敬簇拥着王后，
　　　　　还有的问我打听此行的原由。
355　　　　众人称颂在诸神安排的王里，
　　　　　没有哪个在位的比你光荣，
　　　　　浑身满带诸神的秘密偏爱，
　　　　　也不会有哪个父亲比你幸运。

阿伽门农

　　　　　欧律巴特斯，够了。你先退下。
360　　　　剩下的我来处理，我要想一想。

第五场

阿伽门农、奥德修斯

阿伽门农

　　　　　正义的天神！你这样施行义愤，
　　　　　扯断我那徒然的审慎的全部气力！
　　　　　但愿我是孤独一人身在不幸中，
　　　　　还能以眼泪慰藉满心的疼痛！
365　　　　做王的可悲运命啊！我们本是奴隶，

---

① 对观欧里庇得斯："军队都已知道，消息跑得那么快，说你的女孩儿到来了。大家都跑去看热闹，为的是要看你的女儿……因为这幸福的日子是来到女郎那里了。"（奥415–429）

F. Gérard原画；Girardet & Massard铜版画

军中战士无不心醉神迷，
他们特别倾慕美丽的伊菲革涅亚，
为了她千百次对天祈福。
（行350–352）

受制于严酷时命乃至世人传言，

眼看自己永陷在见证者的围困中，

最不幸的人啊，最不敢哭泣！①

奥德修斯

我也是父亲，大人，也一样脆弱，

370　我完全能设身处地将心比心，

这样的打击让你叹息也让我颤抖，

我不责怪你哭，我也想一起流泪。②

只是你的爱不再有正当理由，

诸神把选中的牺牲带给卡尔卡斯。

375　他知情，等着，若看她迟迟不到，

定会大声叫喊，亲自来追讨。

这里只有我俩，赶紧哭一哭吧！

为那么温柔的眷念就此被剥夺，

为那血脉亲情哭吧！或者不如思量

380　从中升起的荣誉，脸上恢复血色。

看哪！赫勒斯滂水在船桨下泛白，③

背信弃义的特洛亚在大火中消亡，

满城人皆倒下，普里阿摩斯跪在脚前，

海伦也由你亲手交还给她丈夫。

385　看哪！这些装饰着花冠的战船

将和你重返同一个奥利斯，

---

①　对观欧里庇得斯："我们有威严做生活的主宰，我们乃成为群众的奴隶。因为我就是一面羞于落泪，可是一面也羞于不落泪，不幸的人呵，在遇着这极大的忧患的时候。"（奥446–453）

②　［译按］在欧里庇得斯笔下，类似的话出自墨涅拉奥斯之口。

③　赫勒斯滂（Hellespont），即达达尼尔海峡，位于特洛亚以北，连接爱琴海和马摩拉海。

那一日的幸福凯旋不会沉寂，

往后的世代将传说这永恒的佳话。

阿伽门农

大人，我深知种种努力功亏一篑。

我放弃，就让诸神去迫害无辜者。 *390*

那做牺牲的很快会走到你面前。

走吧。不过请叫卡尔卡斯保持沉默，

替我掩饰这场不祥的秘密祭仪，

让我将那做母亲的远远带离祭坛。①

---

① 在欧里庇得斯笔下，阿伽门农对墨涅拉奥斯说："不要教克吕泰涅斯特拉知道这事，在我把我的孩子交给冥王之前。"（奥539–540）

第二幕

第一场

埃里费勒、多里斯

埃里费勒

395　　　莫打扰她们，多里斯，我们走开吧。
　　　　她们在享受父亲和丈夫的怀抱，
　　　　让她们的爱尽情得到释放，
　　　　让我的忧伤和她们的欢欣各得自在。

多里斯

　　　　怎么，夫人？你的痛苦总在加深，
400　　　你真以为从此只看得见落泪的理由？
　　　　我深知在女俘眼里没有可爱之处，
　　　　人受困在枷锁中，欢乐不会相随。
　　　　在那海浪起伏命中注定的时候，
　　　　我们被迫跟随勒斯波斯的亡城者。
405　　　当时你这胆怯的女因在他船上，
　　　　亲眼望见那个杀人的得胜者，
　　　　哎呀，你也没有这么满眼是泪，
　　　　不幸也没有惹得你不住哭泣。
　　　　如今走好运了。可爱的伊菲革涅亚
410　　　和你缔结下真诚的友谊，
　　　　她同情你，像姐妹般看待你，

你去特洛亚也遇不到更多温情。

你想见识她被父亲召唤的奥利斯，

眼下你和她一起来到奥利斯。

然而，有一种我不明所以的运命， 　　　　　　　　*415*

仿佛你每走一步就多一点痛苦。

埃里费勒

怎么？你想让忧伤的埃里费勒

安静地见证她们的欢乐？

你想让我的悲苦烟消云散，

装出一种我不能享用的幸福？ 　　　　　　　　*420*

我看见伊菲革涅亚在父亲怀里，

让骄傲的母亲引以为豪。

而我总在面对新出现的风险，

自小被交托到陌生人手里，

我睁眼独自迎接我的出生之日， 　　　　　　　　*425*

没有母亲父亲低头对我微笑。①

我不知我是谁，更难堪的是

一则可怕的神谕预言我注定犯错，

但凡我试图寻访身世之谜，

没有赴死我不能认识我自己。② 　　　　　　　　*430*

多里斯

不，不，你一定要探寻到底。

一则神谕总以掩饰为乐事，

表面说的和实际指的是两样。

_____

①　参看维吉尔，《牧歌》，4.62。

②　寻找身世之谜的过程亦是走向自我毁灭的过程，最典型的例子莫过
于俄狄浦斯。

你将丢掉假名换回本真的姓氏。

435　　这就是可能面对的全部风险，

不得不赴死的说法大约也在此。[①]

莫忘了自小你就改名换姓。

埃里费勒

关于运命我只有这一点认识。

你父亲倒知情，那不幸的证人，

440　　但他从不允许我往深里探听。

唉！他说特洛亚在等待我，

荣名会在那座城里归还给我，

我将恢复我的姓氏和身份，

做回最伟大的君王的嫡传后人。

445　　我几乎要看见那座闻名的城，

天神却把无情的阿喀琉斯引到勒斯波斯，

没有什么能抵挡他的不祥力量。

你父亲掩埋在死人堆里，

姓名不详的我沦落成女俘。

450　　我一度也被许诺以高贵的未来，

而今成了希腊人的低贱奴婢，

唯存无处证明的血统的一丝骄傲。

多里斯

啊！夫人，你丧失一位忠实的证人，

那杀他的人在你眼里多么残忍！

455　　不过卡尔卡斯在此，那出名的先知，

他永是通晓诸神的诸种秘密。

天神常对他说话，有这主人的教诲，

---

① 对神谕的解释，参看十七世纪盛行一时的小说《阿斯特莱》(*Astrée*)。

他知道一切过去和必将到来的事。①
他不可能不知孕生你的父母。
这军营里处处可见保护你的人。　　　　　460
很快伊菲革涅亚嫁给阿喀琉斯，
她会在他的支持下庇护你。
她对你承诺，还当我的面发誓。
这将是他给她的一件爱情信物。

埃里费勒

　　多里斯，你可知晓，比起别的来，　　　　465
　　在我的不幸里，这婚约最是伤人心？

多里斯

　　怎么，夫人？

埃里费勒

　　　　　　你看着奇怪，
　　我的痛苦竟至找不到一丝慰藉。
　　听哪！你会奇怪我竟还苟活着。
　　沦为姓名不详的外邦女俘不算什么。　　　470
　　那可怜的勒斯波斯人的毁灭者，
　　那导致你我不幸的阿喀琉斯，
　　那用沾满鲜血的手劫走我的人，
　　那凭空夺走我的身份你的父亲的人，
　　那连名字也该遭我憎恨的人，　　　　475
　　芸芸众生中他在我眼里最亲爱。

多里斯

　　啊！你说什么！

———————

① 参看《伊利亚特》，1. 69–70。

埃里费勒

我不住安慰自己

永远缄默就能掩藏这点软弱。

可我太压抑的心逼我说出这番话，

480   我只说一回，从此绝口不再提。

莫问我究竟心怀什么希望，

放任这致命的爱情附身。

我绝不会强调他那点假意的痛楚，

阿喀琉斯确也曾怜惜我的不幸。

485   天神无疑感到一种非人的欢乐，

在我身上汇聚惹怒他的诸种标记。

还要再提起那可怕的记忆吗？

那一天我们双双沦为奴隶。

在那抢掠我的残忍的双手里，

490   我一度看不见光，失去知觉。

良久我才睁开悲伤的眼看清楚，

我正紧挨那只染血的臂膀，

多里斯啊，我颤抖着，害怕看见

野蛮的征服者那张可怕的脸。

495   我上了他的船，深恨他的狂怒，

我心里厌恶，故意转开目光。

我看见他，他的样子一点也不粗野。

我感到口里的责难烟消云散，

我感到不自主地心生爱意。

500   我忘了愤怒，只知一味地哭泣。

我任由别人带我到那可爱的首领面前。

在勒斯波斯我爱他，在奥利斯我爱他。^①

伊菲革涅亚一厢情愿要保护我，

伸出机敏的手试图安慰我：

那深深折磨我的太可悲的愤怒啊！ 　　　　　　　*505*

我肯接受她对我伸出援手，

无非想破坏她而不败露自己，

阻扰我无法忍受的她的幸福。

多里斯

如此无力的仇恨如何伤得了她？

你岂不如留在密刻奈闭门不出， 　　　　　　　*510*

避免来这里招惹诸种折磨，

抑制不得不遮掩的热情之火？

埃里费勒

我也想啊，多里斯。在这海边，

不管她的光彩让心何等凄惨，

我不得不服从强加的时命。 　　　　　　　*515*

一个秘密的声音命令我出发，

说什么我这不受欢迎的到场

也许会把厄运带来此地，

亲近那两个幸福相爱的人，

也许我的不幸会蔓延到他们身上。 　　　　　　*520*

这是我来的原因，倒不是我急切

想揭开悲哀的身世之谜。

或者不如把他们的婚约当作律令。

他们成婚，我也就此了断。

---

① 埃里费勒对阿喀琉斯的爱情，让人想到奥维德笔下的布里塞伊斯，参看《女杰书简》之三；45–52。

525　　　　多里斯，我会死去。凭着这早夭

　　　　　把羞耻紧锁在坟墓的黑夜里，

　　　　　不必再找寻长久不相识的双亲，

　　　　　那被疯狂的爱严重玷污的爹娘。

　多里斯

　　　　　我真同情你，夫人！愿你一生的……

　埃里费勒

530　　　　你看，阿伽门农和伊菲革涅亚来了。

第二场

阿伽门农、伊菲革涅亚、埃里费勒、多里斯

伊菲革涅亚

　　　　　大人，你要去哪儿？是什么急事

　　　　　让你这么快挣脱我们的拥抱？

　　　　　该把这突然的逃跑归咎何人？

　　　　　我的孝心刚为王后的热情让位。[①]

535　　　　现在能不能轮到我留你一会子？

　　　　　我的欢喜能不能在你面前表现？

————————

　　① "王后的热情"在前文395–398略有提及。夫妻重逢时，伊菲革涅亚站在旁边没有说话。拉辛有意把埃里费勒安排在第二幕的开场，因而叙事顺序有别于欧里庇得斯的版本——伊菲革涅亚看见父亲上场即奔向他的怀中："母亲，我跑在你的前头了，我抱住了父亲。"（奥635–636）

　　［译按］比较欧里庇得斯笔下的王后出场。隆重如仪式的公开场合。在拉辛笔下，阿伽门农在营帐里迎接妻子，看见女儿让他心里难过，匆匆跑开，女儿追出来。动人的一幕。

能不能……?

阿伽门农

好吧! 孩儿啊,拥抱你父亲吧!

他总是爱你的。

伊菲革涅亚

我多么珍惜这份爱!

我真欢喜这样看见你凝望你,

你在我眼前焕发新的光彩!　　　　　　　　　　　　*540*

多少荣誉! 何等权威! 你的美名

借着惊人的事迹我早已听闻。

但就近目睹这迷人的景象,

喜悦和惊奇在我心里膨胀!

诸神啊! 全希腊爱戴你尊敬你!　　　　　　　　　*545*

我多么有幸做这父亲的闺女!

阿伽门农

孩儿啊,你本该有更幸运的父亲。

伊菲革涅亚

你还有什么心愿未了幸福得不到?

还有哪个君王享有更多荣誉?

我相信你对天神只能心怀感激。　　　　　　　　*550*

阿伽门农

伟大的诸神! 我真要带给她不幸吗?

伊菲革涅亚

你在掩饰什么,大人,你像在叹息。

你看着我的目光有满满的苦涩。①

莫非我们离开密刻奈未经你准许?

---

①　对观欧里庇得斯:"你见了我高兴,脸色却是不快活。"(奥644)

阿伽门农

555 孩儿啊，我看你总是一样的眼光。

  只是时间转变了，地方也不同。

  我的欢乐在这里受着残酷的打击。①

伊菲革涅亚

  哎！父亲，且放下身份看看我。

  我预见我们将要忍受漫长的别离。

560 你不敢做片刻父亲而不羞愧吗？

  站在你面前的只有一个年轻公主，

  我对她夸耀过你对闺女的慈爱。

  我无数次向她承诺要照顾她，

  在她眼里我的幸福荣归你的仁慈。

565 你这么冷淡会让她怎么想呢？

  我使她心存幻想徒有希望吗？

  你不舒展忧心忡忡的脸吗？②

阿伽门农

  啊！孩儿啊！

伊菲革涅亚

      说吧，大人。

阿伽门农

        我做不到。

伊菲革涅亚

  那带给我们不安的特洛亚真该死！

---

  ① 阿伽门农父女的对话与欧里庇得斯近乎一致："——做国王和将军的人有许多操心的事。——今天算是我的吧，你不要去想那些心事了。"（奥645–646）

  ② 对观欧里庇得斯："展开你的眉头现出笑容来吧。"（奥648）

阿伽门农

    战胜它的人要付出很多泪的代价。①

伊菲革涅亚

    诸神总会特别垂顾关照你!

阿伽门农

    诸神近来残酷，不听我祈祷。

伊菲革涅亚

    听闻卡尔卡斯准备一场重大献祭。

阿伽门农

    但愿我先前动摇了他们的不公决定!

伊菲革涅亚

    祭礼很快会举行?

阿伽门农

                比我期望的早。

伊菲革涅亚

    我能被允许参加你的祈愿吗?

    你的幸福家庭会出现在祭坛前吗?

阿伽门农

    啊呀!

伊菲革涅亚

        你怎么不说话?

阿伽门农

            你会在场的，孩儿啊。②

    别了!

---

    ①　这两行诗直接模仿欧里庇得斯:"——让那些打仗和墨涅拉俄斯的灾难都灭亡了吧! ——在灭亡了我之前，这要灭亡了别的人。"（奥658-659）

    ②　对观欧里庇得斯:"我首先必须在这里举行一个祭祀哩……你将看得到，站在净水台的近旁。"（奥673-675）

F. Gérard原画；Mathieu铜版画

你的幸福家庭会出现在祭坛前吗？

（行577）

第三场

伊菲革涅亚、埃里费勒、多里斯

伊菲革涅亚

　　　　这样的欢迎要让我做何种猜疑？
我担心事与愿违，尚有不知情的恐惧让我浑身战栗。　　　　580
我担心事与愿违，尚有不知情的不幸。
正义的诸神！你们知道我为谁祈祷。

埃里费勒

怎么！所有的重负压在他身上，
一点点冷淡却足以让你颤抖？
唉！那我该被迫发出几多哀叹，　　　　585
我这被爹娘永远抛弃的孤儿，
处处是外乡人，从出生以来
没有亲人的一丝看顾和抚爱。
就算父亲推却了你的孝心，
你至少还能在母亲怀里诉苦。　　　　590
况且你究竟为哪样不幸哭泣，
有什么眼泪情人不能为你拭去？

伊菲革涅亚

我不会辩解，美丽的埃里费勒，
有阿喀琉斯的关心，这眼泪不长流。
他的光荣和爱，我的父亲和责任，　　　　595
让他对我的灵魂施加公平的力量。
只是，我现在不正该担忧他吗？

这情人呵！他忍耐不住想见我，
希腊人不能把他从这海岸边带走，
600   父亲命我长途跋涉来寻他，
此刻他不正该奔赴相逢的欢乐，
带着长久等待积攒的激动？
两天来我们渐渐接近本地，
一路风光在眼前徐徐展开，
605   我处处在等他，害羞的目光
不停歇地寻遍奥利斯的大街小巷，
为了找他，我的心跑得比身体快，
我向每样路过的物事打听阿喀琉斯。
我来了，未经他的知会就到了。
610   我却只身穿过陌生的人群，
独独他未现身。悲伤的阿伽门农
仿佛害怕在我面前提起他的名。
他怎么了？谁能向我解释这团谜？
莫非我将看见和父亲一样冷淡的情人？
615   莫非战争的思虑在一昼夜之间
浇灭所有男人心中的温存和爱情？
哦不，我不该用不公正的不安贬损他。
多亏了我，希腊人才有他全力支援。
他本不在斯巴达的求婚者行列，
620   不曾对海伦的父亲当众起誓。
希腊人中只他一人不受誓言约束，
他是为我去出征攻打伊利昂。
这甜美的代价让他心满意足，
他情愿为此担名分做我的新夫。

第四场

克吕泰涅斯特拉、伊菲革涅亚、埃里费勒、多里斯

克吕泰涅斯特拉

孩儿啊，让我们赶紧离开这里，　　　　　　　　　*625*

快快逃离，挽救你我的声名！

我不再惊讶你父亲懊悔与我们重逢，

一脸错愕又显得心不在焉。

他担心悔婚的羞辱伤到你，

派阿耳刻斯给我送出这封信。　　　　　　　　　*630*

阿耳刻斯却错过迷途中的我们，

刚刚才把信交到我手里。

让我们赶紧挽救被冒犯的声名。

阿喀琉斯对你们的婚约改变心意，

拒绝我们答应给他的荣誉，　　　　　　　　　　*635*

他要求把婚期延迟至归乡日。

埃里费勒

我听见的是什么？

克吕泰涅斯特拉

　　　　　　　我看见你为此羞红了脸。

你得用高贵的傲慢武装你的勇气。

当初我本人赞同那负心人的意图，

在阿耳戈斯亲手把你交到他手里。　　　　　　　*640*

我受他那高贵身份的迷惑做出选择，①

一心欢喜把你嫁给女神的儿子。

现如今既然他胆怯地翻悔，

背叛他所传承的诸神血脉，

645 孩儿啊，轮到我们表明态度，

从此他在我们眼里只是最卑劣的人。

难道我们还要多停留惹他误会，

仿佛你尚在盼望他回心转意？

让我们欣然解除被他拖延的婚约。

650 我已把我的计划告知你父亲，

等在这里见他一面就此道别，

很快我会打点好动身的准备。

（对埃里费勒）

夫人，我绝不催促你与我们同行，

我的退避把你交到更亲爱的手里。

655 我们再清楚不过你的秘密图谋，

你来此地不是找卡尔卡斯问卜。

---

① 在欧里庇得斯笔下，克吕泰涅斯特拉与阿伽门农一起细数阿喀琉斯的神圣祖先（奥 695–715）。他的母亲是忒提斯女神，他的父亲是佩琉斯，佩琉斯之父乃是宙斯之子。

第五场

伊菲革涅亚、埃里费勒、多里斯

伊菲革涅亚

这番话将我抛进何等不祥的境地！
阿喀琉斯对我们的婚约改变心意。
我不得不丢掉尊严，踏上归路，
而你来此地竟不是找卡尔卡斯？　　　　　　　660

埃里费勒

夫人，我不能明白这样的话语。

伊菲革涅亚

你若真想听我说，早就听明白了。
不公正的时命夺走了我的新夫。
夫人，莫非你要抛弃我在不幸中？
你不能没有我独自留在密刻奈，　　　　　　665
而今我却要没有你随王后出发？

埃里费勒

我走之前要见卡尔卡斯一面。

伊菲革涅亚

夫人，是什么事拖住你不能找他？

埃里费勒

你很快要上路返回阿耳戈斯。

伊菲革涅亚

往往一瞬间足以澄清诸多疑虑。　　　　　　670
夫人，我看出我在过分催促你。

我看清从前不愿细思的事实。

阿喀琉斯……你盼着我快走。

埃里费勒

我？你竟怀疑我这样背信弃义？

675　　夫人，我竟会爱上那狂怒的征战者？

他永是沾满鲜血出现在我眼前，

手握火把，满心渴望杀戮，

把勒斯波斯烧成灰烬……①

伊菲革涅亚

是的，你爱他，狠毒的人！

你对我描述的那些狂怒行径，

680　　你亲眼所见那浸在血中的臂膀，

勒斯波斯、死者残骸和大火，

全是刻在你灵魂深处的爱的印记。

你根本不厌恨那残忍的记忆，

反而热衷和我一起反复说起。

685　　不只一次从你太勉强的抱怨里

我本该看出深藏不露的心思。

可轻信人的好心犹如蒙眼布，

一次次重新遮蔽我的双目。

你爱他。我做了什么？致命的过错，

690　　我竟收留情敌在我的怀里！

我天真地爱她。就在今天还真心

承诺她那发假誓的情人会庇护她。

这就是我被带进的凯旋仪式。

―――――――――

① 这几行诗让人想到《安德洛玛克》第三幕第八场中安德洛玛克说到皮洛斯的话（1010—1012）。参看前文487—502。

我本人被捆绑在你的彩车前。①

唉，我原谅你谋取私利的心愿， 695

还有被你夺走的爱的伤逝。

只是你竟未提醒人们设下陷阱，

忍心让我走到希腊的尽头，

找寻为抛弃我而等我的负心人！

狠毒的人啊，这羞辱怎可原谅？ 700

埃里费勒

你强加的名目真叫我惊讶，

夫人，无人教导我倾听这等非难，

就算诸神对我长久地愤怒，

这些字眼也不曾传进我耳中。

但我原谅情人们不公正的说辞。 705

只是你想让我提醒什么呢？

谁会想到，不爱阿伽门农的后人

阿喀琉斯竟去爱无名姓的女子？

她对自身运命只得一点认知，

她所属的家族终将遭他快意杀戮。 710

伊菲革涅亚

狠心人！你无视我的痛苦赢了我。

我未早察觉我的全部不幸。

你比较你的流亡和我的光荣，

全为了突显不公平的胜利。

只是你实在过早地兴高采烈。 715

阿伽门农，那受你羞辱的人，

---

①　这里借用罗马人的仪式，战败者被捆绑在得胜者的彩车前。参看高乃依，《熙德》，1390–1394。

希腊的首领我的父亲，他爱我，
他比我更记恨我受的苦楚。
我未流的眼泪预先打动了他。
720　我无意中看见他试图遮掩的哀叹。
唉！我还责怪他迎接时的忧伤，
我竟敢抱怨他对我缺少慈爱！

第六场

阿喀琉斯、伊菲革涅亚、埃里费勒、多里斯

阿喀琉斯

那么是真的，夫人，我真的看见你！
我还以为整个军营误传消息。
725　你在奥利斯？你？你来做什么？
阿伽门农为何给我相反的保证？

伊菲革涅亚

大人，请放心。很快你能如愿以偿。
伊菲革涅亚不会在此地多停留。

第七场

阿喀琉斯、埃里费勒、多里斯

阿喀琉斯

她在躲我！我醒着？不是做梦吗？

这样的回避使我陷入新的不安！ 　　　　　　　　　*730*

夫人，但愿不会惹你不快，

阿喀琉斯贸然出现在你面前。

但你若肯接受来自敌人的恳求，

须知我常怜惜你这女俘的不幸，

你可知道她们此行的来意？ 　　　　　　　　　*735*

你可知道……

埃里费勒

　　　　　怎么？大人，你不知情？

一个月来你在这海边相思难耐，[①]

不是你要求促成她们远行吗？

阿喀琉斯

我远离这海港整整一个月，

昨日才匆忙赶回重见故地。[②] 　　　　　　　　*740*

埃里费勒

怎么？阿伽门农送信去密刻奈，[③]

---

① Brûler原指"燃烧"，在风雅语汇里意为"为爱燃烧"（brûler d'amour）。[译按] 此处依据上下文译"相思难耐"。

② 拉辛的同时代人似乎质疑过这一段落的时间叙述，拉辛为此亲笔写了一条注释说明，放在佩罗的《两部〈伊菲革涅亚〉肃剧评论》手稿最后一页："阿喀琉斯在六个月前摧毁了勒斯波斯岛。这件事发生在希腊联军聚集在奥利斯以前。阿伽门农传信让克吕泰涅斯特拉带上女儿到奥利斯成婚，埃里费勒以为这是阿喀琉斯在一个月前催促婚礼的结果。阿喀琉斯则回答她说恰恰相反，因为他一个月来不在军中。前文提到他受父亲召唤回乡抗敌。因此，埃里费勒才会说阿喀琉斯一个月来催促婚事，阿喀琉斯也才说一个月来他不在奥利斯。"参看前文102–110。

③ 为了指称阿伽门农一家所居住的地方，拉辛时而用Argos（阿耳戈斯，如下文746），时而用Mycène（密刻奈）。这个做法似乎没有区分两个地名的差别，而与诗行格律的需求直接相关。

不是你的爱情，不是你亲手促成吗？
怎么？你钟情他闺女的丰姿……

阿喀琉斯

你看出来我比从前愈发迷恋她，
745　　夫人！当初我的心愿若有望成真，
早在阿耳戈斯我就会促成远行。
但她在躲我。我犯了什么错？
我处处只看见敌人的眼线。
啊！卡尔卡斯、涅斯托尔和奥德修斯
750　　眼下正运用徒然的雄辩狡计
打击我的爱情，似乎还在警告，
我若相信光荣就不得不放弃爱情。
他们在暗中策划什么行动？
莫非我在不知情中沦为全军的笑料？
755　　进营帐吧。这秘密非揭穿不可。

第八场

埃里费勒、多里斯

埃里费勒

见证我的羞耻的诸神啊！我往哪里躲？
骄傲的情敌啊！他爱你，你却在抱怨？
我该同时忍受你的光彩和你的责难吗？
啊！不如……多里斯，也许我在安慰自己，
760　　也许暴风雨很快会在他们头上降临。
我看出来，他们的幸福不平静。

有人哄骗伊菲革涅亚，有人隐瞒阿喀琉斯，
阿伽门农在呻吟。让我们且莫绝望，
倘若时命肯与我的仇恨一起为难她，
我要充分利用与敌暗通的机会，
也免得独自哭泣，没有雪耻就死去。

第三幕

第一场

阿伽门农、克吕泰涅斯特拉

克吕泰涅斯特拉

是的大人！我们上路了。我的义愤
很快把阿喀琉斯和军营抛在身后。
我闺女赶回阿耳戈斯去哀哭耻辱。
770　但他本人惊讶我们太快逃离，
凭着多少不容怀疑的誓言，
亲自追来说服我，挽留住我们！
他催促别人说他想推延的婚事，
满怀爱情和愤怒，正要来找你。
775　阿喀琉斯决意平息假传的风声，
他要指认和对质报伪信的人。
还请你查清惊扰欢乐的种种疑团。

阿伽门农

夫人，行了。我同意相信他。
我承认我们犯下被迷惑的过错，
780　竭尽所能感受你的欢乐。
你要卡尔卡斯主持他与家族联姻，
派人把闺女护送到圣坛，
我在那里等她。不过在此之前，

我希望私下里和你单独谈一次。
你也看见你带她前来的处所，①　　　　　　　　　　785
战神在这里做主而不是婚姻女神。
军营中喧嚣，士兵水手骚动，
祭坛四周林立着标枪利箭，
这般盛况与阿喀琉斯正相配，
于你却有失安宁的体统。　　　　　　　　　　790
希腊人莫非要看见王的妻子
身处与你我不相称的场所？
你相信我吗？你和女伴别来，
让伊菲革涅亚独自走向圣坛。

克吕泰涅斯特拉

是说我吗？送我的女孩儿出嫁，　　　　　　　795
我开始做的事儿竟不做完吗？
我带她从阿耳戈斯来到奥利斯，
如今竟不引领她走向圣坛吗？
我不该和你一道站在卡尔卡斯身旁？
谁来把我的闺女交给新夫？　　　　　　　　800
还有哪个女人配为这场婚礼祝福？

阿伽门农

现如今你不是身在阿特柔斯的王宫。
这里是军营……

克吕泰涅斯特拉

　　　　　　在这里，众人服从你，
亚细亚的命运掌握在你手心，

---

① 从这行诗开始，拉辛重拾欧里庇得斯剧中阿伽门农夫妻之间的对话
（奥 723–739）。

805　　　我亲见整个希腊在你号令下出征，
　　　　忒提斯的儿子将要改口唤我母亲。
　　　　人世间还有什么华丽的宫殿
　　　　让我更有光彩地高贵现身？

阿伽门农

　　　　夫人，凭那缔造本族的诸神的名，
810　　　我恳求你以此恩惠回报我的爱。
　　　　我自有道理。

克吕泰涅斯特拉

　　　　　　　　　大人，同是凭诸神的名，
　　　　莫让我错过这般甜美的场面，
　　　　我恳求你莫因我在场而羞愧。

阿伽门农

　　　　我原本期待你能更好地顺从。
815　　　道理看来不足以打动你，
　　　　我的恳求也没有多少效力，
　　　　你已经听见我对你的要求，
　　　　夫人，我不会收回这个命令。
　　　　请你服从。

第二场

克吕泰涅斯特拉

克吕泰涅斯特拉

　　　　　　　　　这残忍的安排从何说起，
820　　　不公正的阿伽门农竟要我远离圣坛？
　　　　莫非他炫耀新名号，竟敢看轻我？

他以为我不配出场跟随他身旁？
再不然他尚是不果敢的掌权者，
不放心海伦的姐妹在本地现身？
为何隐瞒我？是怎样的不公道　　　　　　　　825
我露个脸竟引发他的羞愧？
不要紧。他要这样，我就下决心。
孩儿啊，你的幸福足以安慰我。
天神让你嫁给阿喀琉斯，我多欢喜，
只等世人称呼你……啊！他来了。　　　　　830

第三场

阿喀琉斯、克吕泰涅斯特拉

阿喀琉斯

夫人，经我敦促诸事顺遂。
阿伽门农王未要求别的解释，
他相信我的热忱。没听我多言语，
他才刚拥抱我，接受我做女婿。
他说完就走了。他可有提起　　　　　　　　835
你们为军营带来何等好运气？
诸神即将息怒。卡尔卡斯宣布
一个时辰内与诸神重修旧好，
涅普顿海神只等先知主持血祭，
好风很快再起，让我们如愿。　　　　　　　840
每艘战船上的帆已然张开，
全军闻讯把船头转向特洛亚。

　　　　至于我，若是爱情顺心，
　　　　天神或许会拖延大风的逆袭，
845　　　但我终将依依惜别这有福的海边。
　　　　我在此点亮婚姻女神的火炬。
　　　　怎能不珍惜这幸运的机缘，
　　　　以特洛亚人的血巩固两族联姻，
　　　　掩埋特洛亚城，为亲家族人
850　　　尽早亲手洗刷声名的污辱？①

第四场

　　　阿喀琉斯、克吕泰涅斯特拉、伊菲革涅亚、
　　　　埃里费勒、多里斯、埃依娜

阿喀琉斯

　　　　公主啊！我的幸福全在你手里。
　　　　你父亲在圣坛前为你指定新夫，
　　　　请就此接受这颗深爱你的心。

伊菲革涅亚

　　　　大人，还不到去往圣坛的时候。
855　　　请王后容许我斗胆提要求，
　　　　你的爱情应允我一件信物。
　　　　我为你引见这位年轻公主。
　　　　天神在她额前铭印高贵标记。

---

　　　①　自从墨涅拉奥斯的妻子海伦跟随帕里斯去了特洛亚，阿特柔斯家族
（阿伽门农和墨涅拉奥斯兄弟）就被损害名誉。

可怜她终日里眼泪长流，

你深知你亲手造成她的不幸。　　　　　　　　860

我本人（在愤怒的盲目驱使下）

适才有失庄重触动她的悲痛。

我岂能不求助有力的支援，

迅速弥补有失公正的话语？

我代她说话，我的能力到此为止。　　　　　865

大人，只有你能推倒你做的事。

她是你的女俘，我怜悯她不自由，

恳请你下令解除她身上的束缚。

让我们的幸福一天从这里开始。

让她再也不必被迫看见你我。　　　　　　870

在婚姻圣坛前我将跟随一位君王，

请证明他不满足于威震人间，

他的光荣不限于毁城的动乱，

他在胜利中会因妻子落泪变温柔，

面对那些无能为力的不幸者，　　　　　　875

他懂得仿效教诲过他的诸神。①

埃里费勒

是的大人！求你减轻最尖锐的苦楚。

勒斯波斯战争使我沦为你的女俘。

不过，这是过分追讨不应有的权利，

倘若不算上我在此地遭受的折磨。　　　　880

阿喀琉斯

夫人？

---

① 关乎战胜者的宽容，拉辛似借鉴了西塞罗的《致马尔塞鲁斯的讲辞》（*Pro Marcellus*，III）中有关凯撒的若干评说。

埃里费勒

> 是的大人！且不说别的，
> 比起迫使我充当悲伤的目击者，
> 见证迫害我的人的幸福时刻，
> 你还能强加给我更不祥的号令吗？
885 我到处听闻我的祖国面临威胁，
> 亲见一支愤怒的军队向它进发，
> 眼前这场婚约愈发让我心碎，
> 把攻陷城池的火种交到你手里。
> 请让我远离军营也远离你，
890 永是不幸，永不为世人知。
> 我要去掩埋招人怜悯的运命，
> 我的眼泪且对你隐瞒一半真相。

阿喀琉斯

> 美丽的公主，这太悲惨。请随我们来，
> 阿喀琉斯要在全希腊人前释放你。
895 在我欢享最大幸福的美景良辰，
> 但愿也是你迎来自由的幸运时刻。

第五场

克吕泰涅斯特拉、阿喀琉斯、伊菲革涅亚、埃里费勒、
阿耳刻斯、埃依娜、多里斯

阿耳刻斯

> 夫人，典礼仪式已准备停当。
> 主公在祭坛前等候伊菲革涅亚。

　　我来找她。不如说我违抗他，

　　大人，我来替她请求你的救助。① 　　　　　　　　　900

阿喀琉斯

　　阿耳刻斯，你说什么？

克吕泰涅斯特拉

　　　　　　　　诸神啊！我听见了什么？

阿耳刻斯（对阿喀琉斯）

　　我看只有你一人可能保护她。

阿喀琉斯

　　对抗谁呢？

阿耳刻斯

　　　　　　我深憾要控诉他的名。

　　只要可能我尽力保守他的秘密。

　　可刀子、蒙眼布和火全备下了。 　　　　　　　　　　905

　　就算整副刑具终要落在我头上，

　　我也不得不说。

克吕泰涅斯特拉

　　　　　　我在发抖，快说清楚，阿耳刻斯。

阿喀琉斯

　　不管说的是谁，说吧，不用顾虑。

阿耳刻斯

　　你是她的情人，你是她的母亲，

　　千万莫把公主送到她父亲手里。 　　　　　　　　　910

克吕泰涅斯特拉

　　我们为何要畏惧他？

─────────

　　①　阿耳刻斯推动剧情发展，与欧里庇得斯的写法相似（奥855起）。只不过在古本里，只有阿喀琉斯和克吕泰涅斯特拉听见阿耳刻斯揭露真相。

阿喀琉斯

　　　　　　　　　　我为何要提防他?

阿耳刻斯

　　他在祭坛前等着要将她献杀。

阿喀琉斯

　　他!

克吕泰涅斯特拉

　　　　　　他的闺女!

伊菲革涅亚

　　　　　　　　　我的父亲!

埃里费勒

　　　　　　　　　　　天神啊! 这是什么消息!

阿喀琉斯

　　是什么盲目的愤怒让他这么待她?

915　　此话听来怎叫人不胆战心惊?

阿耳刻斯

　　啊! 大人, 只盼天神保佑我听错!

　　神谕借卡尔卡斯亲口提了要求。

　　奉献的牺牲祭品一概被拒绝,

　　诸神迄今还在庇护帕里斯,

920　　这是大风再起攻陷特洛亚的代价。

克吕泰涅斯特拉

　　诸神竟下令行这可恨的谋杀?

伊菲革涅亚

　　天神啊! 我有什么过错要受这苦果?

克吕泰涅斯特拉

　　我不再惊讶那道残忍的命令,

　　难怪他执意禁止我走近祭坛。

伊菲革涅亚（对阿喀琉斯）

　　这就是我命中注定的婚约啊！ 925

阿耳刻斯

　　主公为哄骗你们造出婚约的诳话。①

　　整个军营仍和你们一起蒙在鼓里。

克吕泰涅斯特拉

　　大人，现如今该我跪下抱你的膝。②

阿喀琉斯

　　啊！夫人。

克吕泰涅斯特拉

　　　　　　　　请忘却那虚浮的光荣，

　　可悲地放低身份更合乎我的境地。 930

　　我该庆幸，若我的眼泪打动你。

　　一个母亲跪在你脚前不会脸红。

　　你的新娘，啊呀，在叫人夺走哪！

　　我带着幸福的寄望将她养大。

　　我们来这不祥的海边原是找你。 935

　　大人，你的名字却要杀了她。③

　　莫非真要她哀求诸神的正义

　　亲吻装饰华美的祭坛去送死？

　　她只有你了。此时此地你就是

---

　　①　对观欧里庇得斯："——但是那结婚的假托，把我从家里叫到这里来了，那是什么的用意呢？——这好叫你喜喜欢欢地带了你的女儿来，去嫁给阿喀琉斯哩。"（奥884-885）

　　②　这行诗和克吕泰涅斯特拉接下来的长篇独白与欧里庇得斯的版本颇为贴近（奥900-911）。

　　③　对观欧里庇得斯："我是为了你把她戴上花冠，带她来做新娘的，现在却是带她来就宰呀！"（奥905-906）

940   她的父亲、夫君、家族和诸神。①

从你的眼里我看出折磨的苦痛。

孩儿啊，我把你留给了你的新夫。

大人，还请等等我，不要离开她。

我这就去找我那背信弃义的夫君。

945   他绝对抵挡不住我发疯的愤怒。

卡尔卡斯必须另寻献祭的牺牲。

万一我不能从他们手里救出你，

孩儿啊，他们杀你前先得杀了我。②

第六场

阿喀琉斯、伊菲革涅亚

阿喀琉斯

夫人，我说不出话，一动不能动。

950   这是对我说？阿喀琉斯竟不被了解？

一个母亲相信救你须得哀求我？

一个王后屈尊抱我的膝下跪乞援？

这不公正的惊惶损及我的荣誉，

---

① 此行诗让人想到《伊利亚特》卷六中安德洛玛克对丈夫说的话：
"赫克托尔，你成了我的尊贵的母亲、父亲、亲兄弟，又是我的强大的丈
夫。"（429–430）

② 克吕泰涅斯特拉此处表达接近欧里庇得斯版本中同一人物剧终时
的说法，也就是克吕泰涅斯特拉与阿喀琉斯的第二次对话结尾处（奥1366–
1368）。在拉辛笔下，到了第五幕，这位母亲的情感爆发更为强烈，更像特洛
亚王后赫卡柏。

F. Gérard原画；Fischer铜版画

大人，现如今该我跪下抱你的膝。

（行928）

我的心要动用眼泪才能感动吗？
955　　还有谁比我更关心你的生命？
啊！我的诚意显然不叫人信托。
这冒犯与我有关，我必定反击，
绝不容人伤害与我休戚相关的性命。
正义的痛苦更是深切地鼓舞我。
960　　我无意冒犯，这既是为你复仇，
更是我严惩那残忍的狡计，
竟有人胆敢以我的名义伤害你。①

伊菲革涅亚

　　啊！别走，大人，请听我说。

阿喀琉斯

　　怎么？夫人，那蛮子竟敢羞辱我？
965　　他亲见我出征为他那姻亲复仇，
明知我头一个当众推举他，
使他当选二十名君王对手的头领。
作为种种关照和辛劳的收获，
作为一次辉煌胜利的全部回报，
970　　须知他将就此雪耻又富饶光荣，
我只要求一个荣耀，让我属于你，
让我欢喜光荣成为你的新夫。
现如今却是流血的狡计和假誓言，
是在侵害友谊，悖逆自然，
975　　就像手握杀人的刀，威逼着，
要我看你的心脏在祭坛上焚烧。

---

① 对观欧里庇得斯笔下阿喀琉斯对克吕泰涅斯特拉所说的话（奥935–941）。

这场献祭披着婚礼的外衣，
莫非他要我领你去送死？
要我那轻信人的手拿着祭刀？
要我不做你的新夫反做刽子手？ 　980
那血淋淋的婚姻女神会成什么样，
万一我不幸晚到一天啊！
怎么！莫非在众人的疯狂中，
你会走向祭坛徒然寻找我？
你会倒在不曾预期的刀剑下， 　985
喊我的名字控诉我的欺骗？
这样的危害，这样的背叛，
我要求他在全希腊人前做出解释。
为了与你相连的新夫的荣誉，
夫人，你不得不赞同我的考虑。 　990
那狠心的汉子如此轻贱我，
要让他明白他在损害谁的名字。

伊菲革涅亚

啊呀！你若爱我，凭最后的慈悲
你若还肯附允倾听爱人的祈求，
大人啊，现在是时候表明心意。 　995
因为，那个你要去顶撞的狠心人，
那个杀人的不公正的敌人和蛮子，
请想想，他无论如何是我父亲。

阿喀琉斯

你父亲？他既做了恶辣的计划，
从此我只承认他是杀你的凶手。 　1000

伊菲革涅亚

他是我父亲，大人，容我再说，

我深爱的父亲，我崇拜的父亲，
而他也珍惜我，直到今日，
从他那里我只收到爱的明证。
1005　我的心自小受这孝敬的滋养，
一丝对他的冒犯也使我苦恼。
眼下我绝不敢骤然改变心意，
赞成你在狂怒中贸然行动，
我更不敢用言辞鼓励你发怒，
1010　请相信，只因我爱你太深，
你适才在我面前辱骂他，
这些可鄙的骂名我才能忍受。
你为何情愿他是无人性的蛮子，
不怜惜那为我备下的厄运？
1015　哪个父亲乐见亲生骨肉夭折？
他若能挽救我又何必让我死？
不必怀疑，我确曾亲见他落泪。
难道未听他一声解释就定罪？
啊呀！他为这许多可怕的事操心，
1020　难道还要再来承受你的仇恨？

阿喀琉斯

怎么？夫人，在这许多不安中
你竟是为这个胆战心惊吗？
那狠心人（我还能如何称呼他？）
借卡尔卡斯的手行将献杀你，
1025　现如今我以柔情对抗他的凶残，
你唯一担忧的竟是他的安宁？
这是要我闭嘴？要原谅他同情他？
莫非你是担忧他而畏惧我？

可怜我白操心！夫人，这就是
阿喀琉斯在你灵魂中获得的进步？ 1030

伊菲革涅亚

狠心人啊！你竟怀疑我的爱情，
我何曾迟迟等待不表露心迹？
你亲见我眼里漠不关心，
听人说起我将送死的血腥消息，
连脸色也没变。你竟未看出 1035
先前我的绝望到了极点，
有人误传不可靠的流言，
对我宣布你的爱情变了心？
多少惊悸！多少不公的言辞
从我口中宣泄，非难凡人和诸神！ 1040
啊！无须我多说，你本该知晓
你的爱情远比我的生命更珍贵！
谁能知晓呵！那发怒的天神
可能容忍过多的幸福吗？
啊呀！这么美的火引我向上， 1045
攀升在凡人女子的运命之外。

阿喀琉斯

你若珍惜我，公主啊，活下来！

第七场

克吕泰涅斯特拉、阿喀琉斯、伊菲革涅亚、埃依娜

克吕泰涅斯特拉

全完了，大人，若你不救助我们。

阿伽门农怕见我，有意回避我。

1050　　他传下号令严禁我靠近祭坛。

他亲自吩咐安排士兵守卫，

我和女伴不得从那里经过。

他在躲我，明目张胆让我惊痛。

阿喀琉斯

好吧！既是如此，轮到我上阵。

1055　　夫人，他会见我，我去对他说。

伊菲革涅亚

啊！夫人……啊！大人，你要去哪里？

阿喀琉斯

你要对我做出什么不公的恳求？

莫非你是我要对抗的第一个人？

克吕泰涅斯特拉

孩儿啊，你有什么计划？

伊菲革涅亚

凭诸神的名，

1060　　夫人，请挽留这狂怒中的情人。

我们得阻止这场可悲的交谈。

大人，你的非难会激发太多苦涩。

我深知一个情人发怒的尺度，

而我的父亲深恐丢失他的权威。

世人皆知阿特柔斯家族的骄傲。　　　　　　　　　　*1065*

大人，请让羞怯的人去说吧。

不必怀疑，我迟迟未到场，

惊讶中他很快会亲自寻来。

他会听到受迫的母亲在呻吟。

而我何尝不在心里期盼，　　　　　　　　　　　　*1070*

避免你们所有人为我落泪，

平息众人冲动，为你们活下来？

阿喀琉斯

既是你意愿如此，我只有让步。

你们两位给他带去有益的劝告。

让他恢复理智，好好说服他，　　　　　　　　　　*1075*

为你我的安宁，更是为他的安宁。①

我白费许多时间给浅薄的言语，

这事光说话不够，要有行动。

（对克吕泰涅斯特拉）

夫人，我随时准备为你效劳。

请先回帐中小间休息。②　　　　　　　　　　　　*1080*

---

①　在欧里庇得斯笔下，阿喀琉斯得知真相后随即让克吕泰涅斯特拉去与丈夫协商，显得他尝试借助审慎而不是凭靠武力解决纠纷（奥1011-1021）。拉辛反过来强调阿喀琉斯的血气和天性，几乎控制不住心中的狂怒。拉辛在《安德洛玛克》前言里说："贺拉斯要求我们还原阿喀琉斯的本来样貌，把他描绘成一个凶残、无情而又暴力的人。"（OC1，197）

②　阿伽门农的营帐，不妨想象路易十四年代皇室出行所用的那种既舒适又宽敞的营帐。

我预言你闺女必将活下来，
请相信，只要我还有一口气，
诸神想要她送死也枉然。
这比卡尔卡斯的神谕更可靠。

第四幕

第一场

埃里费勒、多里斯

多里斯

啊！你说什么？古怪的疯狂啊！　　　　　　　　　　*1085*

你竟羡慕伊菲革涅亚的运命？

她活不过一个时辰了。可你却说

不曾这么嫉妒地眼看她幸福。

夫人，谁会相信？是什么冷酷心……

埃里费勒

从我口中倾吐的话不曾如此真实。　　　　　　　　*1090*

我的心神受这许多思虑的惊动，

但我不曾如此艳羡她的福气。

让人欢欣的祸难！无用的希望！

你看不见她的光荣阿喀琉斯的苦恼？

我看见了，太确的征兆让我避逃。　　　　　　　　*1095*

这英雄啊！在有死者的眼里多骇人，

只认识别人因他而流的眼泪，

自幼年时起横眉冷对世人，

倘若众人传说的故事属实，

1100　　　他还吮吸过狮子和熊的鲜血，①
　　　　现如今他却为她学会担惊受怕，
　　　　她亲见他落泪，脸色变苍白。
　　　　多里斯，你竟怜悯她？有多少不幸
　　　　我情愿承受，只要能换取这眼泪？
1105　　　若是我和她一样活不过一个时辰……
　　　　我在说什么？赴死？莫相信她会死。
　　　　你以为阿喀琉斯会胆怯地沉睡，
　　　　为她脸色发白却不为她复仇？
　　　　阿喀琉斯定会阻拦不幸发生。
1110　　　你看吧，诸神发出这道神谕，
　　　　无非是平添他的光荣和我的苦痛，
　　　　再使她在情人眼里愈发美丽。
　　　　怎么？你看不见他们为她做的事？
　　　　他们公然废除诸神的致命判决，
1115　　　火葬堆已早早准备停当，
　　　　牺牲者的名姓尚不为人知。
　　　　整个军营被蒙在鼓里。多里斯啊，
　　　　你从这缄默里看不出父亲的动摇？
　　　　他将如何行为？他有何无情的勇气
1120　　　去应对早有所备的种种攻略：
　　　　母亲的狂怒，闺女的哀哭，
　　　　整个家族的呼号和绝望，
　　　　极易为这类事感动的血脉亲情，②

---

① 援引自拉丁诗人斯塔提乌斯的史诗《阿喀琉斯纪》。阿喀琉斯在诗中自述："据说我年幼时……不像幼儿那般哭泣，不以通常食物充饥，喜欢生食狮肉，吮吸未凉的狮血。"（Statius, *Achilleis*, 2. 382–386）
② 指阿伽门农身为父亲极易被这些眼泪和绝望心情所打动。

还有那气势汹汹的阿喀琉斯？

不，我告诉你，诸神枉然地判决她，　　　　　　　　　1125

我是并永远将是唯一的不幸者。

啊！我若自以为是……

多里斯

　　　　　　　怎么？你在打算什么？

埃里费勒

谁也不能拦住我的愤怒。

对发生的这一切我很快心里有数。

我何不赶紧去传说诸神的威胁，　　　　　　　　　　1130

四处揭秘这有罪的阴谋？

他们公然反抗诸神和神的祭坛。

多里斯

啊！怎样的计划，夫人！

埃里费勒

　　　　　　　啊！多里斯，怎样的欢欣！

多少乳香会焚烧在特洛亚的神殿，

倘若我鼓动阿伽门农反阿喀琉斯，　　　　　　　　　1135

扰乱希腊人心，洗刷被囚耻辱，

倘若我使他们忘却特洛亚纷争，

转移激昂的愤怒到他们自身，

倘若我将危险的劝说付诸实现，

把整个军营当作祭礼奉献祖国！　　　　　　　　　　1140

多里斯

有声响。有人来了，是克吕泰涅斯特拉。

夫人，请恢复平静，要么让我们避开她。

埃里费勒

进营帐吧。既要破坏那可恨的婚约，

让我们先去打听诸神的狂怒命令。

第二场

克吕泰涅斯特拉、埃依娜

克吕泰涅斯特拉

1145　埃依娜，你看见了，我先得避着她。
　　　　我那闺女不为她的性命哀哭发抖，
　　　　反倒是原谅她父亲，还要求我
　　　　在痛苦中尊重那挖她心的凶手。
　　　　忠贞啊！孝敬啊！为了报答这柔情，
1150　那蛮子在祭坛前抱怨她太拖沓。
　　　　我等着。他会来和我讲道理。
　　　　他自以为还能掩盖行出的背叛。
　　　　他来了。且先不揭破他的不义，
　　　　看看他是否还坚持那可耻的狡计。①

---

　　　① 这段独白与欧里庇得斯版本相互呼应，克吕泰涅斯特拉走出阿伽门农的营帐，避开女儿，等待丈夫（奥1099–1103）。不同的是，在欧里庇得斯那里，伊菲革涅亚号啕大哭，而在拉辛笔下，她显得异常镇静，并且早早地原谅了父亲。

第三场

阿伽门农、克吕泰涅斯特拉、埃依娜

阿伽门农

你还在这儿做什么，夫人？ 1155

为何我看不见闺女和你在一起？

阿耳刻斯向你们传达我的命令。

她在等什么？莫非是你挽留她？

你竟不愿依从我的正当心愿？

她非得跟随你才能走到圣坛？ 1160

说吧。

克吕泰涅斯特拉

若是非去不可，我闺女准备好了。

但是大人，竟没有什么能阻止你吗？

阿伽门农

夫人，我吗？

克吕泰涅斯特拉

你可全都关照好了？

阿伽门农

夫人，卡尔卡斯到了，祭坛装饰过了。

我服从一种合法本分给我的命令。 1165

克吕泰涅斯特拉

大人，你绝口不提那牺牲的事。

阿伽门农

你是什么意思？是什么患得患失……

第四场

伊菲革涅亚、阿伽门农、克吕泰涅斯特拉、埃依娜

克吕泰涅斯特拉

> 来吧来吧，孩儿啊，就等你一人。
>
> 快来感谢这深爱你的父亲。
>
> *1170* 他这就要亲自领你走向祭坛。

阿伽门农

> 怎么？这是什么话？孩儿啊，你在哭，
>
> 你在我面前低垂下不安的双眼。
>
> 出了什么事？……啊！母女俩都在哭。
>
> 啊！可耻的阿耳刻斯，你背叛了我。①

伊菲革涅亚

> *1175* 父亲啊，莫不安，你没有被背叛。②
>
> 你发出的命令我们总是依从。
>
> 我的性命属于你。你想要取走，③

---

① 阿伽门农发现妻女知情，在欧里庇得斯笔下用去更多篇幅（奥 1122–1123，1128–1129，1140）。

② 在欧里庇得斯笔下，克吕泰涅斯特拉（问罪）、伊菲革涅亚（求饶）和阿伽门农（自辩）三个主人公连续发表三段长篇台词。拉辛的做法有所不同，本场戏犹如一个真正的审判过程。先是原告伊菲革涅亚的公诉状，再是被告阿伽门农的自我申辩，最后是法官克吕泰涅斯特拉宣布丈夫罪行完全成立，并发誓不会让他如愿以偿。伊菲革涅亚的长篇讲辞耐人寻味。一方面她始终显出温顺和服从，也始终敬爱父亲阿伽门农，另一方面她的讲辞相当巧妙地指出阿伽门农的罪状，就连眼泪和顺服态度也进一步让人加强了这一印象。

③ 呼应《巴嘉泽》第二幕第一场中的相关说法（519）。

这是天经地义，不怕说给世人听。
我将带着欢喜的眼和顺从的心，
就像当初接受你许给我的新夫，　　　　　　　　　　*1180*
既是非得如此，我会做顺从的牺牲，
把无辜的头伸到卡尔卡斯的刀下，
绝不妨碍你亲口下令的献杀，
把你给予我的生命还给你。
只是，倘若这样的孝心和顺从　　　　　　　　　　　*1185*
在你眼里配得上一点回报，
倘若你怜惜母亲落泪时的哀愁，
我要斗胆向你倾诉衷肠，
我的生活环绕着许多荣誉，
或许不该希望太早地死去，　　　　　　　　　　　　*1190*
任凭严酷的时命夺去性命，
在生养我的人眼前标记它的终结。
我是阿伽门农的头生闺女，
大人啊，我第一个唤你父亲。
这些年来我是你眼里的喜悦，　　　　　　　　　　　*1195*
你感激诸神给你这温柔的名分。
多少次你宽厚地爱抚我，
从不轻视你这柔弱的骨肉。①
啊呀！我满心欢喜听人细数
你即将征服的所有国度的名称。　　　　　　　　　　*1200*
我预感到你会攻下伊利昂，

---

①　对观欧里庇得斯："我是第一个叫你作父亲，你叫我作孩子。我也是第一个把我的身体坐在你的膝上，给你亲密的爱抚，也受到你的爱抚。"（奥1220–1223）

早已在准备美好的凯旋节庆。
我没想到为了开启这场征战，
你不得不让我头一个流血。

1205　我倒不是害怕那即来的献杀，
这才重提你从前的仁慈。
不必担忧，我的心渴望你的荣誉，
绝不让你这样的父亲为我羞愧。
倘若我付出性命就能捍卫你，

1210　我早就会忘却这些甜美的记忆。
可你知道，大人，我的可悲运命
偏与母亲和情人的幸福相连。
一位与你相称的君王等到今天，
白日原该光照我们的出色婚礼。

1215　他得到我心心相印的承诺，
他很幸福，这本是经得你的允许。
他才知你的计划，想想他的不安。
我母亲就在面前，你亲见她落泪。
请原谅我做出这许多努力，

1220　我是想避免他们将来为我哭泣。

阿伽门农

孩儿啊，你说得对。不知为何过错，
诸神在愤怒中索求流血的献祭。
诸神点了你的名。残酷的神谕
要你的鲜血洒在本地的祭坛上。

1225　为了保护你免受致死命的律令，
我无须等你乞求才表现关爱。
我不会再说起我那些违抗，
请相信你也作了证的父爱。

就在昨天夜里，你想必也听说，

我一度撤回被迫签发的命令。 *1230*

你的利益胜过全希腊人的利益。

我为你牺牲身份地位和安危。

阿耳刻斯去阻止你们进入军营，

诸神却不肯让他遇见你们。

就这样抹杀了不幸的父亲的操心， *1235*

他徒然想保护诸神判了死的人。

千万不要相信我的微薄权力。

还有什么约束能阻止民人放纵，

一旦诸神听任他们不审慎的热情，

让他们解除勉强受缚的枷锁？ *1240*

孩儿啊，只能让步。你的时辰到了。

想想你生养在何等高贵的人家。

我送你一条我痛心收下的忠告。

那即来的酷刑折磨我远胜过你。①

在赴死时让世人皆知你的出生。 *1245*

让那判你死的诸神羞愧难安。

来吧，让即将献杀你的希腊人

在你流血的当头承认本族血脉。

克吕泰涅斯特拉

你与你不祥的家族无一丝不相称。

真是阿特柔斯和堤厄斯忒斯的后代。 *1250*

你亲杀了自家闺女，如今只差

---

①　类似的情感并未出现在欧里庇得斯笔下。阿伽门农只说："我要做这事是很可怕的，但若是不做也很可怕。"（奥 1257）

把她做成可怖的宴席款待她母亲。①

蛮子啊！这就是那巧妙的献祭，

你动用这许多狡计来精心准备。

1255　怎么？被迫签发没人性的命令，

你在动笔时怎不厌恶地罢手？

何必在我们眼前伪装虚假的悲伤？

你以为眼泪就能证明你的慈爱？

你慨然发动的战争如今安在？

1260　你何尝为她抛洒过热血？

你的违抗还留有几多残余？

是什么死者的阵地迫使我要缄默？

这些才是你该拿出来的证据，

狠心人，证明你的爱确也想救她。

1265　一则不幸的神谕下令将她处死。

那神谕表面说的岂能全当真？

正义的天神因了那得荣耀的凶手，

莫非要受无辜者流血的玷污？

若说是海伦犯了错要惩罚她的家人，

1270　也该是去斯巴达找她闺女赫耳弥俄涅，②

让墨涅拉奥斯去做惨痛的偿还，

他过分溺爱有罪的伴侣。

而你，什么疯狂让你替他牺牲？

凭了什么他的罪过要你来受罚？

――――――――

① 阿伽门农的父亲阿特柔斯因为妻子被兄弟堤厄斯忒斯拐走并被偷走金羊毛，为了复仇杀死堤厄斯忒斯的亲生孩子，并做成宴席假装宴请对方。

② 对观欧里庇得斯："倒是该由墨涅拉奥斯去杀了赫耳弥俄涅，为了她的母亲的缘故，因为这本来是他的事情。现在，我守着你的闺房却要丧失了我的孩子，那出奔的女人将带着她的女儿回斯巴达幸福地生活。"（奥1201–1206）

凭了什么我要撕裂我的母腹，　　　　　　　　　　　　1275
用最纯洁的骨肉补偿她的疯狂爱情？
我说什么好？那引发嫉妒的女人，
那扰乱欧罗巴和亚细亚的海伦，
你想她真值得你奉献这般壮举？
从前多少次我们为她脸红！　　　　　　　　　　　　1280
早在运命使她和你兄弟联姻之前，
忒修斯公然从父亲身旁拐走她。①
你知道，卡尔卡斯千百次告诉你，
那王子凭着不法姻缘上了她的床，
作为信物他们生下一个小公主，　　　　　　　　　　1285
那母亲对全希腊人隐瞒亲生闺女。
不，你兄弟的爱情和受伤的荣誉
本不是值得你操心的紧急事。
你渴望统治，无可平息的渴望，
二十位君王服从和畏惧你的骄傲，　　　　　　　　　1290
交付你手心的整个联军的权力，
狠心人，这些才是你献祭的理由。
你没有推却为你备下的献杀，
你根本想独占野蛮的功绩。
你唯恐失却为人艳羡的权威，　　　　　　　　　　　1295
不惜付出亲生骨肉的代价，
你还想让人畏惧这般奉献的果敢，
击退一切可能争夺地位的人。
这是做父亲的样子吗？我的理性
跟不上这等残酷的背叛。　　　　　　　　　　　　　1300

---

① 关乎海伦的这桩情事，参看拉辛本人在前言中的说明。

一名祭司在无情的人群中，
对我闺女伸出罪恶的手，
撕破她的胸膛，用好奇的眼光
以她颤动的心脏求问诸神的征兆！①

1305　我带她来的路上何等骄傲尊贵，
如今却要单独绝望地还乡！
归途还有来时的芬芳，
路人在她的脚下散播鲜花。
不，我绝不允许她去赴死刑，

1310　除非你送给希腊人一场双重献祭。
恐惧和敬畏再也不能分开我们。
你得从我流血的怀抱里夺走她。
野蛮的夫君！无情的父亲！
你若胆敢，就从母亲身边抢走她。

1315　回去吧，孩儿，母亲的命令
至少这最后一次你要顺从。

第五场

阿伽门农

阿伽门农

我万没料到这样的疯狂愤怒。
这就是我担心听见的咆哮。

---

　　① 参看维吉尔，《埃涅阿斯纪》，4. 63–64："用破开的牺牲尚在颤动的内脏问卜。"

在我心神飘零的纷乱之中，

若仅有这点担心该多幸运！　　　　　　　　　　*1320*

啊呀！既将严酷的律令强加给我，

伟大的诸神，何必给我一颗父亲的心？

第六场

阿喀琉斯、阿伽门农①

阿喀琉斯

古怪的风声一直传到我耳中，

大人，我私下判断不可信。

有人传说，我复述时不能不反感，②　　　　　*1325*

你命令伊菲革涅亚今日去送死，

你抑制一切属人的情感，

要亲手把她交给卡尔卡斯。

传说是以我的名义召唤她，

我领她到祭坛是为了献杀她，　　　　　　　　*1330*

通过假婚约同时欺骗我们二人，

你本意是派我不光彩的用场。

大人，你怎么说？我又该怎么想？

你不想平息这损害你的传闻吗？

阿伽门农

大人，我无意解释我的计划。　　　　　　　　*1335*

---

①　在欧里庇得斯笔下，阿喀琉斯与阿伽门农不曾同场出现。拉辛的做法让人想到《伊利亚特》开篇这两名英雄的对峙。

②　参看维吉尔，《埃涅阿斯纪》："我重提此事浑身战栗。"（Horresco refeens, 2. 204）

我的闺女尚不知那至高的命令，

等到了她应该知情的时候，

你会知晓她的运命，我会通告全军。

阿喀琉斯

啊！我太知晓你为她预备下的运命。

阿伽门农

1340　你既已知情，又何必再问？

阿喀琉斯

我何必再问？天神哦！怎能相信

有人胆敢供认最邪恶的狂热？

你以为我会赞成你的恶辣计划，

放任你在我眼前献杀那闺女？

1345　你以为我的信念爱情和荣誉会让步？

阿伽门农

你用气势汹汹的语气对我说话，

莫非你忘了你在询问谁？

阿喀琉斯

莫非你忘了我爱谁而你又伤害谁？

阿伽门农

谁委托你来照顾我的家族？

1350　没有你我就不能支配自家闺女？①

我不是她父亲？你算她夫君？

她不能……

阿喀琉斯

　　　　　　不，她不再属于你。

---

① 参看高乃依的《贺拉斯》第五幕第三场："谁委托他来照顾我的家庭？谁让他执意替我女儿复仇？"（1667–1668）

你不能拿空头的承诺愚弄我。

只要我的身体里还有一丝血气，

你必须使她和我的命运结合，　　　　　　　　　1355

我会捍卫你发誓许给我的权利。

你不是为了我才召唤她来此地？

阿伽门农

你去抱怨那要求我这么做的诸神。

你去指责卡尔卡斯和希腊全军、

奥德修斯和墨涅拉奥斯，尤其是你。　　　　　1360

阿喀琉斯

我！

阿伽门农

　　　你！你一心想征服亚细亚，

日夜咒骂那阻拦你出发的天神，

你不耐烦我有理可据的恐惧，

在整个军营里大肆散布愤怒。

我为救她一度对你敞开心门，　　　　　　　1365

可你心心念念只要特洛亚。

我一度封闭你急忙奔赴的战场。

你想去，去吧！她的死为你开路。

阿喀琉斯

公正的天神！我该听见和忍受这番话？

发假誓的人如今又添上凌辱？　　　　　　　1370

我情愿损害她的性命也要出征？

我奔赴特洛亚是为了我自己？①

———————

① 参看《伊利亚特》："我到这里来参加战斗，并不是因为特洛亚枪兵
得罪了我，他们没有错……"（1.152–160）

站在那城墙下对我有什么好处？

我没有听从女神母亲的呼声，

1375 也不关心绝望的父亲连连劝阻，

我奔向那预言中的早死是为了谁？

从斯卡曼德罗斯河岸开出的船舶^①

不是从不敢在忒萨利亚地方停靠吗？

不是从没有哪个胆小的掠夺者

1380 从拉里萨拐走我的妻子或姐妹吗？^②

我有什么可抱怨？我损失了什么？

我出征全为了你，野蛮的人！

在希腊人中只有我不亏欠你什么，

我扶持你做他们和我的头领。

1385 我亲手火烧勒斯波斯为你雪耻，

那时你还没有召集希腊全军。

再说我们齐聚在此的意图何在？^③

我们不是要把海伦还给她丈夫？

世人几时把我看得这么没用，

1390 我竟任凭别人夺走心爱的新娘？

只有你兄弟受了可耻的冒犯，

才有权为他受辱的爱情雪耻？

———————

① 参看前文行298及相关注释。

② 拉里萨（Larissa）是忒萨利亚地区的主城。拉辛没有沿用《伊利亚特》的说法，也就是阿喀琉斯之父佩琉斯所在的城邦佛提亚（1.155）。一般认为这与诗歌音律的需求有关。《安德洛玛克》的发生地同样不在佛提亚而在布特罗屯，尽管在欧里庇得斯的同名肃剧里，故事发生地在佛提亚。

③ 参看《伊利亚特》，9.337–343。阿喀琉斯拒绝阿伽门农的求和："阿耳戈斯人为什么要同特洛亚人作战？阿伽门农为什么把军队集中带来这里？难道不是为了美发的海伦的缘故？难道凡人中只有阿特柔斯的儿子们才爱他们的妻子？"

我爱你闺女，我敢说她也爱我。

只有她才是我对着发誓的人。

为了满意的婚约，船只军队和士兵　　　　　　　*1395*

是我对她的承诺，不是对墨涅拉奥斯。

让他愿意就去追讨被拐走的妻子。

让他去争取那本为我预留的胜利。

我不认识普里阿摩斯、海伦或帕里斯。

我要娶你家闺女，我只为此出征。　　　　　　　*1400*

阿伽门农

那么逃吧。逃回忒萨利亚故乡。

我亲自解除约束你的盟誓。

自会有人奔涌来服从我的号令，

头戴原本应许给你的桂冠，①

用美好的英雄行为征服时运，　　　　　　　　　*1405*

把致命的末日带给伊利昂。

我感觉你的轻侮，单凭这番话，

我将来如何偿还你的辉煌支援？

你俨然是希腊的主宰，听你说来，

诸位君王是丢给我无用的头衔。　　　　　　　　*1410*

我若信你，无人不以你为荣，

全听你的号令前进后退和发抖。

善行受到非难，与侮辱无异。②

我要求手下多顺从而少勇猛。

逃吧。我不畏惧你那无用的愤怒，　　　　　　　*1415*

---

①　参看《伊利亚特》，1. 173–175："要说你的心鼓励你逃跑，你就逃跑吧，我不求你为我的缘故留在特洛亚。"

②　此句颇有高乃依的诗歌意味。参看《西拿》第一幕第二场，73–74。"善行并非总是如你所想。发自小人的善行就是冒犯。"

F. Gérard原画；Massard铜版画

感谢那克制怒火的唯一纽结吧。

（行1417）

我亲手解开你我相连的纽结。

阿喀琉斯

感谢那克制怒火的唯一纽结吧。

我依然尊敬伊菲革涅亚的父亲。

若无这身份，诸位君王的头领

只能是最后一次这般顶撞我。① *1420*

我只再说一句话，你听好了：

我须得捍卫你的闺女和我的光荣。

在你企图挖出闺女的心脏之前，

莫忘了还得通过我这道关口。

第七场

阿伽门农

阿伽门农

这让她无从逃避赴死的命运。 *1425*

我闺女单独一人更让我畏惧。

你那不驯的爱情自以为能威吓我，

如今只是加快你想阻拦的行动。

不必多计划，也不必管他的莽撞。

与我相干的光荣在天平上升起。 *1430*

气势汹汹的阿喀琉斯让我下了决心，

我的怜悯看来是害怕的表现。

---

① 参看《伊利亚特》，1. 232："阿特柔斯之子，这是你最后一次侮辱我。"

来人啊，守兵！

第八场

阿伽门农、欧律巴特斯、众守兵

欧律巴特斯

　　　　大人。

阿伽门农

　　　　　　我要做什么？

我如何向他们宣布流血的命令？

1435　狠心人！你在准备何种战争？

你要让他们面对哪个敌人？

那等待我的母亲，不屈挠的母亲，

为保护亲骨肉反抗杀人的父亲。

我将看到这些不如我残忍的士兵

1440　尊重躲在她怀里的王的女儿。

阿喀琉斯在威胁和轻视我们。

而我闺女是不依从我的律令吗？

我闺女是想从祭坛前逃开

为这献杀她的行动呻吟吗？

1445　我说什么好？这渎神的热情想要什么？

我要在献杀她时做什么祷告？①

无论多少光荣的回馈等着我，

---

　　① 对观欧里庇得斯："呵，把你的孩子做了牺牲，随后你怎么祷告呢？"（奥1185–1186）

她以血浇灌的桂冠怎能让我欢喜？
我是要打动诸神的至高权威吗？
啊！哪有神比我本人更残酷？　　　　　　　　　　　*1450*
不，我做不到。为亲情友谊让步吧，
莫再因为正当的怜悯感到羞愧。
让她活下来。怎么！我不怕失却光荣，
但如何把胜利拱手让给骄傲的阿喀琉斯？
这是助长他那鲁莽的傲慢，　　　　　　　　　　　*1455*
让他误以为我因畏惧而让步。
我的心神困于何种浅薄的思虑？
难道不能挫败阿喀琉斯的无礼？
就让我闺女变成他眼里的哀愁。
他爱她，她将为别的男子活下来。　　　　　　　　*1460*
欧律巴特斯，把公主和王后叫来。
让她们不必害怕。

第九场

阿伽门农、众守兵

阿伽门农

　　　　　　　伟大的诸神啊！
神的义愤既是坚决要带走她，
虚弱的有死者又能怎么办？
我未能救她，善意反害了她，　　　　　　　　　　*1465*
这我知道。只是，伟大的诸神啊！
此等牺牲值得反复确认残酷的律令，

我要求诸神第二次向我索讨。

第十场

> 阿伽门农、克吕泰涅斯特拉、伊菲革涅亚、埃里费勒、
> 欧律巴特斯、多里斯、众守兵

阿伽门农

　　来吧，夫人。好好照看她的性命。

1470　　我把闺女还给你，我把她托付给你。

　　快快带她远离这残酷的地方，

　　阿耳刻斯会带兵护送你们，

　　我欣然原谅他那有益的不审慎。

　　一切全靠保密，动作要快。

1475　　奥德修斯和卡尔卡斯尚未发话。

　　小心莫让他们知晓你们出发。

　　藏好闺女，让整个军营以为

　　我单独留下她而把你送回了家。

　　逃吧！但愿诸神满意我掉的眼泪，

1480　　让我能够长久哀伤地注视她！

　　守兵们，跟着王后。

克吕泰涅斯特拉

　　　　　　　　啊，大人！

伊菲革涅亚

　　　　　　　　　啊，父亲！

阿伽门农

　　须得预防卡尔卡斯加快行动。

听我说，快跑！我会掩护你们，
跑去拖住他，假装和他讲道理。
我会暂停这场不祥的盛会， 1485
至少拖延今日剩余的辰光。

第十一场

埃里费勒、多里斯

埃里费勒

跟我来。多里斯，那不是我们走的路。

多里斯

你不跟她们一起走吗？

埃里费勒

啊！我终于屈服了。
我承认了阿喀琉斯的柔情的效力。
绝无可能引发一场无用的狂怒。 1490
不用多说。要么她死要么我亡。
来吧，我要向卡尔卡斯揭露真相。

第五幕

第一场

伊菲革涅亚、埃依娜

伊菲革涅亚

> 莫阻拦我。去吧！去找我母亲，
>
> 埃依娜！诸神的愤怒须得平息。

1495

> 就因为妄图保全我这点不幸的血脉，
>
> 看哪，诸神要降下狂风暴雨！
>
> 想想王后被迫陷入的境地，
>
> 整个军营会如何反对我们逃离。
>
> 众人蛮横无理地纷纷赶来，

1500

> 举起发亮的枪尖在我们眼前闪耀。
>
> 卫兵被击退，王后当场昏倒……
>
> 啊！这太让她冒风险，让我避开她。
>
> 莫再期待她来做无力的援助，
>
> 让我利用她眼下心神混乱。

1505

> 我父亲，啊呀！既然不得不说，
>
> 他在救我的同时也判了我死。

埃依娜

> 他吗？夫人！怎么？出了什么事？

伊菲革涅亚

> 易激动的阿喀琉斯想是冒犯了他。

只是父王恨他，要求我也恨他。

父王命令我的心做出可怕的牺牲，   *1510*

让阿耳刻斯向我传达心愿，

埃依娜，他禁止我对阿喀琉斯说话。

埃依娜

啊，夫人！

伊菲革涅亚

这宣判啊，未听闻的残忍！

更宽容的诸神，你们只取我性命！

赴死吧，顺从吧。可我看见谁?   *1515*

诸神啊！是阿喀琉斯?

第二场

阿喀琉斯、伊菲革涅亚

阿喀琉斯

来吧，夫人，请跟我来！

莫害怕民人的叫嚣和虚张声势，

眼下他们正朝这营帐纷纷涌至。

出来吧，这喧闹人流不等我开火，

很快他们会冲挤到你跟前。   *1520*

帕特罗克洛斯和几个头领正赶来，

我手下最优秀的忒萨利亚人会带领你。

其他人会在我的军旗下集合，

为你排兵列阵形成无敌的堡垒。①
1525　　让我们保护你对抗迫害者。
　　　让他们来阿喀琉斯的营帐找你。
　　　怎么？夫人，你是这么协助我吗？
　　　你一味只用眼泪回答我。
　　　莫非你还轻信这脆弱的武器？
1530　　赶快吧！你父亲见过你的眼泪。

伊菲革涅亚

　　　我明白，大人。我的希望
　　　如今寄托在我将受的致死一击。

阿喀琉斯

　　　你去赴死？啊！莫再说这种话。
　　　你可想过你我共同受约束的盟誓？
1535　　你可想过，话说再多也无益，
　　　阿喀琉斯的幸福仰赖你的生命？

伊菲革涅亚

　　　天神不会使我这个不幸的女孩儿
　　　与你命中注定的幸福连在一起。
　　　爱情欺骗了我们，依据时运判决，
1540　　你的幸福将是我去赴死的结果。
　　　想想吧，大人！想想那光荣的收成，
　　　你骁勇的双手将迎接多少胜利。
　　　你们所有人热望的光荣战地，
　　　倘若我不流血，它将永是贫瘠。

————————

　　① 在拉辛笔下，阿喀琉斯得到手下的拥护。相反，欧里庇得斯使米尔弥冬人反对他，他们声称他做了婚姻的奴隶，公然违抗神谕和献祭，情愿用石头砸死他（奥1350–1353）。

这是诸神向我父亲传达的律令。　　　　　　　　　*1545*

他徒然违抗不听从卡尔卡斯。

通过密谋献杀我的希腊人之口，

诸神的永恒律令已然传开。

你走吧。我过分阻碍你的荣誉。

你自己要摆脱神谕的约束，①　　　　　　　　　*1550*

向世人展现应许给希腊的英雄。

你要转移痛苦到敌人身上，

让普里阿摩斯脸变色，惊惶的特洛亚

畏惧我的火堆，因你落泪而颤抖。

去吧！到那男丁稀少的空城内，　　　　　　　　*1555*

让特洛亚的寡妇哀哭我的早夭。

我带着希望赴死，满足安宁。

我活着不能成为阿喀琉斯的伴侣，

只盼至少在某个有福的未来，

有关我的记忆牵系你的不朽功绩，　　　　　　　*1560*

我的死亡标注你的光荣起点，

终有一天成就美好故事的传说。②

永别了，王子！活下去，诸神的可敬子嗣！

阿喀琉斯

不，我绝不接受不祥的永别。

凭着这话你徒然想以残忍的机敏　　　　　　　　*1565*

为你父亲效劳，骗过我的柔情。

你执意去赴死，徒然声称

---

① 参看前文247–250。

② 对观欧里庇得斯："我把我的身体献给希腊了。牺牲了我，去把特洛亚毁灭吧。这是我永久的纪念，这对我也就是子女，结婚与名声了。"（奥 1397–1399）

放你去死与我的光荣有关，
桂冠、荣誉和征战的所有收成，
1570　我顺遂你的心愿即能轻易取得。
但谁还愿意以我的保护为荣，
倘若眼前和我的婚约不能拯救你？
我的光荣和爱情命令你活下来。
来吧，夫人！相信我，跟随我。

伊菲革涅亚

1575　是说我吗？我若是为了逃避送死
竟敢反抗父亲，岂不是罪有应得？
哪里还有孝敬？这至高的责任……

阿喀琉斯

你跟随的新夫经得他本人认可。
他徒然想从我身上夺走这个身份。
1580　他发誓难道是为了事后违背吗？
你本人受这严酷责任的约束，
他把你许给我时不是你父亲吗？
如今他不再是父亲不再认你，
难道你偏去依从他的专断命令吗？
1585　我们耽搁太久，公主，我恐怕……

伊菲革涅亚

怎么？大人，你竟要强迫我吗？
你倾听有罪的冲动和热情，
莫非还要继续加深我的不幸？
我的光荣不如我的生命可贵吗？
1590　大人啊！请放过可怜的伊菲革涅亚。

我若依从不得不尊重的律令，①

连这样听你说话也是不该的。

莫强求更多不公正的胜利。

或许，我若光荣地献杀自己，

在眼下的困境里，我反倒有望　　　　　　　　　　　1595

摆脱你提供的有风险的救助。

阿喀琉斯

唉！不必再说。狠心人，顺从吧，

追逐你眼里如此美丽的死亡吧。

把你的心带给你父亲，依我看

你对他的孝心远不如对我的仇恨。　　　　　　　　1600

公正的愤怒侵袭着我的灵魂。

你走向祭坛，夫人，我也会赶去。

既然天神渴望鲜血和死亡，

不计其数的血将熏烧在祭坛。

在我盲目的爱情面前一切皆合理。　　　　　　　　1605

祭司将是第一个被宰的牺牲，

火葬堆将由我亲手拆毁和推倒，

四散的木头漂浮在杀人者的血泊中。

在极端混乱的可怕时刻，

倘若你父亲受攻击倒下死去，　　　　　　　　　　1610

你亲见孝心的可悲后果，

你要承认全是你一人所引起。②

伊菲革涅亚

啊，大人！狠心人！他避开我走了。

---

① 指阿伽门农禁止她与阿喀琉斯说话。参看前文 1510–1513。

② 阿喀琉斯因爱而生的毁灭性的狂怒未见于欧里庇得斯的古本。

正义的天神！你要我死，我一人在此，

1615　　　处罚我吧，结束我的生命和恐惧，

从天上抛掷只为打压我的刀剑吧！

第三场

克吕泰涅斯特拉、伊菲革涅亚、埃依娜、欧律巴特斯、众守兵

克吕泰涅斯特拉

是的，我会抵抗整支军队保护她。

胆小鬼！你们要背叛祸难中的王后吗？

欧律巴特斯

不，夫人，你只需对我们下令，

1620　　　你将亲见我们抗争到底至死不渝。

但怎能高估我们的菲薄力量？

这许多敌人面前谁能保卫你们？

这不是自命不凡的民人的混乱聚众，

这是被致命热情所蒙蔽的希腊全军，

1625　　　绝不容情。卡尔卡斯一人发号施令，

虔敬的祭礼要求奉献牺牲。

主公本人被剥夺了权力，

正是他强制我们对人群让步。

阿喀琉斯，世人畏惧的阿喀琉斯，

1630　　　徒然凭勇气抵抗这场风暴。

夫人，他又能如何？谁能驱散

那如潮涌般行将围困他的敌军？

克吕泰涅斯特拉

　　让他们表现大逆不道的热情，

　　从我身上夺走这点心头肉。

　　死亡，只有死亡足以扯断　　　　　　　　　　1635

　　我们娘儿俩相依为命的纽带。

　　我情愿忍受身体与灵魂分离，

　　从此不再受苦……孩儿啊！①

伊菲革涅亚

　　　　　　　　　　夫人啊！

　　哪颗邪恶的星辰让你生下我，

　　我这蒙你温存爱护的薄命人？　　　　　　　　1640

　　只是眼前的境况下你又能如何？

　　你是要对抗诸神也对抗凡人。

　　莫非你要去直面狂怒中的民人？

　　在这个对你夫君造反的军营，

　　千万莫孤身一人徒然地挽留我，　　　　　　　1645

　　乃至被那群士兵羞辱地强拖，

　　平白做一场可悲的努力，

　　招致在我眼里比死还残酷的一幕。

　　来吧，让希腊人完成他们的工作。②

――――――――――

①　参看欧里庇得斯，《赫卡柏》，389-398。同是描写一个母亲失去爱女之痛："至少请你们把我和我的女儿一起杀了吧……像藤萝在栎树上似地，我将抱住了她……我决不，决不愿放走我的孩子。"特洛亚亡城之后，希腊人意欲在阿喀琉斯的墓前献杀一名特洛亚处女，也即赫卡柏的女儿波吕克塞娜。

②　参看《赫卡柏》，403-408："可怜的母亲，不要去与强者争斗。你想要摔倒在地上，损伤了你老年的肌肤，被强暴地推去，很难看地被少壮的手臂所拉开么？你会得要如此。不，这于你是不值得的。"

1650　离开这不幸的海边莫要回头。

　　　等待我的火葬堆近在咫尺，

　　　莫让燃烧的火光闪耀在眼前。

　　　你若是爱我，凭着这母爱的名，

　　　永远不要为我的早夭指责父亲。①

克吕泰涅斯特拉

1655　他！那放任卡尔卡斯去挖你心的人……

伊菲革涅亚

　　　他不也被你的眼泪打动要带还我？

克吕泰涅斯特拉

　　　那狠心人的背叛多么让我失望！

伊菲革涅亚

　　　诸神把我给了他，他又还给诸神。

　　　我死了不会带走你们的全部子女，

1660　还有别的纽带在联结你们的爱情，

　　　你会在我兄弟俄瑞斯忒斯身上看见我。

　　　啊呀！但愿他对母亲不会这样不祥！②

　　　你听见失去耐心的民人的叫嚣。

　　　请最后一次为我张开怀抱，

1665　夫人啊！振作起你的高贵美德……

　　　欧律巴特斯，把牺牲带到祭坛去吧。

---

　　① 对观欧里庇得斯："请不要恨我的父亲和你的丈夫。"（奥 1455）拉辛在这里用"永远不"（jamais），大大加强了伊菲革涅亚这句话里的肃剧讽刺意味。克吕泰涅斯特拉后来在阿伽门农从特洛亚回乡之后杀死亲夫，其中一个原因就是伊菲革涅亚的献祭。参看埃斯库罗斯，《阿伽门农》，1412–1420；塞涅卡，《阿伽门农》，157–173。同样的措辞效果见下文 1661–1662。

　　② 拉辛在此暗示俄瑞斯忒斯后来为父报仇而弑母。欧里庇得斯的戏中亦有幼年的俄瑞斯忒斯出场。伊菲革涅亚与之永别："——这俄瑞斯忒斯你给养育成人吧。——你拥抱他，这是你最后的一面了。"（奥 1451–1452）

第四场

克吕泰涅斯特拉、埃依娜、众守兵

克吕泰涅斯特拉

　　啊！你不会独自去祭坛，我不打算……

　　可是人群迎面朝我纷纷拥挤过来。

　　恶毒的人们！满足嗜血的饥渴吧。

埃依娜

　　夫人，你往哪里去？你要做什么？　　　　　　　　1670

克吕泰涅斯特拉

　　啊呀！无用的努力让我筋疲力竭，

　　我才刚挣脱又卷入可怕的人流。

　　莫非我饱受这许多折磨却还活着？

埃依娜

　　你可知是谁干的，是谁背叛你们，

　　夫人？你可知是哪条无情的毒蛇　　　　　　　　1675

　　竟让伊菲革涅亚收留在怀中？

　　埃里费勒！你亲自带她来本地，

　　是她向希腊人告密你们要逃跑。

克吕泰涅斯特拉

　　啊！报仇神①用双翼带来的怪兽！

　　从冥府深处抛进我们手里的怪兽！　　　　　　　1680

　　怎么！你竟不死？怎么！单为惩罚她……

　　我的殇痛又该上哪里寻找牺牲？

　　怎么！大海啊！你不张开新的深渊，

---

　　① ［译按］Mégère，即希腊神话中的厄里倪厄斯。

淹没希腊人和他们的千万船只？

1685　怎么！等到奥利斯吐出罪恶的战舰，

将他们从一度藏匿的湾港驱逐，

大风啊，那长久受非难的大风，

不会卷起船只的碎片淹没你吗？

而你，太阳！你从前在这地方

1690　认出阿特柔斯的继承人和真正的儿子，

你不敢照亮那父亲的宴席，①

消隐吧，他们已教给你不祥的路线。

啊呀！天神哦！不幸的母亲哦！

我的闺女头戴可憎的花饰，

1695　把白颈伸给她父亲备好的利刃。

卡尔卡斯走向她……蛮子啊，住手！

这是神的嫡亲骨肉在发出鸣响……

我听见雷声轰鸣，我感到大地颤抖。

某个复仇的神，某个神正在发威。②

第五场

克吕泰涅斯特拉、埃依娜、阿耳刻斯、众守兵

阿耳刻斯

1700　莫怀疑，夫人，某个神为你战斗。③

---

①　阿特柔斯的宴席，参看前文 1249–1252 及相关注释。

②　打雷的神即父神宙斯，就父母的血统而言，伊菲革涅亚确乎可算是宙斯的后裔。直至终场前奥德修斯的叙述里，观众才知道，克吕泰涅斯特拉在这里远远听到的雷声，发生在埃里费勒自尽的时候（参看下文 1778）。

③　荷马诗中常见的意象。

阿喀琉斯正在满足你的心愿，

他攻陷了希腊人的虚弱堡垒。

阿喀琉斯攻进祭坛。卡尔卡斯发了狂。

致命的献祭仪式暂时被中止。

威吓和奔跑，空气乱颤，武器闪亮。　　　　　　　　1705

阿喀琉斯绕着你闺女的周围

布满所有为他效忠的朋友。

可怜的阿伽门农不敢承认真相，①

是不想看他预料到的凶杀，

还是遮掩眼泪，他蒙住了脸。②　　　　　　　　　　1710

来吧！既然主公缄默无话，来吧，

你要用言辞声援你们的保护者！

他双手沾满熏烧成烟的黑血，

要亲自把情人交还到你的怀里。

正是他本人派我来为你带路。　　　　　　　　　　　1715

不用害怕。

克吕泰涅斯特拉

　　　　　　　我会害怕？亲爱的阿耳刻斯，快走吧！

最可怕的祸难也不会让我脸发白。

我哪儿都去得。诸神啊！我看见奥德修斯？

是他。我闺女死了，阿耳刻斯！来不及了！

---

　　① 这句话的意思是，阿伽门农不敢公开承认他在内心深处赞同阿喀琉斯的抵抗。

　　② 对观欧里庇得斯："阿伽门农看见女儿走进树林里去做牺牲的时候，他发出呻吟，将头转了过去，流下泪来，拿起衣服遮在眼睛的前面。"（奥1547–1550）

第六场

奥德修斯、克吕泰涅斯特拉、阿耳刻斯、埃依娜、众守兵

奥德修斯

1720　不，你闺女活着，诸神也已满足。

请放心。天神意愿把她交还给你。

克吕泰涅斯特拉

她还活着！竟是你亲来为我报信！

奥德修斯

是我，长久反对她也反对你的人。

夫人，我以为须得让你夫君下决心，

1725　唯恐希腊联军因之失却荣誉，

我从前的严厉忠告使你落泪，

现如今天神已平息愤怒，

我来修复不幸造成的痛楚。

克吕泰涅斯特拉

我的闺女！天神啊，我心多狂乱！

1730　大人，是哪种奇迹哪个神把她归还？

奥德修斯

你亲见我本人在这幸福的时刻

感到恐怖，①感到欢乐和狂迷。

希腊遭遇前所未有致死命的一天。

不和女神来回跑遍整个军营，

用致命的布带蒙住所有人的眼，

---

①　参看下文1784的"神圣的恐惧"。

发出争吵动乱的不祥信号。① 　　　　　　　　　1735

你闺女因这可怕一幕受惊，

阿喀琉斯保护她而全军反对她。

愤怒的阿喀琉斯虽是孤身一人，

却让全军畏惧，有诸神来助。 　　　　　　　　　1740

空气里浮动刀枪的乌云，

地上的血泊预示杀戮在即。

卡尔卡斯在敌对两方中进前，

眼凶狠脸阴沉，怒发冲冠，

模样可怖，显见有神在激励他。 　　　　　　　　1745

"阿喀琉斯，众希腊人，听我说啊！

神正借我的声音对你们说话，

他对我释解神谕，说明他的选择。

另一个海伦的血亲，另一个伊菲革涅亚

要在这海边牺牲生命被献祭。 　　　　　　　　　1750

当初忒修斯与海伦私自结合，

他在拐走她之后与她不法联姻。

他们生下一个被母亲隐瞒的闺女。

她的名字叫作伊菲革涅亚。

我亲见这份爱情结出的果实。 　　　　　　　　　1755

我预言她的性命有凶险的未来。

她隐姓埋名，因暗黑的命数，

凭自身的狂热不意来到本地。

---

　　① 参看《伊利亚特》，4. 441–445："不和女神穿过人群，把共同的争吵扔到他们中间，迅速激起沉痛的呻吟。"拉丁作者朗基努斯在《论崇高》（ *Traité du sublime* ）中一度盛赞荷马诗中的这一段落，视之为荷马诗的崇高性的范例。值得一提的是，布洛瓦将《论崇高》翻译成法文并公开出版（1674年7月10日），与拉辛撰写《伊菲革涅亚》几乎同时。

她与我见过谈过，她在你们眼前。
听我说，她才是诸神索讨的牺牲。"

1760　卡尔卡斯如是说。整个军营呆住，
惊恐地听他说完，望向埃里费勒。
她站在祭坛上，也许还在心里
埋怨致命的献祭礼仪太缓慢。
不久前她还突然亲自跑来，

1765　向希腊人告密你们要逃跑。
众人暗自叹息她的身份和运命。
但她的死既是攻陷特洛亚的代价，
希腊全军随即大声疾呼反对她，

1770　向卡尔卡斯要求献杀她。
卡尔卡斯伸手想要抓住她。
"住手，"她说，"莫靠近我，
你说我是这些英雄的嫡传女儿，
不用你渎神的手我自会流血。"①

1775　狂怒的她飞一般在近旁的祭坛
拿起神圣的祭刀猛扎进胸膛。
她涌出的血才刚染红大地，
诸神在祭坛上鸣雷作响，
大风在空气中可喜地轻颤，
大海用潮水的咆哮做出回响，②

---

① 对观欧里庇得斯："你要让一个阿耳戈斯人来触着我，我将不作一声，毅然地交出我的颈项去。"（奥 1559–1560）另参看欧里庇得斯在《赫卡柏》中让波吕克塞娜赴死前说的话："阿耳戈斯人，你们焚掠了我的城池，我自己愿意死，不许有人触着我的肌肤，因为我将勇敢地交出我的头颈去。"（543–548）

② 此行似乎直接援引自布洛瓦在《论崇高》法译本中翻译欧里庇得斯《酒神的伴侣》里的一行诗（726）。

远处海岸浪花低吟泛起白沫，　　　　　　　　　　　*1780*

火葬堆自行燃烧起大火，

天空裂开亮着闪电，朝人群

抛洒一阵消除疑虑的神圣恐惧。①

惊愕的士兵在一片云雾中

看见狄安娜女神降临火堆。　　　　　　　　　　　　*1785*

又说看见那女神穿过火焰升天，

将凡人的焚香和祈愿带给天神。②

这一切转瞬即逝。唯有伊菲革涅亚

在众人一片喜悦中为情敌哭泣。　　　　　　　　　　*1790*

从阿伽门农的手里迎接她吧。

来吧！阿喀琉斯和他渴望再见你，

夫人，他二人自此心意相通，

决意携手巩固两族的庄严盟婚。

克吕泰涅斯特拉

天神啊！我用什么献礼和焚香，　　　　　　　　　　*1795*

才能报答阿喀琉斯并拜谢神恩？

---

　　① 　此处场景描写让人想到圣经中的神迹，如见《以赛亚书》，64. 1–2：
"愿你裂天而降，愿山在你面前震动，好像火烧干材，又像火将水烧开。"

　　② 　只有虔信的士兵才相信此事乃是神意的干预。在欧里庇得斯笔下，
克吕泰涅斯特拉听闻女儿获救并在祭坛上被母鹿取代的报信，随即说道：
"我怎么知道这不是一个虚假的故事，说来安慰我，叫我不要再哀悼你的
呢？"（奥1616–1618）正如前言所说，拉辛没有 "借助某种女神降临或某种
机关来解决问题"，而是让在场士兵看见女神从云中降临，这也是当时歌剧
的常见做法。

F. Gérard原画；Massard铜版画

唯有伊菲革涅亚
在众人一片喜悦中为情敌哭泣。
（行1790-1791）

戏剧前言

《伊菲革涅亚》前言

（1675年）

历代诗人笔下，没有比伊菲革涅亚的献祭更出名的。然而，关于这场献祭的至为重要的特殊情况，诗人们并非意见一致。有些诗人认为，阿伽门农的女儿伊菲革涅亚确乎流血牺牲死在奥利斯①，比如埃斯库罗斯的《阿伽门农》，索福克勒斯的《厄勒克特拉》，稍后还有卢克莱修、贺拉斯②和其他好些诗人。只需读一读卢克莱修，他在《物性论》第一卷开场这么说：

> 在奥利斯，希腊将领们用伊菲革涅亚的血可怕地玷污了
> 那十字路口的处女神的祭坛……③

在埃斯库罗斯④笔下，克吕泰涅斯特拉说起刚咽气的丈夫阿伽门农，说他将在冥府遇见从前在他手里做了牺牲的女儿伊菲革涅亚。

---

① Aulide 这个地名并不真实存在。拉辛用来指波俄提奥北部港口奥利斯（Aulis）。相传当时有十万希腊盟军在此驻扎。Aulide 在拉丁文中可视为 Aulis 的夺格，在卢克莱修文中出现过。［译按］拉辛原文中的 Aulide，中译本直接译"奥利斯"。

② 埃斯库罗斯，《阿伽门农》，185–247。索福克勒斯，《厄勒克特拉》，530–533，566–579。卢克莱修，《物性论》，1. 80–101。贺拉斯，《讽刺诗集》，2. 3. 199–200。

③ 卢克莱修，《物性论》，1. 80–101。［译按］拉辛此处直接援引拉丁文。

④ 埃斯库罗斯，《阿伽门农》，1555–1559。

　　另有一些诗人佯称，狄安娜女神怜悯这个年少的公主，在献祭的当场带走她，送她到陶里斯①，并且用一只母鹿或类似的动物替代作牺牲。欧里庇得斯②采用了这个情节，奥维德也把它写进了变形故事③。

　　关于伊菲革涅亚还有第三种意见，和前两种意见一样有古老的渊源。好些诗人写到，确有某个名叫伊菲革涅亚的公主被献杀了，只不过，她是海伦与忒修斯所生的女儿。海伦不敢承认这个女儿，因为她不敢向墨涅拉奥斯坦白曾与忒修斯私下相好。持此观点的诗人有斯特西克鲁斯④，他是最古老亦是最出色的抒情诗人之一。泡赛尼阿斯⑤记载了所有持此意见的诗人的名字和文字见证。⑥他还补充说，这就是阿耳戈斯全国上下的共同认信。

　　诗人之父荷马完全未提到阿伽门农之女伊菲革涅亚在奥利斯被献祭，或者被送往斯基泰人的国。《伊利亚特》⑦卷九中提到，希

──────────

　　①　Tauride，古代又称陶里斯半岛（Chersonèse Taurique），即今天的克里米亚。

　　②　欧里庇得斯在《伊菲革涅亚在奥利斯》的结尾处讲到母鹿的变形故事，《伊菲革涅亚在陶里斯》则从她被带到陶里斯讲起。

　　③　奥维德，《变形记》，12. 24–38。

　　④　斯特西克鲁斯（Stésichore，古希腊诗人，约于前552年去世）的作品仅存残篇。拉辛援引这些古代诗人，无不是依据下文提到的泡赛尼阿斯的记载。

　　⑤　［拉辛原注］《柯林斯游记》，1613年，页125。

　　⑥　泡赛尼阿斯原文如下："阿耳戈斯人说，海伦当时已怀孕，并在阿耳戈斯分娩。她把生下的女儿交托给当时已经嫁给阿伽门农的克吕泰涅斯特拉，她自己随后嫁给了墨涅拉奥斯。卡尔基斯的欧福里翁（Euphorion de Chalcis）和布勒隆的亚历山大（Alexandrede Pleuron）在这一点上与阿耳戈斯人意见一致，在他们之前，希梅拉的斯特西克鲁斯（Stésichore d'Himère）已经写过，伊菲革涅亚是忒修斯之女。"

　　⑦　《伊利亚特》，9. 141–147。拉辛很可能是凭记忆做出援引。在荷马文中，阿伽门农没有说密刻奈而是说阿耳戈斯，没有指定伊菲革涅亚，而是让阿喀琉斯在他的女儿们中间挑选。

腊人驻扎在特洛亚城外将近十年之际，阿伽门农将伊菲革涅亚许亲给阿喀琉斯，并声称他的女儿留在了密刻奈的故乡。

我在此列举所有这些不同说法，特别是泡赛尼阿斯的记载。这是因为，正是参照泡赛尼阿斯，我才有幸找到埃里费勒①这个人物。没有她，我绝不敢放手去写这部肃剧。倘若我不得不写一个像伊菲革涅亚这么高尚可爱的人物被谋杀的场景并以此玷污舞台，那还成什么样子？倘若我不得不借助某个女神降临或某种机关，不得不借助变形故事②来解决问题，那还成什么样子？变形故事在欧里庇得斯的年代还有几分可信度，在我们今天却显得太荒谬太不可信。

我很高兴在古人的文献里找到另一个伊菲革涅亚，并用合宜的方式表现这个人物。她是陷入嫉妒的有情人，一心想把情敌推进不幸的深渊，因而从某种程度上理当受惩罚，却又不是完全不为人怜悯。③这样一来，戏剧情节的解决即从这出戏的故事本身提取出来。④只需看到这个人物就能明白我给观众带去的乐趣，我在终场时拯救了一个在整部肃剧中让观众极为关怀的高尚公主，并

---

① Eriphile这个名字乃是拉辛的独创，用来指泡赛尼阿斯提到的海伦和忒修斯的女儿。《奥德赛》（11.326）有一个埃里费勒，是阿耳戈斯王安菲阿拉奥斯的妻子。

② 母鹿代替伊菲革涅亚出现在祭坛上，严格说来不能算作变形故事。

③ 拉辛在此遵循亚里士多德在《诗术》卷三中为肃剧定下的规则。与此同时，为了避免当时人对学究气息的反感，他的表述相当含糊，没有直接提到亚里士多德。肃剧中埃里费勒的人物设定基本是这样的：剧中人物因为某种情感（比如嫉妒）而犯下错误（比如让另一个人物去送死），但她本人却因此陷入不幸，因而有可能引起观众的同情。如果是一个纯粹的坏人从幸运转为不幸，则不会激发观众的怜悯或恐惧。

④ 此处依然遵循亚里士多德的说法："每个故事的解决必须从故事本身而来，而不能依靠机器降神……"（《诗术》，15.54a37–b2）

且拯救的方法有别于神迹，因为观众不会相信神迹。①

　　阿喀琉斯征服勒斯波斯岛，成为当地的主人，并从那里抢走埃里费勒，之后去奥利斯。这些情节也绝非无中生有。卡尔基斯的欧福里翁②记载过这次勒斯波斯岛之行。这位诗人在古代极负盛名，维吉尔和昆体良③对其推崇备至。依据帕特尼乌斯④的记载，他在一首诗里写到，阿喀琉斯在加入希腊盟军之前征服这座岛，并在那里遇见一个爱上他的公主。

　　我稍稍脱离欧里庇得斯的布局和故事⑤，主要是这一二处。至于人物的情感，我尽量准确地效仿他。我承认，我的肃剧中好几处最受人称赞的地方全是他的功劳。我为此也乐意承认，这些认可让我更为坚定地尊敬和思慕古传经典。基于我对荷马或欧里庇得斯的仿效所带给我们今天的戏剧的成果，我很高兴地承认，在任何时代，常识和理性始终不变。巴黎的趣味与雅典的趣味一致。从前让最有学问的雅典人落泪的，如今也让我的观众感动。因此有人说，所有诗人中欧里庇得斯最具肃剧味（τραγικώτατος），⑥换

──────────

　　①　参看贺拉斯，《诗艺》，188："你用这种方式表现出来的东西，我若是没法相信就会深感厌恶。"

　　②　在第十篇《牧歌》中，维吉尔提到"卡尔基斯的诗人为我做的诗行"（50-51）。昆体良为此解释道："我们会忘记诗人欧福里翁吗？维吉尔若不欣赏他，肯定不会在《牧歌》中提到'卡尔基斯诗体'这一说法。"（《修辞术》，10.1，10.56）卡尔基斯是爱琴海上的优卑亚岛的城市。正如"奥利斯"的写法，拉辛把Chalcis写成Chalcide。诗人欧福里翁（约于前270年去世）的作品仅存残篇。

　　③　［拉辛原注］维吉尔，《牧歌》，10；昆体良，《修辞术》，10。

　　④　尼西亚的帕特尼乌斯（Parthénius de Nicée，公元前1世纪）在《爱的苦楚》（Souffrances d'amour，1.21）中写道，勒斯波斯王女从城墙上看见阿喀琉斯，对他一见钟情，答应助他攻城，作为交换条件他要承诺迎娶她，但阿喀琉斯在战胜之后命令手下士兵以叛国罪名将她乱石打死。

　　⑤　拉辛用fable指故事（histoire）。《安德洛玛克》前言中亦有同一用法。

　　⑥　语出亚里士多德，《诗术》，13.53a30。

言之，他深谙如何唤起怜悯和恐惧这两种情绪，而这正是肃剧的真正效果。

　　我感到惊讶，晚近在批评欧里庇得斯的《阿尔刻提斯》[1]时，崇今派竟表现得如此厌恶这位伟大的诗人。本文与《阿尔刻提斯》无关。只是，我实在感激欧里庇得斯，不能不在这里花点心思缅怀他，也不能错过机会调解他与这些大人先生们。我很肯定，欧里庇得斯在他们的心目中如此糟糕，只是因为他们没有好好读他的作品，又偏偏拿这部作品来给他定罪。我以他们提出的最重要的一条反驳意见为例，好向他们证明我这么说是有道理的。我说他们最重要的一条反驳意见，这是因为，他们在每一页都重复提到这一条，他们甚至不怀疑这条意见有被反驳的可能。

　　在欧里庇得斯的《阿尔刻提斯》里，有一场极为出色的戏，阿尔刻提斯支持不住就要死了，她在临死前向丈夫告别。阿德墨托斯流泪恳求她不要放弃。阿尔刻提斯已然看见死亡的模样，对他说：

---

　　[1]　指1675年初的一篇题为《歌剧评论，或〈阿尔刻提斯〉肃剧研究》（ *Critique de l'opéra, ou Examen de la tragédie intitulée Alceste ou le Triomphe d'Alcide* ）的对话。该对话收录在《献给孔蒂亲王殿下的散文和诗体作品集》（ *Recueil de divers ouvrages en pose et en vers dédié à son Altesse Mgr le Prince de Conti* ）。这篇文章旨在强调，当时的肃剧作者基诺（Guinault）所作的歌剧《伊菲革涅亚》比欧里庇得斯的同名肃剧高明，更进一步说，今人作品比古人作品高明。拉辛在前言里用"崇今派"（des Modernes）指称这篇对话的作者，表明他不知道（或假装不知道）作者的确切身份。很长时间里人们不知道作者究竟是佩罗三兄弟中的哪一位。布洛瓦最初认为是当医生的克劳德·佩罗，后来布罗赛特纠正他，确认作者是三兄弟中的老大皮埃尔·佩罗，后者在1678年还写了一篇论战文章《评论和比较欧里庇得斯和拉辛先生的〈伊菲革涅亚〉》（ *Critique des deux tragédies d'Iphigénie, d'Euripide et de M. Racine,, et la comparaison de l'une avec l'autre* ）。拉辛在文中用复数形式的"这些大人先生"（ces Messieurs），似乎影射这篇对话乃是出自佩罗家族多人手笔的集体作品。

　　我看见那双桨和致命的木船，

　　我听见那死人岸上的老渡工卡戎，

　　他不耐烦地呼唤我："下面在等你，

　　全齐活了，快来呀，别耽误事。"①

　　我多么希望有能力在这几行诗文里重现原文的魅力。不过，至少意思大致如此。那些大人先生们却是这么理解的。他们手里拿着一个很糟糕的欧里庇得斯的版本，编者忘了在这几行诗边上用拉丁文标注"阿尔"的缩写，以示这是阿尔刻提斯的话，同时在随后的几行诗边上标注"阿德"的缩写，以示这是阿德墨托斯的回答。为此他们得出世间最古怪不过的结论。他们让阿德墨托斯说出本该是阿尔刻提斯说的话，以及阿尔刻提斯转述卡戎的话。他们就此理解为，阿德墨托斯虽然精神百倍却"误以为看到卡戎要来带走他"②，与欧里庇得斯的肃剧相反，不是卡戎催促阿尔刻提斯上路，而是吓坏了的阿德墨托斯催促阿尔刻提斯快点咽气以免卡戎带走他。"他鼓励她，"这是他们的原话，"要有勇气，不要胆怯，要心甘情愿地赴死。他打断阿尔刻提斯的临终告别，目的是催促她快点咽气。"按他们的说法，简直就是他本人让她去送死的。在他们看来，这样的情感实在"太险恶"③。他们说的没错。没有人不会对此反感。但他们怎么能归咎于欧里庇得斯呢？其他版本均未忘记标注"阿德"的缩写。事实上，就算这些版本没能提醒他们那个倒霉的编者的误导，单看这四行诗之后的内容以及

————————

　　①　［译按］拉辛在这里以诗体形式译出欧里庇得斯《阿尔刻提斯》252–255 四行诗。

　　②　为了突出佩罗的解读硬伤，拉辛在这里改动了对话原文："阿德墨托斯见她心变软，于是鼓励她要有勇气，不要胆怯，他告诉她，如果她不快点咽气，他也得死，卡戎很快会来带走她。"（佩罗文，前揭，页274）

　　③　佩罗文，前揭，页290–291。

阿德墨托斯在同一场戏里的台词，他们本也不至于犯下如此荒唐的错误。因为阿德墨托斯不但没有催促阿尔刻提斯赴死，反而喊道："我听到这悲惨的话，比遭受各样的死还难受。我求你别忍心抛掉我。你若是死了，我也就不想活下去，我的生死全靠在你身上。"①

这些大人先生在别的反驳意见里也不会更走运。比如，他们声称欧里庇得斯塑造了两个"老气横秋的夫妻"，阿德墨托斯是"年老的丈夫"，阿尔刻提斯是"上了年纪的公主"。然而，欧里庇得斯只用一行诗就让歌队代为回敬了他们："你正值年轻，却为丈夫替死，离开了人间。"②

他们还挑剔阿尔刻提斯，说她有两个长成的孩子未婚娶。剧中有那么多处写到相反的情况，他们怎么可能没有读到呢？特别是有一段很美的描述："两个儿女攀着母亲的袍子直哭，她正要死了，忙把孩子挽在手臂里，拥抱了这个，又拥抱那个。"③

他们的其他批评大抵相似。不过，我想我列举这些例子足以为我的古代作者做出反驳。我建议这些大人先生不要轻易评断古人作品。诸如欧里庇得斯这样的作者至少配得上他们去细致观察，尤其因为他们那么渴望将他定罪。他们最好记住昆体良的良言：

> 谈论这些伟大人物的作品时一定要格外审慎和克制，以免犯下好些人已犯过的错，也就是随意给我们一无所知的东西定罪。就算走极端，那也不如仰慕他们写下的一切，这个罪过远远好过对古传经典妄加定罪。④

---

① 欧里庇得斯，《阿尔刻提斯》，272–274，277–278。
② 欧里庇得斯，《阿尔刻提斯》，471–472。
③ 欧里庇得斯，《阿尔刻提斯》，189–191。
④ 昆体良，《修辞术》，10.1，10.26。

《安德洛玛克》前言

（1668—1673年）

埃涅阿斯如是说：

　　我们沿着伊庇鲁斯海岸，向卡奥尼亚港口前进，最后抵达山城布特罗屯……当时安德洛玛克正在……为亡夫赫克托尔举行隆重的祭礼和奠酒仪式。她在他的衣冠冢旁召唤亡魂，那坟上绿草青青，设有一对祭坛，以表示她的哀悼……她低下头悲声说："普里阿摩斯的女儿多有福啊！在所有特洛亚女人中，只有她受命死在特洛亚高墙下敌人的墓旁，用不着沦为战利品被抽签分配，用不着给胜利者做奴妾，和主子同床席！我啊，祖国化为灰烬，我飘零海外，忍受阿喀琉斯之子皮洛斯的轻侮，在奴役中给他生儿子。他又去追求勒达的后人赫耳弥俄涅，与斯巴达联姻……俄瑞斯特斯深爱他那被抢走的未婚妻，又受着那折磨弑母者的复仇女神追逐，趁皮洛斯不防备杀了他，就在他父亲阿喀琉斯的神坛傍边。"①

---

　　① 维吉尔，《埃涅阿斯纪》，3. 292-293，3. 301，3. 303-305，3. 320-328，3. 330-332。拉辛的这段引文中删去原文的四个段落。第一，埃涅阿斯奇遇普里阿摩斯之子赫勒努斯，他在皮洛斯死后娶安德洛玛克，成为布特罗屯的王（3. 294-300）；第二，安德洛玛克祭拜亡夫乃是在一座圣林中，附近有一条被命名为西莫伊斯的河流（3. 302）；第三，安德洛玛克看见埃涅阿斯大吃一惊，问他是人是鬼，埃涅阿斯回答她，又寻问她近况（3. 306-319）；第四，皮洛斯在娶亲之后把安德洛玛克赏给赫勒努斯（3. 329）。拉辛在引文中只用省略号标注出后两处删减。[译按]拉辛直接援引拉丁文原文，此处参考杨周翰译本（人民文学出版社，2000年），译文略有改动。

维吉尔的短短几行诗包含这部肃剧的主题，包括肃剧发生的地点①、故事情节、四个主人公，以及主人公的性格。只除了赫耳弥俄涅的性格，欧里庇得斯的《安德洛玛克》已经足够清晰地刻画她的嫉妒和行为举止。②

我笔下的人物在古代享有盛名，只需稍加了解就能看清楚，我确实还原古代诗人们笔下的这些人物的原貌。我不认为有权利改变古代诗人们笔下的风俗。我仅仅自作主张稍稍缓和皮洛斯的残暴性格，这是因为，无论塞涅卡的《特洛亚妇女》还是维吉尔的《埃涅阿斯纪》卷二，③这个人物的性格都过于极端，我想有必要略作缓解。

何况还是有人抱怨他竟然对安德洛玛克发火，竟然想不惜代价娶一名女俘虏。我承认，皮洛斯显得不是特别顺从爱人的意愿，塞拉东④比他更懂得完美的爱。但有什么办法呢？皮洛斯没有读过我们当今的小说。他的天性自然是暴力的。并非所有英雄生来是塞拉东。

无论如何，观众的厚爱使我免除有那么两三个人带来的烦恼，后者要求改造所有古典英雄，缔造完美的英雄。我想，想要

---

① 事实上，拉辛把埃涅阿斯和安德洛玛克的相逢处布特罗屯（Buthrote）设定为肃剧情节的发生地点。但依据某些古代作者的记载，比如欧里庇得斯的《安德洛玛克》，皮洛斯生前在忒萨利亚地区统治佛提亚（Phtie），忒提斯女神在他死后把安德洛玛克送往伊庇鲁斯。依据另一些古代作者的记载，皮洛斯从特洛亚远征归来以后确乎定居在伊庇鲁斯，但不是住在布特罗屯，因为该城乃是赫勒努斯所建。此外，俄瑞斯忒斯忒皮洛斯不是在佛提亚或布特罗屯，而是在德尔斐。

② 比起《埃涅阿斯纪》，欧里庇得斯的同名肃剧似乎显得只起到微乎其微的参考作用。拉辛这么说乃是为了迎合当时大多数观众的知识背景。

③ 《埃涅阿斯纪》卷二借埃涅阿斯之口讲述特洛亚被攻陷的经过。

④ 塞拉东（Céladon）是十七世纪流行小说《阿斯特莱》（Astrée）的男主人公，乃是完美情人典型。

在舞台上展示完美无缺的人，这样的意图很好。但是，我恳请他们莫忘了，改变戏剧规范的人并不是我。依据贺拉斯的意见，塑造阿喀琉斯应该符合他本来的样子，凶狠、无情、粗暴，就像他的儿子的形象那样。[①] 亚里士多德从不要求塑造完美英雄，而要求塑造肃剧人物，也就是说，这些人物的不幸营造出肃剧性的灾难，肃剧人物既不能全好，也不能全坏。他们不能全好，因为惩罚一个好人会引起观众的怜悯和愤慨。他们也不能过分地坏，因为没有人会怜悯恶人。他们有一般程度的善，有不无弱点的美德，由于犯错而陷入不幸，让人怨叹而不惹人厌恶。[②]

---

① 贺拉斯，《诗艺》，120–122。
② 参看亚里士多德在《诗术》第十三章中的相关说法。

《安德洛玛克》前言

（1675—1697 年）

埃涅阿斯如是说：

> 我们沿着伊庇鲁斯海岸，向卡奥尼亚港口前进，最后抵达山城布特罗屯……当时安德洛玛克正在……为亡夫赫克托尔举行隆重的祭礼和奠酒仪式。她在他的衣冠冢旁召唤亡魂，那坟上绿草青青，设有一对祭坛，以表示她的哀悼……她低下头悲声说："普里阿摩斯的女儿多有福啊！在所有特洛亚女人中，只有她受命死在特洛亚高墙下敌人的墓旁，用不着沦为战利品被抽签分配，用不着给胜利者做奴妾，和主子同床席！我啊，祖国化为灰烬，我飘零海外，忍受阿喀琉斯之子皮洛斯的轻侮，在奴役中给他生儿子。他又去追求勒达的后人赫耳弥俄涅，与斯巴达联姻……俄瑞斯特斯深爱他那被抢走的未婚妻，又受着那折磨弑母者的复仇女神追逐，趁皮洛斯不防备杀了他，就在他父亲阿喀琉斯的神坛傍边。"

维吉尔的短短几行诗包含这部肃剧的主题，包括肃剧发生的地点、故事情节、四个主人公，以及主人公的性格。只除了赫耳弥俄涅的性格，欧里庇得斯的《安德洛玛克》已经足够清晰地刻画她的嫉妒和行为举止。

这几乎就是我在肃剧里借用欧里庇得斯的唯一地方。尽管我的肃剧与欧里庇得斯的肃剧同名，主题却极为不同。在欧里庇得斯笔下，安德洛玛克为摩罗索斯的性命担惊受怕，这是她为皮洛斯生下的儿子，赫耳弥俄涅想要母子二人一起丧命。但在这里，根本没有摩罗索斯：安德洛玛克除了赫克托尔没有别的丈夫，除了阿斯提阿那克斯没有别的儿子。我相信在这一点上我与如今我们对这位王后的印象达成一致。大多数人听说安德洛玛克，往往只知道她是赫克托尔的遗孀和阿斯提阿那克斯的母亲。人们绝不相信她还会爱上另一个丈夫，生出另一个儿子。倘若安德洛玛克流眼泪是为了另一个儿子，而不是为了她和赫克托尔的儿子，那么，我很怀疑这些眼泪是否还会照样深深打动观众。

确实，我不得不做出改动，让阿斯提阿那克斯活得更久一些。不过，在我从事写作的这个国度里，这一点自由不可能不被认可。且不说龙萨让阿斯提阿那克斯摇身变成《法兰库斯纪》①的主角，谁不知道，古老的法兰西王公均系赫克托尔之子的后代，我们的编年史让这位年轻的王子在故国覆灭之后幸存下来，以便成为法兰西君主制的建立者？②

欧里庇得斯在《海伦》这部肃剧里表现得大胆多了。他公然顶撞全希腊的共同信誉：他假设海伦从来不曾去过特洛亚，墨涅

---

① 在龙萨的《法兰库斯纪》开篇，朱庇特讲述如何救下阿斯提阿那克斯（用一团魂影取代真人，让希腊人误以为杀了他），让安德洛玛克和赫勒努斯在布特罗屯将他养大（Ronsard, *La Franciade*, 1. 95–146）。

② 参看《法兰西编年史》（*Chronique de France ou Chroniques de Saint-Denis depuis les Troyens jusqu'à la mort de Charles VI*, 1476）和《自特洛亚亡城至路易十一君王的法兰西年鉴》（*Chroniques et annales de France depuis la destruction de Troie jusqu'au roi Louis XI*, 1492）。此外还有作者指出，安德洛玛克和赫克托尔生有儿子，其中阿斯提阿那克斯（或斯卡曼德里奥斯）被希腊人所杀，儿子拉奥达玛斯（Laodamas）即后来的法兰库斯，乃是法兰西皇室的古远祖先，参看Lemaire de Belges, *Illustrations de la Gaule et singularités de Troie*, 1511-1512; Scipion Dupleix, *Mémoires des Gaules depuis le déluge jusqu'à l'établissement de la monarchie française*, 1639。

拉奥斯攻城之后在埃及找到妻子，而海伦从未离开埃及。这一剧情依据古埃及人之间盛传的说法，希罗多德也有所记载。①

我认为没有必要借用欧里庇得斯的这个例子来证明自己也有做出改动的自由。这是因为，破坏一个神话故事的根本基础，完全有别于改动若干故事枝节，后一种情况在写同一故事的不同作者笔下几乎在所难免。比如，在大多数诗人笔下，阿喀琉斯浑身刀枪不入，只有脚踝是弱点，但荷马偏偏写他胳膊受伤。②比如，在索福克勒斯笔下，伊俄卡斯特在俄狄浦斯解开身世之谜时自尽，相反，欧里庇得斯却让她继续活下来，直到她的两个儿子互相残杀死在一起。③有关这类互相矛盾的说法，某个索福克勒斯的古代解释者说得很好："我们不应该为了好玩去挑剔诗人们偶尔也会改动神话故事，而应该努力审视诗人们做出改动的精妙用意，以及他们擅长让神话故事与主题相适应的高超手法。"④

---

① 希罗多德，《原史》，2. 63–65。

② 《伊利亚特》，21. 166–167。

③ 参看索福克勒斯，《俄狄浦斯王》，1234–1459；欧里庇得斯，《腓尼基妇女》，1455–1459。另参看塞涅卡的肃剧《腓尼基妇女》和《俄狄浦斯》以及高乃依的同名肃剧等不同版本中的说法。

④ 拉辛在亨利·埃提安版的索福克勒斯《厄勒克特拉》眉批中抄录了此句引文。参看本书中古典笔记。

《淮德拉》前言

（1677年）

这是又一部取材自欧里庇得斯的肃剧。[1]虽然我在情节安排上另辟蹊径，但是，我用以充实剧作的手法并不能胜过欧里庇得斯原作中光彩夺目之处。我只从他那里借来淮德拉的人物性格[2]，不妨说，我所能带给戏剧舞台的最合理之处[3]无不应归功于他。我毫不惊讶，淮德拉这个人物在欧里庇得斯的时代广受欢迎，在我们的时代同样广受欢迎。这是因为，这个人物完全符合亚里士多德对肃剧英雄的规定，能够激发观众的怜悯和恐惧。淮德拉既不完

---

[1]　拉辛改写欧里庇得斯，之前还有《忒拜纪》《安德洛玛克》和《伊菲革涅亚》。欧里庇得斯的希波吕托斯肃剧只有一部传世。《被遮蔽的希波吕托斯》今已佚失，仅存《戴华冠的希波吕托斯》（前428年）。

[2]　人物性格（caractère）不应理解为现代语境里的人物心理特征。依据自古代至十七世纪的修辞和诗学规范，该词指人物的全部道德特征，在戏剧中必须与人物的行为和情感保持一致。拉辛在下文中解释道，淮德拉的人物特征是她受到爱情的约束，由于欠缺克制和智慧而无力承认这份感情，与此同时，她又具备相当的道德德性，因而厌恶自己处于这种状态，情愿去死。就戏剧诗学而言，这是最典型的肃剧人物道德性格。

[3]　Raisonnable，在这里应理解为"准确的""得体的""合宜的"。淮德拉拥有亚里士多德所定义的肃剧人物的所有典型特点，这在拉辛笔下绝无仅有。

全有罪，也不完全无辜。① 她受命运驱使，因诸神的愤怒，陷入某种她本人首先厌恶的不正当情感中。她竭尽全力想要超越这份情感。她情愿赴死也不肯告诉任何人。当她被迫坦白时，她羞愧难当的样子让人明白，她的罪过与其说是她本人自愿的行为，不如说是诸神的惩罚。

我小心地让她看上去不像在古代肃剧②中那样让人反感，在古代作者们笔下，淮德拉下决心诬告希波吕托斯。让这样一位感情高贵又有德性的王后亲口诽谤他人，在我看来这是太低劣的做法，有损她的荣誉。我想此等行为更适合某个女仆去做，她可能更缺乏自由的倾向，但她这么做也只是为了挽救女主人的性命和声誉。淮德拉就算参与其中，也只是因为她情绪激动无法自控。她在清醒之后就想澄清事实说出真相。

在欧里庇得斯和塞涅卡的肃剧里，希波吕托斯被诬告冒犯后母：我的身体遭了他的强暴（vim corpus tulit）③。在这里，希波吕托斯只是被诬告有意为之。我想让忒修斯避免陷入某种令观众感觉不适的尴尬境况。

至于希波吕托斯这个人物，我注意到，古代作者往往沿袭欧里庇得斯的做法把他表现成一个没有瑕疵的哲人④。但这样一来，这位年轻王子之死更让人愤怒，而不是引发怜悯。我认为有必要让他有些缺点，让他在父亲面前显得有点过错，与此同时又毫不

---

① 亚里士多德在《诗术》卷八中解释了肃剧在何种情况下能激发怜悯和恐惧。一个完全的好人或者一个坏人的不幸均无可能激发这两种情绪。参看《安德洛玛克》前言和《布里塔尼库斯》前言。

② 这里指塞涅卡，拉辛直至第三段才点到他的名。

③ 塞涅卡，《淮德拉》，892。

④ 依据亚里士多德的理论，好人遭受不幸只能激发观众的反感或义愤。但在古代作者中，确乎不见有人质疑过希波吕托斯的完美性格。[译按]欧里庇得斯借忒修斯之口对希波吕托斯坚持俄耳甫斯式的生活方式做出相当尖锐的批评（如948–954等）。

损及他那高贵的灵魂，毕竟他保全淮德拉的荣誉，宁可赴死也没有揭穿她。我在这里说的缺点，指他对阿丽希的爱①，而那姑娘是他父亲的仇敌家族里的女儿和姐妹。

阿丽希这个人物绝非我的虚构。维吉尔②写过，希波吕托斯在医神埃斯库拉皮乌斯救下死而复生之后，娶了这个姑娘，并生下一子。我还读到其他古代作者③的记载，希波吕托斯娶了一个出身高贵的雅典姑娘阿丽希，二人同赴意大利，当地某个小城因她而得名。

我转述这些典故，因为我坚持一丝不苟地遵循古代神话传统。就连忒修斯的故事我也遵循普鲁塔克的记载。④

我在这位古代史家的记载里找到相关依据，忒修斯入冥府意图带走冥后珀耳塞福涅这则神话，其实是忒修斯在伊庇鲁斯的阿刻戎河边的一次历险。当时另一个英雄佩里托奥斯企图拐跑本地国王的妻子，国王杀死佩里托奥斯并囚禁忒修斯。⑤ 我试着保留这个故事里似是而非之处，同时不丢掉神话里的细节，因为正是这些细节极大成就了神话的诗性。忒修斯在这次神奇历险中被人误传死讯，促使淮德拉表白心底的爱，从而落实其不幸的一大主要原因。假设她的丈夫活着，她是不敢这么做的。

另外，我还不敢肯定《淮德拉》是我写下的最好的肃剧。观

---

① 把希波吕托斯从野性难驯的古代形象转变成情人形象，这是拉辛对古代故事做出的现代性改写。高乃依在《论肃剧》中说道："他笔下的主人公只因为相互爱恋才如此不幸。爱情是主人公的属人的弱点，他们因为爱情而陷入不幸。这样的过错我们每个人都有可能犯。"（O.C., 3. 146）

② 《埃涅阿斯纪》，7. 761–769。

③ 公元三世纪的希腊哲人菲洛斯特拉托斯。

④ 普鲁塔克的《忒修斯传》。

⑤ 《忒修斯传》，39。普鲁塔克文中指国王的女儿，而非国王的妻子。为了把忒修斯表现为一个历史人物而不是神话人物，他假托冥府之旅其实是忒修斯去到了某个自封冥王的伊庇鲁斯国王之地。

众和时间自会去评判这出戏的真正价值。我可以肯定的是，我从未像在这出戏里那样努力地表现美德。再微小的过错也遭至严厉的惩罚。单单是犯罪的心思就被当成犯罪本身而备受憎恶。爱的弱点成为真实的缺点。戏中表现爱情，仅仅是为了揭示爱情带来的所有混乱状态。戏中描写邪恶，穷尽笔墨，让人足以辨识，恨其畸丑。这正是为公众写作的人必须自我设定的基本目标。古代肃剧诗人们看重这一点胜过一切。剧场是教授德性的学校，不亚于哲人开办的学园。所以，亚里士多德特意为诗体肃剧设立规则。苏格拉底这位最有智慧的古代哲人也不吝参与创作欧里庇得斯的肃剧。① 有必要展望，今天的作品也能像古代经典那样可靠并充满教诲意义。晚近有好些以虔诚或学说闻名的人都在谴责肃剧，这也许还是一条出路，有助于他们与肃剧重新和好。这些作者若能思考如何教育观众，就像他们关心如何取悦观众那样，若能就此遵循肃剧的真正意图，那么他们必然会对肃剧做出更有裨益的评判。

---

① 古代传说苏格拉底参与创作欧里庇得斯的肃剧。参看第欧根尼·拉尔秀在《名哲言行录》（2.6）中的相关记载。

古典笔记

读《伊利亚特》[*]

[713] 整部史诗的叙事一共发生在四十七天里，其中有五天战争，九天瘟疫，十一天诸神在埃塞俄比亚，与此同时希腊人摆脱瘟疫重做休整，十一天用作赫克托尔的葬礼，十一天用作帕特罗克洛斯的葬礼。

在五天战争中，有一天停战用来埋葬死者。

维吉尔的意大利故事时长两个半月。^①

卷一

行26–32：阿伽门农的绝妙讲辞。

行85–91：阿喀琉斯的讲辞，充分显示他的骄傲。

行594：辛提埃斯人这个称呼的来源，要么他们是海盗，要么他们发明了武器。

---

* 拉辛做眉批的《伊利亚特》乃是1554年图尔奈布斯（Adrien Turnèbe）在巴黎刊印的版本，现藏于法国国家图书馆。

① 这几行文字写在一张纸片上并贴在《伊利亚特》的卷首，年份似乎晚于拉辛的注释本身。拉辛极其在意戏剧情节的逼真性（vraisemblance）理论，这在注释中反复得到体现，此处更是对这部史诗的情节发生天数做出精密计算。在下文第二十三卷和第二十四卷中也可见类似的努力和用心，并且最后算出共四十四天，此处改为四十七天，也许与当时 P. Le Bossu 的《论史诗》（*Traité du poème épique*，1675）的相关结论有关。

本卷末尾：第一卷共十二天，自全军大会算起，或者说自阿喀琉斯与阿伽门农之争（这也是整部《伊利亚特》的开场）算起。阿波罗祭司克律塞斯受阿伽门农冒犯，以致日神降下瘟疫给希腊人，这些已发生的事件在众人的追述中得到交代。

卷二

行48：此处指第十三天的黎明。

行109：阿伽门农试探希腊全军。阿伽门农之所以佯装，是因为希腊人为了他和他兄弟墨涅拉奥斯已经遭受许多苦难，他不敢亲口向他们提议再去冲锋陷阵，而情愿是别人做出类似的建议。他于是假意提议撤退，与此同时，他以无比狡猾的言辞向他们暗示，撤退乃是世间最无耻的行径，他暗中希望希腊人情愿丧生沙场也不肯忍受污辱，要么哪个王公将领能发言，鼓舞众人英勇作战，有些话从一心追求国家荣誉的人口中说出效果更好。如果说这一佯装起初没有达到效果，阿伽门农反倒自食其果，那是因为［714］效果永远与我们的意图不相一致。或许诗人想要暗示，他应该更坦率些，少用计谋。

行114-115：他制定一个诡计，诗人让他的诡计没能成功。

行183-186：奥德修斯丢掉外袍，欧律巴特斯捡了起来。——奥德修斯接过阿伽门农的权杖，以便发言时更带有权威。

行190：奥德修斯对身份显赫的人说话。

行200：奥德修斯对普通士兵说话。

行212-215：特尔西特斯。爱毁谤人，好说大话，总是嫉羡王公们，逗众人发笑。

行239：特尔西特斯赞美阿喀琉斯是为了指责阿伽门农。

卷三

行8–14：希腊人默默行军，犹如浓雾一片。

行16–20：俊俏的帕里斯。

行39–57：赫克托尔对帕里斯说了一番神妙的话。

行59–75：帕里斯诚实地答复。

行75：帕里斯有道理地称希腊为"多美女的"（*καλλιγύναικα*）。

行105–106：墨涅拉奥斯要求普里阿摩斯到场，因为年轻人不坚定，会破坏一切。

行121：伊里斯去找白臂的海伦。

行125–127：海伦在布匹上织出希腊人与特洛亚人的战斗场面。

行146–160：荷马巧妙地安排普里阿摩斯和长老们坐在城门上，通过他们问询海伦，读者得以从容了解希腊军中的主将们。①

行155：*ἦκα πρὸς ἀλλήλους ἔπεα πτερόεντ᾽ ἀγόρευον*（彼此轻声说出有翼飞翔的话语）。之所以是彼此轻声说，是因为他们感到羞耻，虽年事已高，他们依然为海伦的美貌所打动。他们没有直接赞美海伦，而是彼此偷偷私语。欧斯塔提乌斯。——这是特洛亚长老对海伦之美的极大赞美。

行160：欧斯塔提乌斯说过，荷马笔下的海伦既恭敬又惶恐，因为她自知有罪，她也知道自己为众人所愤恨。羞耻和畏惧令海伦在特洛亚人的愤怒中得以幸存。

---

① 拉辛很在意这些表现手法的舞台效果。不过此处他似乎仅限于遵循欧斯塔提乌斯（Eustathius）的注疏。下文亦反复援引这位古代注疏家的观点。

行 162-164：普里阿摩斯让海伦坐在身旁。——你绝非我的不幸的根源。

行 172-175：海伦自认是一切灾祸之源。她依然爱着帕里斯，故而没有在其父普里阿摩斯面前提及丈夫墨涅拉奥斯。欧斯塔提乌斯。

［715］行182：*ὦ μάκαρ Ἀτρείδη μοιρηγενὲς ὀλβιόδαιμον*（阿特柔斯的快乐的儿子，幸运的骄子……）这一呼唤符合普里阿摩斯的君王身份。参看《埃涅阿斯纪》卷一，行625。欧斯塔提乌斯赞叹此行诗的音韵节律，开头是单音节词，继而是双音节词，随后是三音节词，句末则是五音节词。欧斯塔提乌斯还说，长期被围城的人们会主动赞扬敌人的英勇，仿佛自我辩解似的，因为他们没能让对方撤围。

行 205 以下：善言辞的安忒诺耳赞美奥德修斯善言辞，正如善战的普里阿摩斯赞美阿伽门农善战。欧斯塔提乌斯。荷马在描绘希腊人的这场诗行里采用多样写法，一会儿是普里阿摩斯说话，一会儿是安忒诺耳说话；一会儿是海伦被提问，一会儿是海伦未等人问起就解释。

行 211：欧斯塔提乌斯说此行带有句法错误，行首与行末不相呼应，仿佛是冲口而出的话，故而带有别样的优美。

行 214：斯巴达人的特点，也是年轻人的特点。

行 222：用冬日雪花纷飞比喻口若悬河的演讲。

行 262：荷马让安忒诺耳陪在普里阿摩斯身旁，又让奥德修斯陪在阿伽门农身旁。不过，这两位善言辞的人都没有说话。荷马算是最早安排沉默的人出场的诗人。参看欧斯塔提乌斯的说法。

行 276：阿伽门农的誓言或祷告。欧斯塔提乌斯注意到，在荷马诗中，没有一次符合正义的祷告未得实现。

行 305-307：普里阿摩斯转身回去，不想看见儿子决斗。

行 324：赫克托尔抓阄，决定决斗双方谁先投出铜枪。

行365：不幸者总是随时准备抱怨诸神。欧斯塔提乌斯。

行394：你会以为阿勒珊德罗斯（即帕里斯）刚从舞会回来。①

行399以下：海伦拒绝去找帕里斯。她对阿佛洛狄特②说：你去和他在一起，离开天神的道路。海伦的抵抗多少证明她的无罪，并让人以为阿佛洛狄特才应为她所犯下的错负责。

行427：海伦对帕里斯说话，一边眼睛看向别处。这是因为，她想和他吵架，与此同时她又明白，她若是看着他就会情不自禁陷入情网。③

行428以下："你从战争中回来"——充满爱意，而未涉及对方英勇与否。

行438以下：帕里斯的回答。为了掩饰勇武不足，他显得爱意款款。帕里斯重燃爱火，既是因为嫉妒，也是因为担心特洛亚人把海伦交还给战胜的墨涅拉奥斯。欧斯塔提乌斯。

卷四

［716］行31–47：宙斯指责赫拉憎恨特洛亚人。"你简直想生吞他们。"——在人间所有城市里，宙斯最爱特洛亚。

行141：染紫的象牙。

行234以下：阿伽门农的鼓励话语。

行257–260：对伊多墨纽斯说话。"你在宴会上和在战场上一

---

① 参看拉辛读《奥德赛》卷六的相关注释。

② ［译按］拉辛提及荷马诗中的诸神，一律使用拉丁文神名，比如阿佛洛狄特的拉丁文名为维纳斯，宙斯的拉丁文名为朱庇特，赫拉的拉丁文名为朱诺等等。译文中仍然按照希腊文的神名译出，特此说明。

③ 此处的情感表述极为精细，很有拉辛的特点，在注释中颇为罕见。不过值得一提的是，这个说法同样援引自欧斯塔提乌斯的注疏。

样英勇。"

行293–302：涅斯托尔。他在部署手下战士。

行303：诗人让涅斯托尔突然开口说话。

行339以下：阿伽门农指责奥德修斯。激烈的战斗。你们是我首先邀请赴宴的人，现如今你们却是退缩最厉害的人。

行370以下：阿伽门农指责狄奥墨得斯。他大加赞美狄奥墨得斯的父亲，以激起他的好胜心。

行399–400：提丢斯就是这样的人，他的儿子作战不如他，大会上比他强。

行401：狄奥墨得斯没有回答，因为他年轻，又被奚落在大会上爱说话。狄奥墨得斯没有为自己辩解，他自信是英勇的人，假以时日便能证明自己。不过，在第九卷里，他高调地重提此处话题，并提醒阿伽门农不要忘记他曾经做出的非难。[1]

行403–405：卡帕纽斯之子斯特涅洛斯更加沉不住气，代为回答。"我们比父辈强。"

行413–417：狄奥墨得斯声称，阿伽门农有理由尽力鼓励希腊人，事关他的荣誉和耻辱。

行429–436：希腊人沉默地奔赴战场，好像整顿有序而经验丰富的队伍。特洛亚人一路发出喧嚣，好像一群咩叫的母羊。

行521：不知耻的石头。

行523：垂死的人把双手伸向同伴。

行539–544：每个人都在完成自身使命。一个人若能旁观这场战争，并在雅典娜女神的指引下到处走动，那么他必将找不到话来指责战争中的敌对双方。[2]

---

① 对观《伊利亚特》9.32。

② 卷五未有注释，相比之下，拉辛显得对卷六中赫克托尔和安德洛玛克的感情戏更有兴趣。

卷六

行119：荷马特意写格劳科斯与狄奥墨得斯在战场上相遇，好让赫克托尔有时间回到城里，同时也是防止读者感到赫克托尔在紧要关头离开特洛亚人是不妥之举。[1]

行237以下：荷马写［717］赫克托尔进城以及相关描述，好让读者暂且从屠杀场景与战争叙事中脱离开来。

行239-241：女人们向赫克托尔问起亲人丈夫，他叫她们去祈求神明。

行266-268：赫克托尔不敢双手沾血就向宙斯献祭。参看《埃涅阿斯纪》卷二，行718-719。

行281-282：赫克托尔诅咒帕里斯。帕里斯不在跟前时，赫克托尔很气他。他在跟前时，他却不会刻薄地对他说话。这很好地表现出一个勇敢的人的品质，他懂得宽容不如自己的人。

行296：参看《埃涅阿斯纪》卷一，行479-480。

行305-310：特洛亚女人们的许愿。很美。

行307：πρηνέα δὸς πεσέειν（头朝地坠落），也即逃逸，这是诅咒敌人丧失战死沙场的荣誉。

行321：赫克托尔找到正在整理兵器的帕里斯。

行326-331：赫克托尔温柔地对帕里斯说话。他假意说帕里斯是因为发怒才退出战场。

行337：帕里斯在赫克托尔面前小心维护海伦。

---

[1] 此处说法并非出自欧斯塔提乌斯，而是拉辛本人的观点，充分显示了他在戏剧职业生涯初期（1663年至1666年）对文学创作技巧的专业眼光。参看行237等。

行341：尽可能与情人多耽留一会儿，这很像帕里斯的性格。

行344-353：海伦先指责自己，再指责帕里斯，以证明她并没有挽留帕里斯去赴战场。不难看出，帕里斯与海伦的爱情有别于赫克托尔与安德洛玛克的爱情。帕里斯想和海伦在一起，海伦不得不向他强调应尽的义务。相反，安德洛玛克竭力想要留住赫克托尔，想要阻止他战死沙场。欧斯塔提乌斯。

行353：她在指责帕里斯时努力防止表现出爱慕之心。

行357-358："我们将成为后世的人的永恒话题。"

行363：赫克托尔要海伦鼓励帕里斯履行义务。

行367：赫克托尔说他不知道能否活着回来见妻儿。

行371：赫克托尔没有在家里找到安德洛玛克。这个写法让读者印象深刻，赫克托尔不找海伦却遇见海伦，想找安德洛玛克却偏偏找不到。欧斯塔提乌斯。这使夫妻之间的对话更有肃剧意味也更显得高贵。她走过城门，而他出了那道大门就再也不能回来。参看普鲁塔克《布鲁图斯传》中的波尔西娅与布鲁图斯。

行389：她"活像个疯子"，这让赫克托尔疼惜。我们由此得知安德洛玛克的爱情。

［718］行390-394：赫克托尔不再找妻子，这时她向他跑来。安德洛玛克。

行398：安德洛玛克为赫克托尔所拥有，这与海伦不一样，海伦是独立于帕里斯的。参看欧斯塔提乌斯。（拉辛在行400-403的空白处划了一个大括号。）

行402-403：谦虚的赫克托尔叫儿子斯卡曼德里奥斯，与一条河流同名。特洛亚人则叫他阿斯提阿那克斯，因为他的父亲是城邦的保卫者。

行404-405：极美的场面。赫克托尔的沉默和微笑。安德洛玛克的眼泪。

行407："不幸的人"（δαιμόνιε），温柔的呼唤。赫克托尔与安德洛玛克的神样对话。

行410："全体希腊人一起进攻你。"在她眼里，只有这样才能打赢她的丈夫。

行414：她对他讲起她的家族不幸，想进一步打动他。荷马有意地处处提及阿喀琉斯。

行425：安德洛玛克的母亲是王后，而不是某个寻常嫔妃（μητέρα δ᾽, ἣ βασίλευεν）。

行431–439：安德洛玛克苦劝他。不安的妇人，由于担心丈夫战死沙场，满脑子只能想着战争。

行441：赫克托尔的言说极为沉重，充满激情。

行446：赫克托尔有意地赞美起父亲。

行447–449：赫克托尔预言特洛亚迟早要亡城。比起他确信会胜利，这更能激起读者的怜悯之心。不过，这个不幸显得还很遥远，读者不至为此灰心。[1]

行450以下：他以同样的爱回应安德洛玛克。她只爱他一人，他则最关心她即来的苦难。

行466–470：神样的画面。赫克托尔与安德洛玛克诀别。高妙的手法，荷马做到了将笑与泪、沉重与温存、勇气与畏惧，以及一切有可能触动人心的东西融为一体。[2]

行476–481：赫克托尔为儿子祷告。

行496：她离开时频频转头看赫克托尔。她到家后号啕大哭。

行500：女人们哀悼还活着的赫克托尔。

---

[1]　拉辛关注戏剧在观众心里所激发的情感，显示了戏剧创作者的职业本能。在拉辛看来，必须协调读者的怜悯和兴趣这两种反应：亚里士多德的《诗术》没有提及这两种反应有可能相互冲突。

[2]　值得一提的是，拉辛并没有在法语中直接摹仿荷马。拉辛就荷马诗歌语言与法语的比较，参看《奥德赛》卷五的相关注释。

行506-507：马儿脱缰跑出马厩。

行521-523：赫克托尔对帕里斯的肺腑之言。你很勇敢，却也很疏懒。荷马有意不让帕里斯显得太可恶，他是一个骁勇的人，只是过分耽溺于淫欲享乐。

卷七

［719］行4-7：赫克托尔和帕里斯出现在特洛亚人面前，宛如一阵好风吹向疲于划桨的水手。

行62：军队的形象，慑人的武器（quae armis horrebant）。

行63-64：西风轻轻吹拂的海浪譬喻。

行67：赫克托尔对希腊人发话并发起挑战。

行87-90：后世的人们从赫勒斯滂托斯经过会说："此乃被赫克托尔杀死的勇士之墓。"

行124：赫克托尔的悲伤言辞。[①]

行125：佩琉斯若听闻希腊人之耻必痛哭不止！

行136：涅斯托尔讲述年轻时代的一次战斗。

行381：《伊利亚特》的第十四日黎明。自第二卷开篇阿伽门农醒来算起，直至赫克托尔与埃阿斯因天黑才暂停的战斗，其间只过一天光景。

行433：第十五日。

行465：第十五日夜晚。

---

① 涅斯托尔的言辞从某种程度上呼应了拉辛对悲伤这一重要肃剧审美概念的定义。

卷八

行1：第十六日。黎明女神披着橘黄长袍。

行16：荷马似乎认为，大地是世界的中心，天空和地下分别为两个极点。

行19：黄金索子是譬喻说法，要么指诸种元素彼此相连，要么指太阳（万物来自太阳又回归太阳），要么指从土星到月球的系列天体，要么还指海洋和大地的气息。此外，也有人理解为与君主制有关。

行60-65：欧斯塔提乌斯注意到，此处六行诗文已经出现在第四卷中。荷马在没有更好选择的情况下并不忌讳重复使用同样的表述。

行77-81：恐惧笼罩着希腊人。涅斯托尔单独留在阵地上，因为他的马受伤了。

行80：此处用未完成时态，以强调老人涅斯托尔的虚弱。

行82：此处提及海伦似无甚意义，不过，欧斯塔提乌斯指出，荷马喜欢常常想起她。

行130："不可挽救的事会发生。"这是审慎与英勇相加、涅斯托尔与狄奥墨得斯联袂的结果。

［720］行485：第十七日前夜。

行551-555：清澈宁静的夜晚。

卷九

本卷讲奥德修斯赴阿喀琉斯的营帐内求和，下卷讲多隆和瑞索斯之死，这些事件均发生在同一夜，也即《伊利亚特》第十六日深夜。

行32：狄奥墨得斯此处对阿伽门农说话，远比第四卷更显傲然。这是因为他在战场上立了大功，胸中更有底气。[1]

卷十

行8：参看西塞罗在《阿基亚斯辩护书》中的相关说法。

卷十一

行1：第十七日。

行385-395：狄奥墨得斯的嘲笑。κέρᾳ ἀγλαέ（或译"以美发自豪"）：要么因为帕里斯的弓以兽角做成，要么因为他的美发，κέρα常指兽毛，偶尔也指人的头发。

卷十二

行278-279：雪。参看欧斯塔提乌斯的相关解释。

行279：冬日，大雪降临的季节。宙斯的意愿，而非偶然的一阵雪。

行281：风沉寂下来，这是因为风会吹散雪。

行283：此处分别指荒地和耕地。

---

[1] 对观《伊利亚特》4.401。

行286：此处 *ἐπιβρίσῃ*（降下）表明雪厚厚地落下，有一定分量。

卷十三

行379：*ὀπυιέμεν*（成婚）。这个用法后来带贬义。

卷十五

行53-77：参看欧斯塔提乌斯对此段预言的评述。有注家认定出自荷马手笔，也有注家持相反意见，提出这段诗文更像是欧里庇得斯的肃剧开场。

［721］行77：有注家称，用"攻掠城市的"（*Ἀχιλλῆα πτολίπορθον*）修饰阿喀琉斯仅此一例。

卷十六

行97：与阿喀琉斯的愤怒相得益彰的祈愿。

卷十七

行670-671：哀悼死者。

行694-696：安提洛科斯的悲痛。

卷十八

行176-177：此处说法为阿喀琉斯对赫克托尔的仇恨埋下伏笔。

行203-206：阿喀琉斯的可畏外表。

行207-213：对比《出埃及记》："白天是云柱，夜晚是火柱。"①

行241：第十七日夜晚。第十七日包含七卷半的叙事，即第十一卷开场至第十八卷中间。

行593：ἀλφεσίβοιαι，意思是极易找到婚嫁对象的，古代以畜群计财富，聘礼往往由牛羊等组成。

卷十九

行1：第十八日。

行14-18：阿喀琉斯看见赫淮斯托斯制作的铠甲怒火又起。其余人惊恐得不敢直视。

行45：众人纷纷赶往全军大会，因为阿喀琉斯也会去。

行59：阿喀琉斯情愿布里塞伊斯死去也要惹出这番事端。

行79：阿伽门农坐着说话，要么他因为要对阿喀琉斯说一番过于谦卑的话而感到羞耻，要么他要讲的神话故事不应该站着讲，要么他受伤了。此处用ἑσταότος（站起发言），意思是安静地、不喧哗地，因为阿喀琉斯的随从乃至大多数希腊人正在欢呼，阿伽

---

① 参看读《奥德赛》7.210起的相关注释。

门农没法说话。

行85：他不肯再说一次希腊人常常向他诉说的事，以免过分自咎。

［722］行87：阿伽门农把一切归咎给诸神。

行149：阿喀琉斯决心毫无条件地出战。

行155-156：奥德修斯建议希腊人不要饿着肚子出战。

行182-183：同被自己得罪过的人和解，对君王不是屈辱之事。

行212：死者的尸体面向营门摆放。

行216-233：奥德修斯对阿喀琉斯说：你比我勇敢善战，但我比你见识多广，不要饿着肚子哭悼死者。我们应该安葬亡故的同伴，致哀一天，随后准备战斗。战士不得过分怀念亡者。

行362：武器的光芒。

行375：从海上看见闪光。

行384：阿喀琉斯试穿铠甲。

行396：阿喀琉斯跳上战车。

卷二十

行25-27：读者不难注意到，特洛亚人单靠自身力量不可能迎战阿喀琉斯，但他们就算有诸神的援助也无力迎战阿喀琉斯。这是因为，帮助希腊人的诸神远胜过帮助特洛亚人的诸神。世事依照本该发生的发生了。

行32-34：诸神之战。阿喀琉斯重返战场，整个世界为之撼动，再没有什么不参与其中。

行76：阿喀琉斯一心只想与赫克托尔决斗。

行158-173：欧斯塔提乌斯指出，阿喀琉斯本可以一进战场即卷入恶战，而不是像这样与埃涅阿斯展开没有流血的唇齿之争；但荷马喜为读者带来意外，在无所预期之处创造最大的效果。不过，在我看来，正如荷马诗中所言，阿喀琉斯一心只想与赫克托尔决斗，不肯先找另一个对手热身。他一点点地被激起战斗热情。因而此处将他比作狮子。

行178：阿喀琉斯甚至不肯与埃涅阿斯对战：这不是他所期盼的敌人。他有意让他知难而退。他先问他话，并给他时间从容作答。

行206-209：传说你是忒提斯之子；我，我可是阿佛洛狄特之子。

行215：传说在丢卡利翁的那次洪水中，达耳达诺斯藏身在羊皮里幸免于难，最终抵达伊达山脚。

行242："宙斯把勇气赐给人们，或多或少，全凭他愿意。"埃涅阿斯这番话是为自己之前逃跑辩解。

［723］行307-308："伟大的埃涅阿斯从此将统治特洛亚人，由他未来出生的子子孙孙继承。"此处预言埃涅阿斯的继承人。对观维吉尔，《埃涅阿斯纪》卷三，行98。欧斯塔提乌斯说，荷马可能从阿波罗女先知之书中得知此预言，或者他是以诗人身份做出这一宣告。

行367："凭言辞我甚至敢与神作战。"

行371："我这就去和他对阵……"像是战士自我激励的话。

行403-404：祭坛上的公牛若不发声，就是波塞冬发怒的征兆；公牛大声哞叫，表明波塞冬接受人类奉献的牺牲。

行407：在欧里庇得斯和维吉尔笔下，此处的波吕多罗斯幸存下来并生活在色雷斯。荷马有意激发读者产生对普里阿摩斯的孩子们的怜悯心，除波吕多罗斯以外，下卷还提到吕卡昂。

行498-502：阿喀琉斯的战车溅满敌人的血。

卷二十一

行68起：吕卡昂跪在阿喀琉斯的膝前求饶。

行99：阿喀琉斯的答复。

行106–107："赴死吧！我的朋友帕特罗克洛斯也死了，他可比你强得多。"

行151："只有不幸的父亲的儿子才敢与我抗争！"

行195–197：大洋俄刻阿诺斯，世间水流的源头。

行464–466：凡人命若树叶。

行489–492：赫拉打阿尔忒弥斯。

行498–499：赫耳墨斯不愿与宙斯的妻子们交手。

行505–508：阿佛洛狄特受伤以后并不哭泣，[①] 阿尔忒弥斯的身份不同，她是宙斯的女儿，跑去向父亲痛哭流涕。"她坐在父亲的膝头。"荷马描绘出阿尔忒弥斯的天真女儿态。

卷二十二

行38：普里阿摩斯对赫克托尔的言辞。——阿喀琉斯尚在远处，普里阿摩斯有充足时间对儿子说出心里的话。

行98：赫克托尔在心里揣摩。

行101–125：他很怀疑能与阿喀琉斯达成和解。

行126–127：现如今不是时候，不可能像一对青年男女幽会那样和阿喀琉斯讲道理。

---

① ［译按］参看5.335起。

行148：斯卡曼德罗斯的两个源头。

行154-155：特洛亚妇人洗衣服的水槽。

［724］行256-259：赫克托尔想与阿喀琉斯达成协议，无论哪一个被杀，另一个不侮辱死者的尸体。

行261-269：阿喀琉斯拒绝和解。"现如今鼓起你的勇气来。"

卷二十三

行58：第十八日夜晚。

行109：第十九日。

行226：第二十日。

行820-822：荷马似乎暗示，埃阿斯只能从侧面被刺伤，因为希腊人担心狄奥墨得斯刺伤他的脖颈。

卷二十四

行1-3：第二十日夜晚。

行12：第二十一日。

行31：此处有十一天无事发生。① 第三十二日。

行160-165：普里阿摩斯的不幸惨状。

行163："紧紧裹在衣衫里。"普里阿摩斯好几夜没躺下睡觉，衣服紧贴着身体，以至于身形都看得见。

行198-199：普里阿摩斯渴望前去敌营。

---

① 此处或许可以证明，《伊利亚特》并没有在意让故事情节集中在短时间里发生。拉辛如此精确地计算时间也许并非必要。

行201起：赫卡柏的话。她和一般妇人们一样担惊受怕。母亲的狂怒。

行218–227：普里阿摩斯不肯改变心意："就算我不得不死，我也要先拥抱儿子的尸身哭悼他的亡魂。"

行237–240：普里阿摩斯赶走身旁的特洛亚人："你们这些跑来安慰我的人，你们就不能在家里哀哭吗？"

行253–254：他咒骂幸存的孩儿："但愿诸神让你们被杀死换赫克托尔能活命！"

行284–286：赫卡柏在马车前奠酒。

行363：第三十二日夜晚。

行385：赫耳墨斯趁机说起普里阿摩斯的儿子。

行408：普里阿摩斯首先想到的是亡子。

行440–456：阿喀琉斯的营帐。

行462–464：赫耳墨斯离开。神灵不轻易在凡人面前现身。

行475–476：阿喀琉斯刚吃完饭，还在餐桌前。

行478–479：普里阿摩斯亲吻阿喀琉斯的手。

行510–512：普里阿摩斯和阿喀琉斯相对流泪。

行515：阿喀琉斯扶起普里阿摩斯。

行629–632：普里阿摩斯和阿喀琉斯互相端详彼此心生赞叹。

［725］行643–646：阿喀琉斯命人为普里阿摩斯铺床。

行695：第三十三日。

行700：卡桑德拉迎接普里阿摩斯。

行707–709：特洛亚人出城迎接赫克托尔的尸身。

行725：安德洛玛克在赫克托尔的尸身旁说了一番神样的话。夫妻二人都还很年轻。生离死别尤其痛苦。此处的呼唤 ἄνερ 充满爱意，是被妻子所爱且爱着妻子的丈夫。相形之下，πόσις 则是带

着冷漠意味的称谓，是与妻子分离的丈夫。① 参见索福克勒斯的
《特剌喀斯少女》中嫉妒的得阿涅拉对丈夫赫拉克勒斯的称呼。

　　行 785：赫克托尔的葬礼历时共十一天。这样一来，整部
《伊利亚特》的故事情节发生在四十四天中，其中三十四天未提
及详情，包括从阿喀琉斯与阿伽门农争吵直至忒提斯去到天庭的
十二天，阿喀琉斯侮辱赫克托尔的十一天，以及赫克托尔葬礼的
十一天。

---

　　① 拉辛的注释常有创建实用词典的倾向，不仅列出每个词语的语义，
而且还标注其用法特色。比如此处 ἀνεϱ 是有爱的，πόσις 是冰冷的。参看下文
《特剌喀斯少女》行 557–558 的相似说法。

读《奥德赛》

贺拉斯①在《诗艺》中称许这部诗作的开篇。他说荷马远不像某些诗人那样，开卷许下大诺言，到头来却落空。相反，荷马开场极其节制，后文却展现出伟大之处。

整整四卷，荷马把奥德修斯留在卡吕普索的岛上，直至第五卷才让他正式出场。前四卷里，荷马讲述诸神之间围绕奥德修斯所发生的事，并交代他伊塔卡家中的情况。

奥德修斯始终受波塞冬迫害，也始终有雅典娜庇护。在《奥德赛》中，只有这两位神相互敌对。这有别于《伊利亚特》中诸神分裂成两大阵营。② 我们甚至发现，波塞冬与雅典娜之间几乎没有发生什么，雅典娜不敢公开抗争叔伯的意愿，正如她在第十三卷③中亲口告诉奥德修斯的，而奥德修斯也抱怨女神自攻下特洛亚以来就抛弃了他。

卷一

[726] 诸神聚集一堂。宙斯说起埃吉斯托斯之死，俄瑞斯特斯为父亲阿伽门农报仇杀了他。宙斯说出如下优美的话语：

---

① 拉辛在此页背面抄写下贺拉斯在《致皮松书》中的几行诗（行140–152）。

② 在史诗中，故事情节的原动力通常来自诸神的意愿。

③ ［译按］《奥德赛》，13. 341–342。

> 可悲啊，凡人总是归咎于我们天神，
> 说什么灾祸由我们遣送，其实是他们
> 因自己丧失理智，超越命限遭不测。（行32–34）[①]

宙斯说，我们不是派了赫耳墨斯去警告埃吉斯托斯，他若不想惨遭非命则勿娶克吕泰涅斯特拉，勿杀阿伽门农？他自己却招惹来这一切，不顾命运的安排，也就是说，不管我们诸神的意愿。"赫耳墨斯这样善意规劝，却未能打动埃吉斯托斯的心灵，欠债已一次清算。"（行42–43）

雅典娜抓住机会替奥德修斯说情。他本不该遭如今的不幸。卡吕普索阻留他，一心想要嫁给他，用不尽的甜言蜜语媚惑他，要他忘记故乡。

> ……但是那奥德修斯
> 一心渴望哪怕能遥见从故乡升起的
> 缥缈炊烟，只求一死。（行57–59）

荷马借此表明，怀乡是多么让人愉快的情感，诸如奥德修斯这样意志坚强的英雄一心渴望的不是别的，而是再见到故乡升起的炊烟，哪怕就此死去，哪怕放弃我们在第五卷中看到的那么美丽的小岛。维吉尔后来在《埃涅阿斯纪》第一卷里让维纳斯模仿了帕拉斯在此处的言说："他们想把被征服的家神带往意大利重建特洛亚。"（埃1：64）

荷马经常采取类似的说法，这是极美的，同时也表明，草草完成的言辞无法让人记住。

雅典娜请求宙斯派赫耳墨斯去找卡吕普索。她自己去到伊塔卡。佩涅洛佩的求婚人正在厅门前玩骰子，随从们在为他们准备

---

① ［译按］拉辛的独立引文均系希腊文原文，下文不再说明。

晚餐。特勒马科斯坐在家中，哀伤悲怆，一心幻想父亲能还乡归来。他看见佯装成外乡人的雅典娜，懊恼不该让客人久等门外。他走到近处，握住她的手。《奥德赛》中表现出待客礼仪［727］以及对外乡人的敬重，这都是极美好的。第七卷里，费埃克斯人不识奥德修斯的真实身份而如对待君王般礼遇他。第十四卷里，奥德修斯佯装成穷困的老人①而成了牧猪奴的座上宾。奥德修斯感谢牧猪奴欧迈奥斯的款待，对方回答他说：

> 外乡人，按照常礼我不能不敬重来客，
> 即使来人比你更贫贱，所有的外乡人
> 和乞援人都受宙斯保护。（卷十四，行56-58）

　　或许，游吟四方的荷马居无定所，故而渴望在外乡受到礼遇。有外乡人走进人家，这家人首先要招待来客吃饭，随后倾听对方述说来意。特勒马科斯也是这么招待他的客人。他接过客人的长矛，和父亲的矛枪插在一处。他请对方坐在身旁的座位，洗了手，摆好餐桌。荷马笔下的盛筵一概依此次序进行。②坐定后，有女仆端来洗手盆，用黄金水壶向银盆里注水。随后才算正式入席。一名端庄的女仆拿来各种面食和果蔬摆在餐桌上（行139-140）。此处用 aidoín（端庄的）一词，显见是上了年纪的女仆。随后有厨师托出各式肉盘（行141-142），在每个人面前摆上黄金杯盏。荷马笔下的餐桌上似乎总摆满了粗俗的肉食。参看希罗多德笔下的阿波罗申辩后半部分。③《伊利亚特》第二卷，阿伽门农用牛肉招待

---

① 拉辛显然不是第一次读《奥德赛》，而对整部史诗有整全的了解。
② 拉辛对荷马诗做了系列专题性概述：待客礼仪、宴席礼仪，诸如此类。
③ 拉辛使用的是亨利·埃提安（Henri Estienne）在1566年刊印的版本，第二部分第二十八卷的标题如下："我们的前辈作者在好些行为上如何显得粗俗。"［译按］希罗多德，《原史》，1.91。

军中将领。阿喀琉斯用羊肉招待前来劝和的使节，[①] 乃至用来招待普里阿摩斯。[②] 这些肉类包括牛肉、绵羊肉、山羊肉、猪肉和羊羔肉。此处用 $\pi\alpha\nu\tau o i\omega\nu$（诸种的）一词，表明筵席上有好几种肉类。最后有一名传令官为众人斟酒：此处无疑指某类侍从，或者用作传信的人，或者身上带有类似传令官的特殊标记的人，以便一起饮酒时有助于生成某种社交或联盟的氛围。

"一位侍从走上前，为他们把酒斟满。"（行143）[728] 这与其他侍童区分开来："侍童们给每个调缸把酒一一注满。"（行148）原话是说，他们用酒为每个调缸"加冕"，即注满。人们举杯，首先对诸神祷祝，诸如庇护客人的宙斯或其他的神，乃至去世或不在场的至亲好友。这在荷马诗中和其他古代作者笔下极为常见。比如赫里俄多洛斯笔下，卡拉希利斯在与克内蒙进晚餐之前，先举杯祷告诸神，随后再为值得敬重的忒阿戈涅斯和卡里克勒斯祷祝。[③] 这个仪式先是洒几滴酒，再喝一点杯中的酒。希腊古人称为 $\lambda\varepsilon i\beta\omega$（奠酒），拉丁语里叫 libo，也就是 leviter dugusto（浅尝，少许喝一点）。奠酒仪式不容侵犯，每场筵席开始前必得举行。荷马在此处却绝口不提，乃是为了强调这群求婚人蛮横无度到处惹祸。在筵席快要结束时分，会有歌人献唱助兴。众人离席以后还会唱歌跳舞。这群讨人厌的求婚人就是如此。

---

① ［译按］《伊利亚特》，9. 206起。

② ［译按］《伊利亚特》，24. 621起。

③ ［译按］此处指三至四世纪的赫里俄多洛斯（Héliodoree）所撰写的希腊语小说，书名为《埃忒俄庇卡》（*Aethiopica*），或《忒阿戈涅斯和卡里克勒斯》（*Théagène et Charichlée*）。其中的卡拉希利斯（Calasiris）乃是一位埃及智者。该小说在十六、十七世纪风行一时，一度被视为与荷马史诗齐名的古希腊佳作。传说拉辛在波尔–罗亚尔念书时公然违抗老师意愿偷读此书，对书中内容烂熟于心。

在他们满足了喝酒吃肉的欲望之后，
他们的心里开始想到其他的乐趣：
歌唱和舞蹈，因为它们是宴饮的补充。（行150-152）

　　荷马说，这是对一场筵席的美化。特勒马科斯却有别的心思。就在歌人拨动琴弦时，他开始对雅典娜说话。他说："这帮人只关心这些娱乐，琴音和歌唱，真轻松，耗费他人财产不虑受惩罚。"（行159-160）随后，他问了一般向外乡人最先提出的问题："你是何人何部族？城邦父母在何方？你乘什么船前来？"（行170-171）他接着问她是不是家中旧友，因为从前家里待客比如今更殷勤。他用优美的话语赞美奥德修斯："你是第一次来，或者是家父的客人，因为往日里有许多人都来过我们家，我的那位父亲也一向好与人交往。"（行175-177）此处原话是说，他给人带去好处，换言之，他待人极好。① 雅典娜回答说，她是来自塔福斯的门特斯，[729] 因为父辈的关系与奥德修斯是旧识。她向他保证，奥德修斯还没死，很快就会回伊塔卡。为了鼓励特勒马科斯，她还声称他与奥德修斯肖似："你的头部和这双明媚的眼睛与他惊人地相似。"（行208-209）

　　荷马随后以高超的手法描述特勒马科斯这个年轻人，他情愿自己的父亲是随便哪个留给他丰厚财产的有钱人，而不是奥德修斯，空留给他一座家屋，因佩涅洛佩的求婚人肆无忌惮而日趋衰败。"我真希望我是一个幸运人的儿子，那人能享用自己的财产，颐养天年，现在有死的凡人中数他最不幸。"（行217-219）雅典娜安慰他，向他打听在他家中肆意妄为的都是什么人。她这么问他，目的是进一步激怒他。特勒马科斯说，奥德修斯从前在伊塔卡时这个家确也显赫美好，现如今他在凡人中杳无音讯，他就算

---

　　① 拉辛似乎没明白，此处的 επίτρoφoς 指与大群人轮番交易。

故去也不会为世人传说。他倒还不如光荣地战死在特洛亚，希腊
人会为他造坟冢，他的美名会传给儿孙。特勒马科斯接着说起那
些集体追求他母亲的人：

> 母亲不拒绝他们令人厌恶的追求，
> 又无法结束混乱，他们任意吃喝，
> 消耗我的家财，很快我也会遭不幸。（行249–251）

此处可见佩涅洛佩的审慎。她尽管厌恶这类追求，却不彻底
明白地回绝，以免惹出求婚人的过激行为。雅典娜回答说，奥德
修斯若能以她从前见到的模样返回家里，一定会送他们一场奇特
的婚礼。"不过这一切全都摆在神明的膝头。"（行267）此句经常
出现在荷马诗中，强调一切取决于诸神的意愿。雅典娜给了特勒
马科斯一些忠告。他要在第二天在广场聚集求婚人，大胆要求他
们各回各家；要告诉他母亲，她若想改嫁就回娘家，让父母为她
筹办嫁妆；他还得出发打听父亲的消息，若父亲尚在则耐心等待，
若父亲已不在人世则为他［730］举行葬礼；最后他还得独自摆
脱所有求婚人，sive dolo sive palam（或者使用计谋，或者公开
进行）。她说："你不可再稚气十足，你已非那种年纪。"（行296–
297）她还说，难道他没有看到俄瑞斯特斯为父报仇所赢得的荣誉
吗？"亲爱的朋友，我看你长得也英俊健壮，希望你也能变勇敢，
赢得后代的称誉。"（行301–302）

特勒马科斯向她致谢，在她离开前要送她礼物。雅典娜表示
下次见面再交换礼物。在荷马笔下，从来没有哪个外乡客人在离
开前是没有收到礼物的，这是让他纪念那接待他的人家，也是未
来重逢时的友谊见证。雅典娜像鸟般飞走，在特勒马科斯的心里
注进力量和勇气："使他想念父亲比先前更强烈。"（行321–322）
特勒马科斯领悟到那是一位神明。他回到求婚人中间。

　　"著名的歌人正在为求婚的人们歌唱，众人默默地聆听。"
（行325-326）这两行诗写出了歌人的吟唱在大厅里如何吸引所有
人的注意。歌人歌唱着希腊人在攻陷特洛亚之后的归程。这时佩
涅洛佩出场了。她下了楼。她单独住在楼上的寝间里，只有侍女
们相陪，与求婚人从未交谈过，只是偶尔下楼关照家务，或者像
这样下楼听歌人的歌唱。她也从未走进大厅里，只是站在门口，
两边各伴有一名侍女：

> 她缓步出房门，顺着高高的楼梯，
> 不是单独一人，有两个侍女随伴。
> 这个女人中的女神来到求婚人中间，
> 站在那建造坚固的大厅的立柱近旁，
> 系着光亮的头巾，罩住自己的双颊，
> 左右各有一个端庄的侍女相陪伴。（行330-335）

　　在荷马笔下，佩涅洛佩总戴着面纱，或用手绢掩住脸，暗示
她时时刻刻在为丈夫哭泣。她含泪要求歌人改唱别的故事，[731]
因为这支歌太让她痛苦。然而，特勒马科斯想要开始在家里行使
权力，而且乐意歌人赞美父亲的荣耀，以维持佩涅洛佩对丈夫的
哀悼和眷恋。① 他于是要求母亲不要阻止歌人。这歌唱若是惹她哭
泣，过错不在歌人，而在于诸神凭自身的意愿去启发有才智的人。
何况世人喜听新曲："人们非常喜欢聆听这支歌曲，它每次都有如
新谱的曲子动人心弦。"（行351-352）换言之，就诗歌而言，越
新的越受重视。特勒马科斯吩咐母亲回房操持女人的家务，男人
的事情交给他这一家之主："现在你还是回房去操持自己的事情，
看守机杼和纺锤，吩咐那些女仆们认真把活干，谈话是所有男人

---

　　① 　此处的心理分析在荷马诗中并不存在，乃是拉辛所加。

们的事情。"（行356–358）她照做了。她和女仆们一块儿离开。她不停为丈夫哭泣，直至雅典娜为她送去睡眠。

求婚人却喧嚷着，争着要分享她的床榻。特勒马科斯要求他们安静下来，聆听那"美妙如神明"（行371）的歌人吟唱。他要求他们第二天在广场聚集，他要宣布内心意愿，他还要求他们各自回家，否则他会凭神意惩罚他们。求婚人用牙齿咬紧嘴唇，惊异于特勒马科斯的大胆。安提诺奥斯骂他是个说话狂妄的家伙（行385），他若像他父亲那样做伊塔卡王可就糟了。特勒马科斯回答说："诸神若给我恩典，我必乐意去做王，难道你认为做王是坏的吗？相反，做王的有富庶的家宅，并且受人尊敬。不过，谁愿意做王就去做吧。我只希望他把属于奥德修斯和我的这个家留给我。"欧律马科斯回答说，谁来做王由诸神安排。他还打听外乡客人的来历。特勒马科斯回答说那是来自塔福斯的门特斯。"他这样说，知道那是位神明。"（行420）

求婚人唱歌跳舞至深夜，才各自回家。特勒马科斯也回到楼上的华美寝室。

［732］女仆欧律克勒亚举着火炬为他引路。拉埃尔特斯在她年轻时买下她，深爱着她，如爱自己的妻。"但没碰过她卧榻，免得妻子生怨气。"（行433）她将特勒马科斯抚养长大，爱护他远超过其他女仆。她为他开门。他坐下脱衣，交给她折好，用衣钩挂在床边。她关门离开。特勒马科斯独自躺在床上彻夜难眠，反复思考雅典娜对他说的话。荷马就这样描述最微小的细节。

卷二

"当那初升的有玫瑰色手指的黎明呈现时……"（行1）此行诗在荷马诗中最是常见，美妙地描绘黎明来临。赫里俄多洛斯借用来形容卡里克勒斯。[①]"他迈步走出卧室,仪容如神明一般。"(行5)特勒马科斯早起穿戴好走出家门。他召集希腊人到会场聚集,他本人也手握铜矛前往。"他不是一人,有两只迅捷的狗跟随。"(行11)荷马无疑是描绘他外出狩猎的行装,并且说,雅典娜给他极大的恩典,"赐给他非凡的堂堂仪表"(行12)。

众人看见他心下赞叹。他坐在父亲的位置,长老们纷纷退让,这是因为,年长者比年轻人更明智,辨认出他是他父亲的继承人。有位名叫艾吉普提奥斯的老人首先发言。"他也已年迈伛偻,深谙万千世态。"(行16)他有一个儿子跟随奥德修斯出征,惨遭圆眼巨人吞噬。他另有一个儿子在追求佩涅洛佩。老人寻问是谁出于何种意图召集此次聚会,自从奥德修斯走后众人再无聚集过,现如今请如实说明原由。特勒马科斯准备回话,传令官将权杖交到他手里。在荷马笔下,君王们公开发言时总是手握权杖,这是一个惯例。这个动作显然更优雅[733]也更威严。《伊利亚特》第二卷中,荷马用 σκηπτοθχοι βασιληεσ 称呼王者,阿伽门农在集会上站起来,手握权杖发言(行100–101)。荷马还说,这权杖来历显赫,本是赫淮斯托斯为宙斯所造,宙斯送给赫耳墨斯,赫耳墨斯又送给阿伽门农的祖先。《伊利亚特》第三卷中,安忒诺耳讲到奥德修斯从前和墨涅拉奥斯出使特洛亚。他站起来,眼睛向下盯住地面,手里的权杖不向后或向前挥动,"而是用手握得紧紧的,样子很笨,你会认为他是个坏脾气或愚蠢的人"(行218–220)。

特勒马科斯做出回答,先详细讲述求婚人肆意耗费他家的财富,再以诸神的名义恳请众人顾虑邻近地区的住户的想法,并且畏惧诸神的义愤,以免因为他们的恶行为诸神所抛弃。"我以奥林波斯的宙斯和忒弥斯的名义",这位女神"遣散或召集人间的会议"(行68–69),换言之,忒弥斯女神决定集会上所发生的一

[①] 参看前文有关希腊小说《埃忒俄庇卡》的注释。

切事，因为一个群体总是比若干个人更注重正义秩序。特勒马科斯最后声称，他情愿是在座众人到他家吃喝，他仍有望得到赔偿，但他不能指望年轻人和外乡人有所偿还。

> 他这样激动地说完，把权杖扔到地上
> 忍不住泪水纵流，众人深深同情他。（行80–81）

　　发言完毕把权杖扔到地上而不是交还传令官，这是悲痛或愤怒的表现。《伊利亚特》第一卷中，阿喀琉斯在反驳完阿伽门农以后，也把权杖扔在地上（行245–246）。[734] 这个动作意味着发言人不肯再多说话。整个会场寂静无声，"没有人胆敢用粗暴无礼的言辞反驳特勒马科斯"（行82–83）。

　　只有安提诺奥斯一人出声。他最是肆无忌惮，因为他出生在最显赫的世家并且渴望王权。下文还会提到。他对特勒马科斯说，求婚人没有错，错在他母亲，她在女人中最是机灵不过，一直愚弄他们，假称要给奥德修斯的父亲拉埃尔特斯织造做寿衣的布匹："免得本地的阿开亚妇女中有人指责我，他积得如此多财富，故去时却可怜无殡衣。"（行101–102）显然，子女有义务为父亲准备做寿衣的布匹。安提诺奥斯说，求婚人等待她织好布。但他们后来才发现，她白天织的布夜里又拆毁。他们最后总算强迫她把布织好。他让特勒马科斯打发母亲回她娘家，让她改嫁，而不要使这些巧计愚弄求婚人。

> 她依仗雅典娜赐予她的智慧，善于完成
> 各种手工，还有聪敏的心灵和计谋，
> 从未见古代人中有何人如此聪慧，
> 美发的阿开亚妇人中也没有，即便提罗、
> 阿尔克墨涅和华鬘的米克涅也难相比拟，
> 她们谁也不及佩涅洛佩工于心计。（行116–121）

荷马借此想要刻画出佩涅洛佩的形象，一个绝顶明智的女人，正与奥德修斯这样绝顶机智的男人相配。安提诺奥斯说，她这么愚弄求婚人时，并不在意耗费家里的财富。"她这样会获得巨大的声誉，你却要为那许多财富被耗尽而惋惜。"（行125-126）在佩涅洛佩择定对象出嫁以前，求婚人不会离开特勒马科斯的家。特勒马科斯回答说，他不能"强行把一个生养抚育自己的人赶出家门"（行130-131）。[735]何况父亲在外，生死未卜：

> 我由此不仅得忍受她父亲的各种责难，
>
> 上天也不会容我，母亲离开时会召来
>
> 可怕的复仇女神，我也会遭众人谴责。（行134-136）

这是一个子女必须孝敬母亲的美好例子。表面看来，奥德修斯既不在人世，让佩涅洛佩离开夫家去改嫁，以免消耗尽家中的财富，这不是再正确不过的事吗？① 然而，特勒马科斯声称这样的话他绝对说不出口。他要求婚人离开他家，到别处玩乐。否则，他们尽管继续留在他家吃喝，"我却要祈求永远无所不在的众神明，宙斯定会使你们的行为受惩罚遭报应"（行143-144）。

这就是古人对诸神的信仰。宙斯显出吉兆，派两只苍鹰在会场上空飞翔。马斯托尔之子哈里特耳塞斯精通鸟飞的秘密，这位老人的预言威吓住在场的年轻人。只有欧律马科斯让他回家给自家子女做预言："许多禽鸟都在太阳的光线下飞翔，它们并非都能显出朕兆。"（行181-182）他让老人闭嘴，又说特勒马科斯只是个"言语絮叨"（行200）的家伙，要么把佩涅洛佩送回娘家，要么在她改嫁以前只好眼睁睁看着他家的财产被吃掉。"我们将会一

---

① 拉辛依照自己所生活的年代的社会观念做出评判，值得一提的是，在此处讨论的问题上，十七世纪法国社会与荷马诗中的古典社会相差并不算极大。

天一天地在那里等待，竞争得到她的应允，不会去找其他女子，和她们结成相配的婚姻。"（行205-207）

特勒马科斯回答说，既然如此不必多言。他要求派出一条快船，让他出门打听父亲的消息，以便做好接下来的打算。这时，奥德修斯最忠实的朋友门托尔说出美好的话语：

> 但愿再不会有那位执掌权杖的国王仁慈、
> 亲切、和蔼，让正义常驻自己的心灵里，
> 但愿他永远暴虐无度，行为不正义，
> [736] 如果人们都已把神样的奥德修斯忘记，
> 他曾经统治他们，待他们亲爱如慈父。（行230-234）

这时，求婚人中的勒奥克里托斯责骂起门托尔，嘲笑他说的话，声称就算奥德修斯回乡也不忌惮。广场上的集会就此中断，众人各自回家。特勒马科斯独自走到海边，洗了手，祷告雅典娜女神："请听我说，那位昨天降临我们家的神明啊！"（行262）雅典娜化身成门托尔来到他身边，用赞美他父亲的话鼓励他：

> 特勒马科斯，你不会庸碌，也不会愚蠢，
> 既然你已具有你父亲的那种豪勇精神，
> 他是个有言必行，有行必果之人。（行270-272）

特勒马科斯若不是奥德修斯的儿子，换言之，若不像奥德修斯，那么这次航行将无功而返。"只有少数儿子长成如他们的父亲，多数不及他们，少数比父辈更高强。"（行276-277）门托尔又说，但我了解你，保存希望吧，我是你们家父辈的忠实伴侣，会到处陪伴着你。确实如此，雅典娜始终庇护着奥德修斯："亲自伴随你。"（行286）门托尔让他准备旅途的食物，他则负责找到

快船和随行同伴。

特勒马科斯回到家，求婚人正在准备晚餐。安提诺奥斯拉他的手，请他一同吃喝。特勒马科斯拿开手，回答说他宁愿向他们报仇。求婚人纷纷嘲弄他。他上楼去库房，里面存放着黄金和青铜、衣服和"芬芳的橄榄油"（行339），以及为了庆祝奥德修斯回乡而准备的美酒（行340-343）。女仆欧律克勒亚保管着这些财物。特勒马科斯让她备好食物，酒水要仅次于［737］为奥德修斯保存的美酒。女仆哭了。特勒马科斯要求她准备好一切，并且不得把他出发的事告诉他母亲，直到过去十一天或十二天时光，"以免悲苦损毁她那美丽的容颜"（行376）。她起了誓，替他打点好，而他下楼去和求婚人同席以免得透露计划。雅典娜在同一时间化身成特勒马科斯在城里到处奔跑，召集出行的同伴，且找到快船。

"太阳下沉，条条道路渐渐变昏暗。"（行388）荷马描写城里日落，街巷转暗。天黑时分，人们看不清雅典娜把快船拖入水，装好全部索具。女神又使求婚人昏昏欲睡，各自散了。她告诉特勒马科斯一切准备就绪。他一路跟随她，把食物装好船，登船出发。雅典娜送来一阵顺风，让他们很快航行在大海上。他们不忘向诸神奠酒，"特别向宙斯的明眸爱女"（行453）。

此行中的 γλαυκῶπις（明眸的）乃是雅典娜的常用修饰语，有两位法语译者译成"湖蓝眼眸的"，色泽介乎蓝与绿之间，而不是天蓝色，如西塞罗的《论神性》第一卷所言，"密涅瓦的眼眸是天蓝色中带灰斑"（Caesios oculos minervae, caeruleos Neptuni）。猫的眼也是同一色泽，所以才有"猫眼"（felineus color）这个说法。不过更好的类比对象是狮子的眼眸。雅典娜是女战士，故而诗人们以此修饰她的双眸。简言之，这是介于蓝色和绿色之间的眼眸，眼神有力、发亮且敏锐。古人往往把 γλαυκῶπις 当成某种敬辞，专用来指雅典娜女神。《伊利亚特》第八卷中，雅典娜对赫拉说，宙斯如今虽恼怒她，

"但总有一天他会管我叫明眸的爱女"（行373）。

赫拉的性情较为沉稳威严，因而被称为"牛眼的"（βοῶπις），指相当威严的湛蓝色的大眼睛。荷马总是称呼她为"尊贵的牛眼的赫拉"（βοῶπισ πότνια "Ηρη）[1]。阿佛洛狄特没有女战士的气质，性情也绝不沉重，天生欢快多情，因而被称为"黑眼眸的"（ελικωπις 或 ελικοβλέφαρος），在荷马诗中又称为[738]"眼眸发亮的"（ὄμματα μαρμαίροντα）[2]，极妙地描绘从不呆滞的眼神，灵动而带有欲恋。卡图卢斯用拉丁语称为"醉人的眼睛"（ebrios ocellos），法语里有时则说"俏皮的眼睛"。有句老话说，"一切均在乐趣中"（Atque ipsa in medio sedet voluptas）。最后说到阿佛洛狄特的眼珠色泽，荷马和所有古代作者都说是黑色。由此可见，古代大多数美人就是这么经得了定义。[3]

卷三

"当太阳渐渐升起，离开美丽的海面，腾向紫铜色天空，照亮不死的天神和有死的凡人，高悬于丰饶的田野之上"（行1–3）……这里说的 λίμνην 不指沼泽，而是指大海，一片美丽的海面。荷马在第五卷提到伊诺时也有同样用法（行337）。他们抵达皮洛斯，一上岸就祭拜诸神。[4] 雅典娜告诉特勒马科斯不可羞涩，只管大胆向涅斯托尔打听他父亲的消息："他不会妄言虚构，此人非常聪颖。"（行20）特勒马科斯向女神征求意见，应该怎样与涅

---

① ［译按］如《伊利亚特》，4.50等。

② ［译按］如《伊利亚特》，3.397等。

③ 此处关于女神们的眼眸颜色的讨论相当独特，拉辛并没有抄袭某个词源学家或古代注疏家，而是全凭他自己的思考和研究。

④ ［译按］此处似为拉辛之误。他们抵达时，当地人正在奉献祭礼。

斯托尔相见，怎样问候（行22）。西塞罗在《致阿提库斯的书信》
（IX,8）中援引过此行诗。特勒马科斯解释道："我还从没有就什
么问题做过长谈，年轻人向长者询问难免会感到羞怯。"（行23–
24）荷马借此告诉我们，年轻人不应随便介入谈话，就连特勒马科
斯这样出身高贵的王子也担心自己做不好。此外他还说年轻的向
年老的问话不是一件妥当的事。雅典娜说出一席优美的话语使他
放心。她让他只管从心里想到的开始说起，某个［739］善好的神
明会给他启示，帮助他把话说完。他只需把头开好，诸神会帮着
讲完。因为诸神不会对特勒马科斯漠不关心。

"帕拉斯·雅典娜迅速在前引路，特勒马科斯紧紧跟随女神的
足迹。"（行29–30）女神指路，他紧随在后。他们在皮洛斯人聚
会的地方找到涅斯托尔。他和儿子们坐在一起，仆人们（或同伴
们）正在准备饮宴。他们看见外乡客人，全部上前相迎，拉着手
问好，请他们入座。特别是涅斯托尔的长子①佩西斯特拉托斯，紧
握他们的手，邀请他们入席。在荷马笔下，涅斯托尔的儿子们全
有很好的教养，这表明了明智的父亲总能教育好子女。在《伊利
亚特》中，涅斯托尔之子安提洛科斯在希腊战士中最勇敢，并且
是阿喀琉斯的好友，二人双双战死在特洛亚。佩西斯特拉托斯为
他们斟酒，邀请他们向海神波塞冬祭奠。因为这天的祭礼就是奉
献给海神的，前文也提到在海边举行仪式。佩西斯特拉托斯说，
"所有的凡人都需要神明助佑"（行48），因此，凡人有祭奠诸神
的义务。他把酒杯首先递给雅典娜，因为他是外乡客人，且最年
长，年轻的特勒马科斯与他年龄相仿。雅典娜对波塞冬做了一次
祷告，再把酒杯传给特勒马科斯。

"女神这样祷告完，她自己正实现一切。"（行62）雅典娜自己

---

① ［译按］此处似为拉辛之误。从下文看，佩西斯特拉托斯当为涅斯
托尔的小儿子。

正在实现她向波塞冬的祷告。或者，她主持行完了整场奠酒仪式。他们吃喝完毕，涅斯托尔问起他们是谁。特勒马科斯充满信心地回答，因为雅典娜给了他启发，"使他打听漂泊在外的父亲的消息，也好让他在人世间博得美好的声誉"（行77–78）。［740］特勒马科斯请求涅斯托尔看在奥德修斯本人的面上不吝细说真相：

> 如果我父亲、高贵的奥德修斯曾经
> 在特洛亚国土用言辞或行动帮助过你，
> 阿开亚人在那里忍受过无数不幸。（行98–100）

　　共度不幸的友谊最是亲密。涅斯托尔确实开始讲述特洛亚战争，他们忍受过那么多苦难，就算连续不断地讲五年也讲不完。他先说起希腊人分开各自回乡的故事。荷马赋予涅斯托尔的特点就是滔滔不绝地记叙旧日时光里的故事。在《伊利亚特》中，每当发生争执，涅斯托尔总会出场，要求对峙双方噤声，并说他比他们有更丰富的阅历：他历经三个世代。荷马笔下还有其他类似的老人，比如《伊利亚特》第九卷中的福尼克斯，《奥德赛》后半部分中的牧猪奴，等等。涅斯托尔还说，他和奥德修斯从未有过不同意见。

> 当时我和神样的奥德修斯从无歧见，
> 无论在全军大会上，或是在议事会上，
> 总是意见完全相投，在议事会上
> 向阿开亚人发表最为有益的建议。（行126–129）

　　这表明两个明智的人在涉及公共利益的问题时很少有分歧。他接着说起希腊人的一次聚会，诸事不顺利，现场混乱无序，希腊人还喝醉酒："阿卡亚子弟们纷纷前来，酒气扑鼻。"（行139）

愚蠢啊，殊不知女神不会听取祈祷，
永生的神明们不会很快改变意愿。（行146–147）

　　阿伽门农想说服希腊人留下来奉献祭礼给雅典娜。然而，他没明白，他永无可能说服他们，因为诸神不肯，诸神当时正对他们发怒，并且不会很快改变意愿。就连夜里睡觉时，众人的想法仍然不和，[741] 尖锐地对立，因为宙斯为希腊人安排下可怕的不幸（行151–152）。

　　"神明使涡流回旋的大海一片平静。"（行158）这行诗很好地写出大海的平静。涅斯托尔说，有一部分希腊人登船启程，包括他本人在内，一路归途尚算平安。而另一部分希腊人在阿伽门农和奥德修斯的带头下留下来。除奥德修斯以外，听说他们历尽艰辛也都回了家，就连阿伽门农也是如此。阿伽门农回家被杀，他的儿子后来替他报了仇。"一个被害人留下个儿子有多好啊！"（行196–197）涅斯托尔转而鼓励特勒马科斯："我看你也长得英俊健壮，希望你也能够勇敢，赢得后人的称赞。"（行199–200）

　　特勒马科斯说，他也渴望赢得世人的赞美，只是面对那么多求婚人，他实在势单力薄。涅斯托尔说，雅典娜若能宠爱你如宠爱你的父亲，那么求婚人必定被惩罚。"从未见神明如此明显地关心凡人，就像雅典娜明显地助佑奥德修斯。"（行221–222）特勒马科斯又说，即便神明干预其中，此事也未必能成。这时雅典娜开口指责特勒马科斯："只要神愿意，他也能轻易地从远处保护人。"（行231）她又说，一个人的大限若已到，就连神明也不能使他所宠爱的凡人免遭殒命（行236–237）。

　　特勒马科斯换了话题。他向涅斯托尔打听别的事，因为老人的见识和智慧超过世人，且历经三代人。"我看见他犹如看见不朽的神明。"（行246）[742] 此话表明对老者应有的尊重。特勒马科斯问起阿伽门农之死。《伊利亚特》讲述阿喀琉斯死后发生的事。这样一来，荷马借涅斯托尔、墨涅拉奥斯，尤其是奥德修斯之口讲述阿喀琉斯死后所发生的事，也就是从《伊利亚特》结束的地方讲起。

涅斯托尔讲到，埃吉斯托斯爱上克吕泰涅斯特拉，试图诱惑她，但阿伽门农的妻子一开始拒绝这样不道德的事，因为她身边有一位歌人给她忠告，"尚且保持高尚的心灵"（行266），那是阿伽门农出发前向她大力推荐的随从。埃吉斯托斯把歌人带往一座荒岛，任凭他沦为禽鸟的猎物。克吕泰涅斯特拉就屈服了。埃吉斯托斯"做成了早先不敢期望的大事情"，于是奉献给诸神许多祭礼，在神像上"悬挂了许多祭礼、织物和黄金制品"（行272–275）。

涅斯托尔紧接着回去讲阿伽门农和他的兄弟墨涅拉奥斯。阿波罗用箭射死墨涅拉奥斯的舵手弗隆提斯，后者在所有凡人中最善于在风暴来袭时掌船舵，墨涅拉奥斯滞留在后，被刮到埃及。埃吉斯托斯这才有机会杀阿伽门农。第十一卷里更为充分地描述事情的经过。埃吉斯托斯做了七年王，这才死在俄瑞斯忒斯手里。我注意到一点，荷马从未明确提到俄瑞斯忒斯杀了母亲，他避免这么说，因为那是可憎的事。但他到底还是公开说道：

> 他杀死仇人后邀请阿耳戈斯人饮宴，
> 为了可怜的母亲和怯懦的埃吉斯托斯。（行309–310）

俄瑞斯忒斯年幼时，他的姐姐厄勒克特拉把他送往福基斯，以免他遭埃吉斯托斯的毒手。① 有些古代作者说他在十二年后回乡，荷马则说是七年。

---

① ［译按］荷马并未提及厄勒克特拉。拉辛当系参考了肃剧诗人们的说法。

涅斯托尔劝告特勒马科斯不可离家太久，"抛下家财不顾，把厚颜无耻之徒留在家里"（行314-315）。不过，他劝他去探访墨涅拉奥斯，后者刚从外乡归来，横穿那飞鸟［743］一年也难以飞越的浩渺而可怕的大海。这里的大海无非就是地中海，墨涅拉奥斯去的地方是埃及。荷马笔下的英雄从未见过大洋，在凯撒头一个穿越英吉利海峡以前，古罗马人同样没有见过大洋。他们入了席，向波塞冬和其他神明奠酒。雅典娜提醒众人抓紧时间，不宜在祭神的宴会上逗留太久，因为行这类仪式必须满怀恭敬。涅斯托尔留他们过夜，声称只要他还活着，就不能允许奥德修斯的儿子睡船板。涅斯托尔还说，他的儿子们也会善待外乡客人，不管是谁来到他们家（行354-355）。

雅典娜表示心领涅斯托尔的好意，但为了避免在涅斯托尔家过夜，她声称得回船吩咐特勒马科斯的同伴，第二天她还得去考克涅斯人那里讨回一笔不新也不小的债，旧债总是最可观的（行367-368）。她把特勒马科斯托付给涅斯托尔，随即幻化成鹰飞走了（行372），或者说，就像鹰一般让人惊骇。拉丁语里译成ossifraga，一种食肉的鹰，能咬碎骨头，普林尼在《自然史》第十卷第三章中总共记载六种鹰，包括此处这种。

涅斯托尔拉住特勒马科斯的手，说他将来必成了不起的人，因为神明显然陪伴他出行（行376）。他肯定那是宙斯的女儿雅典娜。涅斯托尔许诺献给女神一头尚未调驯的宽额小牛犊，用金箔装饰牛角。这是最隆重的献祭之一。雅典娜听清了。涅斯托尔带着女婿们和儿子们回到宫中，让他们依次序坐好，斟满酿造十二年的醇酒，全体向雅典娜祭奠。

他们随后纷纷回屋就寝。涅斯托尔将特勒马科斯［744］和尚未成婚的儿子佩西斯特拉托斯安排在一处，他本人和王后睡在楼上的寝室。天亮后，他起身坐在屋门前的光滑雪白的石座上。从前他的父亲涅琉斯也是坐在那里。涅斯托尔手握权杖端坐，他的儿子们聚集在旁。荷马一共点出他的六个儿子的名字。

特勒马科斯和第六个儿子佩西斯特拉托斯一起走来。涅斯托尔吩咐他的儿子们有的去牧牛场挑选一头小牛犊，有的去把特勒马科斯的同伴们请来，还有的去找来金匠准备装饰牲牛的双角，其他人去下令准备宴席。"他这样说完，众人迅速按他的吩咐。"（行430）牛赶来了，特勒马科斯的同伴请来了，匠人也到场了，"手里拿着青铜器具，技艺的寄托，有砧子、锤子，还有制作精巧的火钳。"（行433-434）涅斯托尔一家人行事井然有序，无出其右者。个个各尽其职。有人握着祭刀，有人拿碗接血，涅斯托尔提着酒壶向雅典娜祝祷，从牛头上割下一缕牛毛扔进火里，撒上掺盐的面粉（*οὐλοχύτης*），拉丁文叫 mola（祭祀用的掺盐面粉），从该词派生出 immolo（献祭）。

涅斯托尔之子特拉叙墨得斯大挥祭刀，砍进牛颈，放走牛的气力。家中的女人们和闺女们一起大声呼喊（*ὀλόλυξαν*）。赫里俄多洛斯在记载一场百牲祭时有同样说法。涅斯托尔的妻子乃是克吕墨诺斯之女欧律狄刻。牛杀好砍断，肉当场烤熟。腿肉用油脂包好，也就是裹着内脏的那层脂肪（omentum）。与此同时，涅斯托尔的小女儿，美丽的波吕卡斯特为特勒马科斯沐浴。他换上衣服，"走出浴室，仪表如不朽的神明一般"（行468）。

吃喝完毕，涅斯托尔吩咐他的儿子们套好车。特勒马科斯和佩西斯特拉托斯一起上车，后者握住驭马的缰绳，扬鞭催马，立即出发了。他们在斐赖过夜，得到阿尔菲奥斯之子狄奥克勒斯的款待。次日太阳西沉时，他们到达拉克得蒙。

"双马把皮洛斯的高耸城堡远远抛在后面。"（行484）[745]这行诗绝妙地表现出迅疾如飞的马，在荷马诗中颇为常见。

不难看出《奥德赛》跌宕起伏，越来越精彩，这是因为前文要为后文做铺垫。不过在我看来，卷卷让人赞叹且极有趣味。

卷四

他们抵达墨涅拉奥斯的居处。墨涅拉奥斯忙着为一对子女举行婚礼庆典。女儿就是海伦所生的赫耳弥俄涅，"具有阿佛洛狄特般的容貌"（行14）。荷马说，海伦在生下赫耳弥俄涅以后不再生育，墨涅拉奥斯的儿子乃是女奴所生（行12-14）。赫耳弥俄涅本与俄瑞斯忒斯定亲，但墨涅拉奥斯在特洛亚城前把她另许给阿喀琉斯之子皮洛斯。俄瑞斯特斯后来在阿波罗神殿里杀了皮洛斯报仇，① 重夺回妻子。不过，荷马此处不提俄瑞斯忒斯，而只是说，墨涅拉奥斯把女儿嫁给皮洛斯，又为儿子墨伽彭特斯迎娶一个斯巴达女子。两个外乡王子出现在门前时，一名歌人正在宴席上弹琴，两个优伶和着乐曲跳舞。墨涅拉奥斯的仆人进去报信，询问是请他们进门还是让他们去找别家。

墨涅拉奥斯对这样的询问深表不满。他责备仆人不知道自己在说什么，枉他一直以来倒也不愚蠢。墨涅拉奥斯在外乡得到过多少热情款待，岂能在自己家里拒绝来客！他命人去给客人的马解辕，再邀请他们进来吃喝。荷马笔下的所有日常庆典一概如此。墨涅拉奥斯对两位客人说，你们一定是君王后裔，"贫贱之人不可能生出这样的儿孙"（行64）。

在筵席快结束时，特勒马科斯对涅斯托尔之子低声赞叹，墨涅拉奥斯的王宫太富庶，到处是闪光的青铜、黄金、琥珀、白银和象牙，前文也说，"似有太阳和皓月发出的璀璨光辉"（行45）。[746]特勒马科斯更进一步将之比作神王宙斯的宫殿（行74）。

墨涅拉奥斯听闻，回答说"凡人不可与宙斯相比拟"（行

---

① 这是拉辛日后撰写的《安德洛玛克》的故事主题。早在1662年，拉辛已开始对俄瑞斯忒斯的神话故事感兴趣，并且正如他在此处说明的，这个神话故事传统并非来自荷马。

78）。他还说，他情愿只拥有三分之一财富，只求战友们不要葬身他乡，特别是奥德修斯。他说起他在各地的游荡，塞浦路斯、腓尼基、埃及、埃塞俄比亚和利比亚，那里的新生羊羔带角，母羊一年下三胎，无论主人还是牧人从不缺乏鲜奶干酪和肉食（行87–88）。他接着一语带过他在外时家里发生的事。他声称经常坐在家里哭悼亡友，尤其是奥德修斯。在所有战友中他特别爱奥德修斯。他这么说是因为看出来客与奥德修斯的相像。特勒马科斯忍不住掉泪，用外衣遮掩双目，却被墨涅拉奥斯看见。特勒马科斯考虑是要主动谈起父亲，还是让对方先说。

这时海伦下楼了。荷马极为精彩地描写了海伦的出场。单单见证荷马何等精通这类描述，就实在让人赏心悦目。他不放过最微小的细节，将它们呈现在读者眼前。当荷马写佩涅洛佩出场时，我们以为亲眼看见端庄的佩涅洛佩。此处，我们也仿佛亲眼看见光彩照人而威严无比的海伦，尽管荷马把她写成家庭主妇。

> 海伦走出她那馥郁的高屋顶的房间，
> 容貌全然与金箭的阿尔忒弥斯一样。（行121–122）

她骤然出场，特勒马科斯以为看见阿尔忒弥斯女神。她的女伴中，有个叫阿德瑞斯特的为她摆好座椅，另一个叫阿尔基佩的替她拿来羊毛毡（行124）。菲洛给她提来装毛线的银篮，在希腊文里即 τάλαϱον。依据普鲁塔克的记载，古罗马人从此处的典故派生出 talassio 一词，指祝婚歌，用以提醒妇人们照料家务的本分。这个装毛线的银篮乃是［747］埃及王后阿尔康德拉的众多礼物之一，篮的边沿用黄金做镶嵌。菲洛把银篮放在海伦脚边，篮里装满毛线，上头还有一个缠满紫羊绒的纺锤。海伦坐定，椅下有搁脚凳。在荷马笔下，所有尊贵的座椅均配有搁脚凳。《伊利亚特》第十四卷中，赫拉请睡神帮忙让宙斯沉沉入睡，作为酬谢许诺给他一把不朽的黄金座椅，由赫淮斯托斯亲手制作，并且"底下配有小凳一张，让你饮宴时好把光亮的双脚搁放"（卷十四，行240-241）。海伦就在这样的情状下对丈夫说话。看得出来，古时的妇人不像如今这样讲究客套。她们在生活中不拘礼节，就像海伦在素不相识的年轻客人面前仍然让女仆带上针线活儿。她对丈夫说，眼前的客人像极奥德修斯，若不是她看错，一定是他的儿子特勒马科斯。海伦比墨涅拉奥斯更早认出来，那是因为妇人更多思虑，更有好奇心去观察初次相见的人。这是妇人们的天性。

墨涅拉奥斯表示有同感："因为他也有那样的双脚，那样的双手，那样的眼神，那样的头颅形状和头发。"（行149-150）维吉尔说，"他的眼睛，他的手，他的脸和你一模一样"（sic oculos, sic ille manus, sic ora ferebat）。[①] 但荷马的说法更特别，此处的眼神之说（ὀφναλμῶω βολαι）富有表现力。墨涅拉奥斯还说，这让他刚才忍不住回忆起奥德修斯，并且他还注意到特勒马科斯为此掉了眼泪。涅斯托尔之子代作回答，因为由第三者出面介绍更合宜。他确是奥德修斯之子，但他很明智，不愿意在主人面前夸夸其谈，"我们听你说话如听见神明的声音"（行160）。涅斯托尔派儿子陪伴特勒马科斯同来打听父亲的消息，因为父亲不在家让他难忍受，且受了许多苦。

墨涅拉奥斯说："天哪，原来真是我的好友的儿子来到我家，他为我忍受了许多苦难。"（行169-170）[748] 这几句话表现出墨涅拉奥斯的感激之情。他声称下了决心要爱护奥德修斯胜过其他人，要把他和家人、族人从伊塔卡请来，为他们清出一座城市，"那时我们可以常相聚，欢乐亲密，任何东西都不能使我们拆散分

———————

① ［译按］语出《埃涅阿斯纪》，3.490。安德洛玛克看见埃涅阿斯的儿子，哀悼起她和赫克托尔的亡子。

离"（行 178-180）。然而，某个神明想是嫉妒这样的幸福，竟让奥德修斯还乡无期。一席话让在场的四个人全部落泪：

> 他这样说完，大家忍不住哭成一片。
> 宙斯的女儿、阿耳戈斯的海伦哭泣，
> 特勒马科斯哭泣，阿特柔斯之子哭泣，
> 涅斯托尔之子也不禁双眼噙满泪水。（行 183-186）

佩西斯特拉托斯想起自家兄弟安提洛科斯。他向墨涅拉奥斯提议换个话题，"我不喜欢在夜间餐席上哭哭啼啼"（行 193-194），待到次日黎明来时再哭不迟，我不反对为亡者哭泣，这是他们应得的补偿："对不幸的凡人的悼念只有不多几项，剪下一缕头发，泪珠从面颊往下淌。"（行 197-198）

墨涅拉奥斯赞美这番话，还说："如果克洛诺斯之子在一个人成婚和出生时为他安排幸运，这样的人很容易辨别。"（行 207-208）涅斯托尔就是这样的人。宙斯给他恩典，让他在家中安度晚年，且拥有和他一样明智英勇的儿子们。于是他们洗手重新用餐。为了使他们忘却痛苦，海伦把一种药汁滴进他们的酒里，"那药汁能解愁消愤，忘记一切苦怨"（行 221），一个人就算母亲或父亲新逝也一整天不流一滴泪，乃至亲眼看见自家兄弟或儿子被人残杀也无动于衷。有人称这种药汁即 nepenthes（猪笼草），其实就是牛舌草，至少普林尼记载道，牛舌草具有同种功效。他在《自然史》第二十五卷第三章中写道，"古代教义传统之父荷马在赞美基尔克时把精通药草的荣耀归给埃及人"，随后又说，"海伦带回能使凡人忘忧的药汁"，云云。[749] 在第二十一卷第二十一章中，普林尼还说，荷马提到，这种草药和其他草药一样全系埃及王后波吕达姆娜送给海伦的礼物。

托昂的妻子埃及女波吕达姆娜相赠，

长谷物的大地也给她生长各种草药，

混合后有些对人有益，有些有毒素。（行228-230）

　　普鲁塔克援引这一段说明古代诗人中有许多值得借鉴的好地方，也有不少不好的地方。荷马说，在埃及人人都是良医，因为埃及人是皮昂神（Paeon）的后裔。正如赫里俄多洛斯所说，埃及人处处被视为先知和巫师。这位作者甚至声称荷马本人即埃及人，并就此做了一番论证。

　　海伦接着对众人说出在荷马诗中颇为常见的话："天神宙斯给这人好运给那人祸患，因为他全能。"（行236-237）由此表明，幸和不幸不会增减一个人的美德，那是神的意愿才能决定的事。海伦赞美奥德修斯，特别是他撕烂身上的衣服，佯装成乞丐（δέκτη，行248），潜入特洛亚城中，并最终攻陷这座城邦。

　　海伦还说，她看见他很欢喜，当时就渴望回到前夫身边，为阿佛洛狄特女神把她带到特洛亚的那一天深感怨恨。她在此处表现得像本分的妇人，言下之意当初她是被强行带到特洛亚的。墨涅拉奥斯讲了另一件事，希腊人藏在木马中，海伦受了不知什么神的启示，模仿每个英雄的妻子的声音呼唤他们，正是奥德修斯捂住那些忍不住想要答应的人的嘴。特勒马科斯于是说，可惜这些"并未使他摆脱悲苦的命运"（行292）。

　　他们随后各去就寝。次日清晨，墨涅拉奥斯起来后询问特勒马科斯出行的意图。特勒马科斯把对涅斯托尔说过的话细细又说了一次。墨涅拉奥斯为求婚人的无耻大感气愤："一位无比勇敢的英雄的床榻竟有人妄想登上！"（行333-334）他打比方说，一头母鹿趁着狮子不在，把初生的乳儿放在［750］狮子窝里，但等狮子回来，必会折磨并吃掉母鹿和小鹿。"奥德修斯也会给他们带来可悲的命运。"（行339）这个比喻用得再好不过，这也警告了某些人竟敢诱惑比他们高贵的人的妻子。①

　　他接着把话题转向奥德修斯，首先讲述他自己的历险，以及他没有祭献诸神而遭受的苦难。"诸神总希望他们的要求被人们牢记。"（行353）当时他在一座距埃及一天航程的名为法罗斯的小岛上。他和同伴们吃光了所有食物，只能靠钓鱼勉强维生。女海神埃伊多特娅教他去找普罗透斯。埃伊多特娅是普罗透斯的女儿，或至少如她所言，"据说他就是我的父亲，我由他所生"（行387）。那老海神每天带着成群的海豹睡午觉。她给了他一些忠告，与《农事诗》第十卷中水仙库勒涅（Cyrené）给儿子阿瑞斯泰俄斯（Aristée）的忠告如出一辙，维吉尔几乎是逐字逐句地转译了此处的叙事，唯一不同的是，维吉尔说普罗透斯躲在角落里，而此处埃伊多特娅送给墨涅拉奥斯三张海豹皮，让他带着两名同伴藏在里头伪装成海豹。② 普罗透斯每天都要点清海豹的数目。墨涅拉奥斯还说，藏在海豹皮里气味太难闻，幸好埃伊多特娅朝他们的鼻孔下抹了神液，"那神液馥郁异常，抑制了难闻的气味"（行446）。

　　普罗透斯问他有何要求。墨涅拉奥斯说，"你全清楚"（Οἶσθα, γέρον，行465），即拉丁文中的 Scis，Proteu（你全知道，普罗透斯）。老海神于是告知他所遭受的不幸的原因，他必须到尼罗河岸给诸神奉献祭礼，须知尼罗河乃是宙斯从天上灌注的河流，以至于世人不知其源头。墨涅拉奥斯又打听战友们的消息，问他们是否悉数返家乡。普罗透斯表示会一一告知，不过他"听了定会忍不住落泪伤心"（行494）。

　　［751］他说有两位希腊主将在归途中丧生，还有一位仍活着，却被阻在茫茫大海的某处。第一位是埃阿斯，与维吉尔的写法不

---

　　①　拉辛经常从荷马的诗文中吸取道德训诲。这也是古人教导青年学生的做法。

　　②　［译按］荷马原文里提到四张海豹皮，相应地墨涅拉奥斯带去了三名同伴。

同，荷马没有让雅典娜杀了埃阿斯，而是讲到，埃阿斯吹嘘自己
悖逆诸神的意愿从海难中逃生，波塞冬被他的狂妄言辞所激怒，
用三股叉把他撞死在巨岩上。其次是阿伽门农，他倒是踏上乡土：
"深情地抚摸故乡土，不断热烈亲吻，滴下无数热情泪，终于如愿
见到它。"（行522–523）埃吉斯托斯的密探看见他，抢先去告密，
那主子在接风酒宴上杀了阿伽门农，"犹如杀牛于棚厩"（行535）。

　　墨涅拉奥斯听完痛不欲生。"待我这样尽情地哭过，在沙滩上
滚够。"（行541）这是典型的荷马手法，表现力极强。本卷开场
时，墨涅拉奥斯还说过："有时哭泣慰藉心灵，有时又停止，因为
过分悲伤的哭泣易使人困倦。"（行102–103）这是某种哭泣的乐
趣，荷马从不说，他满心欢喜地哭泣，而是说，他沉醉在这样哭
泣的乐趣中，他尽情地哭泣过。

　　普罗透斯接着讲俄瑞斯忒斯替父亲报了仇。最后他说，奥德
修斯在卡吕普索的岛上。至于墨涅拉奥斯本人，他将来不会死在
阿耳戈斯，因为他是海伦的丈夫，宙斯的女婿：

> 不朽的神明将把你送往埃琉西昂原野，
> 大地的边缘，金发的拉达曼提斯的处所，
> 居住在那里的人们过着悠闲的生活，
> 那里没有暴风雪，没有严冬和淫雨，
> 时时吹拂着柔和的西风，轻声哨叫，
> 奥克阿诺斯遣它给人们带来清爽，
> 因为你娶了海伦，在神界是宙斯的佳婿。（行563–569）

　　品达在第二篇奥林波斯竞技凯歌中详细描述了埃琉西昂原野，
说法与荷马一致。① 但我特别注意到，荷马没有把冬天完全排除

---

① 拉辛在读品达诗文时同样比较此处的荷马诗文。

在外，而是说没有严酷的冬天。这很有道理。冬天是必不可少的，有四季变迁比只剩亘古不变的春天［752］更赏心悦目，只要不过分热也不过分冷。

"老海神说完，潜进波涛汹涌的大海。"（行570）此行与维吉尔《农事诗》第十卷第528行同。墨涅拉奥斯讲完，提出送特勒马科斯礼物，特别是三匹骏马。特勒马科斯谢绝了骏马，请他自己留着：在墨涅拉奥斯治理的国度里盛产三叶草或莎草（cyperus）、大麦、小麦和燕麦，而伊塔卡既没有草场也没有牧马的空地，"但牧放羊群，喜爱它胜过牧马的地方"（行606）。特勒马科斯的话包含对故乡的热爱。墨涅拉奥斯笑了，答应送他别的礼物，包括家中最精美的一只调缸。特勒马科斯又说，他很乐意在此地逗留一整年，不会想念故乡父母，因为他听墨涅拉奥斯说话心里很欢喜。但他不敢让留在皮洛斯的同伴们久等。墨涅拉奥斯说："你的话表明你出自好门庭。"（行611）

荷马让特勒马科斯留在墨涅拉奥斯家，直至奥德修斯返乡之时。他转头回去写奥德修斯家中的求婚人，他们听说特勒马科斯出门无不惊奇万分。在荷马笔下，他们很自然地得知消息，因为求婚人中的弗罗尼奥斯之子诺埃蒙把船借给特勒马科斯。他问安提诺奥斯是否知道特勒马科斯何时归返，同时说，他看见有位向导和特勒马科斯一起登船出发，那可能是门托尔，也可能是某个神明，"那人完全像门托尔本人"（行654）。奇怪的是，他前一天在此地却又看见门托尔。求婚人心中讶异，纷纷停止竞赛游戏（行659）。安提诺奥斯特别愤怒，荷马写得极好："他情绪沮丧，昏暗的心里充满怒气，两只眼睛犹如熊熊燃烧的烈火。"（行661–662）他计划去埋伏暗杀特勒马科斯，众人纷纷赞成。

［753］有个叫墨冬的传令官听闻去向佩涅洛佩报信。她先问道，求婚人究竟要什么？他们不去别的地方吗？他们耗尽这家人的财富不感到羞愧吗？他们没有从父辈那里听说奥德修斯从前如

何温和地治理本地，从不对哪个人公开恶言恶语吗？"尽管这是
神圣的国王们的素常习惯，在人群中憎恨这人偏爱那人。"（行
691–692）

　　墨冬回答她说，这还不是最坏的消息，他们打算埋伏暗杀从
皮洛斯返程的特勒马科斯。她尚不知儿子出门的事，顿时浑身无
力，痛苦万分，不肯坐在座椅上，而是倒在地上，"痛苦地哭泣"
（行719）。女仆们和她一起悲恸，低声地（μινύριζον），表明不是单
纯在献殷勤。① 佩涅洛佩开始极动人地哭诉，哀叹家门不幸，不但
失去丈夫，如今连儿子也不在。她想派人去禀告拉埃尔特斯，欧
律克勒娅请求她莫给老人增添痛苦（行754）。她随后告知特勒马
科斯出发前的事。佩涅洛佩得到安慰，便去洗漱，换上干净的袍
子（行759）。她祷告雅典娜，女神满足了她的心愿。

　　这时求婚人又在喧嚷，有的还误以为佩涅洛佩打算改嫁。他
们不知道等待他们的是什么。安提诺奥斯要求他们悄无声息地去
执行计谋，"不要肆无忌惮地随便乱说"（行774）。塞涅卡在《美
狄亚》中也说："愤怒让人毁灭。"（Ira quae tegitur nocet，行153）
求婚人准备好了埋伏用的船。

　　佩涅洛佩点食未进，一心思虑儿子，就像狮子被人群围堵时
提防着被关起来。她最终还是睡了，雅典娜送去一个幻象安慰
她，模样就像她的朋友伊弗提墨。那幻象劝她不必担心，她的儿
子定会安全归返，"因为神明们认为他没有犯任何过错"（行807）。
佩涅洛佩在半睡半醒中，荷马的用语极妙，"甜蜜地沉沉睡着，
正在梦境门边"（行809）。[754] 她回答说，奥德修斯不在，儿
子又离开家，让她如何不痛苦？"他还年幼，不知艰苦，不谙世

---

　　①　拉辛的评价体现出对细节的敏感，流露出对荷马诗中的情感表达或
者说荷马式文明的某种赞美，值得一提的是，这样一种荷马式文明与其说是
古希腊时代的，莫若说是十七世纪的。

故。"（行818）那幻象让她宽心，因为特勒马科斯有雅典娜同行，但没有说她的丈夫依然活着："他活着还是已死去，说空话不是好事。"（行837）

求婚人埋伏在伊塔卡和萨墨之间的小岛阿斯特里斯，等待特勒马科斯经过。

卷五

四月十九日[①]

荷马回头写奥德修斯，而暂放下他的妻儿。诸神聚会，雅典娜回到天庭。荷马从黎明写起："黎明女神从高贵的提托诺斯身边起床。"（行1）雅典娜怜惜奥德修斯的不幸，卡吕普索强迫他留下。宙斯立即派赫耳墨斯去传信，让那神女放他回乡。赫耳墨斯一身惯常装备地出发了。荷马是这么写的：

> 他立即把精美的绳鞋系到脚上，
> 那是一双奇妙的金鞋，能使他随着
> 徐徐的风流越过大海和无边的陆地，
> 他又提一根手杖，那手杖可随意使人
> 双眼入睡，也可把沉睡的人立即唤醒。（行44-48）

维吉尔在《埃涅阿斯纪》第四卷中照抄了这几行诗（埃4：239-244），[②] 随后还沿用荷马的说法描写赫耳墨斯在天空飞过的景

---

① ［译按］拉辛难得标注注释时间。

② ［译按］朱庇特派墨丘利去警告埃涅阿斯不要忘记使命，为了狄多而久留迦太基。

象。两位诗人均把神使比作海中的鸥鸟。维吉尔进而加入一个极美的段落，想象他看见海中有坚不可摧的阿特拉斯山："他平展双翼，先做一停留，然后用全身力量向大海扑去。"（埃4：252-254）

[755] 赫耳墨斯来到卡吕普索的岛屿："离开蓝灰的大海，登上陆地步行，来到一座巨大的洞穴前。"（行56-58）这座岛屿从前名叫奥古吉埃（Ogygie），至少普林尼声称，好些古代作者认为荷马是这么称呼它的。[①] 它朝向意大利，靠近洛克里省。荷马在此处所说的洞穴显然不是真的洞穴，而是某个天然形成的大岩洞，卡吕普索用来装饰成寝宫。海上的神女确乎住在岩洞里，但这些岩洞往往是华丽且迷人的，正如维吉尔在《农事诗》第十卷中做过的描述。如果我们相信荷马的话，卡吕普索的岩洞相当让人赏心悦目。首先是周遭环境。荷马说，岩洞四周有一片美丽的树林，林中有桤木、杨树、芳香的柏树等绿叶树，且有宽羽或长翅的（τανυσίπτεροι）禽鸟栖息作巢（行65），荷马提到枭、鸱鹰、长舌乌鸦和几种海鸟，表明这是一处完全与世隔绝的荒野，带有某些让人畏惧的东西。再加上别的一些物事，诸如葡萄园、泉水和草地，荒野的气氛就得到缓和，变得赏心悦目。荷马对此作了精心描绘：

> 茂盛的葡萄藤蔓结满累累硕果，
> 四条水泉并排奔泻清澈的流水，
> 彼此相隔不远，随后分开奔流。
> 旁边是柔软的草地，堇菜香芹正繁茂。（行69-72）

最后一行中的 σέλινον 也即拉丁文的 apium（香芹），不是野菜，而是园子里种的菜。换言之，此处的草地也就是花园。不妨说，这

---

① [译按]虽然第五卷里似未提及，《奥德赛》中确乎多次说起这个岛屿的名称，如见6.172，7.244。

个美丽的岛屿有一部分是未开垦的荒野，另一部分则是经过精心栽培的，从而形成很好的互补。荷马补充说，"即使不死的天神看到这一番景象也会赞叹不已，顿觉心旷神怡"（行73-74）。

赫耳墨斯就是如此。他驻足观赏够了，才走进卡吕普索的洞穴。她立刻认出神使，因为不死的神们彼此总能相认，即便互相[756]居住甚遥远。这一说法同样适用于那些同一阶层的人，在他们身上总会有某种能让他们彼此辨认的标志。赫耳墨斯没有遇到奥德修斯。奥德修斯独自一人跑到海边哭泣。荷马令人赞叹地写道：

> 他正坐在海边哭泣，像往日一样，
> 用泪水、叹息和痛苦折磨自己的心灵，
> 他眼望苍茫喧嚣的大海泪流不止。（行82-84）

没有哪个诗人能够更好地描写一个哀伤的人。我们似乎看见一个独自流泪的人，眼望大海是因为他始终渴望回乡。维吉尔在《埃涅阿斯纪》第五卷中写到，特洛亚妇女在海岸边悼念安奇塞斯，"眼泪汪汪，望着那无边的大海"（埃5：614-615）。卡吕普索正一边织布一边声音优美地放声歌唱。第十卷中的基尔克同样如此，"用美妙的声音歌唱，在高大而神奇的机杼前忙碌"（奥10：221-223），她们织的布不会朽坏，极为精美灿烂，乃是女神的手艺。此外，洞中燃着雪松和其他芬芳的木料。维吉尔在《埃涅阿斯纪》第七卷中用三行诗描写基尔克的宫殿："不停奏乐唱歌，室内燃着芬芳的雪松木，把黑夜照得通明，她手拿梭子在经线上往复穿动。"（埃7：12-14）不过，荷马此处没有说是为了照明，而只是说："雪松和侧柏燃烧时发出的香气弥漫全岛。"（行60）

荷马似乎暗示这座岛上只住卡吕普索，因为诗中再未提及其他住民。她问[757]赫耳墨斯的来意。因为神使极少来此。她招待他吃喝之后，他回答说："神女询问神明我来意"（行97），换言之，你是神女，你明知我心里想什么。前文也说，不死的神明们彼此能相认（行79），也即互通心意。赫耳墨斯的意思是，你和我一样心里知道神们之间发生什么事。不过他还是如实相告，因为宙斯命令他来，并非出于他本意：有谁愿意越过无边的海水来这里，附近又没有凡人给诸神献祭？神庙好似诸神的接待处，赫耳墨斯声称自从离开天庭不曾吃喝过，也是因为一路上没有神庙。不过，没有哪个神明胆敢违背宙斯的意愿。《伊利亚特》中多处提到宙斯的绝对王权，赫拉和波塞冬极为畏惧他。不妨说诸神的国度采用君主政体。

赫耳墨斯对卡吕普索说，宙斯要求她放奥德修斯离开。这话让她心惊颤（ριγησεν，行116），表明她深爱着奥德修斯。她回答说，诸神太不通人情，喜好嫉妒人，不肯忍受神女爱上凡间男子（行118–120）。黎明女神与奥里昂结姻缘，诸神心生妒恨，直至阿尔忒弥斯用箭射死他。美发的德墨特尔爱上伊阿西昂，"在第三次新翻耕的田地里同他结合"（行126），宙斯很快知道，抛下闪电［758］劈死他。如今诸神又嫉妒卡吕普索身边有个凡人，须知当初宙斯亲手毁了他的船，他的同伴全部丧生，却是她救了他一命。

> 我对他一往情深，照应他饮食起居，
> 答应让他长生不死，永远不衰朽。（行135–136）

然而，既然诸神不能违抗宙斯的意愿，就让他走吧。卡吕普索声称没有船让他出发，但可以给他提忠告。赫耳墨斯表示赞许，随即离去。她去找奥德修斯。荷马再次确切地表述英雄流落的境地：

> 她看见奥德修斯坐在辽阔的海岸边，
> 两眼泪流不断，消磨着美好的生命，
> 怀念归返，神女不能使他心宽舒，
> 夜里他不得不在空旷的洞穴里度过，

> 睡在神女的身边，神女有情他无意
> 白天里他坐在巨岩顶上海岸滩头……（行151-156）

　　这里三行与前文行82-84同。他的眼睛总是泪湿，白天里最美好的时光他都在思乡，因为神女无法取悦他，或者毋宁说，女神不放他回乡。夜里他和神女睡在一起，并非出于他本意，她却是情意绵绵。白天他在岸边的石头上哭泣。卡吕普索让他不要再哭，他可以用树干造船，她会提供旅途的用品。奥德修斯听了心惊颤（ǫιγησεν，行171），担心神女另有所图，要她先发重誓。卡吕普索笑着说，他真狡猾，不容易欺骗（行181-182）。她向他保证，并以诸神最可怕的誓言见证即斯提克斯流水起誓，她不会伤害他，而是假设她也陷入同样的困境，就像为自己那样为他考虑。"因为我也有正义的理智，我胸中的这颗心灵并非铁铸，它也很仁慈。"（行190-191）

　　她带他回洞穴，让他坐在［759］赫耳墨斯刚坐过的位置，摆上凡人吃的肉食（行196-197）。她坐在对面，侍女们送上神食和神液。这表明了神食有别于凡人享用的肉食，因为凡人的身体是有朽的，在本质上与诸神截然不同。荷马在《伊利亚特》第五卷中有一处绝妙的说法让我们看得更清楚。维纳斯受伤以后不是流血，而是流出一种灵液，因为诸神的吃食与凡人不同。[①] 卡吕普索对奥德修斯说，他若想离开只管离开，不过他心里要清楚，在抵达故土之前他还要遭遇许多不幸。他若留下则能轻松过活并享受长生不死，尽管他日日思念妻子，一心想再见到她。何况，她并不认为自己在容颜或才智上比不过佩涅洛佩，凡间女子怎能与女神比赛容貌和身材！奥德修斯回答说，他深知这一切，审慎的佩涅洛佩——

> 无论是容貌或身材都不能和你相比，

---

① ［译按］《伊利亚特》，5.338-340。

因为她是凡人你却是长生不衰老。（行217–218）

　　尽管如此，奥德修斯依然渴望还乡。倘若还得遭受不幸，他也会耐心面对。"我经历过许多苦难，不妨再加上这一次。"（行223–224）由此可见奥德修斯的顽强和坚定，丝毫不畏艰难险阻。太阳西下，他们双双进入洞穴深处，"享受欢爱，互相偎依，卧眠在一起"（行227）。

　　天一亮，奥德修斯立即起床，卡吕普索亲自为他穿上精美的衣裳。[①] 她交给他一把橄榄木手柄的斧和一条锯，领他到岛上一处地方，那里有许多干透的高大树木，让他砍树造船。卡吕普索还给他曲轴和钻子，荷马精确地描绘出最小的细节：这是古希腊文的优雅之处，[760] 拉丁文相比之下局限太多，不会对这类小物感兴趣。拉丁文无疑较贫乏，没有充足的语汇像希腊文这样恰当得体地表述这类事情。我们几乎要说，希腊文里绝无低俗之处，即便粗鄙的东西也会得到高贵的表述。法语和拉丁语却是一样的。在法语中，人们极端地回避去屈尊谈及某些平常事物，因为听者的耳朵过于娇贵，不能忍受在一场严肃讲辞里听到诸如斧头、锯子和曲轴之类的低俗东西。[②] 相反，意大利文与希腊文相似，什么

---

　　① ［译按］此处似有误，原诗中是卡吕普索装扮自己（5.230–232）。

　　② 拉辛并没有思考如何改造法语，或如何使法语容纳诸如斧头、锯子和曲轴之类的用语。事实上，这些词语早已存在，所以他才能引用为例子。拉辛也没有思考如何在严肃言辞中引入低俗东西，而只是强调，"希腊文里没有鄙俗之处"，而法语却与之不同。参看卷十中的相关说法。参看1693年拉辛致布洛瓦的信。［译按］拉辛致布洛瓦的信："我想到您新提出的一个理论，也就是说荷马诗中没有粗俗用语。您不妨看看，哈利卡纳苏斯的狄俄尼索斯说的是不是与您的理论相悖，是不是有必要担心有人利用这一点钻您的空子？我想，与其说希腊文中的驴子一词是极高贵的用语，您不妨只是说，这个词里不带粗俗之意，就和鹿、马、羊之类的用语一样。'极高贵'在我看来是有些过分的说法。"（OC2，542–543）

都可以表述，阿里奥斯托即是一例，其文体颇有荷马的风格。

奥德修斯熟练地造好船。由此可见，这样一位大人物精通小手艺绝非不得体的事，在必要时候这些手艺是很重要的，比如此处或相似情况下，倘若奥德修斯不能如荷马所言像世上手艺最精巧的木匠那样造船，那么他可能永远也离不开这座孤岛。他整整工作三天，到第四天才把船造好。他把船和木筏一道推进海里（行261）。船上的各个组成部分悉数得到描绘。卡吕普索准备好食物，送出一阵顺风。他就扬帆出发了。他坐在船尾熟练地掌舵，一路没有因睡意而合上眼。他仔细观察昴星座、迟迟降落的大角星、人称北斗的大熊星座，还有与之遥遥相望的猎户座，在所有星辰中，唯有大熊星座不会沉落浸在大洋水中。奥德修斯在海上航行了七天，第八天①瞥见费埃克斯人的国土，远看犹如一块盾牌，隐现在昏暗的海上。不幸的是，正如维吉尔笔下的朱诺，波塞冬在离开埃塞俄比亚时远远望见奥德修斯，海神显然取道陆路，因为诗中说他是从索吕摩斯山顶看见的。

波塞冬恼恨他刺瞎了巨人儿子波吕斐摩斯，一直气愤不已。命中注定奥德修斯抵达费埃克斯人的土地就能获救，波塞冬决定要在此之前让他吃尽苦头。他聚合浓云，用三股叉搅动大海，掀起各种风暴，用云雾笼罩大海和陆地：

> 东风南风一起刮来，反向的西风
> 和产生于天空的北风掀起层层巨澜。（行295–296）

普林尼注意到，荷马诗中只提到这四种风，其他古代作者也没有知道得更多。他说，有些作者在此基础上增加了八种风，但他认为最好的说法是一共有八种，名称如下所示。在天空的四个

---

① ［译按］此处有误，原诗中是十七日，到了第十八日（5.278–279）。

方位里，每个方位各有两种。[761]无论如何，维吉尔在《埃涅阿斯纪》第一卷中照抄荷马的说法："东风南风一起刮，加上西南的暴风。"（行85-86）随后又点了西风的名："他把东风和西风召来。"（埃1：131）维吉尔还照抄荷马诗中的如下说法："[奥德修斯]顿时四肢麻木心瘫软，无限忧伤地对自己的勇敢心灵呼喊"（行297-298，埃1：92-93）；"他们要三倍四倍地幸运，为阿特柔斯之子战死在辽阔的特洛亚"（行306-307，埃1：94-96）。奥德修斯哀叹自己"注定要遭受悲惨的毁灭"（行312）。他正说时，一阵狂风迎面袭来。奥德修斯被从船上远远抛出，又被狠狠打入水中。他虽落水，却没有忘记他的船（行324），而是努力爬上船。只要有可能，人们总会逃避[762]死亡的结局，直至精疲力尽。

"巨浪把木筏随潮流忽上忽下地抛掷。"（行327）荷马描绘小船在海难中的情境，好比秋天的北风把原野上的蓟丛吹动得互相卷起来。风暴在海上把船推来逐去，"一会儿南风把它推给北风带走，一会儿东风又把它让给西风驱赶"（行331-332）。不妨以此譬喻在多方政党之争中风雨飘摇的城邦或共和国，比如贺拉斯在《颂歌》第一卷第十四首中说："船啊，你深知大海的浪涛！"

卡德摩斯之女琉科特埃，也就是美足的（καλλισφύρος）伊诺，怜悯奥德修斯，把头浮出海面，甚至坐到他的船上。她告诉他要游至费埃克斯人的土地，并借他头巾，使他不至沉落。她说完就重新回到大海深处。奥德修斯恐怕这是某个敌视他的神明设下的陷阱，决心尽可能留在船上。可是，波塞冬掀起一阵可怕的巨浪，就像一阵大风吹散干草那样，把船板打得七零八落。奥德修斯只好除去衣裳，把头巾铺展在胸前，开始奋力浮游（行374）。波塞冬看见他这副情景，自忖惩罚他也够了，于是催马去了埃盖，那里有海神的神庙。雅典娜原本忌惮叔伯在，这才出手救奥德修斯，阻住各方狂风的道路，将它们依次平息，只让北风吹过，劈开波澜，好为奥德修斯开路。他在海中游了两个昼夜，始终看见死亡就在眼前（行389）。第三天，他在被波浪托起时隐约望见陆地：

> 有如儿子们如愿地看见父亲康复，
> 父亲疾病缠身，忍受剧烈的痛苦，
> 长久难愈，可怕的神灵降临于他，
> 但后来神明赐恩惠，让他摆脱苦难，
> 奥德修斯看见大陆和森林也这样欣喜。（行394—398）

这个对比很美，也很自然。再没有什么比看到久病缠身生活绝望的父亲重新康复更让人愉快的。同样，[763]在海上遭遇风暴之后重新看见港湾也是如此。奥德修斯奋力向前游，突然听见海浪撞击悬崖发出的巨响，这才明白靠岸的不是港湾而是绝壁。他灰心丧气，无限愁苦地叹息着波塞冬神对他始终怀恨。这时一个巨浪把他抛向岸上的悬崖，若不是雅典娜启发他伸手攀岩，在浪涛扑过以前紧紧抓牢，他早就被摔得粉身碎骨。荷马在此处的描写极为精彩（行428—429）。我们几乎可见奥德修斯用指甲死死扒住岩石，但巨浪退下时又把他带离，将他重新抛进海里。他双掌上的皮肤被扯下撕成碎片，就像章鱼被从窝壁拽下，吸盘上还吸附着无数石砾。此处polypus指一种多足的软体水生动物。可怜的奥德修斯本会就此丧命，若不是雅典娜再次给他主意，让他从浪中洄起，顺着浪潮漂向陆地。他总算找到一个流入大海的河口，可以从那里上岸。奥德修斯对河神祈求：

> 河神啊，恕我不识尊号，我求你救援，
> 正向你游来，躲避波塞冬的大海的愤怒。
> 永生的天神永远尊重一个流浪者的
> 恳切祈求，我现在正是这样一个人……（行445—448）

塞涅卡在流放时期写的诗里援引此处的说法：他是不可侵犯的落难人（res est sacre miser）。此种情感用在面对自然的时刻显得更为美好。奥德修斯以乞援人的姿势来到那条河的"河口和膝前"（行449），就像对神明那样。可见我们对待河流有各种不同的方式。"怜悯我吧，我求你庇佑！"（行450）尊重乞援人，保护他们不受侵犯，这是历史上处处可见的传统。避难所、神庙、王宫或君王雕像前，都是乞援人避难的处所。荷马说，那条河阻住浪涌，平息水流，使他安然游上岸。奥德修斯双膝跪地，垂着上臂，"咸海耗尽他的气力"（行454）。［764］他的口鼻不断往外流出海水（行455），"他气喘吁吁难以语言，只觉得一阵昏厥，精疲力竭地倒地"（行456-457）。

等他苏醒过来，他遵照伊诺的嘱托把头巾掷入河中，河水卷着头巾入海，奉还伊诺手里。头巾的故事很美，女海神用来包头的巾布有可能帮助一个凡人浮在水中，这个说法很逼真，[①] 也让荷马有可能安排奥德修斯陷入各种让人以为必死无疑的险境。类似的做法有助于制造悬念，达成很美的效果。此外，再没有比奥德修斯整整三天游弋在生死之间更好的描述了。[②] 他不知该在河边还是在附近的林中过夜，河边太冷，林子里又恐怕有猛兽出没。最后他还是走进林子里，找到两株长在同一处的橄榄树，一株野生，一株结果，树上枝叶紧密交错，无论是大风还是阳光雨水都没法穿透（行478-481）。奥德修斯用枯枝败叶堆成厚厚的卧铺，足够三个人躺在里头躲避寒冬。他把自己埋进残叶里，就像一块木炭埋在某个偏僻小屋的余烬里（行488-490）。雅典娜让他很快睡着，"把梦境洒向他的双眸，使他眼睑紧闭，消释难忍的困倦"（行492-493）。

――――――――

①　在历险神话里追求逼真性，这颇让人意外。数年后，拉辛的戏剧作品遭到同时代人的批评，恰恰都是此种立场。

②　拉辛此处侧重考虑的是肃剧效果及其实现手法。

卷六

奥德修斯睡着时，雅典娜前往费埃克斯人的城邦。这座海岛名叫克基拉岛（Corcyra），坐落在爱奥尼亚海上，位于伊庇鲁斯和卡拉布里亚之间。这座海岛又名斯克里亚（Schérie）。费埃克斯人［765］原与圆眼巨人族相邻，常受劫掠之苦，后来在瑙西托奥斯的带领下迁移至此。瑙西托奥斯又名费埃克斯（Phéax），乃是阿索波斯河神之女费埃西娅（Phéacie）和波塞冬之子。荷马说，他建了一座城邦，又为诸神造了庙宇，并划分清楚各自的领地。瑙西托奥斯死后，他的儿子阿尔基诺奥斯治理本地。荷马说，这一族人"远离技艺灵巧的①人类"（行 8）。另一方面，在荷马的描述里，他们又是世上技艺最灵巧的一族。每当有风暴把外来人送到岛上时，他们往往在家中接待并很快送走来人，正如他们对奥德修斯的仁慈做法。不过，他们的灵巧仅限于手艺和体育竞技，希腊古人和柏拉图对话②中有一句谚语叫"阿尔基诺奥斯的传说"（Alcinoï apologus），意思是失传已久无法考证的传闻，这与奥德修斯把他们当成没有文明教化的人加以愚弄有关。不过，从荷马此处的叙述看来，至少有三四名费埃克斯人绝对不傻，比如阿尔基诺奥斯、他的妻子阿瑞塔、他的女儿瑙西卡娅、歌人以及数位年长者。

正当所有人睡着时，雅典娜来到阿尔基诺奥斯宫中瑙西卡娅的闺房："一间精美的卧室，一位容貌和身材如不死的神明的少女在那里安眠"（行 15–16），陪伴的两名侍女也俊美无比，堪比美惠女神（行 18）。用这个譬喻的原因：美惠女神乃是阿佛洛狄特的侍女。她们睡在门柱旁边，房门紧密。雅典娜如一阵清风走进房中，

---

① ［译按］此处按拉辛的法文 ingénieux，汉译本做："以劳作为生"，或"以面饼为食"。

② ［译按］柏拉图，《理想国》614b。

在瑙西卡娅的梦中显现，并幻化成她的一个女伴的模样。女神对她说，她扔着漂亮衣服不洗真是太懒惰，她到了出嫁的年龄，该穿上漂亮衣裳，"这带来高尚的声名，也会让父亲母亲心头欢喜"（行29–30）。她隔日要去请父亲备好车，和女伴们出门洗衣服，因为洗衣的水池离城很远。女神这么做，是为了让从海难逃生赤身裸体的奥德修斯有衣裳穿，在阿尔基诺奥斯面前不至失了体面。她特别吩咐她把［766］兄弟们的衣服一并带去洗，因为他们将来要护送她出嫁。雅典娜随即回到天上，荷马是这么形容的：

> ……奥林波斯，传说那里是神明们的居地，
> 永存不朽，从不刮狂风，从不下暴雨，
> 也不见雪花飘零，一片太空延展，
> 无任何云丝拂动，笼罩在明亮的白光里，
> 常乐的神明们在那里居住，终日乐融融。（行42–46）

　　有关荷马描述的天上世界，普鲁塔克在《伯利克里特传》里这么说："诗人们的疯狂想象往往自相矛盾，使我们的思绪陷入混乱不安，比如他们把诸神的住所称为天上，说那是极牢靠的居地，没有什么能够撼动，不会刮风，没云遮，永是温和晴朗，始终有纯粹明朗的光照，乃是本性极乐永生的神族最合适不过的居所。"普鲁塔克以"奥林波斯的居住者"（l'olympien）赞誉精通雄辩术的伯利克里特，并说了以上这些话。普鲁塔克还说，伯利克里特一生双手清白，不妄杀无辜，这使他更加配得上此等称号，正如他本人在临死时所言，没有一个雅典人因为他穿上丧服。普鲁塔克在此处的说法再美不过。①

---

　　① ［译按］本段原为正文中的作者注，译本里直接补入正文。拉辛援引普鲁塔克的相关说法，参看《伯利克勒斯传》卷末。

黎明女神从灿烂宝座（εὔθρονος）现身。瑙西卡娅为自己做的梦惊异不已，就去禀告父母。她母亲在炉灶边和女仆们一起纺紫羊绒。她父亲正要出门去与费埃克斯贵族们聚会议事。她看见父亲，就用年轻姑娘的那种天真自然的语气喊他，对他说话，虽然她已是将出阁的闺女："亲爱的父亲，你能否为我套辆大车，高大而快疾……？"（行57–58）她好似在命令父亲，但应该把这语气归因为父亲对子女的宠爱。她还对他说，父亲在公共场合议事要衣冠整洁才能与身份相称，五个兄弟去参加舞会①也得穿上干净衣裳。她声称为这些事挂心，因为她羞于提及婚礼（行66–67）。[767] 父亲心领神会，命人给她套好大车。母亲为她装了一篮子肉食和一皮囊美酒，又送来一金瓶橄榄油供她和侍女们涂抹。她上了大车，扬鞭赶骡，到达水池边。侍女们将马儿②赶到岸边吃草。她们洗好衣服，晾在岸边的石头上。她们沐浴之后，用橄榄油涂抹全身，开始用餐。随后，她们玩起了抛球游戏，类似于我们如今的游戏：她丢球，看看其他人中谁能抢到球。不过她们同时还唱歌，由瑙西卡娅领唱，这似乎是一个随着音乐节拍进行的游戏。荷马将瑙西卡娅比作阿尔忒弥斯，在山间游荡，越过透革托斯山巅或埃律曼托斯山，欢快地追逐野猪和鹿群。

> 提大盾的宙斯的生活于林野的神女们
> 和她一起游乐，勒托见了心欢喜，
> 女神的头部和前额非其他神女可媲美，
> 很容易辨认，尽管神们也俊美无比。（行105–108）

---

① 法语译者 Berard 将此处的 εςχοροόν 译成"去跳舞"，拉辛自然而然地译成"他们去舞会"，由此可见荷马世界与拉辛的时代还是颇为接近的。参看《伊利亚特》，3. 394。

② ［译按］疑误。当系骡子套的车。

维吉尔在《埃涅阿斯纪》第一卷中迻译为："就像狄安娜女神率领一班仙女在欧罗塔斯河边或在昆图斯山脊舞蹈，前前后后成千的山中仙女随伴着，肩上挂着一支箭，在前进中显得比所有女仙都高出一头，而她的母亲勒托看了心里暗暗高兴。"（埃1：498-503）普林尼写道，阿普列乌斯描写狄安娜女神敬拜仪式中的少女歌队，似乎胜过荷马的相关诗行。他说的应该就是此处诗文。

正当她准备离开时，雅典娜让奥德修斯醒来，看见这位美貌的少女（行113），好让她带他进城。公主丢球给侍女们却没有丢中，球掉进河中。她们大声惊叫，惊醒奥德修斯。他不知自己身在何方，当地人是强横野蛮不明正义还是热情好客虔敬神明，他听到的是神女还是一群少女的呼喊。为了弄清楚，他折下树枝遮住裸露的身子向她们走去。

［768］他向她们走去，好比一头凶猛的狮子（行130），充满勇气，经过风吹雨淋，热切地寻找食物（行131-134）。奥德修斯受情势所逼，不顾赤身裸体走向少女们。他浑身沾满海水沫子，令少女们惊恐不迭，沿着岸边四散逃开。只有瑙西卡娅站着没动，"雅典娜把勇气灌进她心灵，从四肢驱除恐惧"（行139-140）。这是出身高贵者的精神标志，绝不会在类似场合表现胆怯。正如巴克礼笔下的小波利亚克，当时也与一群同龄的孩子在一起。我忘了小说中的具体描述，大概是在最后几章里。[1] 同样，《埃涅阿斯纪》第八卷，安菲特里欧之子帕拉斯勇敢地（audax，埃8：110）走向埃涅阿斯。奥德修斯拿不定主意，是要抱住她的双膝求情，还是远远站着说一番温和恳切的

---

① ［译按］拉丁作者让·巴克礼（Jean Barclay, 1582—1621）的长篇寓言小说《阿尔吉妮》（*Argenis*）于1621年译成法文，是十七世纪最受欢迎的小说之一。波利亚克（Polyarque）乃是小说中的男主人公，阿尔吉妮的有情人。如法文编者所称，这是拉辛在注释中唯一提及的当代作品。

话，请她给些衣服穿。他决定采取后一种做法，唯恐鲁莽抱膝会令这位美丽的少女心生嗔怨。"他温和而富有理智地开言说"（行148），这段长篇讲辞在荷马诗中堪称最美也最文雅殷勤，完全符合奥德修斯这样心思缜密灵敏的性格。他努力赢取这位美丽的陌生女子的信任：

> 恕我求问，姑娘，你是天神或凡人？
> 你如果是位执掌广阔天宇的神明，
> 我看你与伟大的宙斯的女儿最相似，
> 无论容貌，无论身材或是那气度。（行149–152）

维吉尔在《埃涅阿斯纪》第一卷中做出仿写："哎呀！姑娘，我称呼你什么好呢？你的相貌不像凡人，你的声音也不一般，啊，你肯定是位女神，你是太阳神福波斯的妹妹吧？"（埃1：327–329）不过，由于找不到她是女神的任何征兆，奥德修斯止于发出疑问，随即把她当成凡间少女予以讨好。这是因为［769］赞美不应过度。赞美一个人是伟人，好过赞美他是神明，后一种说法纯属奉承。奥德修斯的表述极为精美。他说，你的父母看见你这样一位美丽的姑娘去歌舞，好似一朵花儿在花丛中尤其出众美好，他们的心里该是多么欢欣呵！我们知道，每个参加舞会的姑娘都会精心打扮，显出不同寻常的美。他还说，有一人势必比所有其他人更幸运，那就是付出丰厚聘礼迎娶她的人！

> 我从未亲眼见过如此俊美的世人，
> 或男或女，我一看见你不由得心惊异。（行160–161）

她就像不久前他在德洛斯的阿波罗祭坛旁看见的那株新生的月桂（行162–163）。他去德洛斯时有一支庞大的军队跟随。那次远行带给他极大的不幸。他顺带暗示他是一以贯之的人，好吸引她更认真地倾听他的话。他说："我一看见那月桂树，心中惊愕不已，从未有如此美丽的树木生长于大地，姑娘啊，我一见你也如此愕然惊诧，不敢抱膝请求你，虽然已遭遇不幸。"（行166-169）他向她讲述在海上遭遇的苦难，并说："我首先遇见你，其他人我均不相识。"（行176）帮助一个最先向我们乞援的外乡人，这是一份更大的责任。他随后祝福她，祈求神明满足她的一切心愿，惠赐她丈夫、家庭和持家之道。世上没有什么比夫妻情投意合更美满的事。[770] 夫妻不和会招惹出各种不幸，夫妻相爱则会带来各种幸运。世上的夫妻对此心知肚明，或者不如说，我相信就连诸神也会越来越眷顾那些情投意合的夫妻（行180-185）。

公主客气地做出回答：

> 外乡人，我看你不像坏人，不像无理智，
> 奥林波斯的宙斯亲自把幸福分配给
> 凡间的每个人，好人和坏人，按他的心愿。
> 不管他赐给你什么，你都得甘心忍受。（行187-190）

这几句话说得极美，在荷马诗中并不少见这类言论。不应轻视处在困境中的人，因为神会把幸福和不幸分配给我们每个人。她指点他此地是哪个城邦，她本人又是何人。她同时还吩咐侍女们不该见到生人就逃窜。没有人胆敢前来与费埃克斯人为敌，因为本地人受诸神眷顾。这人是个不幸的飘零人，理应好好招待。"一切外乡人和求援者都是宙斯遣来，礼物虽小见心意。"（行207-208）侍女们走上前，带奥德修斯到河边的一处树荫下，给他沐浴用的橄榄油。奥德修斯请她们站开些，因为他羞于在她们面前赤身露体。侍女们回避并转告公主。奥德修斯洗净身上头上的海水残留的盐渍和污垢，穿上公主相赠的外

衣，雅典娜往他身上撒下全新的风采，使他异乎寻常地显得更加高大健壮。女神还使美好的黑卷发披在他肩上，诗中说那头发是暗红色的，接近黑色。荷马诗中有两三处重复提及这一场景（行229-237），维吉尔在《埃涅阿斯纪》第一卷中做过仿写："埃涅阿斯光彩照人，容颜和身躯像神明一样，原来他母亲亲自赋予他一头美丽的头发，青春的荣光和欢乐的双眸，就像象牙经巧手雕琢，[771]又像银器或大理石用黄金衬托，更显得美好一样。"（埃1：588-593）

维吉尔的写法更简洁，同时也更细致，通过突出头发、脸色和目光来强调埃涅阿斯突然变得更俊美，相比之下，荷马只限于说奥德修斯更加高大健壮，披散着头发。[①] 荷马随后说，少女见了他心惊异（行237）。维吉尔采用同一写法："狄多见了他心惊异。"（埃1:613）不同之处在于，瑙西卡娅接着对侍女们说：这个外乡人的到来不会是悖逆诸神的意愿。他一开始看似一无所有，现如今却俊美如天神。啊！但愿神明让我有一个像他这样的夫君！或者不如说，但愿神明就让他做我的夫君，让他愿意在此地居住！（行240-245）她吩咐侍女们给他吃喝，她们纷纷从命。奥德修斯久未进食，贪婪地吃喝起来（αρπαλέως，行250）。瑙西卡娅收好衣服准备出发。她登上骡车，让奥德修斯跟随在后。在乡野时，他可以和侍女们一起紧跟在大车后，直到城外的港口，那里有巨石凿成的会场，人们在忙碌地维修船只——费埃克斯人"不好弯弓和箭矢，却通晓桅杆和船桨的性能"（行270-271）——公主畏惧众人的流言，"他们心性傲慢无礼"（行274）。也许会有人恶毒地议论：跟随瑙西卡娅的俊美高大的外乡人是

---

① 拉辛最常拿维吉尔来做比较。此处他似乎更偏爱拉丁诗人的摹仿，不过一般说来，他仅限于对比而不予以评判。埃涅阿斯与奥德修斯，狄多与瑙西卡娅，这些为数众多的比较往往带有相似的道德思考，似乎是少年拉辛练习文本相似性比较的结果。

谁？她从哪里找到他？他想必会做她的夫君。她是否从什么海难中救了他的命？亦或哪个神明有感于她的祈求从天而降？她会接受他做夫君。莫非她蔑视本地向她求婚的众多高贵子弟？市井百姓打听议论大人物的一言一行便是如此，这一段诗行做出精彩的描绘。

瑙西卡娅声称要避免这类流言。这将会是对她的侮辱，她自己也认同，一个姑娘家未经得父母同意，也没有正式缔结婚约，就不应该自行与男子交往。① 在回城的路上，他们会经过一座祭祀雅典娜的圣林，那是她父亲的田庄和果园。奥德修斯要在那里暂且等待，直至公主回到城里父亲的家宅。等他估计她们已经到家，他再上路，进城打听她父亲的王宫。那座宫殿很容易辨认，连小童也能指点，因为它在费埃克斯人的岛上独一无二。等他走进宫殿，穿过大厅，［772］他会看见公主的母亲坐在火边，倚着一根柱子，和侍女们一起纺紫羊绒。他还会看见公主的父亲坐在旁边的王座上，"他坐在椅子上喝酒，仪容如不死的神明"（行309）。

瑙西卡娅吩咐奥德修斯，从她父亲面前走过，用双手抱住她母亲的双膝请求，使她下决心帮助他重见那遥远的亲人和家园。她说完，挥鞭赶着骡子"徐徐奔跑"（318）。她灵巧地挥鞭，驾驭着大车，让侍女们和奥德修斯能跟上。

太阳西沉时，他们来到雅典娜的圣林。奥德修斯向女神祷告，抱怨女神一度抛弃他，并祈求获得费埃克斯人的友善和怜悯（行

_____

① ［译按］第288行中的 μισγεισθαι 一词既可指"同床，性交"，也指"交谈，交往"。佩罗在《古人与今人的对比》里理解为前一种意思，以此指责荷马诗中表述鄙俗。参看1693年拉辛致布洛瓦的信："这让我想到佩罗先生的极其不妥的言论……他宣称，比起直接阅读作者的原文，我们可以通过译者的翻译（不论多糟）对该作者做出更好的评判。我不记得您是否提起过他的这派胡说，这倒不失为奚落他的好机会。"（OC2，542-543）

327）。雅典娜垂允祈求，不过没有在他面前显现，因为她敬畏波塞冬对奥德修斯的难消愤怒（行329）。

卷七

瑙西卡娅回到父亲的宫宅，兄弟们上前簇拥着她，解好辕，卸好大车。她走进闺房，乳母为她生好火。与此同时，雅典娜眷顾奥德修斯，为了避免有人看见他，对他出言不逊无礼盘问，女神在他四周撒下一层浓雾。维吉尔在《埃涅阿斯纪》第一卷中依样让维纳斯也对埃涅阿斯这么做。此外，维纳斯还在埃涅阿斯面前显现，告诉他迦太基的掌故。荷马同样让雅典娜化身成一个手捧水罐的年轻少女迎面走向奥德修斯。奥德修斯询问：孩子，你能否为我指点阿尔基诺奥斯的王宫？她回答：外乡大伯，我可以告诉你，因为它就在我父亲的住宅对过。荷马诗中叙事的准确性实在是再美不过的。他让每个人物的言说带有别处不曾有的特点。我们几乎要以为，他每写一处地方就会换一次笔法，极好地呈现当地人的风貌。① 比如此处，奥德修斯对少女的问话相当简朴，少女带着天真回答他。而在别的地方，奥德修斯则以英雄的身份与其他人对话。这样的例子还有不少。雅典娜为他引路：不要对人说话，也不要［773］注视任何人，因为费埃克斯人"一向难容外来人，从不热情款待由他乡前来的游客"（行32-33）。

费埃克斯人只喜爱海上航行，波塞冬赐予他们相关的技艺，他们的船只比鸟飞和思绪更迅疾。从事这个行业的人自然而然显得生硬粗暴，不甚礼貌恭谦。奥德修斯恰恰得到此地人的热情款待，这进一步烘托英雄的奇遇。他一路紧随女神的足迹。没有人看见他，

_____

① 　此处说法有助于我们了解十七世纪文学批评中所说的"礼貌得体"。

因为他裹在浓雾之中。奥德修斯看见井然有序的港口和船只，英雄们的住宅和会场，带护城河的高高城墙，暗自赞叹不已。《埃涅阿斯纪》有诗云："埃涅阿斯带着惊异的心情看这一片建筑，那里是高门大路，路面平展，人声鼎沸。"（埃1：421–422）。

　　雅典娜最后说：这就是阿尔基诺奥斯的宫殿，奥德修斯会在里面看见神明抚养（διοτρεφέας）的王公们在宴饮，只管大胆进去不必有顾虑。"一个人只要胆大就能顺利成就一切事情，即使他置身异域他乡。"（行51–52）他会先看见王后阿瑞塔，她与国王阿尔基诺奥斯来自同一祖辈。波塞冬与凡间女子中最美貌的佩里波娅生下瑙西托奥斯，佩里波娅乃是从前统治巨人族的英勇的欧律墨冬之女，不过，欧律墨冬毁了野蛮的巨人族，也毁了他自己（行60）。瑙西托奥斯统治费埃克斯人，并生有二子瑞克塞诺尔和阿尔基诺奥斯。瑞克塞诺尔婚后无子，为阿波罗射死，留下独女阿瑞塔。阿尔基诺奥斯娶她做妻子，尊重她超过世上任何一个受敬重的女人。这就是这位备受世人敬重的伟大公主的形象：

> 她受到阿尔基诺奥斯、他们的子女
> 和人民的真心诚意的尊敬，视她如神明，
> 每当她在城中出现，人们问候表敬意。
> 只因她富有智慧，心地高尚纯正，
> 为人善良，甚至调解男人间的纠纷。（行70–74）

　　[774] 奥德修斯若能得到她的好感，便有希望很快重见故土。雅典娜随后去到街道宽阔（ευρυάγνιαν）的雅典城埃瑞克托斯的家中。依据西塞罗的记载，雅典王埃瑞克托斯的女儿们为城邦献出生命。奥德修斯走向阿尔基诺奥斯的宫殿，这一整段描述王宫的诗文值得做出逐字逐句的摘抄：

> 原来宫邸两侧矗立着青铜墙壁，
> 由宫门向里延伸，装饰着珐琅墙脊。
> 黄金大门护卫着坚固宫宅的入口，
> 青铜门槛两边竖立着银质门柱，
> 门楣白银制造，门环黄金制成。
> 宫门两侧有用黄金白银浇铸的狗，
> 赫淮斯托斯用巧妙的想象制作了它们，
> 用来守卫勇敢的阿尔基诺奥斯的宫宅，
> 它们永远不会死亡也永远不衰朽。
> 宫宅里两侧顺墙壁摆放着许多座椅，
> 由门槛向里连续不断，上面铺盖着
> 柔软精美的罩毯，妇女们的巧工妙艺。
> 费埃克斯首领们经常在那里落座，
> 吃饭饮酒，因为他们都很富有。
> 黄金铸成的幼童站在精雕的底座上，
> 个个手中紧握熊熊燃烧的火炬，
> 为宫中饮宴的人们照亮夜间昏暗。（行86-102）

　　宫中五十个女奴在忙碌侍候，有的在磨蜜色的（μήλοπα，也即苹果的颜色）小麦粉，还有的在织造比白杨叶更细密的布匹。这些布匹被浸湿就像有染汁在流淌似的。"费埃克斯男子比所有人更善于驾驶快船在海上航行，女人也精于纺织，因为雅典娜赐予她们无与伦比的精巧手工和杰出智能。"（行108-111）

　　荷马随后描绘果园，这是《奥德赛》中最美的篇章之一。维吉尔在写狄多的宫殿时没有提到①果园。不妨理解，狄多在迦太基

---

　　①　此处原文动词为faire，指"做，制造"。拉辛的意思似乎是，诗人描写一座果园，其实就是以造物主和建筑师的身份在"造"果园。

生活时日尚短，一座果园的完善则须假以时日。在整个古典时代，阿尔基诺奥斯的果园都是出了名的。维吉尔的《农事诗》第二卷有一行诗："或苹果，还有阿尔基诺奥斯的果园。"（农2：87）

[775]塔索①一度试图模仿荷马的这段诗文（行112-128）来描绘阿尔米德的宫殿。这座王家果园里生长着各种高大的果木，有梨、石榴、苹果、无花果和橄榄树，长年果实累累从不凋零，无论寒冬或炎夏。还有一座丰产的葡萄园，有人在采摘果实，有人在酿造美酒，有些摘下的葡萄在晒干，有些葡萄尚未成熟，还有一些已经变紫暗。"各式花草斑斓生长，争奇斗艳。"（行128）此外有两道清泉，一泉灌溉果园，另一道泉水从王宫的庭院地下流过，城里人都来此取水。"这一切均是神明对阿尔基诺奥斯的惠赐。"（行132）

奥德修斯尽情观赏过这一切，走进宫中。最显赫的费埃克斯人正在宴饮，向赫耳墨斯神奠酒祷告："那是安寝前祭奠的最后一位神明。"（行138）个中原因想必是赫耳墨斯利用神杖拥有催人入睡和唤人醒来的能力，《奥德赛》第五卷开篇已经写过，维吉尔在《埃涅阿斯纪》中有相同的说法（埃4：244）。

奥德修斯始终裹在浓雾中，无人看见他。他径直伸手抱住阿瑞塔的双膝，这时神雾散去，众人见他突然出现在眼前，无不惊惧。奥德修斯向阿瑞塔乞援。他牢记雅典娜的指点，凭王后的父亲之名请求对方帮助他回故乡。在等待答复的时候，为进一步打动王后，他主动坐在火边的灰土里。这时在座有一位最年长的埃克涅奥斯，"最善言辞，一位博古通今之人"（行157），[776]开口对阿尔基诺奥斯说，让外乡客人坐在地上很不体面。应该请他就座，再吩咐人重新斟酒，祭奠那总是陪伴乞援人的宙斯神，因为乞援人理应受到尊敬。此外还应该命人取食物给客人做晚餐。阿尔基诺奥斯伸手扶起奥德修斯，命令他最心爱的儿子拉奥达玛

---

① 比起同一时期的书信，拉辛在注释中鲜少提及亚里士多德和塔索。

斯让出国王身旁的座位，请客人就座。在奥德修斯进餐的时候，阿尔基诺奥斯命令侍从潘托诺奥斯为众人斟酒，好向宙斯祭奠。众人尽兴之后，阿尔基诺奥斯请他们各自回家安寝，第二天早晨再来好好招待外乡客人，并商讨他的归程，帮助他安全回故乡，这以后他将忍受——

> 母亲生育他时，命运和司命女神们
> 在他的生命线中纺进去的一切命数。（行197–198）

　　如果这位外乡客人是从天而降的神明，那么他是另有意图，令人难猜度。因为诸神通常在费埃克斯人奉献百牲祭时以真身显现，并与他们同席共宴；有时候诸神也会扮成行人，随后再显出原形，因为费埃克斯人和圆眼巨人、众巨灵族一样是诸神的盟友。我们几乎要以为，荷马此处的说法与摩西五经极为相似，诸神偶尔会扮成行人，享受那些蒙神眷顾的凡人的好客招待，就像亚伯拉罕的故事那样。[①]

　　奥德修斯打消了阿尔基诺奥斯的这个想法。他说："请不要这样思忖，无论身材或容貌，我与掌管广天的神明们无法比拟，我

---

　　①　拉辛不止一处提及荷马诗文与基督宗教传统的相通（参看10.27，《伊利亚特》18. 207–213）。究竟是古典世界的基督宗教预象，亦或是圣经中的异教痕迹？《伊利亚特》第十八卷的例子似乎只是某种单纯的文学性的相似，但是，这是否意味着圣经与世俗作品无异，人们可以自由地评判其文风价值？在此处的例子里，拉辛将纯属诗人虚构的异教神话与作为上帝圣言的圣经摆在一起。此外他既把上帝派去找亚伯拉罕的天使称为"诸神"，也把雅典娜、阿佛洛狄特和赫耳墨斯等称作"诸神"。下文第十卷的例子更多地表现出荷马诗中的基督宗教预象问题。换言之，诸如荷马这样未蒙受神圣启示的古代诗人也能创作出带有基督宗教教诲意味的诗文。这三个例子大致表明，拉辛自青年时代起就极为关注基督宗教教诲传统里存在着古代希腊拉丁文明痕迹这个问题。晚年取材自圣经的肃剧作品《亚他利雅》集中体现了对这个问题的解决尝试。

是个有死的凡人。我遭受的苦难堪比任何不幸人。我还可以列举
更多更大的苦难。"（行209-213）他请求主人先让他用餐——

> 无论什么都不及可憎的腹中饥饿
> 更令人难忍，它迫使人不得不想起，
> 即便他疲惫不堪心中充满愁忧。（行216-218）

　　法语绝无可能在一首英雄颂诗中采用此种看似只适合诙谐文
学的笔法，但在荷马诗中这种笔法却是再寻常不过的。[1] 众所周
知，在当前的法语诗歌甚至法语小说中，[777] 我们几乎不再谈
及吃食，除非主人公是不受饮食束缚的神明。相比之下，荷马热
衷于描写主人公在各种场合吃吃喝喝，当他们出门在外时，也会
为他们装备上充足的补给食物。维吉尔也有相关的描写，不过比
荷马少，只在一些重要场合才这么做。比如《埃涅阿斯纪》第一
卷中，埃涅阿斯在海难之后射鹿分给饥饿的同伴，陷入爱情的狄
多用盛宴迎接埃涅阿斯。第四卷为了避免重复，有诗云："现在
又是一番日常的盛宴场景。"第三卷有哈尔皮女妖的晚宴，第五
卷有纪念安奇塞斯周年忌辰的盛筵，第七卷则有应验神谕的用餐：
"哎呀！我们这不是把桌子给吃了嘛！"第八卷则有厄凡德尔的献
祭仪式。在我看来，这些就是维吉尔书中描写主人公吃喝的全部
段落。[2] 相形之下，荷马几乎无处不在描写类似情节，《奥德赛》

---

　　① 拉辛注意到此处文风突然变得俗常，但他把这种不协调视为荷马笔
法纯朴的表现，并借此比较法语、拉丁语和希腊语中饮食描绘的禁忌，而不
像法语译者Berard那样断言此处乃是后人篡插的伪作。
　　② 拉辛在此处盘点《埃涅阿斯纪》中的饮食场景并不算离题。这从某
种程度上反映了他对逼真性问题的思虑。值得一提的是，荷马基于"礼貌得
体"表现英雄们慷慨吃喝的场景，拉辛在十五年后同样基于"礼貌得体"却
是让淮德拉在痛苦中滴水未进。

比《伊利亚特》更甚，这是因为《奥德赛》几乎都在谈家庭事务，而《伊利亚特》与公共活动有关。在此处诗文中，费埃克斯人为了奥德修斯的到来和祭奠神明三次饮酒。众人随后纷纷离席回家。只有奥德修斯留下来，旁边是阿瑞塔和阿尔基诺奥斯。阿瑞塔认出女儿送给奥德修斯的衣衫，那是她亲手缝制而成的。她询问是谁相赠："你不是自称海中飘零人沦落来这里？"（行239）奥德修斯回答道他来自遥远的奥古吉埃岛，那里住着阿特拉斯的女儿卡吕普索——

> 在那里居住，一头秀发，可畏的神女，
> 任何天生或有死的凡人均与她无往来，
> 但神明唯独把不幸的我送到她那里。（行246–248）

他讲述自己在岛上住了七年，始终悲痛不止："时时把泪流，沾湿卡吕普索赠我的件件神衣。"（行259–260）他还讲到神女如何终于送他出发，他如何在海上遭遇奇特的不幸，如何漂流到费埃克斯人的岛屿，如何熟睡整整一夜直至隔天日出，以及他如何遇见国王的女儿，她"在侍女们中间宛如一位女神"（行291），极为慈善地对待他——

> 我向她请求，她不缺少高尚的思想，
> 你很难期待同龄的年轻人会这样行事，
> 因为年轻人往往缺少应有的智慧。（行292–294）

　[778] 阿尔基诺奥斯说，女儿没有把首先向她乞援的外乡人带回家，实在是考虑欠周全。奥德修斯为她辩解，公主不愿带他回家，乃是恐怕父亲看见外乡人心里不高兴："我们世间凡人生性心中好恼怨。"（行307）阿尔基诺奥斯自称不是喜好随意恼怨的

人，诚实行事总是美好的，"让一切保持分寸更适宜"（行310）。

　　我认为，阿尔基诺奥斯这里指的是礼数周到。总的说来，通过奥德修斯的行为，我们也看到应该避免引发猜忌，尤其应该避免与一名女子公开作伴，以免使她的名声冒风险。虽然是瑙西卡娅本人向奥德修斯提出这一明智的看法，不过，奥德修斯完全赞同她，不愿意看到国王为此责备女儿礼数不周，因为比起礼数周到，诚实行事和顾及名声更值得看重。阿尔基诺奥斯赞赏奥德修斯的智慧，不但不怀疑对方，反而情愿这位客人能留下来做女婿："请天父宙斯、雅典娜和阿波罗为我作证，我真希望有一个像你这样的秉性，意气与我相投的人娶我的女儿。"（行311-313）奥德修斯若能自愿留下就好了，因为不会有人强迫他悖逆心意，惹得神灵不快！阿尔基诺奥斯承诺隔日下令送他返乡，即便伊塔卡比尤卑亚岛更远，费埃克斯人的船只从前护送拉达曼提斯去那里拜访大地之子提梯奥斯，并于当天折返回来。奥德修斯听了欢欣无比。这时王后命人为他铺好床请他就寝。他睡下了，整个王宫也陷入安眠。

卷八

　　一大早，阿尔基诺奥斯和奥德修斯起床前往会场。雅典娜化身成传令官召唤城中的人们，使他们对奥德修斯心生好感，[779]并使奥德修斯显得更俊美，赐予他非凡的技艺，使他在费埃克斯人想要考验他的各项竞技中得头奖。阿尔基诺奥斯首先发言，号召众人准备一艘船只并挑选五十二名年轻人护送奥德修斯回乡。他邀请最重要也最年长的费埃克斯人，称呼他们为执权杖的王公（σκηπτουχοι βασιληες，行41），呼吁他们到王宫中宴请外乡客人。一个也不能少。他还特意让人去请神样的歌人得摩多科斯："神明赋予他用歌声娱悦人的本领，唱出心中的一切启示。"（行44-45）

众人备好出发的船只，随后齐聚在阿尔基诺奥斯的宫中，"有老有年轻，难以胜计"（行58）。阿尔基诺奥斯命人宰杀十二头羊，一些猪和两头牛。传令官领来了歌人。荷马似乎想通过得摩多科斯的歌人形象描述自己，倘若他真如传说是盲眼的话——

> 缪斯宠爱他，给他幸福，也给他不幸，
> 夺去了他的视力，却让他甜美地歌唱。（行63-64）

传令官为他端来"镶银的座椅"（θϱόνον αϱγυϱόηλον），请他坐在大厅正中，依靠挂着竖琴的立柱。他把竖琴放在歌人手里，又为他摆好一桌酒肉，供他随时享用。宴饮快结束时，歌人开始歌唱——

> 缪斯鼓动歌人演唱英雄们的业绩，
> 演唱那光辉的业绩已传扬广阔的天宇，
> 奥德修斯和佩琉斯之子阿喀琉斯的争吵。（行73-75）

古时习俗是边弹琴边歌唱，弹唱内容通常是颂扬英雄们的事迹。在《伊利亚特》第九卷中，荷马让人愉快地描述阿喀琉斯弹琴的情景，当时有一群希腊将领到营帐去拜访他。其他诗人似乎不在意他们笔下的英雄是否具备这项技艺，从未提起他们擅长此道，尽管这往往是伟大人物的偏好。西塞罗写道，特米斯托克勒斯当众宣称不会弹奏竖琴，是个无教养的人（habitus est indoctior）。① ［780］阿喀琉斯在独守营帐时弹琴自娱，这是很合宜的——

> 那架琴很美观精致，有银子做的弦桥，

----

① ［译按］西塞罗，《论死亡》，1.2。

是他毁灭埃埃提昂的城市时的战利品。

他借以赏心寻乐，歌唱英雄们的事迹。

帕特罗科洛斯面对他坐着，默默无言，

等待埃阿科斯的孙子停止歌唱。（行187–191）

阿喀琉斯看见奥德修斯和其他几位希腊将领走进来，提着琴，离座跳起身来。

此处通过这个极美的插曲，荷马进一步加深读者的印象。他让歌人当众唱起特洛亚战争，并说这场英雄业绩的荣名已传扬至天上。荷马早已安排歌人在奥德修斯的家中唱过特洛亚战争。不过在费埃克斯人面前唱起，让人感觉更加惊异。维吉尔为了模仿这一笔法，让埃涅阿斯在迦太基看到描绘特洛亚战争的壁画："世上有什么地方不传说我们的苦难呵！"（埃1:460）

歌人唱起阿喀琉斯和奥德修斯的争吵，阿伽门农为此心欢喜，因为神谕说特洛亚不久将亡城（行81–82）。

奥德修斯边听边掉眼泪。就像他的儿子在墨涅拉奥斯家中那样，他也举起袍子遮住脸，"担心费埃克斯人发现他眼中流泪水"（行86）。

歌人唱罢一曲，他露出脸，举起酒杯，向诸神奠酒。但歌人很快又重新唱起，因为在座的人们喜爱他的歌，不断要求他继续演唱，奥德修斯再一次把头遮住哭泣。他瞒过所有人，只有身旁的阿尔基诺奥斯有所察觉，听见他的叹息。国王提议停止歌唱，到外面进行各种竞技，以便外乡客人回家传说费埃克斯人如何擅长拳击、角力、舞蹈和赛跑。众人纷纷出宫观看比赛，传令官拉着歌人的手领他一同前去。所有年轻人准备好参赛，荷马一一说出他们的名字，其中包括阿尔基诺奥斯的三个儿子，哈利奥斯、[781] 克吕托涅奥斯和俊美的拉奥达玛斯，后者在费埃克斯人中最是出众。第一项是赛跑："赛手们从起跑点迅速起跑，全力向前飞奔，赛场上弥漫起滚滚飞尘。"（行121-122）克吕托涅奥斯远远跑在众人前头。

随后举行三场别的竞技。拉奥达玛斯赢得其中的拳击（pugilatu）比赛。他提议询问外乡客人擅长哪种竞技，因为他的体格不差，无论大腿小腿还是手臂脖颈都很强健，他还充满壮年的力量，只不过因劳苦而显得憔悴："在我看来，世上没有什么比大海更能酷地折磨人，即使此人很壮健。"（行138-139）勇敢的欧律阿洛斯赞同他的提议。拉奥达玛斯于是邀请奥德修斯向众人展示他的技巧："须知人生在世，任何英名都莫过于他靠自己的双脚和双手赢得的荣誉。"（行148-149）这席话表明，他还是一个从未离开祖国的年轻人。

奥德修斯请求对方的谅解："我心中充满忧愁，无心参加竞技。"（行154）他为返乡寻求费埃克斯人的援助，不适宜游戏竞技并与本地人竞争。欧律阿洛斯无礼貌地说，奥德修斯看上去不像风雅之人，又不懂正直人的竞技活动，倒像是只知在海上做买卖的商贾。

奥德修斯受到冒犯，指责对方言辞过于放肆：神明不把各种美质赐给每个人，诸如容貌、智慧和辞令。有些人没有漂亮的容貌，却言辞优美，众人满怀欣悦地倾听他、凝望他。他演说自信，为人虚心严谨，轻松治理会场上聚集的人群。当他在城里走过，人们敬他如神明（行167-173）。[782] 这一段着实让人赞叹，关乎言辞能力的描绘再精彩不过。尤其"演说自信，为人虚心"（ὁ δ' ἀσφαλέως ἀγορεύει...）这个想法很美，表明当众言说必须总是有自信心，同时带着打动人心的让人愉快的谦虚。还有一些人外表华丽，却不具备优美的谈吐。欧律阿洛斯就是其中之一，看上去很漂亮，却不够聪明："你的话太伤人。"（θυμοδακὴς γὰρ μῦθος，行185）奥德修斯自称比对方想象中的更精通竞技，尽管疲惫不堪，仍愿向对方展试身手。他这样说完，抓起一块赛饼，掷到很远的地方。雅典娜化身成常人模样，标出落点，好让众人看清楚，同时肯定地说他在这项竞赛中必胜。奥德修斯很高兴遇到了知己。他声称愿意在各项竞技中对所有费埃克斯人发出挑战，除去东道主拉奥达玛斯。谁会与朋友斗争呢？那将是干傻事，会把一切搞砸。至于其他人，他愿意奉陪。他自信当世没有人比他更英勇："我当然不敢冒昧地去同过去的英雄们竞争。"（行223）这表明应该对古人抱持应有的尊敬。奥德修斯随后表示他不愿意赛跑，因为海上航行削弱了他双膝的力量。

阿尔基诺奥斯开口说，外乡客人受到不公正的攻击，这样为自己辩护合乎情理，关于他说过的话，其他人没有什么好回应的。不过，他提议让年轻的费埃克斯人在他面前表演舞蹈，以便客人回去可以在亲友间传颂。费埃克斯人并未潜心练习拳击、角力和其他剧烈运动："我们一向喜好饮宴、竖琴和歌舞，还有华丽的服装、温暖的沐浴和软床。"（行248-249）

有人为歌人得摩多科斯取来竖琴。九名遴选出的评审负责安排赛事。一片开阔的舞蹈场清理出来。得摩多科斯走到场中央，手里带着琴。刚成年的年轻人（πρωθῆβαι）站在他的周围："用脚踏击神妙的舞场，奥德修斯看着他们闪烁的舞步，不觉心惊异。"（行264-265）

[783] 这时歌人唱起了阿瑞斯和阿佛洛狄特的爱情故事。古代诗人无不唱诵过这个故事。卢克莱修在诗篇开场用五六行诗做过描绘："铁神在爱意中潜行，渴望神圣的拥抱，低头凝望她的脸……为这爱情祈福……"① 普林尼称荷马为"古典之父"（antiquitatis parens）。很有可能，荷马也是最早记载这个故事的诗人。歌人于是唱起——

---

① ［译按］卢克莱修，《物性论》，1.31。

阿瑞斯和发环美丽的阿佛洛狄特的爱情。
他们怎么最初在赫淮斯托斯的家里
偷偷幽会，阿瑞斯馈赠了许多礼物，
玷污了大神赫淮斯托斯安眠的床榻。（行267–270）

这表明自古以来妇人总是为礼物而动心。太阳神窥见偷情，去向赫淮斯托斯报信。"他听到这令人痛心的消息，去到冶炼场，心中考虑报复的手段。"（行272-273）这很好地描绘一个嫉妒的男人的满心愤怒。他去到作坊，"锻造一张扯不破挣不开的罗网，好当场捉住他们"（行274-275）。他制作完毕，走进卧室，在床的四周布上罗网，在四个床柱系紧，无数网丝从房梁和床帐垂下，"犹如细密的蛛网，谁也看不见，即使是常乐的神明，制作手工太精妙"（行280-281）。随后他佯装前往利姆诺斯，那是他最喜爱的一座城市。阿瑞斯警觉地在附近窥探，发现赫淮斯托斯出门，立即进了他的家，"怀着对发环美丽的库特瑞娅的情焰"（行288）。[784]女神刚从父神宙斯那里回来，才刚坐下，阿瑞斯就进了屋，抓住她的手，向她求欢："女神乐意地和他躺下，他们上床寻欢。"（行295-296）这里的 κατέδϱαϑον 并不像有些版本里说的是"入睡"，而是"躺下"，否则无法体现他们寻欢作乐的意味。

赫淮斯托斯的罗网从四面罩下，使他们不能动弹，他们明白过来已无法摆脱束缚（行296-299）。有太阳神报信，赫淮斯托斯很快就知情了。他进卧室一看，心中愤怒无比，于是"放声大喊，使全体神明都能听见"（行305）。来吧，宙斯！来吧，其他永生神明！来看看这可耻又不可忍受的事。阿佛洛狄特背叛我，就因为我是跛子，她看上了残酷的阿瑞斯——

因为他漂亮健壮，而我天生孱弱。
可是这并非是应该怨我的一种过错，

而是在于我父母，他们不应该生下我。（行310–312）

赫淮斯托斯继续说，那两个神罩在罗网里，他不相信他们还能相亲相爱长久躺卧，也许他们已经不想再这么干了。无论如何，在宙斯退还全部聘礼以前，他不会放过他们。"我当初为了这无耻的女人把它们送给他，他的女儿确实很美丽，但不安本分。"（行319–320）

他这样说，诸神纷纷赶来。波塞冬，让人愉快的赫耳墨斯，还有灵巧的阿波罗。"温柔的女神们羞于前来留在家里。"（行324）[785] 诸神聚集在卧室门口："纷纷大笑不止，当他们看见赫淮斯托斯的妙计。"（行326–327）他们对身边的神明说："坏事不会有好结果，弱者有时反倒捉住强者。"（行329）赫淮斯托斯虽是跛子，这回却当场捉住敏捷的阿瑞斯。这就是说，通奸是不容置疑的罪行。阿波罗问赫耳墨斯：

> 赫耳墨斯，宙斯之子，引路神，施惠神，
> 纵然身陷这牢固的罗网，你是否也愿意
> 与黄金的阿佛洛狄特同床，睡在她身边？（行329–332）

赫耳墨斯回答阿波罗：

> 尊敬的射王阿波罗，我当然愿意能这样。
> 纵然有三倍如此牢固的罗网缚住我，
> 你们全体男神和女神俱注目观望，
> 我也愿睡在黄金的阿佛洛狄特身边。（行339–342）

众神哄笑不止。但波塞冬没有笑，反而一直在请求赫淮斯托斯放了他们，并承诺偿还对方提出的任何要求。赫淮斯托斯请他

不必再说，他并不比其他神更好："不值得给不值得担保之人做担保。"（行351）万一阿瑞斯逃脱之后不赔偿，他又怎能把波塞冬缚在罗网中呢？

　　但波塞冬一再催促，赫淮斯托斯最后还是放了他们。为什么诸神之中唯有波塞冬急着要释放他们呢？宙斯作为偷情的两个神明的父亲反而一言不发。我认为这是因为波塞冬是诸神之中最严肃最不活泼的神明。在路吉阿诺斯的《肃剧的朱庇特》中，墨摩斯说："啊呀！涅普顿，你是多么粗俗无礼呵！"此外，再没有比常年在海上作业的人更粗鲁了。大海是最具野性的元素。那两个神终于摆脱罗网，阿瑞斯前往色雷斯，阿佛洛狄特前往塞浦路斯——

> ［786］她来到帕福斯，那里有她的香坛和领地。
> 美惠女神为她沐浴，给她抹上
> 永生天神们经常使用的神性香膏，
> 再给她穿上华丽的衣衫，惊人的艳丽。（行363–366）

　　歌人唱完以后，阿尔基诺奥斯吩咐两个儿子舞蹈，他们的舞艺无人可比。一个把球高高抛向空中，另一个从地上跃起，轻巧地接住球。他们跳完，众人纷纷鼓掌叫好。奥德修斯趁机恭维阿尔基诺奥斯，国王赞誉的舞蹈家果然名副其实，让他看完赞叹不已。

　　"他这样说，神样的阿尔基诺奥斯心欢喜。"（行385）此行中的μένος在荷马诗中颇为常见，用来指心灵或勇气。此处用 ἱερὸν μένος，因为君王们是有如神样的。阿尔基诺奥斯号召在座的十二位王公分别馈赠一塔兰黄金和若干贵重衣衫，并把这些礼物送到宫中。他还要求欧律阿洛斯用道歉和礼物向奥德修斯寻求和解。这番话得到众人的一致称赞。王公们纷纷派传令官去取礼物。

欧律阿洛斯把宝剑赠送给奥德修斯：

> 你好，外乡大伯，如果我言语冒犯，
> 愿风暴立即把它们吹走，把它们吹散。（行408—409）

奥德修斯宽容地回答说：

> 你好，亲爱的朋友，愿神明赐福于你。
> 但愿你他日不会为此剑心生惋惜。（行413—414）

这一和解方式既美好又诚恳。荷马似乎有意在《奥德赛》中列举出诸种礼仪规范，正如他也有意在《伊利亚特》中列举出诸种军事规范，阿喀琉斯和阿伽门农的争吵与和解代表大人物之间的纷争，此处的私人争执则更容易停息。众人把礼物送到王宫。阿尔基诺奥斯让妻子也准备一份礼物，并命人侍候奥德修斯沐浴过后再享用晚宴。他赠给奥德修斯一只黄金酒杯，好让他向诸神奠酒时总能想起他。阿瑞塔命令侍女们烧好热水。荷马是这么说的：“火焰把鼎肚围抱，凉水渐渐变温暖。”（行437）

与此同时，阿瑞塔取出一只精致的衣箱，用来放众人送给奥德修斯的礼物，又让他亲手捆好，以防有人在船上［787］趁他睡着时偷窃。奥德修斯捆好箱子，按基尔克当初教给他的方法打了个巧结（ποικίλον）。随后他去沐浴，侍女们像对待神明那般侍候他：“当初神女曾对他如对神明般体贴。”（行453）

他走向大厅，走向“正在宴饮的人们”（ἄνδρας μέτα οἰνοποτῆρας）。美丽的瑙西卡娅在门口叫住他，对他说：“你好，客人，但愿你日后回到故乡仍能记住我，因为你首先有赖我拯救。”（行461—462）奥德修斯殷勤有礼地回答她，随后在国王身旁入座。传令官带来众人所敬爱的歌人得摩多科斯，让他坐在宴饮的人们中间。奥德修斯送过去一大块猪肉，在我看来是乳猪的里脊，"两面裹着肥油"（行476）——

> 我尽管心中忧伤，对他仍不忘敬重。
> 所有生长在大地的凡人都对歌人
> 无比尊重，身怀敬意，因为缪斯
> 教会他们歌唱，眷爱歌人这一族。（行478–481）

得摩多科斯满心欢喜地接受奥德修斯的美意。在宴饮结束以前，奥德修斯又对他说："得摩多科斯，我敬你高于一切凡人，是宙斯的女儿缪斯或是阿波罗教会你，你非常精妙地歌唱了阿开亚人的事迹。"（行487–489）他请歌人继续歌唱奥德修斯送进特洛亚城的木马，以及希腊英雄在木马里的经历。倘若歌人唱得好，他将会向世人传告："是善惠的神明使你歌唱如此美妙。"（行498）

奥德修斯这样说完，歌人"受神明启示演唱"（行499）。他唱得极为出色，特别唱起奥德修斯如何像战神阿瑞斯那般战斗，如何在雅典娜的助佑下大获全胜。他唱得那么传神，"奥德修斯听了心悲怆，泪水夺眶沾湿了面颊"（行521–522）。[788]荷马在此处用了比喻，堪称整部史诗中笔法最精湛之处：

> 有如妇人悲恸着扑向自己的丈夫，
> 他在自己的城池和人民面前倒下，
> 包围城市和孩子们免遭残忍的苦难，
> 妇人看见他正在死去做最后的挣扎，
> 不由得抱住他放声哭诉，在她身后
> 敌人用长枪拍打她的后背和肩头，
> 要把她带去受奴役，忍受劳苦和忧愁，
> 强烈的悲痛顿然使她面颊变憔悴。（行523–530）

国王察觉奥德修斯在落泪，恐怕歌人的吟唱令他忧伤，当即叫停。"主人和客人同乐才相宜"；"明智的人对待外乡客人如亲兄弟"（行543，行547）。他请奥德修斯说出名姓。这世上没有人是无名的，无论好人坏人。父母总会给出生的孩子起名。他又请他说说故乡何在，好让费埃克斯人的船只知晓带他回家。那船不像世上别的船只，不需要舵手，也不需要船舵，能够自行领会人的心思，通晓所有国度和城邦，能够在海上迅速航行，穿过云雾暗霾不受损害。心生嫉妒的波塞冬为此预言，费埃克斯人的船只在某一次护送外乡客人归返时将变成大山包围住整个城邦。这事发生在他们护送奥德修斯的时候。荷马为这个小插曲预先埋下伏笔。阿尔基诺奥斯又问奥德修斯为何听到特洛亚亡城就哭泣，须知这是诸神的意愿，好让后世有传唱的故事。莫非他有亲友在那场战争中亡故，也许是女婿或岳父，这在费埃克斯人眼里是最近的亲戚，也许是博学明智而意气相投的朋友（行584–586）？

卷九

奥德修斯开始讲述他的旅程，一如埃涅阿斯对狄多讲故事。不过，埃涅阿斯的叙事只有两卷，这里共有四卷。奥德修斯首先就阿尔基诺奥斯让歌人停止吟唱做出回应：伟大的君王呵，听到歌人的吟唱总是美好的，尤其这位歌人的吟咏有如神明一般。世间［789］最美好的事莫过于民人沉浸在安详欢乐中，个个享用宴饮聆听歌咏（行5–11）。他随后报上姓名和故乡：

> 我就是那个拉埃尔特斯之子奥德修斯，
> 平生多智谋为世人称道，声名达天宇。（行19–20）

此处的 δόλος 指机智审慎。奥德修斯因机智审慎而为世人所称道，声名传四方。他紧接着描绘伊塔卡：粗犷，但适宜年轻人成长（行27）。也许这就是粗犷的原因。再没有什么比一个懒散无力而又精致迷人的国度更不利于教育年轻人。在奥德修斯心里，世间没有比伊塔卡更可爱的地方。伟大的神女卡吕普索，还有基尔克，一度把他阻留在她们的洞穴中，想要让他做丈夫，结果无非是枉然。她们永无可能改变他的心意。

> 任何东西都不如故乡和父母更可亲，
> 如果有人浪迹在外，生活也富裕，
> 却居住在他乡异域，离开自己的父母。（行34–36）

奥德修斯开始讲故事："离开伊利昂，风把我送到基科涅斯人的伊斯马罗斯……"（行39–40）他攻破城市，掠夺大量战利品。正准备离开时，同伴们就地开怀畅饮，大摆筵席。基科涅斯人召唤来邻近的同族（ Κίκονες Κικόνεσσι γεγώνευν，行47），他们人数众多，好比春天的繁花茂叶，前来猛攻奥德修斯的人。双方一直打到太阳下沉给耕牛解轭的时候（ ἦμος δ' ἠέλιος μετενίσσετο βουλυτόν δε，行58）。奥德修斯的手下处于劣势，伤亡惨重，幸存者撤回船上，向遇难的同伴连唤三声之后才离开。[790] 他们驶向大海深处时，狂风暴雨大作。他们被迫上岸，连续等待两天两夜，"浑身疲乏，忧伤吞噬着我们的心灵"（行75）。

第三天他们重新出海，大风把他们送到洛托法戈伊人的国土。他派出几个同伴去探察本地情况。洛托法戈伊人没有伤害他们，只是让他们吃下某种果子。该国位于非洲附近的岛屿，因岛上生长一种希腊人称为"洛托斯"（lotos）的果子而得名。这种果子极为甘美，传说吃下洛托斯的人会就此忘却故乡。依据普林尼在《自然史》第22卷第21章中的记载，埃及有一种同名草，荷马将之列入诸神所喜爱的植物中。在《伊利亚特》第十四卷中，荷马提及宙斯和赫拉时说过："大地在他们身下长出繁茂的绿茵，鲜嫩的洛托斯，番红花和浓密柔软的风信子。"（伊14:348-349）

不过，《奥德赛》此处指的是结一种神奇果子的树，任何人吃了那果子就会遗忘一切，他们情愿留在洛托法戈伊人的国土。奥德修斯不得不强行带走这些哭喊着的同伴，把他们缚在船上，同时让其他人员立即回船，以免再有人吃那果子。他们随后去到圆眼巨人居住的岛屿，奥德修斯称圆眼巨人是没有法律的暴君和族群，信任永生的神明，不种植庄稼，不耕耘土地（行107-108）。

传说西西里岛在古代有一群残酷野蛮的居住者，由此流传出圆眼巨人的神话。诗中说他们信任永生的神明，应该理解为，他们信任自然和土地的善好，因为我们在下文看到他们甚至敢于嘲弄天神。诗中还说，此地的作物无须播种耕耘，天降雨水就能自行生长，比如大麦小麦、葡萄酒醪。

> 他们没有议事的集会，也没有法律。
> 他们居住在挺拔险峻的山峰之巅，
> 或者阴森幽暗的山洞，个人管束
> 自己的妻子儿女，不关心他人事情。（行112-115）

在那附近还有一座小岛，岛上林木葱葱，鹿群和狍子自在生长，[791]完全不受翻山涉岭的猎人或牧人农夫的惊扰。这座岛上罕有人迹，土地无人耕种，只看得见羊群。圆眼巨人没有红色涂抹的舟楫（μιλτοπάρηοι，行125），也没有工匠为他们造船，让他们像其他族群那样出海航行。他们原本也可以耕耘这座小岛：

> 那小岛并不贫瘠，一切按时生长，
> 宽阔的草地延伸到灰暗的咸海岸边，

> 温润而柔软，葡萄藤不萎谢永远常青。
> 土地平坦，各种庄稼旺盛生长，
> 按时收获，因为下面是一片沃土。（行131–135）

那里还有优良的港湾，船只无需缆索或锚就能随意停靠，在那儿等待顺风。还有一股清澈的泉水，四周长满白杨。奥德修斯一行在此靠岸——

> 穿过昏沉沉的黑暗，小岛不现影形，
> 因为船只周围缭绕着浓重的雾气，
> 无月色从天空撒下，被厚厚的云层遮蔽。（行143–145）

维吉尔模仿这段暗夜的描写，同样是在埃涅阿斯途经圆眼巨人的岛屿时："我们漂到圆眼巨人的海湾……星星无光，天空暗淡，盖着一层乌云，在死寂的夜深时分，月亮被云层包住。"（埃3：569，585–587）不过荷马的版本更佳，也更有特点。维吉尔的描绘既可能发生在陆地也可能发生在海上，荷马的描绘则完美呈现海上的暗夜。维吉尔笔下有一个细节很美，那就是埃特纳山在夜里轰鸣，埃涅阿斯一行整夜胆战心惊，"不知这些声响为何"（Nec quae sonitum det causa videmus，埃3:584）。

黎明时分，奥德修斯踏上陆地，赞叹岛上的美景。水仙们惊起一群野羊，为他的同伴们送来美餐。他们拿起弯弓和长枪展开追捕，收获甚丰。[792]奥德修斯总共有十二艘船，每艘船分到九头羊，奥德修斯本人分得十头。他们一整天都在宴饮，因为他们抢劫基科涅斯人的城市伊斯马罗斯时储备了大量美酒。奥德修斯眺望圆眼巨人的岛屿，看见炊烟升起，听见羊群咩叫。他又等了一夜，直至隔日天明才带着同船的手下前去探察，同时命令其他人等在船上。他们上岸看见一个巨大的山洞，洞口有月桂树遮蔽，洞里住着一个巨怪。他离群独居，性情怪异，"他全然是庞然怪物，看起来不似食五谷的人类"（ἀνδρί γε σιτοφάγῳ，行190-191）。食五谷乃是人类的通常标志。这个巨怪更像是突兀地耸立在群山之间的高峰。奥德修斯吩咐同伴留在原地，只带着十二名手下继续前进。他随身带了一皮囊暗色的（μέλανος，行196）甜酒，那是阿波罗祭司马戎所赠。当初他住在伊斯马罗斯的阿波罗圣林里，奥德修斯保全他本人和妻儿的性命。马戎送给奥德修斯许多珍贵的礼物，包括七塔兰纯度黄金、一只银缸和十二坛未掺水的不会变质的酒酿，那是神明的饮料（ἡδὺν ἀκηράσιον, θεῖον ποτόν，行205）。马戎家中的男女奴仆均不知此酒，"除了他本人、他妻子和忠实的女管家"（行207）。此酒力道极强，要用二十倍的清水掺和："一股极其浓郁的香气从杯中散出，怡悦人的心灵，令人难以自制。"（行210-211）普林尼在《自然史》第十四卷第四章中声称绝非传说："此酒迄今仍有相同的品质和力道，三次当选执政官的穆提亚努斯（显然是此人助维斯帕西亚努斯当上皇帝）是最后记载过这种酒的古代作者之一。他说看见有人以一塞提埃马戎之酒兑二十四塞提埃清水。他还说此酒是暗色的，芳香馥郁，变陈之后愈加浓稠。"普林尼还补充道，住在色雷斯一带的阿里斯忒俄斯最早以蜜掺酒，"由此混合了两种天然出色的液体"。这表明 [793] 荷马的描述从来都是有根有据。这位诗人深谙自然中一切美好的事物。奥德修斯带上一皮囊美酒以及若干食物，充满勇气地出发去找那巨人："预感可能会遇到一个非常勇敢又非常野蛮、不知正义和法规的对手。"（行214-215）

他们走进山洞，巨人不在。荷马没有说这个巨人叫什么名。忒奥克里托斯、维吉尔和奥维德等其他作者称之为波吕斐穆斯。他们发现洞里存放着一坛坛奶酪，厩地满是绵羊和山羊，绵羊按成年、幼年和新生归栏。大小盆罐里装满鲜奶，挤奶工具一应俱全。同伴们劝奥德修斯搬走奶酪，再把尽可能多的绵羊和山羊赶

上船只。他本该这么做的："殊不知主人的出现对同伴们并非是快事。"（行230）

他们取食奶酪，等主人回来。他很快就到了，背着一大捆柴，丢在洞口，准备用来做晚餐。那柴火扔在地上发出巨响，他们吓得躲到洞穴深处。巨人把母羊赶进洞挤奶，所有公羊留在洞外，再拿一块巨石堵住洞口。那石头就连二十二辆四轮大车也难以拉动。随后荷马还说，山洞像盒子般被合上，好比封住一个箭筒或一个套子（行243）。那巨人坐下挨个儿给母羊挤奶，再让母羊喂哺羊羔（行244-245）。他把一半刚挤好的奶倒进柳条筐留待凝结做奶酪，另一半倒在罐中作晚餐。

荷马有意描绘圆眼巨人的劳作现场，后来的诗人们也纷纷将波吕斐穆斯写成牧羊人，比如忒奥克里托斯的牧歌，或奥维德的《变形记》第十三卷。巨人忙碌完，点灯发现奥德修斯及其同伴。他询问他们是何人，商贾还是海盗。[794] 他们听他说话，粗粝可怕的声音让人惧怕（行257）。奥德修斯壮胆回答，他们是希腊人阿伽门农的属下，那英雄的荣耀举世闻名，"他征服了如此强大的城邦，杀戮了无数居民"（行265-266）。他以保护乞援人和外乡人的宙斯之名祈求对方招待他们，馈赠礼物，敬畏神明。圆眼巨人回答："外乡人，你真糊涂，抑或来自远方，竟然要求我敬神明，回避他们的愤怒。"（行273-274）圆眼巨人不顾忌那母羊养大的宙斯，也不怕全体神明，因为"我们比他们更强，我不会因为害怕宙斯愤怒而宽饶你或你的同伴，那得看我的意愿"（行277-278）。他又问奥德修斯有没有停船在附近。

"他这样说话试探我，但我见多识广。"（行281）奥德修斯说他的船在靠近该岛时覆灭。凶狠的圆眼巨人没再说话，伸手抓起他的两个同伴，像对待小狗似的拍死在地上，脑浆迸流沾湿了地面，他又把他们的肢体扯成碎块作晚餐，好似山野里的狮子吞噬猎物那般，把内脏、血肉和骨头统统吃光。

我们两眼噙泪，向宙斯伸出双手，
目睹这残忍的场面，却又无力救助。（行294-295）

圆眼巨人吃完人肉，又喝够羊奶，填饱了巨大的肚皮（μεγάλην ἐμπλήσατο νηδύν），躺倒在羊群中间睡着了。奥德修斯意欲拔出利剑刺进他的胸膛，"膈膜护肝脏的地方"（行301-302），但转念一想，若杀了巨人，他们也会死在洞里，因为他们无力挪开那块堵住洞口的可怕巨石。他们呻吟着等待天亮。黎明时分，圆眼巨人依次重复前一天的劳动，又抓起［795］奥德修斯的两个同伴作早餐，随后出门放牧，并堵住了洞口。奥德修斯"心中思虑如何报复，祈求雅典娜赐我荣誉"（行316-317）。

他看见墙边横着一根橄榄树干，圆眼巨人砍下晾干，准备放牧时用作棍杖。那树干高大，好做一艘二十桨的货船的桅杆。他砍下两臂长的一段，交给同伴削尖一头，再放到火里煅烧。随后他把那树干藏在堆得厚厚的羊粪里。他们抓阄选出四人协助奥德修斯趁巨人睡着时刺瞎他的眼。选出的人正合他的心愿。巨人在傍晚时回来，把羊群不分公母全部赶进山洞，要么他是有意这么做，要么这是神明的意愿。他堵住洞口，做完例行工作，又抓起奥德修斯的两个同伴作晚餐。这样一来，有六个人被吃，只剩六个同伴。维吉尔却说只有两个，在我看来他弄错了。荷马很清楚地说有三次，第一天晚餐，第二天早餐和晚餐，每次吃掉两人。他在《埃涅阿斯纪》第三卷模仿荷马的写法。奥维德在《变形记》第十四卷也顺带提到一点。最后，奥德修斯捧着斟满佳酿的酒杯对圆眼巨人说："圆眼巨人，来喝这酒。"（行347）

我认为，这里的τῆ（来）与人们通常招呼狗的用法一样。奥德修斯请巨人品尝他船上的美酒，并说会再给他一杯，好让他放他回家，"虽然你恣肆暴戾无怜悯"（行350）——你如此残暴，还会有谁来看你呢？巨人接过酒杯喝干，爱这美酒的滋味，于是说，

"再给我酒喝，现在告诉我你的名字"（行355），好让他馈赠礼物。圆眼巨人虽也酿造葡萄酒，但此酒胜似神浆神醪。奥德修斯连续为他三次斟酒，他三次喝干。待到酒劲上头，[796]奥德修斯故意奉承他，并声称他的名字叫"无人"（Οὗτις）。巨人粗暴地答道："我要先吃掉你的所有同伴，把无人留在最后，这就是我的赠礼。"（行369-370）

巨人说着就睡倒了，一边从喉咙喷出碎肉和残酒。奥德修斯举起烧热的橄榄木，鼓励身旁的同伴——神明赐予他们无比的勇气和力量（行381）。他们把木棍刺进巨人眼里，奥德修斯抱住上端旋动，就像用钻子给木料钻孔。巨人的眼被灼烧得爆裂，就像匠人煅烧的铁具浸入冷水发出嘶响。巨人发出惨叫，吓得众人四散逃开。附近的圆眼巨人纷纷赶来，询问是否有人在伤害他。他回答："无人用阴谋而不是用暴力杀害我。"（行408）他们于是说，他应该忍耐病痛，并向他父亲波塞冬求助。奥德修斯暗自偷笑巨人受蒙骗。

巨人大声呻吟痛苦难耐，一边摸索着把巨石移开洞门（行415-416）。他坐在门口不断用手摸索，以防有人随羊群混出洞。他以为奥德修斯会如此愚蠢糊涂——"我在胸中反复谋划各种方法和计策，只因为巨大的灾难瞬息可能会降临"（行422-423）。维吉尔在《埃涅阿斯纪》第三卷中做了精彩的复述（埃3:629起）。

奥德修斯把每个同伴和三头公羊缚在一起，也就是把同伴缚在中间那头的羊肚下，他本人大胆地抱住最肥壮的那头公羊，钻进羊肚下，双手牢牢抓住浓密的羊毛。天亮时，巨人把羊群赶出洞，涨奶的母羊纷纷咩叫不停，巨人抚摸每只羊的背。那头大公羊最后出洞，不但毛厚，还负着奥德修斯。波吕斐穆斯对它说出一番美而动人的话。奥德修斯出洞后，解开同伴，他们纷纷逃到船上。奥德修斯远远地嘲讽圆眼巨人一番。他朝他们扔巨石，差点儿击中船只。奥德修斯不顾同伴劝阻，再一次羞辱圆眼巨人，并把真名告诉给对方。巨人大声长叹，先知特勒摩斯预言过，奥德修斯会刺瞎他的眼，"一个瘦小无能孱弱之辈"（行515）。

[797]圆眼巨人连续抛掷更大的巨石，同时祈求波塞冬为他报复。奥德修斯在海边为宙斯献杀一头公羊，"但神明没有接受献祭"（行553），而是在思索如何让他们遭毁灭。

卷十

奥德修斯继续航行，去到埃奥利埃。一共有七座彼此邻近的岛屿叫这个名。这些岛屿得名于特洛亚沦亡时期统治本地的艾奥洛斯。传说他是风王，要么因为艾奥洛斯是最早察觉风的人，要么因为岛上有一两座火山，本地住民学会凭火山灰辨识风。奥德修斯所到之处乃是艾奥洛斯居住的岛屿，名叫斯通波利岛，靠近西西里，距意大利半岛约十二海里。这个君王因而是风之王，诗中说他为"天神宠爱"（φίλος ἀϑανάτοισι ϑεοῖσιν，行2）。《埃涅阿斯纪》第一卷，朱诺女神对他讲过一番极美的言辞。荷马说他生养了十二个孩子，六男六女，儿女彼此联姻，始终陪伴在父母身旁——

> 终日宴饮，面前摆满丰盛的肴馔，
> 白日里人声响彻肴香的宫中庭院，
> 夜晚间他们躺在贤淑的妻子身边，
> 睡在雕刻精美的床上，铺着毡毯。（行9–12）

这些诗行完美地描绘出一个安详随和的家，不带一丝分裂不和的阴影。奥德修斯得到热情的招待，艾奥洛斯挽留他整整一个月，细细问询特洛亚战争的大小事迹。当奥德修斯要离开时，艾奥洛斯送他一只牛皮口袋，里头装满各种方向的风，并用银线扎紧，不漏一点儿风（行24）。不过他没有关住西风——

> 他让泽费罗斯为我刮起强劲的气流，
> 助船只和我们自己航行，只可惜这一切
> 未能实现：我们的愚蠢使我们遭毁灭。（行25-27）

这段说法同样适用于坏的基督徒。神为救赎世人而降神恩，他们却因自身的罪而遭毁灭。[1]

[798] 他们连续航行九天，第十天已能望见故土："看见人们就在不远处生火添柴薪。"（行30）我想这里是指伊塔卡港口的灯塔，好些地方有类似的生火处。奥德修斯疲倦地陷入沉睡，因为他一路都在掌舵："为了能尽快返抵乡土，未把船舵交给任何同伴。"（行32-33）这说明明智的人总是亲力亲为，凡事不依靠同伴。奥德修斯没有坚持到底，终于惹祸。他的同伴们开始猜想那牛皮囊里准是装满黄金白银，他们互相议论纷纷："他到处受世人爱戴尊敬，不管到哪个部族的城市和土地"（行38-39），他带回许多战利品，其他人却两手空空。至少要看看艾奥洛斯送给他什么礼物。他们赞同这个坏主意，解开皮囊，各种狂风立即往外涌，一阵风暴把他们卷到海上，任凭他们哭泣，刮离故乡的土地。奥德修斯醒来，思量是要当场跳进海里淹死——

> 还是默默地忍耐，继续活在世上。
> 我决定忍耐活下去，掩面躺在船里。（行52-53）

风暴把他们刮回埃奥利埃。奥德修斯带着传令官和一名同

---

① 参见7.210起相关注释。

伴去找艾奥洛斯。他正和妻子儿女欢乐宴饮。他们惊讶地看见他回来，寻问缘由。奥德修斯悲哀地回答："倒霉的同伴和可恶的睡眠把事情搅乱，朋友们，请再帮助我们，你们能做到。"（行68-69）艾奥洛斯的子女不敢在父亲面前说话。最后是那父亲做出回答：

> 人间最大的渎神者，赶快离开这岛屿，
> 因为我不能接待，也不能帮助遣送
> 一个受到常乐的神明们憎恶的人。
> 你快离开吧，你返回表明神明憎恶你。（行72-75）

[799] 这就是古代异教徒对神明的敬畏。他们不愿意协助一个看似与诸神为敌的人，唯恐这么做会冒犯诸神。奥德修斯只好离开，第七天他们到达莱斯特律戈涅斯人的国土。普林尼说，这个城市又名福尔米亚，邻近该埃特港口，也就是今天坎帕尼亚地区的诺拉。荷马称此城为拉摩斯。依据贺拉斯的记载，埃利乌斯·拉米阿这一罗马世家的父系祖先正是国王安提法特斯之父，也即波塞冬之子（《颂诗》卷三，第十七篇）。

港湾里"一片白光无声息"（行94）。之所以用白色形容平静，可能是因为，海水未被惊扰时看上去是白色的。奥德修斯看见远处有炊烟升起，便派两名同伴去探察此地。他们遇见安提法特斯的女儿到城外的泉边汲水。她为他们指点她父亲也就是国王的宫殿。他们走进王宫，看见王后"魁梧得像座高大的山峰，令人恐惧"（行113）。她当场叫来自己的丈夫。国王极为可怕地对待他们。他先是抓起其中一人作午餐，其余两人拼命往船只的方向逃跑。安提法特斯大声喊叫，莱斯特律戈涅斯人纷纷赶来，他们不像凡人更像巨灵。他们连续抛掷巨石，砸烂那些外来的船只。船上犹如下起一阵冰雹，人们在临死前惨叫，船只被击碎时发出巨响。莱斯特律戈涅斯人像叉鱼一般叉起那些外乡人作餐肴。奥德修斯抽出利剑，砍断船上的缆绳，让同船的同伴奋力划桨，尽快逃离："我的船终于远离悬崖，逃到海上，其他船只全都在那里毁灭遭不幸。"（行133–134）他悲喜交加，为同伴丧生懊恼，为自己逃脱死亡欢喜（行133–134）。

他接着去到艾艾埃岛，也就是基尔克的岛屿。普林尼说，此处从前确是岛屿，后来海水退下，该岛便与陆地相连。基尔克是太阳神赫利俄斯和佩尔塞之女，她的兄弟艾埃特斯乃是科尔基斯王，生有一个女儿，也就是和基尔克一样强大的巫女美狄亚。此地在坎帕尼亚地区，拉丁人又称为基尔克之家（Circes domus）。奥德修斯［800］在港口停留两天，心中困顿悲痛。第三天，他带上长矛和剑出发探察。他爬上一座山丘远眺，看见烟气从树林里升起。他走回港口，打算吃过饭再派出几名同伴。在路上，某个神垂怜他，让一头长角的（ὑψίκερων，行158）巨鹿走出林子到河边饮水，"因为当时正烈日炎炎"（行160）。奥德修斯用长矛击中鹿的脊背，矛穿过鹿身，"那鹿惨叫着倒进尘埃里，灵魂飞走"（行163）。

奥德修斯拔出长矛放在地上，采来一些藤蔓，绞成两臂长的绳索，捆紧鹿的四条腿，再把鹿背到肩上，拄着长矛走回船只。他招呼同伴们，用温柔的话语鼓励每个人：朋友们，我们还不会死，在命定的时日之前，鼓起勇气吧，只要还有食物，就不要让饥饿折磨我们（行174–177）。

他们纷纷走上岸，欣赏那头美丽的巨鹿：

> 一见那鹿惊异不已，那野物太庞大，
> 待他们注目观看，把那只巨鹿欣赏够……（行180–181）

他们洗了手，开始吃喝，直到日落。夜幕降临时，他们在岸边睡下。第二天早晨，奥德修斯召集众人发话道：

> 朋友们，我们难辨哪边黑暗或黎明，
> 给人类光明的太阳在哪边进入大地，
> 又从哪边升起。（行190–192）

奥德修斯强调有必要探察此地实情。同伴们听了"不禁震颤心若碎"（行198），他们忘不了安提法特斯和圆眼巨人的残暴作为，他们失声痛哭，却没有什么用（行202）。奥德修斯把所有人分成两队，一队跟随他，另一队人则通过抓阄选出欧律洛科斯作首领。欧律洛科斯带着二十二人上路，临行泪流不止，留下来的人同样不住哭泣。[801]他们去到基尔克在山谷中的坚固宅邸，建造在一个突出的位置，或者说是合适的位置。宅邸四周有野生的狼和狮子，吃了魔药，为她所驯服。这些狼和狮子不是人类的变身，而是生长于山林间的（ὀρέστεροι），基尔克将它们从野兽驯服成家畜。它们不会攻击奥德修斯的同伴，而是走到他们面前摆尾巴，就像家犬对宴毕归来的主人摆尾，因为主人通常会带回点食物给它们（行216–219）。奥德修斯的同伴们看见这些野兽心里惊惧不已。他们走到美发的神女门前，听见她在歌唱，参看前文第五卷第61行。奥德修斯最喜爱也最明智的同伴波利特斯告诉其他人，这是一位女子或天神在歌唱，应该尽快上前探问。他们这么做了。基尔克应声而出，开门请他们入内。他们冒失地跟随她，只有欧律洛科斯担心有诈留在门外。基尔克邀请来人坐在华丽的座椅上，为他们把奶酪、面粉、蜂蜜和红酒混合，又在做出的面食里掺进有害药物，使他们忘记故乡。在荷马笔下，基尔克不是在饮品里而是在面食中掺进魔药。奥维德在《变形记》第十四卷里几乎逐字逐句地援引荷马此处的说法，却说毒液被掺进饮品里。荷马称此处的红酒为普拉姆涅酒，此酒在普林尼的时代仍然享有盛名，产自小亚细亚的伊兹密尔。基尔克让来人饮过饮料，用魔杖打他们，把他们赶进猪圈。这些人变身成猪，脑袋、声音、形体和猪毛无不如此，"但思想仍和从前一样"（行240）。

解释神话的人往往会说，奥德修斯的同伴被变成猪，这个故事表明，过度沉湎于美酒佳肴的人与猪无异。然而，这与荷马的本意有所出入，因为荷马说这些人的思想和从前一样，醉酒和荒淫显然［802］首先会败坏人的思想。与其说沉湎其中的人是外表像猪的人，不妨说他们表面是人，内心却更像猪。只是世人无不做出上述的理解，① 贺拉斯也这么说起过奥德修斯："世人皆知塞壬的歌声和基尔克的酒杯：当初他若和同伴一样愚蠢，贪婪喝干，想必早沦为听命于魔女的可耻奴隶，活得像一条污秽的狗，或一头在泥里哼哼的猪。"（I，2，23-26）

基尔克扔给他们橡实和其他一些猪好吃的食料（行243）。明智的欧律洛科斯赶紧跑回去报信，但他紧张得很久说不出一个字来，"心中充满巨大的悲伤，两只眼里噙着泪，心灵承受强烈的痛苦"（行247-248）。欧律洛科斯终于说出同伴们如何受难，只有他一人逃脱。奥德修斯取出佩剑，让他带路。欧律洛科斯抱住奥德修斯的双膝，哀求他不要去，因为他们不可能返回。奥德修斯让他留下来吃喝，至于他本人却不得不去，"因为我责任在肩"（行273）。

在基尔克的宅邸附近，奥德修斯遇见执金杖的（χρυσόρραπις）赫耳墨斯。天神幻化成一个刚刚长胡须（行279）的年轻人，拦住他，告诉他同伴们的状况。他还教他一种解除基尔克的魔药的方法，以免他同样中计。赫耳墨斯从地上拔起一种药草，把它的性质告诉奥德修斯："那药草根呈黑色，花的颜色如奶液。"（行

---

① 拉辛批评某种将神话"合理化"的解释倾向，通常这种做法还与道德训导相连。事实上，拉辛在注释中也并非完全回避这种做法。

304）诸神称这种草为摩吕，有死的人类很难挖到它，不过诸神无所不能。普林尼在《自然史》第十五卷第四章中称此药草为珍草（laudatissimam herbarum），生长于阿卡迪亚地区的基利尼山，"草根呈圆形，黑色，粗细如葱，叶似棉枣，极难挖掘"。希腊古人都说［803］其花呈黑色，荷马却说是乳白色。有些医学家认为，此药草同样生长于坎帕尼亚地区。普林尼说，有人从坎帕尼亚地区带给他一株干枯的药草，草根长达三十法尺。他还在另一处提到，此药草用来解魔药极有成效。赫耳墨斯把药草递给奥德修斯，并吩咐道，等他吃喝完毕，基尔克要用魔杖赶他时，他要拔剑做状杀她。这样她会屈服，邀请他同寝。这表明了，要有勇气和节制才能超越感官享乐。苏格拉底因而用摩吕草来象征这一美德。赫耳墨斯还说，奥德修斯不应拒绝与神女同寝，好让她释放同伴，不过他要让她以诸神之名起重誓，以免"她利用你裸身加害，你无法抗拒"（行301）。

赫耳墨斯说完就飞走了，奥德修斯继续前行，一路思虑许多事情（行309）。他走进基尔克的洞中。基尔克待他如先前待他的同伴，直到他拔出利剑，她才抱住他的双膝大叫起来：你是何人？为何不受这魔药影响，从前无人能抵抗它的药力？莫非你是机智的奥德修斯，赫耳墨斯曾预言你的到来？她请他收回利剑，与她同寝，以便互表真心。奥德修斯回答，除非她发誓永不加害他，否则他什么也不会做。他们于是同床共寝。之后有四个侍女来服侍他们。她们分别出生自泉水、山林和河川。一个给座椅的椅背铺上紫色坐垫，下面铺一层麻布，好让他们坐得更柔软舒适。一个安放镶银的餐桌，摆好黄金的餐具。第三个在银调缸里斟满美酒，摆出黄金杯盏，最后一个取来清水，在一只三足鼎下生火，烧好热水，服侍奥德修斯沐浴，把热水轻柔地浇在他的头和肩上，为他驱逐四肢的困乏，因为身体的困倦会打击人心。奥德修斯沐浴之后，抹了橄榄油，就座用餐。荷马说，侍女们依照奥德修斯的原有习俗服侍他。但他无心用餐，坐在那里另有思虑，闷闷不乐（行374）。[804] 基尔克见状，试图安慰他。奥德修斯于是说：基尔克哦，有哪个知理明义的人没看到同伴获释就想着吃喝呢？你若真心想让我吃喝，请先释放我的同伴。基尔克于是带着魔杖去猪圈，放出他那群变成九岁肥猪的同伴，挨个给他们涂抹一种解药。他们身上的猪毛脱去，立即变回成人，比原先更年轻俊美（行396）。这个说法也适用于败坏的人，一旦悔改，他们会显得比从前更明智。

同伴们轮流抱住奥德修斯，大声哭泣，整座房屋发出回响，基尔克本人也动了怜心。她让奥德修斯把船拖上岸，把财物和武器藏进山洞，再带上所有同伴回到她这里。奥德修斯服从她的忠告。他回到船上，发现同伴们悲痛欲绝，以为再也看不见他。荷马描绘他们看见奥德修斯时的喜悦，把他们比喻成众牛犊看见从牧场归来的母牛。

这个比喻是极其精致的表述，在古希腊文里，诸如牛犊、母牛之类的字眼不像在我们法语中那样是令人反感的，当今的法语几乎容不下一切，不能容忍像忒奥克里托斯那样作牧牛人之歌，或把奥德修斯的牧猪奴写得好似一位英雄人物。只是，法语中的这类讲究是不折不扣的缺点。①

> 犹如被围圈在栏里的牛犊看见母牛
> 吃饱了鲜嫩的牧草，从牧场随群归来，
> 众牛犊一起蹦跳相迎，冲出圈栏，
> 兴奋地哞叫着围着母亲欢快地狂奔。（行410–413）

同伴们哭着搂抱奥德修斯，仿佛已经返回伊塔卡的老家。

---

① 参看5.234起的相关注释。

他们问起其他同伴。他让他们拖船上岸，再去和其他人相见，一同吃喝。他们听从他的话，只有欧律洛科斯试图阻拦。由此可见，有些思想卑微的人一旦取得一丁点胜利就会变得异常骄傲，乃至要求其他人把他的话奉若神谕。奥德修斯愤怒不已，想杀了他，虽然那是一个近亲，其他同伴阻拦他，请他让欧律洛科斯独自在岸边留守。但欧律洛科斯畏惧奥德修斯发怒，情愿随众人前往。①

---

① 拉辛评注《奥德赛》止于第十卷末，未提及第十一卷的"冥府行"，这本应是比较维吉尔或奥维德等拉丁诗人的绝好机会。

读埃斯库罗斯

《奠酒人》①

［843］行1：俄瑞斯忒斯开场，走到父亲阿伽门农的坟前。

行3：他自称从流放中归乡之人。

行6：古人有两种割发的方式。首先是把头发献给故乡的河流，其次是在至亲的坟墓前割发寄哀思。

行10：歌队由穿黑衣的妇女组成。

行16：领头的是厄勒克特拉。

行18：俄瑞斯忒斯说出还乡的原因。他祈求宙斯助他为父报仇。

行20：皮拉得斯与俄瑞斯忒斯相伴。

行22：组成歌队的妇女乃是克吕泰涅斯特拉的使女。她们声称［844］奉了女主人差遣来给阿伽门农上坟，她们带来祭品以求平息亡者的愤怒。

行24：被抓破的面颊。

行26："我的心全靠呻吟得以滋养！"

行28：她们自行扯碎身上的衣服。

行32-33：头发因恐惧而竖起。可怕的梦境。

行35：克吕泰涅斯特拉受噩梦折磨。先知告诉她，那是阿伽门农的亡魂在发怒。

行42-46：克吕泰涅斯特拉于是差遣使女上坟。"不敬神的女

---

① 拉辛做眉批的埃斯库罗斯的《奠酒人》乃是1663年的伦敦Stanley刊印本，现藏于法国图卢兹市立图书馆。

人"（$\Delta\acute{\upsilon}\sigma\vartheta\varepsilon o\varsigma\ \gamma\upsilon\nu\acute{\alpha}$）。歌队偷偷悄声唱出。

行48：血流到地上怎么赎得回来？

行55–58：阿伽门农时代凭敬畏安顺民心，如今则凭恐惧镇压民心。

行59–60：有福之人，乃是在人们心目中成了神，比神更崇高。

行61–64：罪人迟早要受罚。

行66–67：大地吸饮的人血要求复仇，不肯融化。

行69–70：罪人的灵魂里满是痛苦的疾病，使他不得安宁。

行71：贞洁的花儿绝不屈服。

行75–83：歌队声称被迫违反心愿地恭维强者，掩饰心头恨意，但她们的灵魂始终在哭泣。

行81：我用衣衫遮住脸哭泣。

行84：这副场景极美。厄勒克特拉问歌队，她应该在替母亲为亡父祭奠时说些什么。

行93–94：我是否要说出人们常说的祈祷："请赐献冠人以德"——那为此受益的母亲明明是带给父亲不幸的人哪！

行95：埃斯库罗斯此处有意以 $\varkappa\alpha\varkappa\omega\nu$（恶）置换 $\varkappa\alpha\lambda\omega\nu$（善）。罪人之恶反得善报。

行96：或者我把这祭奠的瓶子丢在地上，看也不看一眼，好像扔掉污物那样？

行100–101：请给我忠告吧，因为我们同仇敌忾。

[845] 行124：厄勒克特拉一边祭奠亡父一边说出祈祷。

行127–128：大地女神生产万物，养育万物，最终又收回万物。

行139–140：父亲啊，请听我说，请让我的心比我母亲的更纯洁，让我的手也更虔诚。

行146：祈祷之后的诅咒。

行150–151：她吐露了心声，鼓励歌队用哀歌作伴。

行325："被烈火的凶猛牙齿噬伤"，参看以赛亚书，5:24。

读索福克勒斯

（一）阿尔杜斯版[①]

《埃阿斯》

行55：埃阿斯的狂怒。

行69：雅典娜不让埃阿斯看见奥德修斯。

行79：嘲笑敌人让人开心。

行121：奥德修斯怜悯埃阿斯。

行137：歌队哀叹奥德修斯让世人对埃阿斯恶语相向。

行154：诽谤中伤总会刺向高贵的人。

行285：埃阿斯的疯狂。

行343：埃阿斯为自己的疯狂感到痛惜。

行432：埃阿斯之名的文字游戏。

行485：苔柯梅萨想安慰埃阿斯。

行550-551：参看维吉尔，《埃涅阿斯纪》，12.435。

行648：埃阿斯欺骗歌队，佯装还有活下去的意愿。

行658：他说他的长剑带来厄运，假意要掩埋在地下，但其实他想自杀。

［846］行694：歌队为埃阿斯转变心意而欢欣。

---

① 拉辛做眉批的第一个索福克勒斯肃剧集乃是1502年阿尔杜斯·马努提乌斯（Aldus Manutius）在威尼斯刊印的版本，现藏于法国国家图书馆。

行719：透克洛斯被希腊人困住，派信使来阻止埃阿斯外出。

行720：信使宣布透克洛斯归来，并转达先知卡尔卡斯对埃阿斯的预言。

行804：他们分头去找埃阿斯。

行815：埃阿斯独自一人。他决意自杀。

行819：他把剑倚在地上。

行864：他自杀了。

行866：歌队分成两部分。

行869：歌队没有找到埃阿斯就回来了。

行898：苔柯梅萨发现埃阿斯。

行963：世人追悼逝去的伟人。

行985：透克洛斯问起埃阿斯的儿子。

《厄勒克特拉》

行1：开场。第一幕第一场。① 保傅交代地点、时间和故事情节。②

行10：故事发生在阿伽门农的宫殿门口。

行16：皮拉得斯也在场。

行18：日出时分。

行25：老马不失勇气。

行29：俄瑞斯忒斯交代他回乡的原由。

行36：神谕。俄瑞斯忒斯转述神谕的内容，好使观众不会因

---

① 拉辛有意在这出戏（以及别的好些戏）中划分幕次和场次，以此突出古希腊戏剧与法国戏剧之间的相似性。

② 拉辛以十八世纪的戏剧语汇来评注索福克勒斯。他认为一出戏的开场有固定手法，并且特别注意地点（行10）、时间（行18）、情节（行45）和人物（行29、108）。

为他将行的事而心生恐惧。①

行45：故事情节的关键。

行77：第二场。厄勒克特拉单独出场，其他人不想被看见纷纷回避。索福克勒斯把厄勒克特拉刻画成一名悲伤的女子，在悲痛中顽强不屈，一心只想报仇，她深爱俄瑞斯忒斯，当她以为兄弟已死时，决心自己动手为父报仇。

行88：持续不断地悲泣。

行108：她解释为何走出宫殿哭泣。

行112：她提及报仇女神。

行121：第三场。组成歌队的阿耳戈斯少女们前来安慰她。她们同情［847］厄勒克特拉的痛苦，和她一样厌恨她母亲的罪行，但她们比她胆怯，不敢随心所欲地说话。

行137：眼泪无法让死者复生。

行147：举例。总在不停哭泣的人物。

行156：歌队提及厄勒克特拉的姐妹们，她们不像她那样常常悲泣。

行164：她为俄瑞斯忒斯迟迟不归而哀叹连连。

行176：把复仇的事托付给神。

行188：厄勒克特拉自称孤独无依，为全世界所抛弃。

行213：歌队提醒她掩饰内心的痛苦。

行223：她为自身的苦难辩解。

行242–243：拦住哀叹的翅膀。

行250：阿伽门农血仇未报，先与怜悯诀别。

行254：厄勒克特拉描绘她的不幸处境和家庭状况。

行271：关于阿伽门农家族现状的漂亮譬喻。

---

① 拉辛身为肃剧作者的观点：观众所感受到的恐惧之情，与主人公是否应该承担责任所引发的迟疑情绪相连，这一点成就整部肃剧的根本的含糊性。

行308-309：恶带来更大的恶。

行310：胆怯的歌队寻问埃癸斯托斯在不在。

行320：成大事需要时间。

行328：第四场。克律索忒弥斯出场。她是厄勒克特拉的姐妹，不如后者坚强，而是顺应时势，对待母亲分寸守礼，又能在姐妹之间保持坦率。她出门是为了把祭品带到父亲的坟前。

行344：你自己没有什么可说的，这些话全是母亲教你的。

行352：厄勒克特拉为什么总想悲泣的原因。

行361-362：厄勒克特拉指责克律索忒弥斯生活在富贵优裕中。

行365：克律索忒弥斯更情愿做母亲的女儿，而不是父亲的女儿。

行369-370：歌队调解姐妹俩。

行379：等待厄勒克特拉的苦刑。

［848］行387：厄勒克特拉情愿受苦刑。

行390：姐妹之间的争执。

行415：一点点话就能使人跌倒或爬起。

行417：克吕泰涅斯特拉的梦。这个梦境进入情节主线，[①] 促使克律索忒弥斯被打发去给阿伽门农上坟，并在坟前看见俄瑞斯忒斯留下的一缕头发。相当漂亮的故事情节。

行428：厄勒克特拉请求姐妹不要让父亲的坟墓被母亲的祭品所玷污。

行449：厄勒克特拉割下一缕头发献在坟前。

行454-455：她向父亲祈祷。

行466：克律索忒弥斯也要献祭。

行469：她要求在场者保持沉默。

行470：天性胆怯。

行474：歌队独自歌唱。歌队也像对厄勒克特拉唱歌，因为

---

① 在《忒拜纪》中，拉辛运用同一种手法来表现安提戈涅的志向。

她没回宫殿，而像是在宫门前踌躇漫步，这从克吕泰涅斯特拉进场的第一句话（行516）可以看出来。歌队尝试解释克吕泰涅斯特拉的梦。

行489：神圣的复仇。

行516：第二幕。克吕泰涅斯特拉进场。这个女人虽生活在富贵中，内心却充满惊惧，一刻也不得安宁。她极为痛苦地承受着厄勒克特拉的悲泣。

行517：埃癸斯托斯不在家，厄勒克特拉才有机会走出宫殿大声悲泣。

行531：克吕泰涅斯特拉指责阿伽门农，好为自己辩护。

行534：她找出糟糕的理由为自己开脱。

行535：伊菲革涅亚的献祭。

行542：死神凭什么来讨我的孩子们而不是去讨海伦的孩子们？

行558：厄勒克特拉为父亲辩解。极妙的答复。

行582：如果你不得不杀我父亲，那么我们也不得不杀你。

行587：莫非你是为了替我姐姐报仇才嫁给埃癸斯托斯？

行597：你对我就像女主人而不是母亲。

行604：厄勒克特拉愈加愤怒。

［849］行608：我要是坏人，也许还不至于辱没你的本性。

行610：歌队佯装保持中立。

行614：她若再强大些还会做出什么事情来？

行616：厄勒克特拉承认她也为此感到羞耻，但她不得不这么说。厄勒克特拉始终言行一致。她提起自己的不幸处境，为自己辩解。

行625：这些话是你的行为引出来的。

行628：你允许我说话，却不肯耐心听。

行630：克吕泰涅斯特拉要求她让自己在肃静中献祭。

行632–633：厄勒克特拉表示不再往下说了。

行638：克吕泰涅斯特拉的隐晦祷辞。

行652：她不敢说出埃癸斯托斯的名字。

行653：她说起"我的孩子们"时将厄勒克特拉排除在外。

行657：至于其余的一切，神啊，虽然我没有明说，你一定是知道的！

行660：第二场。保傅上场佯称俄瑞斯忒斯的死讯，既是为防范埃癸斯托斯和克吕泰涅斯特拉于不备，也是为了观察众人的反应。

行674：厄勒克特拉高声狂呼。

行681：保傅的报信相当冗长且兼顾细节，以达到让众人信服的效果。

行707：此处说法是为了讨雅典观众的欢喜。

行730：马车竞赛事故。

行743：谎称俄瑞斯忒斯从车上跌落。

行751：高贵者的死。

行759：谎称被选派带回骨灰的人正是俄瑞斯忒斯和皮拉得斯。

行766：克吕泰涅斯特拉不知是悲是喜。

行770–771：母亲。

行775起：她最终表现出欢喜。

行786：厄勒克特拉总是吮吸她的最纯净的血，换言之，总是让她灰心失望。

行791：克吕泰涅斯特拉不再顾忌俄瑞斯忒斯，诅咒起女儿。

行796：此处指她的良知。

[850]行799：保傅假意告辞，以便主人挽留。

行802：克吕泰涅斯特拉请他进宫。

行804：厄勒克特拉与歌队留下来。

行805：苦涩的嘲弄。

行808：厄勒克特拉哭悼俄瑞斯忒斯。

行817：她情愿死去。

行823：宙斯的霹雳哪里去了，既然罪行尚未受惩？

行829：富于感情的热泪。

行837：安斐阿剌俄斯国王也是由于妻子厄里费勒不忠而遇害。

行840：厄勒克特拉打断歌队。

行841：光荣的死。

行846：那国王有报仇的人，也就是他的儿子阿尔克米翁。

行860-863：歌队说，人人都有一死。厄勒克特拉说，难道他们会死在马车竞赛上吗？

行871：第三幕第一场。克律索忒弥斯跑进场。厄勒克特拉正为俄瑞斯忒斯的死讯而痛苦哀悼，克律索忒弥斯却来告诉她俄瑞斯忒斯到了。这一场景有极美的效果。厄勒克特拉的哀悼被中断，她的痛苦却更为强烈。由此引发观众越来越强烈的怜悯之情。

行888：极度的欢乐。

行898：克律索忒弥斯的胆怯可见于各处细节。

行901：她看见俄瑞斯忒斯留在坟前的头发。

行909：她证明那些头发确是俄瑞斯忒斯本人的。

行911：厄勒克特拉不被允许离开宫殿太远。

行916-917：命运不会总是折磨同样的人。

行920：厄勒克特拉可怜克律索忒弥斯。

行934：克吕泰涅斯特拉哭悼俄瑞斯忒斯。

行943：厄勒克特拉提议母亲协助她杀死埃癸斯托斯。

行945：厄勒克特拉做好了准备。

行947：厄勒克特拉对克律索忒弥斯说了一番极美的话。

行951：她不再说杀埃癸斯托斯的事，因为她的兄弟还在世。

行963：埃癸斯托斯提防我们出嫁。

行975：世人皆会赞美我们。

行986-989：悲怆的结束语。[①]

［851］行990：歌队始终提心吊胆。

行995：克律索忒弥斯想劝阻她。

行997：我们是女人。

行999：男人的命运是有福的。

行1007-1008：我们会想死又死不成。

行1012：她承诺保密。

行1015：歌队赞同克律索忒弥斯。

行1019：厄勒克特拉说她会亲自动手。

行1021-1027：姐妹之间的争执。二人的个性在此处显得相当分明。一个勇敢骄傲，另一个胆怯，但正直，不忘敬畏。

行1027：我爱你谨慎，恨你胆怯。

行1033：去把这事全告诉你母亲吧。

行1034：我恨你没恨到那地步。

行1052：厄勒克特拉让她进宫去。

行1058：第二场。歌队。厄勒克特拉。歌队独自歌唱。歌队哀叹国王家族的无序状况、姐妹的争执，并赞美厄勒克特拉。

行1065：歌队不敢直呼个中人物的名字。

行1079：厄勒克特拉可能留在剧场里的某个角落，与歌队的歌唱无干。

行1087：时刻提防不诚实的人。

行1090：为厄勒克特拉祈祷。

行1098：第四幕。俄瑞斯忒斯。厄勒克特拉。歌队。俄瑞斯忒斯出场，带着佯称装有他的骨灰的罐子。他对厄勒克特拉说话。这是她的苦难的最后阶段，诗人竭尽所能激发观众的怜悯之情。厄勒克特拉在俄瑞斯忒斯面前哀悼兄弟的伤逝，惹得这兄弟被感

---

① 参看拉辛读《伊利亚特》卷七中涅斯托尔的讲辞时的相关注释。

动，不得不透露真实身份。剧场里再没有更美的场景了。

行1123：他对皮拉得斯说话。

行1126：厄勒克特拉接过俄瑞斯忒斯的骨灰罐。极美的悼辞。

行1143：她告诉俄瑞斯忒斯从前为他做过的事。

行1149-1152：充满感情的哀叹。

行1165：她情愿和他一起死。

行1170：死去的人不感觉痛苦。

行1171：歌队呼唤厄勒克特拉的名字，好让她恢复神智。

［852］行1174起：俄瑞斯忒斯被感动。俄瑞斯忒斯悲叹厄勒克特拉。极美的动作。

行1200：只有你一人怜悯我。

行1202起：认出俄瑞斯忒斯。这一相认场面带有令人赞叹的动人气息，对话如行云流水，自然烘托出情节。① 姐弟二人的话自然又温柔。

行1203：俄瑞斯忒斯问能否信任歌队。

行1205-1206：他要她丢掉骨灰罐，而她不肯。

行1223：他让她看父亲的印章戒指。

行1225：我兄弟的声音啊！

行1226：厄勒克特拉的喜乐。

行1236：俄瑞斯忒斯要求她安静下来。

行1240-1250：极美的动作。厄勒克特拉说，我不怕女人。俄瑞斯忒斯说，女人还是让人忌惮的。索福克勒斯刻画出厄勒克特拉身上的无节制的喜悦，正与她之前的极度痛苦相对应。她谁也不怕，放任自己陷入狂喜，正如她之前放任自己陷入痛苦那样，带着同样的顽强不屈的精神。

---

① 拉辛依据亚里士多德的诗学理论来评判这场戏。不过，他不仅领会到姐弟相认的动人意味，还很欣赏故事情节通过对话得到层层推动的诗歌技艺。

行1251–1256：俄瑞斯忒斯说，等时候到了我们再来回忆这些往事。厄勒克特拉说，我每时每刻都要回忆起我的这些痛苦。

行1260：意想不到看见你，谁还能保持沉默呢？

行1273–1277：她请求他不要剥夺她的喜悦。

行1282–1283：我认为，她的意思是，她听见兄弟的死讯时不被允许大声哭泣，当时她陷入绝望之中，现如今她是自由的。

行1288：俄瑞斯忒斯考虑不要浪费时间。

行1294：他问她应该在哪里藏身。

行1298：他要求她继续装出悲伤的样子。

行1302–1310：厄勒克特拉的友爱。

行1323：她听见有人出宫，把他们当成外乡人。

行1326：第二场。俄瑞斯忒斯的保傅［853］指责他们不谨慎，若不是有他，他们一定会被人抓住。索福克勒斯想要强调年轻人不谨慎，无法控制自己的情感，这样一来，就算宫中的人没有听见他们说话，观众也不会感到奇怪。诗人让这位更明智的老人为他们放哨。

行1332：诗人以此解释剧情发展。

行1342：人人都以为你死了。

行1344：他不想消磨时间。①

行1348：俄瑞斯忒斯为厄勒克特拉引介保傅。

行1354：厄勒克特拉认出老人。

行1362：我在同一天里把你看作最可恨又最可爱的人！

行1368：保傅提醒他们是时候行动了。

行1374：俄瑞斯忒斯经过时向他父亲门廊上的神像致敬。

行1376：厄勒克特拉的热情祈祷。

行1384：厄勒克特拉引领他们进宫。歌队独自留下。

---

①　意思是他不想拖下去浪费时间。

行1387：复仇女神紧随在罪行之后。

行1398：第五幕第一场。厄勒克特拉出宫，以免亲临母亲被杀的现场。由她转述宫里正在发生的事。

行1400-1401：克吕泰涅斯特拉留在宫里的原因。她正在准备俄瑞斯忒斯的葬礼仪式。

行1402-1403：索福克勒斯说明，厄勒克特拉出来是为了守望，免得埃癸斯托斯趁其不备溜进去。

行1406：克吕泰涅斯特拉被杀时的呼喊。索福克勒斯只让观众听见声音，没有看见亡者，就不会有亲临死亡现场的印象，[①] 同时也省去一番叙述。

行1407-1408：歌队听见克吕泰涅斯托拉被杀的声音吓得发抖。

行1415："你有力量再刺一剑！"这话出自一个女儿之口未免残忍，[②] 不过应该强调的是，这个女儿长久以来对母亲深怀愤恨。

行1422：沾满鲜血的双手。

行1424：第二场。俄瑞斯忒斯与其他人再次上场。

行1425：俄瑞斯忒斯为自己辩解，把一切推脱给阿波罗神。

[854] 行1428：歌队远远看见埃癸斯托斯。厄勒克特拉让他们藏在门后。

行1434：他没有让她把话说完，以表明当时行动之迅速。他们全部藏起来。

行1439：厄勒克特拉想要瞒住埃癸斯托斯，对他说话比往常温和些。

行1442：第三场。埃癸斯托斯上场。他已经知道有外乡人报

---

① 法国戏剧总是避免直接表现死亡现场，这与其说是出于宗教禁忌，不如说是出于美学规范。拉辛似乎没有区分观众听见克吕泰涅斯特拉被杀时的声音，以及观众听见有关她被杀的叙述。两者事实上差别悬殊。

② 拉辛对古希腊肃剧人物的狂怒颇有微词，反过来表明十七世纪礼仪规范或表述习惯的影响。

俄瑞斯忒斯的死讯。

行1445：他对厄勒克特拉说话，因为她对此事最关心。

行1448：厄勒克特拉语带双关。

行1458-1474：埃癸斯托斯命人打开宫门。门大开，露出一具被裹着的尸体。俄瑞斯忒斯要他自己发现真相，与此同时向他扑去。埃癸斯托斯在发命令时（行1458-1463）暴露出他是一个有恃无恐的人，从此无所忌惮，要求所有人服从他。当他发现那具尸体不是俄瑞斯忒斯而是他的妻子时，他表现出的惊惧将使观众得到乐趣。

行1475：埃癸斯托斯明白厄运来临。

行1478：俄瑞斯忒斯向他宣布真实身份。

行1482-1483：埃癸斯托斯还想通过说话尽可能拖延时间。

行1485：一个人死期到了，让他苟延残喘，对他有什么好处呢？

行1488：我认为，她说的埋尸人指野狗。

行1491：俄瑞斯忒斯赶他进宫，以免在舞台上杀他。

行1495：他随即做出说明，他要在埃癸斯托斯杀他父亲的地方杀了埃癸斯托斯。①

行1500：埃癸斯托斯竭力说话和争论以拖延时间。这一段充分体现一个想要拖延死期的懦夫的性格。

行1505：罪行得到惩罚。

《俄狄浦斯王》

行1：第一幕第一场。此处的开场戏极为壮观：所有乞援的

---

① 俄瑞斯忒斯的辩解事实上是要重新建立自阿伽门农被谋杀以来被搅乱的世界秩序：埃癸斯托斯的鲜血补偿了被他杀害的人的鲜血，所以必须流淌在同一地方。

祭司前来向俄狄浦斯求助。

行15：有关忒拜城里一片灾难的精彩描绘。

行26：瘟疫。

行33：祭司赞美俄狄浦斯，同时也让观众了解俄狄浦斯。

[855] 行46：他们切切恳求俄狄浦斯王再次拯救城邦中人。

行58：索福克勒斯把俄狄浦斯刻画成一个慈爱子民的君王，由此引发更强烈的怜悯之情。

行70：俄狄浦斯派克瑞翁去德尔斐求神谕，正等他回来。

行79：第二场。克瑞翁到场。

行97：神谕提出，杀死拉伊俄斯王的凶手必须严惩。

行112：俄狄浦斯命人回顾这起事件。

行130：解释当初没有严惩凶犯的原因。

行138：君王为朋友复仇，即是为自己雪耻。

行216：第二幕第一场。

行224：俄狄浦斯下令让忒拜人告发拉伊俄斯的凶手。

行236：俄狄浦斯诅咒拉伊俄斯的凶手。诗人的巧妙手法，俄狄浦斯的可怕诅咒最终应验到他本人身上。

行260-261：为拉伊俄斯报仇的双重理由。俄狄浦斯不仅继承他的城邦，而且还接替他的婚床。

行285：歌队建议俄狄浦斯去向先知忒瑞西阿斯打听。

行288：俄狄浦斯说他在克瑞翁的提议下已经召见先知。他对克瑞翁开始起疑心。

行300：第二场。忒瑞西阿斯上场。

行304：俄狄浦斯极为谦卑地请求忒瑞西阿斯揭露杀人凶手，拯救城邦。

行320：忒瑞西阿斯请求俄狄浦斯放他回家。

行322：忒瑞西阿斯不肯配合逐渐惹怒俄狄浦斯。

行334：俄狄浦斯辱骂忒瑞西阿斯。他与先知争执，要求先知说实话，与此同时他又把真相当成谣言。极为巧妙的手法，让观众了解剧情而剧中人物继续蒙在鼓里。俄狄浦斯与忒瑞西阿斯的争执愈演愈烈，但始终不失威严。

行359：俄狄浦斯要求先知再说一遍，这是为了找到更多与对方争执的话题。

行371：俄狄浦斯指责先知瞎了眼。

行372：你比我更瞎。

行378：俄狄浦斯因嫉妒心而怀疑起［856］克瑞翁。他认为这是克瑞翁的诡计，先驱逐他再自己做王。俄狄浦斯没有因为坏脾气而显得让人憎恶，因为他的所言所语全是为了城邦的公共利益。他反而因此显得更值得怜悯，因为他强迫先知说出的话将给他本人带来灾难。

行382：被羡慕的权力。

行387：克瑞翁收买这个骗子，这个叫花子，只有捞钱的时候才看得见。

行391：当初我战胜斯芬克斯拯救忒拜时，你在哪里？

行408：你虽贵为君王，我却有权利平等地回答你。因为我是阿波罗神的仆人，不是你的仆人。祭司的特殊权利。

行415：忒瑞西阿斯用隐晦的话语向俄狄浦斯预言即来的灾难。

行430-437：俄狄浦斯说，你还不快退下。忒瑞西阿斯说，要不是你召我，我根本不会来。俄狄浦斯说，我没想到你会说这些蠢话。忒瑞西阿斯说，你觉得我蠢，你父亲倒觉得我聪明。俄狄浦斯说，什么父亲？等等。俄狄浦斯此处的不安令人赞叹。忒瑞西阿斯没有说清楚就走了。

行447-462：忒瑞西阿斯说，我走了，但我提醒你，你要找的人就在这里。诸如此类。要是我说假话，请你相信我并不指望从预言里得到什么好处。

行513：第三幕第一场。克瑞翁前来抱怨俄狄浦斯让他背上恶名。

行532：第二场。俄狄浦斯找到他。

行536：你把我当傻子，以为我不会发现是你打发忒瑞西阿斯来的吗？

行544：克瑞翁请求俄狄浦斯听他解释。

行548：俄狄浦斯不肯听。愤怒的人的精彩形象。

行555：是你让我召见忒瑞西阿斯。

行562–563：当初拉伊俄斯被杀时，为什么忒瑞西阿斯根本没有提起我？

行592：克瑞翁诚恳地表示，与其做王，他更高兴做俄狄浦斯的小舅子。

行596：人人爱戴我，个个欢迎我。

行611：一个人如果抛弃好朋友就等于抛弃生命。

行614–615：认出一个好人需要时间，认出一个坏人只需一天。

行618–619：面对一次迅速的谋反，必须采取迅速的抵抗措施。

（二）图尔奈布斯版①

[857]索福克勒斯。比埃斯库罗斯年轻十七岁，比欧里庇得斯年长二十四岁。他是首位不亲自演出肃剧的诗人，原因是嗓音太细。他将歌队的人数从十二名升至十五名。他天性温柔，为所有人所喜爱。尽管有好些君王邀约，他始终不愿离开雅典。他极其虔信。关于他的死因传说，要么是某个演员寄给他一粒葡萄籽，要么他想一口气念完《安提戈涅》中的一段台词，要么他因为得头奖而狂喜不已。他对人物性格的刻画让人赞叹，在仿效荷马上

---

　　①　拉辛做眉批的第二个索福克勒斯肃剧集乃是1553年阿德里安努斯·图尔奈布斯在巴黎刊印的版本，现藏于法国国家图书馆。

无人可比拟。他的肃剧有诸多美质：言谈得体、优雅、勇敢、多样性。他用半行诗足以刻画一个人物性格。

《埃阿斯》

行1：开场。奥德修斯进场寻找雅典娜，女神隐身对他说话。索福克勒斯借用雅典娜介绍剧情，这是因为，只有女神才能了解并重述埃阿斯的心思。埃阿斯在夜里独自出营帐，若不是女神扰乱他的心智，他本想杀死阿伽门农，诸如此类。

行3：索福克勒斯把故事发生的地点①设在埃阿斯的营帐边，也就是希腊军营的边缘深处。

行14：索福克勒斯强调凡人的肉眼看不见雅典娜女神。

行69：雅典娜向奥德修斯承诺会设法让埃阿斯看不见他。

行74：索福克勒斯或许让奥德修斯显得过于胆怯，不过这是为了烘托埃阿斯，使之更让人畏惧。②

行79：嘲笑敌人是让人开心的。

行118：看哪，奥德修斯，一个人若蒙诸神喜爱会是什么样子！

行119：雅典娜赞美埃阿斯，以使观众对他产生好感。③

行121：奥德修斯的真实感受，他怜悯埃阿斯。奥德修斯对埃阿斯的态度［858］贯穿整出肃剧始末。最终也是奥德修斯下令厚葬埃阿斯，尽管埃阿斯在世间男子中最恨奥德修斯。

行125：我们只是一道幻影。

---

① 依照拉辛注释大多数肃剧作品的做法，《埃阿斯》开场也首先谈论索福克勒斯如何推动故事情节发展的诸种必要元素。

② 拉辛始终认为，剧中人物的性格不应该是绝对性的，而要通过观众自动与其他人物做出比较才能得到定义。

③ 戏剧心理学旨在通过让不相干的剧中人物发表意见而激发观众的某些情感。

行127—133：对诸神的虔敬。

行134：歌队由萨拉弥斯老人组成，他们是跟随埃阿斯出征的战士。

行154：诽谤中伤总是最能刺伤高贵者。

行201：苔柯梅萨进场，讲述已经发生和正在发生的事。

行210：苔柯梅萨乃是特洛亚人泰洛坦托斯之女，埃阿斯的女俘和妻子。

行260：埃阿斯发现正是他本人造成他自己的不幸，为此愈发痛苦。①

行284：埃阿斯的发狂经过。

行317：埃阿斯的呻吟。

行328：苔柯梅萨解释自己为什么出场。②

行333：埃阿斯从营帐里发出呼喊。

行340：苔柯梅萨担心她的孩子欧律萨克斯。

行346：有人打开营帐的入口。

行367：埃阿斯想象敌人的欢乐。

行369：他在不幸中愈发严厉。

行382：啊！就让奥德修斯在此刻开心不已！

行383：悲泣也好，欢欣也好，全凭诸神的意愿。

行384：我已如此不幸，但愿也能看到他在不幸中！

行387：哦，宙斯，我先人祖先的血脉啊！但愿我能杀死那令我恨之入骨的无赖！但愿我能刺穿那两个不义君王的心，随后杀死我自己！他在狂怒中对所有人说话：宙斯、冥府，以及特洛

---

① 这是最根本的肃剧情感之一，也适用于拉辛肃剧中的诸多人物（如俄瑞斯忒斯、亚他利雅等）。

② 人物的出场和退场必须合乎情理，这是古典主义肃剧的规范之一。拉辛常常用来考察古希腊肃剧诗人的手法。参看下文读欧里庇得斯的《美狄亚》（行57）和《腓尼基妇女》（行88，行201）的相关说法。

亚战友。

行394：向冥府致敬，极美的用语！

行412：向特洛亚同伴致敬。

行485：苔柯梅萨试图打动他的温柔话语。

行489：现如今我成了女奴，全凭诸神的意愿，也是为了成全你的荣耀。

行501：整段讲辞乃是摹仿荷马《伊利亚特》中安德洛玛克对赫克托尔的话（6.455起）。

行527：埃阿斯在苦难中顾不上安慰或赞同苔柯梅萨的话。

[859] 行530-534：埃阿斯说，把儿子带来，我想见他。苔柯梅萨说，我担惊受怕把他藏起来了。埃阿斯说，怕什么？你是什么意思？苔柯梅萨说，我怕这可怜的孩子落在你手里会没命。埃阿斯说，这倒与那追赶我的厄运相配。

行544：有人把孩子带上场。

行545-547：带他过来，带他过来。他果真是我儿子，就算看见这血腥场面也不会害怕。

行550-551：儿子啊，但愿你将来比你父亲更幸福，至少你要能体面地像他。

行554：他羡慕儿子尚未体验人间苦乐。

行562：他把儿子托付给透克洛斯。参看《伊利亚特》中埃阿斯对透克洛斯的友爱（8.267-272）。

行567-569：他要求随从战友把遗愿转达透克洛斯：要把儿子带回故乡见祖父母。

行572-577：忆起他所受的侮辱。他把盾牌留给儿子，杜绝有人在他死后竞争他的兵器。

行581-582：他让苔柯梅萨退下。医生要给伤口动刀时，来不及听病人抱怨。

行587-590：苔柯梅萨说，我以诸神的名义恳求你不要抛弃我们。埃阿斯说，你不知道我再也不欠诸神任何东西吗？

行596起：歌队哀叹埃阿斯的不幸命运。

行624：歌队哀叹埃阿斯的母亲听闻噩耗时的悲痛。

行646：埃阿斯回来，打断歌队和苔柯梅萨的悲泣。他佯装要去祷告。

行650：再没有什么比在时间中变衰弱更残酷的事。

行654：他佯装去海边净身。

行658：他佯装要去掩埋赫克托尔的长剑。这是他带长剑出门的借口。古人看来没有需要不会随身带剑出行。在欧里庇得斯的《伊菲革涅亚》中，阿喀琉斯也说要把剑藏在祭坛下，如果她不想被献祭，他就能有武器保护她。

行665：敌人的礼物。

行667-668：埃阿斯说他知道往后应该怎样尊敬阿特柔斯的儿子。诗人［860］让他言不由衷。此处说法烘托出他所掩饰的自杀行为。

行679：按应该去恨的样子去爱，按应该去爱的样子去恨。

行683：不可靠的友爱。

行686：埃阿斯让苔柯梅萨退下。

行687-692：埃阿斯命令歌队向透克洛斯转达他的遗愿。模棱两可的话语。

行963：歌队为埃阿斯回心转意而欢欣地起舞歌唱。

行698：潘神创造祭神之舞。歌队呼唤潘神，祈求他当场感化他们跳一支舞。

行700：这是为一群原本不该学跳舞的战士跳舞找理由。

行719：信使上来打断歌队的欢庆。他告诉他们，先知卡尔卡斯告知透克洛斯，应该小心看着埃阿斯，他有可能在这一天亡命。透克洛斯无法亲自赶来，因为希腊人围困住他，为埃阿斯的狂怒而责难他。

行733：信使寻问埃阿斯在哪里。

行738-746：信使说，哦，我恐怕打发我来的人还是迟了一步。歌队说，为什么？信使说，透克洛斯命令在他本人回来以前不得让埃阿斯独自出门。歌队说，埃阿斯去平息诸神的怒火。神使说，倘若卡尔卡斯的预言是真的，那么这些话当真可疑。

行756：雅典娜毫不容情处处纠缠他。

行760-775：诸神对埃阿斯发怒的原因。他傲慢，一味只相信自己，看轻诸神的援助。

行767：埃阿斯对父亲的话。父亲从前让他信靠诸神。

行774：埃阿斯对雅典娜的话：你去庇护别人吧，不必费心关照我。

行784：歌队呼唤苔柯梅萨，向她转述信使带来的消息。

行805：苔柯梅萨鼓励歌队去找埃阿斯，一些人往左边去找，另一些人往右边去找。

行807：我看出来了，他骗了我，我失去他的恩爱。

行811：她出场，其他人随后纷纷出场。歌队分成两列，舞台上空无一人，好让埃阿斯独自上场，在观众面前不受阻拦地自杀。不必更换舞台背景，［861］我的意思是故事情节的发生地点。在古希腊肃剧中，歌队进场又在戏中退场，仅此一例。索福克勒斯的巧妙手法。埃阿斯死前的话很重要，观众没有亲耳听到是不恰当的。①

行815：他把长剑插在地上，随后纵身扑在上头。

行824：埃阿斯呼唤宙斯开始祈祷。

行825-826：我不祈求太大的恩典，只愿透克洛斯尽早知道我死的消息。

行832-834：埃阿斯向赫耳墨斯祈祷，只求不必久受煎熬快

---

① 拉辛始终关注舞台技术的运作问题。

快赴死。

行837-842：埃阿斯向复仇女神祈祷，只求死后能向阿特柔斯的儿子复仇。既然我是亲手杀了我自己，但愿他们将来也死在最亲爱的人手里。

行846-849：埃阿斯祈求太阳神把死讯传达给他父母。

行850-851：不幸的女人啊，她听闻死讯必将长久地悲号！

行854：埃阿斯对死神祈祷。

行859：他对一切生灵祈祷，与之永别。

行864-865：这是埃阿斯对你们最后诀别的话。其余的话我留在冥府里说。

行866：歌队分别从左右两边进场。他们没有找到埃阿斯。

行892：歌队听见苔柯梅萨的喊叫。

行898：她指给他们看那自杀了的埃阿斯。

行915-917：苔柯梅萨用披风盖住他，因为没有人受得了看见他这副样子。这个手法用来避免观众看到鲜血。

行921：她盼望透克洛斯回来保护死去的埃阿斯。

行923：极美的诗行。

行944-945：她担心自己和儿子的命运。

行955：奥德修斯的快乐。

行963：世人在他活着时恨他，也许会在他死后悼念他。

行967-968：他们又能如何嘲笑他呢？他得到了他想要的，他死了。

行974：透克洛斯到场。

行986-987：透克洛斯吩咐人去找［862］埃阿斯的儿子，恐怕有人掳走他，好比掳走母狮的幼子。参看《伊利亚特》23. 318-319。

行996-997：透克洛斯为何没有早些来？因为他四处寻找埃阿斯。

行999：埃阿斯的死讯迅速传开。

行1005：透克洛斯悲叹他自己的不幸遭遇。

行1008：你我二人的父亲会怎么说？

行1014-1016：你父亲也许会以为我抛弃你背叛你，好抢占你的财富？

行1017：发怒的老人。

行1022：我是不是要去往特洛亚？我在那里有很多敌人很少朋友。

行1029-1035：想起埃阿斯用来自杀的赫克托尔的长剑，以及赫克托尔死后被拖在车后的随后归埃阿斯的肩带。复仇女神锻造这把剑，冥王制造这肩带。

行1042：歌队看见墨涅拉奥斯走近，满心恐惧。

行1047：墨涅拉奥斯命令透克洛斯不得埋葬埃阿斯。

行1049：透克洛斯的骄傲。

行1052：墨涅拉奥斯的理由。

行1067：埃阿斯活着时不受我们控制，我们要他死后服从我们的意愿。

行1073：服从大法官和统治者。

行1081-1083：城邦放纵无度，不久就会灭亡。

行1088：他一直蛮横无理，现如今轮到我侮辱他。参看阿尔喀比亚德在修昔底德笔下的长篇讲辞。

行1093：透克洛斯的答复义正辞严。

行1107：你可以在斯巴达对你的部属下命令。埃阿斯自会对他的部署下命令，你做不了主。

行1110：不论你和你兄弟怎么说，我一定要埋葬他。

行1114：他千里迢迢来到这里不是为你，也没把你这无足轻重的人放在眼里。

行1121起：透克洛斯立场鲜明地回答墨涅拉奥斯。

行1142：我见过一个人［863］在远离风暴时傲慢自大。等到风暴来时，他却躺倒在地任凭水手们踩来踩去。

行1150：我也见过一个人妄图侮辱厄运中的人，得有另一个像我一样的人强制他学明智些。

行1159：墨涅拉奥斯离开去搬救兵。

行1164：歌队催促透克洛斯尽快安葬埃阿斯。

行1168：苔柯梅萨和儿子一起出场。

行1171：这位英雄很温柔也很强大。

行1173-1174：透克洛斯把埃阿斯的儿子带到亡父身边，又把他自己的头发、苔柯梅萨的头发和孩子的头发一并交到那孩子的手心。

行1177：他在割发时做了一番极美的解释。

行1183：他命令歌队保护那孩子，他自己要去造坟墓安葬亡者。

行1193：歌队诅咒那最早发明兵器的希腊人。

行1198-1204：注疏家说索福克勒斯在此处展现最高的诗歌才华，这段诗行让人赏心悦目：世人摆脱战争的快乐。

行1214：埃阿斯现已去世，我们还有什么安慰可言？

行1217：但愿诸神让我很快重见雅典！

行1226：阿伽门农的漂亮讲辞。

行1228：阿伽门农批评透克洛斯是女俘所生的孩子。

行1237：但凡埃阿斯做过的事，有什么是我不曾做过的？

行1251：膀大腰圆的人并不总是可靠，心思缜密的人才是。

行1260：你不能找个自由民来说说你的事情吗？我听不懂外邦蛮族的语言。

行1266：透克洛斯勇敢地回答，比起墨涅拉奥斯，他对阿伽门农多带一丝尊敬。啊！一个人死后，世人多么轻易就忘记他的善行！

行1273：他当着阿伽门农的面述说埃阿斯为希腊人立下的功绩。

行1283：当希腊人需要与赫克托尔较量时，埃阿斯主动把他的骰子投入抽签的头盔里。

行1285：他没有设法［864］逃避命运的安排，不像有些人在决定把阿喀琉斯的兵器分配给谁时这么干了。

行1291–1303：你骂我是外邦女人所生。那你祖父珀罗普斯呢？他不是佛律癸亚人吗？你父亲阿特柔斯让自家兄弟吃下亲生孩子，还能有谁比他更野蛮？你母亲不是来自克里特吗？你父亲和她偷情，致使她父亲把她扔进海里。你倒敢来侮辱我的出身。我父亲是全希腊最英勇的忒拉蒙，我母亲是特洛亚公主，拉奥墨冬的女儿，赫拉克勒斯亲自把她作为战利品奖给我父亲。

行1308–1313：你想将埃阿斯弃尸在这里，就得把我们三人的尸体·起抛弃。我情愿为他赴死，而不是替你妻子或你兄弟送命。你要小心，你想为难我们，回头可别后悔。

行1309：注疏者称，此处的三人指透克洛斯、阿伽门农和墨涅拉奥斯，但我认为应该是指透克洛斯、欧律萨克斯和苔柯梅萨。①

行1316：奥德修斯到场。歌队恳求奥德修斯为透克洛斯说情。奥德修斯做了一个正直人应做的事。他阻拦阿伽门农继续侮辱埃阿斯的尸体，声称他们之间的仇恨应与亡者一起消逝。

行1328：奥德修斯请求阿伽门农听他把话说完。

行1338：我不得不承认，埃阿斯是除阿喀琉斯之外全希腊最出色的勇士。

行1347：我恨他，只要我能做到不失敬意地恨他。

行1370：阿伽门农退场。他向奥德修斯让步，但始终把埃阿斯当成敌人。

---

① 拉辛极少反对注疏者的观点，此处是一例。图尔奈布斯版几乎不带注释，拉辛很可能同时参考其他版本。

行1374：歌队赞美奥德修斯。

行1378：奥德修斯提出帮助透克洛斯安葬埃阿斯。

行1381：透克洛斯赞美奥德修斯的宽宏大量。

行1389：透克洛斯对阿特柔斯之子的诅咒。

行1394-1399：奥德修斯啊，我不敢让你碰触埃阿斯的尸体，只怕这会冒犯死者的亡魂。但你和你的朋友可以来上坟祭拜。奥德修斯退场。

行1403：透克洛斯下令为埃阿斯掘墓，并烧水为他净身沐浴。

[865] 行1409：他抱起亡友的尸体，并让埃阿斯的儿子一起帮忙。

《厄勒克特拉》①

行1-4：索福克勒斯在前四行诗中交代清楚主要人物和故事发生地点。

行2："阿伽门农之子啊，这就是你长久念想的故土！"索福克勒斯首先巧妙地确立故事发生的地点。他为此采取让人愉快的手法，让一名老者向俄瑞斯忒斯展示阿耳戈斯王宫的周遭环境。因为俄瑞斯忒斯在年幼时就被带离本地。《菲罗克忒忒斯》的开场采用相近的手法。奥德修斯只给年轻的皮洛斯看他们的军队途经的利姆诺斯岛。《俄狄浦斯在科罗诺斯》同样如此，安提戈涅向盲眼的父亲描述他们抵达的外乡地。这三个开场尽管手法相近，却带有令人愉悦的多样特点和让人赞叹的效果。②

---

① 拉辛在阿尔杜斯版中极为详细地对《厄勒克特拉》做了注释。

② 拉辛此处研究不止一部肃剧的开篇，思考如何推动故事情节发展的手法问题。

《俄狄浦斯在科罗诺斯》

行607起：俄狄浦斯向忒修斯预言，忒拜和雅典有一天会彼此为敌。

行609–613：让人赞叹的思想活动叙述。

行621–622：总有一天，我冷却的尸骨也要痛饮他们的热血。

《特剌喀斯少女》

行1：第一幕第一场。得阿涅拉在独白中解释故事情节。不过随后对她说话的女奴似乎始终在场。

行9：河神阿刻罗俄斯向得阿涅拉求婚。

行22：索福克勒斯的手法，[①] 避免长篇描述赫拉克勒斯与阿刻罗俄斯之战。

行28：持续不断的惊惧。

行31–33：赫拉克勒斯从来没有见过他的孩子们：他就像有块遥远耕地的农夫，只在播种时节去一趟，到了收获时节再去一趟。

行34：赫拉克勒斯没有停过的苦差。

行39：故事发生在特剌喀斯的原因：赫拉克勒斯杀死伊菲托斯以后被赶出来。

行44：赫拉克勒斯出门已有十五个月。

［866］行47：他出门前留下一份手记，上头写着他最后的遗愿。

行50：我看见你无时无刻不在哭泣。

行52：如果一个女奴也胆敢给人出主意。

行56：你为什么不打发许罗斯去找他父亲呢？

行58：正好他本人来了。

---

① 拉辛在注释古希腊肃剧作品时常常提到"手法"（artifice）一词。

行61-63：第二场。许罗斯、得阿涅拉、女奴。奴隶有时也能说出聪明话。

行65：得阿涅拉对许罗斯说，不关心父亲的事是可耻的。

行67：许罗斯声称知道父亲在哪里。

行70：赫拉克勒斯去年给一个吕底亚妇人服役。

行74：现在他正在攻打或者已经攻下欧律托斯在尤卑亚的城邦。

行79：神谕说，赫拉克勒斯此番历险若能幸免于难，就能余生享受幸福生活。

行82：得阿涅拉鼓励儿子去找赫拉克勒斯，这是性命攸关的事。

行86-89：我若早知这神谕，早就出发了，不过父亲一向命好，让我不为他担心。

行92：迟去总比不去好。

行94-95：歌队由特剌喀斯少女们组成。"赫利俄斯啊，你生于黑夜，又在黑夜中消逝！"

行96：歌队向太阳神赫利俄斯打听赫拉克勒斯的踪迹。

行103-111：歌队前来的原因。她们听闻得阿涅拉的苦楚。她们同情她无法停息的不安。她总在哭泣。

行112：赫拉克勒斯的一生动荡不安。

行119：只是，总有哪个神前来救他于危难中。得阿涅拉哦！我劝你不必担心，永远怀着希望。

行126：因为凡人不可能摆脱痛苦。

行129：忧愁与快乐总是轮流来到每个人身上，犹如大熊星座总在往来运行。

行132：世间万事没有一成不变的。

行139：谁能相信宙斯不关心他的孩子呢？

行141：第二幕第一场。得阿涅拉、歌队。

行145：年轻人［867］一心只顾自己，体会不了别人的事务。譬喻。

行146：做少女的幸福说得清楚。

行149：一个夜晚足以改变一切。

行155：她说，赫拉克勒斯临行前留下一份手记，上头写着他最后的心愿、他的遗嘱，他从前出发冒险从来没有这么做过。

行164：他告诉她，如果他在十五个月后没有回家，那就不必等他。如果他回来，那么他余生将快乐地享受幸福生活。

行172：参看希罗多德，《原史》，2. 15–17。依照希罗多德的记载，多多那的两个珀勒阿得斯当为两个埃及女人。

行173：现如今正是他所预言的归期。

行180：第二场。信使来报，赫拉克勒斯还活着，打赢了仗，正要光荣归家。

行188-191：信使自称从利卡斯那里听到消息，他抢先跑来报信，好得到得阿涅拉的犒赏。

行225：第三场。赫拉克勒斯的传令官利卡斯带着一群女俘上场，其中一个是赫拉克勒斯深深爱上的伊俄勒。利卡斯用假话骗了得阿涅拉，向她隐瞒赫拉克勒斯的爱情。

行232：得阿涅拉的爱和焦急。

行235：赫拉克勒斯活着且精神很好。

行242：这些女俘叫什么名字，她们的父亲是谁，来自哪个城邦？

行248：利卡斯的假故事。《厄勒克特拉》中也有一段假故事，比此处更长，费了不少心力在讲述。我不确定，如此冗长的故事倘若不是真心诚意，是否适合出现在肃剧中。①

行281：爱嘲弄者受惩罚。

行303：宙斯啊，但愿我不会看见我的孩子们陷入此种境况！

---

①　拉辛始终坚持叙事手法必须遵守肃剧体裁的肃穆庄重特点，他在此处的主张甚而比古代希腊作者更严苛，他本人的肃剧作品同样充分体现这一点。

行307：得阿涅拉对伊俄勒说话，她不知道那是她的情敌，她同情伊俄勒超过其他女俘。

[868]行320-328：得阿涅拉继续问伊俄勒。利卡斯却说，伊俄勒不肯说话，自从故国陷落以来，她一直哭哭啼啼。利卡斯故意阻止伊俄勒把真相告诉得阿涅拉。

行329：得阿涅拉让女俘们进门，她自己则被信使留住。

行335：第四场。信使一直在现场。他向得阿涅拉揭露整桩秘密，他是从利卡斯那儿听来的，当时还有好些人在场。

行353：赫拉克勒斯爱上伊俄勒的真实故事。

行360：赫拉克勒斯攻打俄卡利亚城，乃是因为伊俄勒的父亲欧律托斯拒绝让女儿与他同床。赫拉克勒斯的不义行为，加上他对得阿涅拉的不忠，终于导致他本人的灾难，不可谓不活该。

行375：得阿涅拉的嫉妒。

行393-407：第五场。利卡斯出发，要回到主人身边。得阿涅拉留住他，掩饰内心的不安。她在此处表现出的冷静以及她的连续发问极为精彩。利卡斯继续掩盖真相。——朋友啊，看过来，你以为你在对谁说话？——我在对得阿涅拉说话，赫拉克勒斯的妻，我的主母。

行410：你若敢对主母不忠实，该当何罪？

行414-416：利卡斯此处的两次应答有失尊重。

行417-427：她逼问，他否认。

行434-435：此话还带有一丝庄重。同疯子吵嘴，未免不聪明。

行437-460：得阿涅拉的祈求。让人赞叹的长篇讲辞，表现一个嫉妒的女人追寻不幸真相的努力。[①] 和你说话的女人懂得原谅男人的弱点。世人徒然无益地试图反抗爱若斯。我若是为了这

---

① 拉辛赞叹某种肃剧类型，诸如得阿涅拉的嫉妒。类似的观点未见于古代希腊作者处。

点子不由自主的事情怪罪我丈夫或那可怜女子，那我准是发疯了。你说谎一次，永远不会再有人相信你，就算你想说真话也无用。一个自由的人与谎言不相符。何况有好些人会告诉我真相。赫拉克勒斯不也爱过好些别的女人吗？

行461：我从来不曾对她们当中的哪一位恶语相加。

行464：她假装十分同情那个情敌。

行472：利卡斯说出真相。

行473：凡人女子懂得凡间的［869］人情世故，意思是，你懂得顺从你的命运。

行481：我掩饰真相不是出于赫拉克勒斯的命令，而是我自己想要避免给你带来痛苦。

行488-489：赫拉克勒斯征服世间万物，偏偏被爱情征服。

行491：我不会反抗神意，为自己徒添不幸。

行492：莫要与诸神苦斗，意思是，莫要与爱若斯苦斗。

行495-496：回敬礼物之说，乃是苦涩的嘲弄。

行497：得阿涅拉进屋。歌队独自留下。得阿涅拉去准备让利卡斯带给赫拉克勒斯的口信和礼物。歌队歌唱阿佛洛狄特的力量不可战胜，就连赫拉克勒斯也为爱情所征服。

行507：阿刻罗俄斯与赫拉克勒斯之战。

行515：阿佛洛狄特居中做裁判。

行517-522：精彩的决斗描述。

行520：κλίμαξ指敌我双方抱在一起的格斗，团团抱住的双臂有如阶梯。

行523：得阿涅拉在岸边等待她的未来夫君。

行526：我充满感情地说起这事，仿佛我是她母亲。

行529：她终于被带走离开母亲，像一头牛犊失去了亲娘。

行531：第三幕第一场。得阿涅拉趁利卡斯悄悄与女俘告别时出了大门。她向歌队哀叹自己的不幸，同时把她的计划告诉她们，她将送一件袍子给赫拉克勒斯。

行537：我接这年轻的女俘进家门，就好比水手不情愿地接到一件超重的货物。

行540–542：我常年独守空门，始终忠贞不贰，我从赫拉克勒斯手里竟收到这等犒赏！

行547–549：我的情敌正处在花样的年华，而我已开始凋谢。男人的眼睛只会盯着鲜花看，对那谢了的唯恐避之不及。

行550–551：我恐怕赫拉克勒斯只在名义上是我的夫君（*πόσις*），实际上却是另一个的爱人［870］或情人（*ἀνήρ*）。[1]前者指丈夫，即便是与妻子不和；后者指情人，与对方长相厮守。前者只是名分；后者带有温存的意味。荷马《伊利亚特》中，安德洛玛克抱着赫克托尔哀悼时用了后一个称谓（24.725）。

行598：第二场。利卡斯出门去找赫拉克勒斯。

行633：歌队独自留下。

（三）保罗·埃提安版[2]

《厄勒克特拉》

行474：厄勒克特拉留在舞台上。

行516：第二幕。（克吕泰涅斯特拉进场。）

行517：埃癸斯托斯不在家。

行531：伊菲革涅亚。

---

[1]　拉辛在注释《伊利亚特》第二十四卷时已经做过相似的语义区分，并且援引此处两行诗。

[2]　拉辛做眉批的第三个索福克勒斯肃剧集乃是1603年保罗·埃提安（Paul Estienne）的刊印本，现藏于法国图卢兹市立图书馆。

行564：沉默。

行566：伊菲革涅亚被献祭的缘故。

行637：在宫门前。

行638：她低声祈祷。

行877：第三幕。（克吕泰涅斯特拉进场。）

行1058：厄勒克特拉始终没有退场。

行1098：第四幕。（俄瑞斯忒斯和皮拉得斯进场。）

《特剌喀斯少女》

行526：*εγώ δε μάτηρ μεν οία φράζω.*[①] 拉丁译文为 ceu mater aderam。根本不是这个意思，因为歌队由少女组成。

第一合唱歌首节：歌队自右向左地舞蹈，象征天空从东到西的运行轨迹。

第一合唱歌次节：歌队自左向右地舞蹈，象征天体下沉上升的运行轨迹。

第一合唱歌末节：歌队站在原地不动，象征大地的静止不动。

（四）亨利·埃提安版[②]

《厄勒克特拉》

［871］行530–533：伊菲革涅亚。

---

① ［译按］此行诗历来争议极大，有的校勘本将 *μάτηρ* 读作 *θατήρ*，即"我像旁观者那样说话"。

② 拉辛做眉批的第四个索福克勒斯肃剧集乃是1568年亨利·埃提安（Henri Estienne）的刊印本，现藏于布鲁塞尔图书馆。

行539：不同古代诗人就一个神话故事的不同写法。①——不应过分挨近去察看，而应审视古代诗人们对神话故事做出的精彩运用，以及我们可以从中吸取的出色训诲。②

行564：阿尔忒弥斯阻拦下奥利斯的顺风。

---

① 此处说法呼应拉辛在《伊菲革涅亚》前言里提出的问题。此外应看到，第四个版本的《厄勒克特拉》注释仅仅涉及伊菲革涅亚。事实上，早在阿尔杜斯版（《厄勒克特拉》行535）和保罗·埃提安版（《厄勒克特拉》行531，行564，行566）中，拉辛已经表现出对这个神话人物的关注。［译按］《伊菲革涅亚》前言开篇："历代诗人笔下，没有比伊菲革涅亚的献祭更出名的。然而，在这场献祭的至为重要的特点上，诗人们并非全部意见一致。"（OC1，697）

② 不同神话故事版本出现矛盾并不重要，重点是诗人通过讲故事所能带来的艺术效果和道德效果。在《安德洛玛克》（1676年）第二前言中，拉辛援引了此处的索福克勒斯注释家的相关说法。［译按］拉辛为自己修改传统神话的故事情节辩解："有关这类互相矛盾的说法，某个索福克勒斯的古代解释者说得很好：我们不应该为了好玩去挑剔诗人们偶尔也会改动神话故事，而应该努力审视诗人们做出改动的精妙用意，以及他们擅长让神话故事与主题相适应的高超手法。"（OC1，298）

读欧里庇得斯

（一）阿尔杜斯版①

《美狄亚》

行1–45：美狄亚的保姆做开场白。她的讲辞充满感情，介绍事情的来龙去脉。

行1：西塞罗经常援引此行诗："但愿阿尔戈船从不曾……"

行20：描绘美狄亚的痛苦。

行36：欧里庇得斯为她杀亲生孩子铺垫。

行44：冒犯美狄亚是危险的事。

行49：第一场。保傅领两个孩子上场。这样，故事情节通过一名保姆和一名保傅的对话得到交代。他们很好地完成任务，个中不无极美的诗行。但我很怀疑索福克勒斯会愿意让这类人物为肃剧开场。②

［872］行57：保姆解释自己出场的理由。③

行68：来到有人下棋的地方。

行79：旧的苦难未消除，新的又来了。

---

① 拉辛做眉批的第一个欧里庇得斯肃剧集乃是1503年阿尔杜斯·马努提乌斯在威尼斯刊印的版本，现藏于法国国家图书馆。

② 古典主义肃剧规范之一，开场必须有至少一位主人公参加，这个手法的目的包括烘托肃剧场景的庄严感。

③ 参看《埃阿斯》行328相关注释。

行83：仆人的悲叹。

行86：爱自己。

行91：让孩子躲过他们的母亲。

行92：为孩子遇害铺垫。

行96：第二场。美狄亚在幕后说话。她痛苦地尖叫。

行105：保姆让两个孩子进屋。

行109：有关无情女人的漂亮说法。

行112-114：美狄亚希望全家人死光。

行119-121：君王犯大错，他们只会管人，不会受人管。他们发起怒很可怕。

行123：赞美有节制的生活。

行131：歌队由柯林斯女人组成。她们为美狄亚叹息，她虽是外邦女人，却遭到丈夫背叛。美狄亚的事是一切女性的共同的事。

行144：美狄亚痛不欲生。

行160：美狄亚呼唤忒弥斯和阿尔忒弥斯，这两个女神又与赫卡忒女神混同。

行173：歌队求见美狄亚，试图安慰她。

行187：关于悲哀的恰当说法。美狄亚在悲哀中让全体仆人难接近。

行192-197：世人发明音乐为节日助兴，虽说节日上已有足够的欢乐，却没有发明什么音乐平息哀伤。这个道理讨人欢喜，但不太有肃剧意味。①

行209：忒弥斯女神把美狄亚带到希腊，因为她当初相信丈夫的誓言。

行214：第一场。美狄亚出屋。

行215-217：为什么美狄亚说这番道理，而不是简单地说：

---

① 　在拉辛看来，道德训诲必须与戏剧主题相融合。

"既然你们想见我，［873］我就出屋来了，我不想在你们眼里变成傲慢的女人"？无论躲起来的人，还是公开现身的人，都有可能是傲慢的。

行220：我们会对一个人的外表产生反感。

行231：女人的不幸。

行233：我们用重金争购一个丈夫。

行238—251：这段诗行表达既好又美，但谐剧意味胜过肃剧意味。①

行244—247：男人在家里厌烦可以出门，我们女人却不能够。

行251：生孩子的危险。

行252—259：美狄亚重新回到故事主线。

行263：美狄亚请求柯林斯女人，要是她想出什么计谋对付她们的国王和公主，还请她们为她保守秘密。欧里庇得斯就此竭尽所能地为女人的共同利益辩护。全体柯林斯女人因美狄亚受冒犯而受冒犯。

行263—266：女人总是胆怯，怕看见刀光剑影，但一旦她相信自己在婚床上的权利受到冒犯时，她的愤怒比什么都可怕。

行267：歌队承诺为美狄亚保守秘密。

《希波吕托斯》

行1：阿佛洛狄特开场。女神对希波吕托斯发怒，因为他看轻她。女神宣称要置他于死地。

行11：希波吕托斯由明智的祖父庇托斯（其母埃特拉的父亲）养大。

---

① 此处关乎女性或婚姻的说法常见于可溯源至泰伦提乌斯的法国道德谐剧。

行12：故事发生在特洛曾。

行15：希波吕托斯只崇拜阿尔忒弥斯女神。

行27：淮德拉在雅典的秘教仪式上看见希波吕托斯。

行28：为了替淮德拉开罪，[①] 阿佛洛狄特声称是她让淮德拉坠入情网。

行34-36：忒修斯杀死帕尔拉斯的儿子们之后逃离雅典。他带着淮德拉流亡至特洛曾。

行42-48：阿佛洛狄特预先交代故事情节。

行45：海神波塞冬对忒修斯的承诺。

行48-50：阿佛洛狄特为报复仇人而牺牲淮德拉。

行58：希波吕托斯与由猎人组成的歌队进场。

[874] 行274：淮德拉情愿断食而死。

行281：忒修斯不在家。

行305-309：你会让你的孩子们沦为希波吕托斯的奴隶。[②]

《酒神的伴侣》

行1起：狄俄尼索斯说，他游历整个亚细亚回到希腊，最先到达忒拜母邦，好让世人重新承认狄俄尼索斯的神性。因为他母亲的侄子彭透斯、他母亲的两个姐妹伊诺和阿高厄，乃至几乎全体忒拜人都不肯承认他，他为此幻化成少年的模样。

行8：塞墨勒的房间的地基还在冒烟。

行14：太阳光照下的土地。

——————————

① 此处说法呼应了拉辛日后撰写的《淮德拉》。然而，为淮德拉开罪的相关表述显然远远超乎欧里庇得斯的肃剧观念。在古典肃剧中，人更多的是被迫置身于诸神之争（théomachie）。此处拉辛已然带有《淮德拉》剧中的审视视野，拉辛的淮德拉是有罪的，不得不为自己的行为负责。

② 在《淮德拉》保姆认罪的那场戏里，拉辛借鉴此处诗行。

行23-24：鹿皮和常青藤杖。

行27：对塞墨勒的诽谤。

行35-36：狄俄尼索斯使全忒拜女人成了酒神信徒。

行43-45：卡德摩斯把忒拜城移交给外孙彭透斯，后者是狄俄尼索斯的敌人。

行50-52：狄俄尼索斯说，如果忒拜人胆敢武力反对他，他将带着酒神女信徒进行战斗。

行64：歌队由吕狄亚的酒神女信徒组成，她们到处追随着狄俄尼索斯。

行72-74：懂得诸神的秘仪，过着清洁生活的人有福了！

行101-104：狄俄尼索斯头上长牛角并缠着蛇。因此酒神女信徒也这么装扮自己。

行109-113：酒神女信徒的穿着装扮。

行118：女人们纷纷扔下纺锤。

行121：神圣的克里特神。

行126-129：酒神信徒的乐器：库珀勒手鼓、长笛和歌声。

行139：狄俄尼索斯爱吸饮山羊血。

行143-144：无论他经过哪里，大地都自动流淌酒浆、牛奶和蜂蜜，乳香也点燃了。

行145-150：狄俄尼索斯挥动一把［875］燃烧的火炬，在歌声和欢舞中意兴飞扬，卷发在风中飘荡。

行149：狄俄尼索斯为激励女信徒所唱的歌。

行156：鼓声轰鸣。

行160：笛声发出欢舞的信号。

行170：第一幕第一场。先知忒瑞西阿斯来喊卡德摩斯一起作伴前往喀泰戎山参加酒神狂欢。

行177：他们头戴常青藤。

行186：老年人指教老年人。

行201–202：必须坚持从祖先传下来的信仰。

行206–209：神不会只接受某些人。

行215：第二场。彭透斯上场。他傲慢不敬神，借口捍卫良民风俗。

行217–228：彭透斯痛斥城里的妇人们个个离家。他声称，她们假称参加酒神秘仪，实则敬拜阿佛洛狄特。他已经把其中一部分人监禁起来，并且继续在抓逃脱的人。

行234–236：他说，来了一个充满魅惑力的年轻人，俊美，妩媚如阿佛洛狄特，有一对黑眼睛。

行237：他认为是狄俄尼索斯造成妇人们的败坏。

行240：他威胁说要让他服死刑。

行242：他根本不相信狄俄尼索斯是宙斯之子。

行249–250：他嘲笑祖父卡德摩斯和忒瑞西阿斯。

行268：夸夸其谈的人。

行288–295：忒瑞西阿斯为狄俄尼索斯及其出生辩护。讲述狄俄尼索斯如何从宙斯的"髀肉"出世，所谓髀肉，乃是天宇中的某处地方，宙斯让儿子在那里被抚养长大。

行296–297：此处说法颇为牵强。

行298–299：柏拉图的言说方式。

行301–305：狄俄尼索斯的权能：预言、作战、使人狂怒。

行311–312：聪明人的糊涂想法。

行313：忒瑞西阿斯试图说服彭透斯去崇拜狄俄尼索斯。

［876］行314–318：他极力证明狄俄尼索斯的贞洁。

行331：卡德摩斯劝说彭透斯回心转意。

行337：阿克特翁是彭透斯的远房表亲。

行341：卡德摩斯想给彭透斯戴上常青藤，被他推开。

行350：彭透斯命人拿掉忒瑞西阿斯的头冠并去推倒先知的鸟占神位。

行355：彭透斯命人去抓狄俄尼索斯。

行360：忒瑞西阿斯鼓励卡德摩斯为了孙儿去向狄俄尼索斯求情。

行365：两个老年人摔倒。

行370-372：神圣威严的忒弥斯女神啊，鼓着黄金翅膀飞过大地！歌队请求忒弥斯伸张正义，因为彭透斯用侮辱的话语冒犯狄俄尼索斯。

行376：赞美欢乐之父狄俄尼索斯。

行385：无遮拦的口舌。

行388-391：beati mites.[①]

行393：思考凡人不能思考的事情不聪明。

（二）保罗·埃提安版[②]

《腓尼基妇女》

行88：保傅的话是为了让安提戈涅的出场显得合理。[③]

行95-96：保傅解释他对事情经过了如指掌的原由。

行119：此处对话与故事主题无关，[④] 但诗人想模仿荷马

———————————

① ［译按］马太福音，5:4（悲恸的人有福了，因为他们必得安慰！）。拉辛再次援引基督宗教教义来解释古希腊作品。

② 拉辛做眉批的第二个欧里庇得斯肃剧集乃是1602年保罗·埃提安的刊印本，现藏于法国图卢兹市立图书馆。

③ 参看《埃阿斯》行328相关注释。

④ 拉辛对欧里庇得斯的看法常常可以在其本人的肃剧作品中得到呼应。相较于索福克勒斯，这些注释带有强烈得多的批评意味。诸如他在《酒神的伴侣》行296处的点评："此处说法颇为牵强。"拉辛的第一部肃剧《忒拜纪》部分取材自《腓尼基妇女》，故而此处的注释特别有意思。法国古典

诗中极美的一个段落，即海伦和普里阿摩斯在特洛亚城墙上的对话。

行175-176：月神，太阳之女。

[877] 行191：阿尔忒弥斯，宙斯之女。

行193-195：安提戈涅进场的原因。①

行198：女人爱说坏话。

行202起：歌队自我介绍，并解释她们为何还在忒拜。古代注疏者解释为何由外邦女人组成歌队。

行210-211：歌队称腓尼基为贫瘠的小岛，以此对比她们客居的大岛。

行261：波吕涅克斯独自前来，听信母亲的话。

行265：他说出内心的不安。

行304-305：伊俄卡斯忒看见儿子时的热情。

行324：她穿着丧服。

行332：她说起俄狄浦斯王的近况。

行344：她很难过没能参加波吕涅克斯的婚礼。

行345：分娩的痛苦使得母亲加倍地爱自己的孩子。

行357：波吕涅克斯承认自投罗网是不聪明的。

行366-367：重返出生地的温存情怀。

行374：亲人的仇恨。

行377-378：他询问姐妹们的近况。她们有没有为我哭泣？

行387：伊俄卡斯忒的这些问话并非必需，但充满柔情，烘托出母亲的形象。

主义肃剧常常批评其所仿效的古希腊肃剧缺乏故事情节的贯穿紧致，好些场次对故事主题而言并非必需。拉辛在下文的注释中反复强调这一点（参看行387，行690，行924-952等）。在他看来，欧里庇得斯写出很多本身极美的桥段，却没有考虑这些段落与故事情节主线的关系。

① 参看《埃阿斯》行328相关注释。

行391：流亡生活的不幸。

行399：希望在患难中有如阿佛洛狄特。

行403：人在不幸中连朋友也无用。

行405：高贵身份也没有用。

行408：此处的提问逐渐接近故事情节主线。

行415：波吕涅克斯与阿德剌斯托斯之女联姻。

行431：欧里庇得斯让波吕涅克斯表达攻打母邦的痛苦，从而显出人物的正直性格。

［878］行443：欧里庇得斯让厄忒俄克勒斯显得更蛮横些。

行447：厄忒俄克勒斯不肯直呼自家兄弟的名。

行448–449：他强调自己为了这次谈和下达的命令。

行452：急忙说话不会有什么公平。

行455：兄弟二人明显互相仇视，他们甚至不肯转头看对方。

行464：和解的方法是忘却过去。

行469–470：合理的话无需冗长解释。

行477：波吕涅克斯同样不肯直呼自家兄弟的名。

行499–500：如果人人都这么想，世上就不会有争执。

行504：渴望获得君权。

行521：统治的狂热。

行528：伊俄卡斯忒的话符合母亲的身份。

行531：对厄忒俄克勒斯说话。莫追随野心。

行543–544：平等。

行555–556：所谓财产乃是诸神想要就会取走的东西。

行568：对波吕涅克斯说话。

行572：你想如何处置你的战利品呢？

行588：厄忒俄克勒斯的激动。

行596：冲突极其激烈。

行615–617：母亲，母邦。此处相当动人。

行621：仇恨，呼唤。

690：这场戏显得虚弱无力，并且对故事主题无益。

行834：忒瑞西阿斯的戏并非必需，不足以惹人感兴趣。

行924-952：为了让墨诺叩斯赴死的雕琢过度的理由。故事本来很美，却因为缺乏必要性而显得冷冰冰。

[879] 行958-959：只有诸神才能说真话。

行991-992：墨诺叩斯的故事极重要，不应一带而过，而应花更多笔墨予以铺陈。① Κλπψας λόγοισιν，巧妙的谎言。

行1019：注疏家很好地指出，歌队此处本该谈谈墨诺叩斯，却不合时宜地说起斯芬克斯。

行1090：值得把更多的篇幅用来交代墨诺叩斯之死，而不是刻画盾牌。②

行1181：卡帕纽斯被打败。

行1209：此处与故事情节重新接轨。

行1259：为什么要如此冗长地讲述一场很快发生的灾难？

行1264：伊俄卡斯忒带安提戈涅出家门，这一幕紧扣主题，动人心弦。

行1285：歌队比其他主人公更与戏剧主题密切相连。

行1313：为祖国牺牲的儿子。

行1356：克瑞翁为伊俄卡斯忒悲叹，此处说法极美。

行1369：波吕涅克斯始终表现出正直的性格。

———————

① 在拉辛看来，欧里庇得斯欠缺谋篇比例感，也不讲求合宜适时。但事实上，在古希腊肃剧中，故事情节只是几大元素之一，不应一味追求故事情节而放弃其他几种肃剧元素，这从根本上上有别于拉辛精心营造和严密铺陈的循序渐进的故事情节这一戏剧特点。亦参看行1019，行1259，行1485等。

② 拉辛的肃剧趣味极为强调人物的心理活动以及人物性格的完美的稳定性，由此可见一斑。参看行1589对克瑞翁性格的批评。

行1428：伊俄卡斯忒哭悼亡子，此处场面极其悲怆。[①]

行1451：波吕涅克斯之死，极温柔的笔法。

行1485：余下诗行是徒然无用的，甚至是虚弱无力的。

行1589：克瑞翁徒然地表现出恶，与剧中其他场次的人物性格相悖。

《希波吕托斯》

行307：有时会凭对手之名发誓，目的是辱骂对方，诸如我凭他的胆怯发誓。

行627–650：谐剧意味。[②]

《伊菲革涅亚在奥利斯》

行1532–1533：此处过于突兀。[③]

《伊翁》

［880］行758：歌队泄露了本应保守的秘密。

行989–995：宙斯的神盾。相关描述。

行1125：克苏托斯既不在祭祀典礼上，为什么此处又说和儿子一起参加？[④]

行1146–1158：美丽的织布。

行1175：没药。

---

① 参看读《伊利亚特》，7.124的相关注释。

② 参看读《希波吕托斯》行238–251的相关注释。

③ 参看读《腓尼基妇女》行991–992的相关注释。

④ 拉辛此处批评欧里庇得斯的故事情节的合理性。参看行1257–1258。

行1257–1258：这些凶手的下场如何？他们可否领会此处的说法？

行1521：旁白。

《厄勒克特拉》

行921–924：不按格律但极美的诗行。[1]

行1177–1180：过于突兀的悔悟。

行1213–1215：可怖的场面。

行1283：海伦的影子。

---

[1]　参看读《腓尼基妇女》行991–992的相关注释。参看下一条注释。

读柏拉图

致布瓦洛的信[①]

先生，既然您明日去宫中，我恳请您将随信奉上的手稿一并带去。您知道稿子的内容。我原本想应对方要求在我认为有必要之处做批注。可是这需要论证，文章会变冗长，[881]我开头做了一点，但终于没有完成的决心。我想还不如提供一个全新的译本。我一直译到医生的讲辞以前。事实上，医生说了些很美的东西，但他解释得不够充分。我们的时代没有柏拉图时代那么富有哲学气，同样的事情，读者需要更清楚明了的交代。无论如何，我的文章足以向 ** 夫人表明效忠心意。我们相见的那个月让我回想到古老的农神节，仆人在节日里能够用平常没有的自由态度对待主人。我的行为大致也是如此：我不拘礼节地坐在 ** 夫人身旁，摆出主人的架子，毫无顾忌地品评她言谈中的字句，还随心所欲地予以反驳。然而，先生，天下没有不散场的节日，农神节总会过完，尊贵的夫人也会恢复她对仆人的威严。在翻译的事上

---

① 这封信并没有澄清拉辛翻译《会饮》的时代背景之谜。拉辛之子在《回忆录》（OC2，219）中对此信是否出自乃父手笔持怀疑态度，并声称《会饮》译稿完成于拉辛青年时代。——显然要么他弄错了，要么他有意隐瞒实情。学者一般认为，此信写于1678—1696年。拉辛在当时试图亲近蒙特潘夫人。蒙特潘夫人的姐妹丰特福奥尔修女（abesse de Fontevrault）呈交给蒙特潘夫人一份《会饮》译稿。拉辛借机提出重译，并有意只翻译到对话中的厄里克西马库斯的讲辞之前。

我实在不自量力。必须承认，柏拉图拥有让人赞叹的文风：他具有我们这些旁人无法企及的温柔。我若是继续改写他的作品，很可能会糟蹋了原文。她译出了阿尔喀比亚德的讲辞，那是柏拉图《会饮》的收场部分。她还做了校正，不得不承认，她的用语优美讲究，在某种程度上挽救了文中的粗俗观点。然而尽管如此，我认为最好删掉这个部分。这段讲辞不但引发争议而且毫无益处。因为，这篇对话是爱的颂歌，而不是苏格拉底的颂歌，苏格拉底在对话中只是讲话人之一。[①] 先生，以上就是我请求您向 ** 夫人转达的大致意思。请告诉她，我感冒三周，未能亲自递呈译稿，深感遗憾。万一她希望我能译完整篇对话，还请您务必援助我免除这份苦差。再会，祝您旅途愉快，也请回来给我消息。

十二月十八日

《会饮》[②]

［897］173a：阿伽通的首部肃剧即得头奖。亚里士多德在《诗术》中援引过他三四次。阿里斯托芬在《地母节妇女》中大大嘲笑过他。阿伽通想必是外貌出众的美男子。

174e：会饮的进场。巧妙的记叙。

175b-c：阿伽通对仆从说："你们只当我们都是你们请来赴

---

① 拉辛的译本只含《会饮》全篇的三分之一长，余下部分乃是丰特福奥尔修女的译笔。这个译本于1732年由奥利维神父（abbé d'Olivet）首次出版，译者署名为Bousquet。

② 拉辛做眉批的柏拉图对话集乃是1534年巴塞尔刊印本，现藏于法国国家图书馆。［译按］值得注意的是，拉辛在青年时代的《会饮》阅读笔记与二十年后重译《会饮》的看法（参见致布洛瓦的信）相去甚远。此外，法文编者依照1534年巴塞尔本的页码分段列出拉辛的眉批，故而下文中仅仅列出相对应的《会饮》正文的大致编码。

宴的。"

[898] 188-190：爱若斯支配一年四季。祭祀乃是诸神与人类的交通。因为不遵从爱若斯，才有种种不虔诚的滋生。爱若斯在善或恶上拥有强大的能力。真正的爱欲使我们接近诸神。诗人阿里斯托芬的讲辞。他杜撰了一个滑稽的故事，这与他本人性情相契。爱若斯在诸神中最接近人类。极美的故事。从前有三种人：男人、女人和阴阳人。第三性是什么？男人本是太阳的后裔，女人本是大地的后裔，第三性则是月亮的后裔。这些最初的人意图反抗诸神。宙斯把他们一一切成两半。

190-192e：世人因而只是最初的人的一半，爱欲由此滋生。有情人的激情。阿波罗重新修整这些被切成两半的人类。凡由男性切成的男人只追逐男孩，凡由双性合体切成的男人爱欲女人，女人爱欲男人，而凡由女性切成的女人只爱女人。为男童恋者申辩。有情人的狂热。他们疯狂地欲求，却不知道究竟欲求什么。倘若赫淮斯托斯对他们说"让我把你们两人粘在一起"，他们兴许会说这就是他们想要的。

193-196：诗人阿伽通的绚丽讲辞。依据原初的自然爱欲。苏格拉底和阿伽通在爱欲的事情方面都厉害。观众的期待过大让演员惶惑。阿伽通坦白。诗人带着演员登台。阿伽通声称不至于不知道，几个明智的人比无知的多数人更让人畏惧。苏格拉底回答说在场者都是多数人。苏格拉底不停地与人对谈，尤其对方是美男子的时候。阿伽通的讲辞。用词华丽，充满考究的修饰语，与这位肃剧诗人的性情相契，年轻，对诗一往情深。爱若斯在诸神中最年轻。老年带着翅膀。爱若斯最轻柔，行走在人心里。爱若斯像水一般柔，也就是灵活随和。

196-198：爱若斯的诸种修饰语。反颂文写法。爱若斯爱礼仪，肤色美艳，喜爱鲜花。爱若斯是正义的。他既不会遭受不义也不会行不义。爱若斯比战神阿瑞斯更英勇。爱若斯是好诗人，但凡陷入爱中的人［899］都渴望写诗。爱若斯教授诸种技艺。爱若斯支配之地比必然女神的国度更有福。爱若斯的诸种修饰语。阿伽通的讲辞既切合他自己也切合爱若斯神。苏格拉底佯装不知所措：我刚才还傻乎乎以为赞美只要说真话就够了，原来赞美是要不加区分不带批判。

199-201：苏格拉底没法这么赞颂。苏格拉底以哲学方式谈论爱欲，并且始终在提问。爱若斯爱欲自身所欠缺的东西。欲望不带宽容就行不通。人们总是为了现在或将来而欲求什么。爱若斯欲求美和善，这说明爱若斯本身既不美也不善。反驳苏格拉底挺容易，但反驳真相很难。

201d-204b：苏格拉底佯称女先知狄俄提玛教导他有关爱若斯的事情。她对他连连发问。在知与无知之间还有某种居中的东西，那就是有正确的意见却不能给出个说法。在美与丑之间也有某种居中的东西。在神与人之间居中的是精灵或天使：爱若斯就是这一类中介。天使的类型。他主持神与人之间的交流。爱若斯的诞生。他是丰盛神和贫穷神的儿子。他带有父亲和母亲的诸种特质。他丝毫不像人们说的那么讲究，始终过得勤勉艰难。既富有又贫穷。他所拥有的又从指间消逝。无知的意思是自以为无所不知并且不愿学习。哲人介于智者与无知者之间。

204b-206e：爱若斯是哲人。世人把爱欲当作被爱的对象。爱欲的用途何在？世人均爱能使自己幸福的人。诗有此功效。一切技艺均是诗，但只有写诗的人才被称作诗人。同样，世人均会爱，但只有一类人被称作有情人。这类人追逐的不是他们的另一半，而是善。爱若斯就是欲求自己总是善的。世人均欲求孕生，要么是肉身方面的生育子女，要么是灵魂方面的孕生。

206e-209：爱欲不死。为何有生命的无不深切爱着他们所孕育的后代？原因在于渴望不死。人活在世上，从来不可能一成不变。总有什么东西在消失，另一些东西取而代之。野心。欲求不死。身体的繁衍后代。灵魂的繁衍后代：诗、立法者。爱慕年轻人：为了促使美好的情感孕生。

209–212a：对神的爱。认识美本身。诗作是诗人的孩子。法律是吕库戈斯的孩子。因为这样的孩子，世人为诗人和立法者建立庙宇，［900］那些拥有属世人的孩子的人们却没有庙宇。爱的阶梯。爱一个身体，爱所有身体，爱一个灵魂，爱所有灵魂。终极的美本身，即神。利用有死的东西作为通往神的阶梯。世人在凝望爱恋对象时不吃不喝。凝望不死的美本身又会如何？

212d–213c：阿尔喀比亚德到场。阿尔喀比亚德看见苏格拉底。

215–217：阿尔喀比亚德赞美苏格拉底的讲辞。苏格拉底活像西勒诺斯和萨图尔马尔苏亚。他好嘲弄人。苏格拉底的言辞力量。没有人听了他的话灵魂不受感动。有些人讲得很好，却不会打动人的灵魂。阿尔喀比亚德害怕他、躲避他，因为他无法践行苏格拉底说出的真实。他放任自己受制于众人追捧的荣誉。他甚至情愿苏格拉底不在人世。阿尔喀比亚德比任何人都了解苏格拉底。苏格拉底总是围着美人转。苏格拉底轻视其他人尊敬的东西。阿尔喀比亚德一度以为苏格拉底爱他，想要证明这份爱欲究竟是什么样。

217–220：阿尔喀比亚德赞美苏格拉底。阿尔喀比亚德让苏格拉底和自己同屋睡。一个人若是遭过蛇咬，只会对同样被咬过的人讲其中的疼痛。哲学的狂热。苏格拉底的节制。阿尔喀比亚德与苏格拉底的对话。灵魂的美远远超乎身体的美。只有当肉眼变迟钝，灵魂的视见才开始看清楚。阿尔喀比亚德就像与亲生父亲同睡一宿一样。阿尔喀比亚德赞美苏格拉底的节制。钱财攻破不了苏格拉底，正如铁矛伤害不了埃阿斯。苏格拉底从军。当世无人见过苏格拉底醉倒。

220–222：苏格拉底的英勇。苏格拉底的独特，当世无人能与他作比。

223d：肃剧和谐剧出自同一种才华。

《斐多》

［901］60c①：快乐与疼痛总是绑在一起，两两不分离。

60e：世人不被允许通过自杀获得死亡这样的好东西。

90a：恶棍和义人都难得，介于两者之间的却极常见。

113d：Purgatorium（炼狱）。

114a：Infernus（地狱）。

114c：Paradisus（天堂）。②

《斐德若》

227a：极美的开场。刻画一个爱慕美的作品的人。

229a–231a：苏格拉底总是打赤脚。俄瑞狄娅的传说。反驳那些在神话传说上钻牛角尖的人。苏格拉底情愿相信神话传说。我还没有认识我自己就去探究这些不相干的事！城外一处好歇脚地。苏格拉底从不出城。树木不教授任何东西。吕西阿斯的辞赋。爱上有爱欲的人，不如爱上没爱欲的人。

231b–233e：有爱欲的人总在计算过去付出的辛劳，没爱欲的人不会抱怨什么。他们眼下为你做的事，过些时候也会对别人做。他们承认没有能力控制自己的爱欲。有爱欲的人出于自身荣誉的考量，［902］让人相信他们是被爱的人。有爱欲的人会让你远离别的朋友。有爱欲的人往往不识对方的灵魂先爱上对方的身体。有爱欲的人凭一厢热情去谴责或赞美对方，从而败坏对方的

---

① ［译按］法文编者仅标出拉辛眉批所在的希腊原文书页码，而未标出相对应的柏拉图对话编码。汉译本补出每一段落的大致编码，下文同。

② 拉辛在阅读古希腊作品时往往联系到基督宗教传统，此处即是一例。

灵魂。什么东西能让友爱天长地久。世人不会款待饥饿的人，而会款待值得友爱的人。这样的爱欲一旦得到满足，那人就会找借口离开你。

234d-236d：苏格拉底的巧妙嘲弄。我和你一样，如酒神信徒般沉醉。苏格拉底赞美这篇讲辞婉转雕琢，但批评它没有把该讲的讲透彻。吕西阿斯想要证明他可以用不同的方式翻来覆去讲同一件事。苏格拉底宣称古人讲过一些更美的事。斐德若是吕西阿斯的朋友，关心朋友身为作者的利益。斐德若说可以拿苏格拉底的嘲弄来强迫苏格拉底说话。

236e-237b：斐德若威胁苏格拉底若不现场口占一篇讲辞，他就再也不会给他传达其他人的讲辞。苏格拉底把头蒙起来，声称当众作讲辞让他感到羞耻。苏格拉底呼唤缪斯女神。苏格拉底虚构一个故事，让故事中的人物说话。

《阿尔喀比亚德前篇》

103a起：苏格拉底是阿尔喀比亚德的最后一个情人。阿尔喀比亚德让所有情人失望。阿尔喀比亚德是雅典城里最美最高贵的人，也是最富有的人之一。伯利克里特是他的监护人。阿尔喀比亚德的雄心壮志。苏格拉底让他愉快地亲口承认。你想成为希腊第一号人物。没有我，你实现不了这个志向。

106b起：苏格拉底请求阿尔喀比亚德忍受他的连番提问。他问他合适学习正义的事情。

106d起：告诉我谁是教导你的老师，好让我也受他教导。公众在教导言说方面是好老师，但在美德方面不是。

109e：苏格拉底让阿尔喀比亚德承认自己一无所知。

114e起：阿尔喀比亚德不肯继续被追问下去。苏格拉底于是说，那么好吧，由你来问我。阿尔喀比亚德说他做不到。

118c：苏格拉底将阿尔喀比亚德逼迫到荒诞境地。世人不是出于偶然才会在那些自以为知道其实一无所知的事情上作答。在一无所知的事情上自以为知道的虚妄乃是一切错误的根源。阿尔喀比亚德哦，我能大胆说明你的状况吗？这儿就咱们俩，我不得不说。

《高尔吉亚》

449a：高尔吉亚承认是修辞家。高尔吉亚承诺用简洁的话作答。

［903］457b–c：如果有人滥用修辞技艺，不应该指责那些教授技艺的人。例子。

457d–458a：讨论中的纷争。苏格拉底乐意驳斥对方，但更乐意被对方驳斥。

《伊翁》

530a–c：这是一门技艺。诵诗人在剧场里传达荷马的要义。正如有诗歌赛会，也有诵诗比赛。诵诗人言说他们在诗人身上看到的美的东西。

531a–534b：只精通一位诗人的诗。苏格拉底的巧妙嘲弄。诵诗人和演员才是聪明人，我无非是只说真话的好人。画家。苏格拉底巧妙地反驳伊翁。雕刻家。诵诗人。伊翁找不到反驳的话，一味强调人人说他讲得棒。磁石。缪斯如磁石般感召诗人，诗人随后感召演员，演员又感召观众。嘲弄诗人，诗人的轻薄，诗人只有在失去平常心智时才能作诗。

534b–536b：诗人凭神意成为诗人。诗是吸引诗人的磁石，诗人吸引演员，演员吸引观众。如果诗人懂得凭技艺作好一种类型的诗，那么他也能作好其他类型的诗。最平庸的诗人唱出最美的诗。诸神有意表明，诗人作好诗全凭神的意愿。诵诗人是传译者的传译者。演员在表演时也需要脱离平常心智。好演员得会哭泣和战栗。一个人身穿华服在祭典节庆上哭哭啼啼，我们还会认为此人心智清醒吗？演员看见观众哭就笑，看见观众笑就哭。磁石。一听到荷马的名你就神采飞扬。

537a–b：荷马谈及驭车技艺的诗文。

541b：（对话收尾处）苏格拉底迫使伊翁承认自己是出色的将官。为什么只诵诗而不指挥军队呢？既然有那么多外邦人作将军，为何伊翁不是呢？你活像普罗透斯骗过了我，像个军队的将官。请你承认你是凭神意而不是凭技艺在传诵荷马吧。

《墨涅克塞努》

235a–237b：关于葬礼悼词的巧妙嘲弄。听到赞美的愉悦。苏格拉底的奉承话。他们的赞美让我心生优越感，整整过了三日我才回过神来。[904] 在雅典城内赞美雅典人很容易。阿斯帕西娅。她使伯利克里特和其他好些人成就为出色的演说家。她为伯利克里特撰写讲辞。只要你下令，我甚至可以为你跳舞。阿斯帕西娅的讲辞。葬礼悼词。旨在赞颂战死的勇士，鼓励他们的后代兄弟仿效他们，安慰他们的父母双亲。出生、教育、功业。

237b–238e：雅典是勇士们的母亲而不是后母。在雅典出生的第一批人。母亲总会抚养亲生孩子。政治是人类的教育。颂扬贵族政制。

240a–242b：诸种强大力量在美德面前屈服。嫉妒和伴随而来的贪欲。内战。与希腊人开战直至胜利，与蛮族开战直至走向灭亡。

242c–244b：与希腊盟军一起获胜，随后征服盟军。

246d–248e：苏格拉底假托战死的勇士说话。

《理想国》

卷一

329c：索福克勒斯从前是有爱欲的人。

328e起：正义者顾惜公共利益，不义者只顾自身利益。僭主政治。马基雅维利。

卷二

357a–361e："只是开场白。"关于正义和不义的理念。被钉上绞架的义人。参看耶稣基督。

378e：有关美德的最优秀的作品，也许是指伊索寓言。

卷三

387d起：反诗歌。苏格拉底不主张在城邦传播伟大人物唱哀歌或正直妇女的故事，更不主张传播诸神的传说。

391a起：苏格拉底批评荷马将阿喀琉斯刻画得傲慢贪婪大逆不道。不应让这样的人物做主角。如果他们是神族后裔，则不应把他们表现为堕落的人。批评《伊利亚特》中陷入爱情的宙斯形象。

393c起：诗人要么讲述，要么摹仿。例证。摹仿，即让人物说出本该说的话。诗人不刻意在作品中隐身不露，就是史诗作品。反之是肃剧作品。

395d：身为男人去摹仿女人。

[905] **卷五**

459c：苏格拉底的对话人要求他谈谈生育孩子的事。更有兴趣的话题。苏格拉底没有把诗人彻底驱逐出理想国。

461d–463c：新婚第十或第七个月里出生的后代。法律允许兄弟姐妹同居。一切从公。"我的"（meum）和"你的"（tuum）造成城邦分裂。一个城邦在本质上如同一个人。命名。人民称呼统治者为卫士，统治者称呼人民为抚养人。统治者把人民看成自己的父亲、儿子和兄弟。命名带来相应的效果。

464b–465b：统治者。他们不能私自拥有财富或住房，凭靠公共生活费维持生计。贪婪受到城邦的惩罚，法律审判。少年尊敬老人，并受到恐惧和羞耻的限制。城邦卫士团结一致促使其他人各自履行义务。

465b–469c：他们的美德得到回报。生前享受城邦给予的荣誉，死后得到隆重的葬礼。封圣、殉难、并非殉难者的圣徒。送孩子赴战场。工匠的孩子在正式入行以前长期观看父亲工作。父亲在儿子面前更好地作战。不要把孩子带入明显的危险中。把好战马分配给孩子。一名战士若是脱离战线，那就让他去干苦工。英勇表现应得到奖励。允许勇敢的孩子亲吻他想亲吻的人。在节庆里赐给他比别人好的食物，既是一种荣誉标志，也是为了增强他的体魄。把在战场上英勇牺牲的人奉为半神。封圣仪式。人们求问神谕，以便给他应有的礼遇。人们会敬奉崇拜他的坟墓。有些人生前享受荣誉，即便是自然老死也一样得到崇拜。不拥有希腊族奴隶。

470b–471e：同宗教的人的内战。怎么样做才算合乎人性？绝不烧毁住宅。绝不剥光死者衣物，绝不把从希腊人那里抢来的战利品带进神庙。（基督徒内部的战争。）抢夺当年的土地收成但不造成损害。希腊人对希腊人的战争是一种动乱。他们最好时刻记住他们迟早会和解。在内战中要放过民众，找到罪魁祸首并予以严惩。柏拉图这么写是因为当时的希腊人残酷地互相对待。新问题：这种政府形式是否可能？

473c–475a：由哲人统治或君王亦是哲人的城邦有福了。[906] 人们追求最好的，而不关心这最好的是否可能。画家竭力想象世上最美的脸，而不关心这张脸是否真实存在。追求最完美的。哲人－王，或王－哲人。苏格拉底就这一悖论提出的理由。这些哲人是什么样的？有情人总能巧妙地谅解他们所爱的人的缺点。

475a–476d：爱酒或爱荣誉的人表现也是如此。哲人爱智慧本身而不是爱某个城邦。音乐爱好者。他们似乎把耳朵借给乐人。爱上美本身的人有别于爱上诸种类型的美的人，前者清醒，后者做梦。意见介于知识与无知之间。爱世界的人是 φιλόδοξοι，爱神的人是 φιλοσοφοι。有的爱幻影，有的爱本真。因此，那些爱上诸种类型的美、善和正义的人就是 φιλόδοξοι，也即爱意见的人；那些爱上美本身、善本身和正义本身的人，则是 φιλοσοφοι。

480a：知识、意见、无知。第一种是真实本身，第二种介于存在与虚无之间，无知则是针对本不存在的东西。

卷六

484a–486d：哲人爱欲永在不变的东西，不关注那些过渡的无法继续存在的东西。哲人爱慕那些永是如一的东西。其他人则在变化的事物之间游荡。后者没有能力成为城邦的好领袖。他们没有固定可靠的摹仿对象。智慧的爱好者爱欲一切属于智慧的东西，也包括真实。他能够领会一切永在的，他会看重生死吗？他必须有记忆力，没有记忆力他怎么会热爱学习呢？

488a–489b：有关城邦处境的漂亮形象。同一艘船上，每个水手都想掌舵，为争夺船舵闹腾不休。他们对大海一无所知，而且坚信这些知识并非必需。阿德曼托斯。无法回应苏格拉底的循循善诱，听他说话的人最终陷入沉默，却未必被说服。还有什么人比所谓的哲人对城邦更没用的呢？苏格拉底予以承认并做出讲解。他把城邦比作一艘船，船上的水手对大海一无所知却都想掌舵。智者之所以无用，根源在于那些不肯重用他们的人。难道智者要去财主家门口，请求对方让他们来领导吗？

489c–495c：病人不是也要求医生治疗吗？［907］虔诚被贬低，根源在于假虔诚的人。哲人的首要品质是真实。哲人渴求真实，不找到真实绝不会松懈。追随真实的一小群人。真正适合搞哲学的灵魂极为罕见。灵魂越高贵，受到腐蚀之后也就越有危害。一切无不在显示世界的准则：法庭、剧场。唯有神能避免美德被败坏。世界是一头兽，一旦不以它的语言对它说话，它就会受惊反抗。人人要学习这门语言。诗人和歌手精通这门语言。就连哲人也会败坏，如果他放任自己介入此世，那么他将变得比其他人更坏。

卷九

571a起：僭主的内在。一名僭主就如一个奴隶主和大量奴隶生活在沙漠里。

578b：僭主在宫殿深处，好比在监狱中。充满恐惧、痛苦和不快。参看塔西佗，《编年史》，卷一至卷六。

582a起：由哲人凭自身和他人的幸福做出评判。

卷十

595a-595c：柏拉图重提荷马和肃剧诗，并继续将之逐出理想城邦。苏格拉底承认批评荷马的艰难，他说，这位大诗人乃是所有肃剧家的老师。

597e-600b：诗人只不过是第三排位的工匠。第一位是天神，第二位是凭神的意愿有所行动的人，第三位才是表现已完成的行动的诗人。荷马没有留下弟子，不像吕库古戈斯或梭伦那样留下法律或城邦。毕达哥拉斯。克瑞奥菲罗斯，可笑的名字，荷马的朋友。

600c：荷马甚至过得没有智术师那般幸福。

604b-e：肃剧滋生并加强激情而使灵魂虚弱。摹仿。理性要求人在不幸中保持冷静。肃剧则使人养成虚弱的习性。放任痛苦就像孩子摔了跤捂着伤口不停哭喊。激情滋养诗歌，却不利于节制，对于涌入戏院的观众而言，节制将是一派太冷淡的场景。

[908] 606a-608c：当我们渴望大哭一场，渴望发出哀叹的时

候，肃剧在我们心里强化了这种渴求。肃剧不是抑制人的感情，而是进一步予以催生。法律应该只允许一类诗歌，也即诸神的祷歌和颂歌。诗与哲学的古老纷争。对待诗歌应如对待情妇，它确实美丽，却必须放弃。生命如此短暂，有什么可以在短时间里成为伟大的东西吗？灵魂的不死。

612b：恒心。好人最终得到回报，坏人受惩。

614b起：有关死而复生的人的传说，此人讲述他在彼世的见闻。阿尔莫尼奥斯之子厄尔。

*

[909] **卷六**①

484b–485d：有爱欲的人爱属于他所爱对象的一切。哲人爱真实，真实是智慧的近亲。人若热烈地爱某样东西，就会冷淡地爱别的一切。

486a：辨认哲人的本质：哲人不追求个人利益。在他眼前只有善本身。一切与永恒有关，他岂会看重此生的东西？他绝无可能是不义的，也绝无可能来自有害的群体。他有自在的灵魂，学习起来是轻松的。

487b–c：反驳。苏格拉底的循循善诱。对话者会承认很多东西，归根到底却发现，他们必须在信服的情况下才有可能做出回应。正因为这样，在世人眼里，大多数哲人要么是坏人要么对世界无用。

488a：有关一群疯子的漂亮譬喻。一群疯子不肯被领导，自

---

① 拉辛在1578年的 Henri Estienne 刊印本上就《理想国》卷六另做了眉批，该原本现藏于法国图卢兹市立图书馆。［译按］法文编者仅标出拉辛眉批所在的希腊原文书页码，而未标出相对应的柏拉图对话编码。汉译本补出大致编码。

信比任何人更机灵。智者在疯子中间必然被当成做梦的人。疯子们自己想要成为领导者，与船长抗争。他们只会赞美那些纵容他们的激情的人，认为只有这样的人才是有理的。

489b-d：真正的哲人对于世间的人群而言是无用的。一名好的向导不会哀求众人任凭他来引导他们。智者不会走到财主家门口。在一味屈服与智慧截然相反的意见的人群中，很难被视为智者。

490b：智者追求真实而不是意见。他想要拥有事物之所是。真实的同伴。

［910］491b：伟大的灵魂若是败坏的话比常人更危险。

492a-c：义人若在人群中显现，必然会毁灭和受凌辱。人群不可能变得自我克制。人群若不能用言辞说服你，就会杀了你，让你蒙受耻辱。就人性而言，从人的败坏中得救是不可能的。

493a-b：世界是一头残暴的兽，世人研究它的癖好。被懈怠的道德。哲人的共识给出有可能取悦众人的共识的那些教诲。世界。这是一头巨兽，世人研究它的癖好。世人把它喜欢的称为善，它不喜的称为恶。世人在各种行业中研究巨兽的趣味，诗人、画家、乐人、法官。

494c-e：假哲人。人们跟随他们行事，就仿佛他们代表智慧的某种表象。若有人想要说服这些假哲人，将他们引向真实，世人就会扑向他，想要杀死他。

495e：真正的智者被迫隐藏起来，骗子们取代他们在世间的位置。智慧就像一个孤女，被几个倒霉的奴隶强占并强行娶她。

496b-e：哲人或义人是生活在凶残的兽中间的人。只有不幸或隐退才能挽救真正的哲人。义人是落在残暴的兽中间的人。如果不想被撕成碎片，他就必须保持缄默。他隐退到一小片屋顶下，看着其他人浑身裹着雨水和泥泞，为自己的一生不曾被玷污而感到幸福。

497b：人群中的德性不但没有结出果实，反而变质了，沾惹上其所落地的那一方土地的习性。

《法义》

卷五

726b–729a：人人皆应首先荣耀神，其次荣耀他的灵魂，再次荣耀他的身体。灵魂是神圣的，比其他一切都可珍贵。灵魂乃是人类在诸神之外所拥有的最神圣的东西，在诸神之外也最值得敬畏。每个人身上有两部分，一部分统治，另一部分服从统治。每个人应以何种方式荣耀灵魂？一个人若是自以为无所不知，无所不能行，若是把自己犯的错误推卸给他人，若是一味追求享乐逃避劳作并惹是生非，若是爱慕身体的美胜过灵魂的美，若是过分看重财富，那么他就是在败坏自己的灵魂，因为他随时会以贱价出卖灵魂。一个人放弃美德追逐恶习，则会被赶出好人之列而与恶人为伍，还有比这更严重的惩罚吗？在灵魂之后还应荣耀自己的身体。节制的诸种益处。在财富中保持谦逊的益处。留给孩子的财产不应致使他们遭受阿谀奉承者的侵扰。与其让他们拥有黄金，不如让他们拥有敬畏。

729b–e：年长者应尊敬年轻人。比斥训更有效的例子。看轻自己对朋友的服务，看重朋友对自己的帮助。一个人一生中最美的胜利在于遵守本城邦的法律。对待外邦人要慈善。

读亚里士多德的《诗术》[*]

第六章　肃剧的定义

1449b24–1450b8：

[923]肃剧是对一个严肃完整、有其（合理）^①长度的行动的摹仿。（这一摹仿）凭借的是某种言辞，（带有）为愉悦而作（的风格），以便（此种言辞的）各个（组成）成分（各自存在并）分别在行动中。

（肃剧）不是凭借叙述，而是凭借活泼的表演，激发怜悯和恐惧，净化（并缓和）这一类情感。（换言之，肃剧在激发这些情感的同时也祛除其中的过度和有害之处，从而引领相关情感进入某种符合理性的克制状态。）

所谓"为愉悦而作的言辞"，我是指一种带有韵律、和声和音步的言辞。所谓"各个成分分别在行动中"，我的意思是有些单用诗行，有些则用歌曲。

既然摹仿要借助行动，那么，肃剧首先要有一个成分是只为眼睛而做的（诸如场景、服装等）。

其次是唱段和戏白，这是摹仿的必要元素。所谓戏白，指诗行的组合。至于歌段，则意思足够明显，无需赘述。

　＊　拉辛做眉批摘译的《诗术》乃是1573年P. Vettori在佛罗伦萨刊印的版本，现藏于法国国家图书馆。

　①　［译按］括号中的内容区别于《诗术》译文，系拉辛随文做出的评注。

肃剧是行动的摹仿。行动则要有行动中的人物，而行动中的人物必然具有某种性格，也就是促使他们行动的习性和爱好。习性和爱好（受思想支配，）促使人这样或那样行动。因此，习性和智见（或者说思想）是行动的两大原则。再补充一点，这两个原则决定人物最终是否实现原初意图（和心愿）。

[924] 情节是行动的单纯摹仿。所谓情节，指事件的（安排或）背景。

习性（或性格）决定人物是这样或那样的（如好人或坏人）。智见（受思想支配）则是人物用言语做出表达（这些言语也让我们明白我们处在何种智见中）。

因此，肃剧就本质而言必有六大部分：情节、习性、戏白、智见、场景（以及一切为眼睛而做的部分）和唱段。其中有两项是摹仿的凭借工具（唱段和戏白），有一项是摹仿的方式（舞台场景，也即布景、服装、动作等等），有三项是摹仿的对象（情节、习性和智见）。除此之外没有别的。

（情节是最重要的部分。人们行动不是为了摹仿性格。没有行动不成为肃剧，但没有性格也许仍是肃剧。情节组织比表演更有难度。突转和恍悟。情节是肃剧的灵魂，人物性格是第二位。古人让言说带有政治性，今人让言说带有修辞性。）

第九章　诗与史

1451b5–11：

诗比史更有哲学意味，更为完善。诗关注普遍，史关注细节。所谓普遍，指某类人依照看似如此或必然如此会说或做某类事。诗专攻于此，在不同人名上头倾注自身想法。（得是讨他欢喜的人名，换言之，借用这样或那样的人名，使这些人物依照自身想法去行动或言说。）

（相反，史则一味关注细节，诸如阿尔喀比亚德做过什么，经受过什么。）

第十二章　肃剧的篇幅

1452b19–24：

"开场"是肃剧在歌队进场前的部分。"场"是歌队两次合唱之间的部分。"退场"是肃剧在歌队不再合唱之后的部分。

歌队的合唱则包含如下几部分：其一，"进场歌"（πάροδος），这是歌队第一次唱的完整唱段；其二，"合唱"［925］（στάσιμον），这部分歌唱没有短短长格或长短格节奏（此外，歌队站在原位不动）；其三，"诉歌"（κόμμος），这是歌队与演员轮唱的哀歌。

第十三章　肃剧人物

1452b30–1453a12：

一部好肃剧的情节不应是简单的，而应是复杂的（也就是说混合的），并且应摹仿那些恐怖的并能引发怜悯之心的事件，因为这是肃剧的根本所在。

显然，首先不应写好人由幸转为不幸，这既不恐怖，也不足以引发怜悯之心，反倒让人反感（并引发愤慨之情）。

其次不应写坏人由不幸转为幸福。这与肃剧的用意背道而驰，也产生不了肃剧应有的任何效果，换言之，这既不符合人性中（自然或）让人愉悦的一面，也绝不能引发恐惧或怜悯之心。

再次，也不应写极恶的人由幸转入不幸。这里头虽有（公正和）自然的成分，却不能引发恐惧或怜悯之心。因为人们只会同情本不该遭受不幸的不幸者，也只会因为此人与自己相似而心生恐惧。这样一来，类似情节既不恐怖也不让人同情。

肃剧人物必须介乎两者之间，换言之，他既不十分善良公正，又不会因为（过度的）邪恶不义而遭受不幸。他之所以不幸乃是因为犯了错，他原本尊贵显赫（却陷入苦难），例如俄狄浦斯、堤厄斯忒斯和其他出自名门的显赫人物。

第十四章　情节安排

1453b311—1454a15：

诗人通过摹仿引发怜悯与恐惧之情，由此带给我们快感。显然，应通过情节（也就是事件内部）产生此种快感……现在让我们看看哪几类情节可能产生恐惧与怜悯。

［926］类似行动必然发生在朋友之间、仇敌之间或非友非敌者之间。

如果是仇敌杀仇敌，无论看到人物在行动中还是在准备行动，都无法让我们感到怜悯，唯有看到流血时刻才会（我们看见杀人自然而然会产生触动）。我们同样不可能深切怜悯那些非友非敌（却互相残杀）的人。剩下的情况就是这类事件发生在因血缘（和友情）而相连的人们之间，比如弟兄对弟兄，弟兄对父亲，母亲对儿子，或儿子对母亲。这类事件才是诗人应当追寻的。

不得变动（和违背）为人熟知的故事情节。（不得这么写）比如克吕泰涅斯特拉未被俄瑞斯忒斯所杀，厄里费勒没有死在阿尔克迈翁手中。诗人要么自编新的故事，要么妥善处理流传下来的故事。

让我们谈谈何谓"妥善处理"。可以像古代诗人那样让人物在知情中行动，比如欧里庇得斯让美狄亚杀子（她知道那是她的亲生子）。也可以让人物在实际做出类似行为时不知情，直到事后才认出（他们行动的受害者），比如索福克勒斯笔下的俄狄浦斯。在这部肃剧中，行动（确实）发生在肃剧之外（换言之，发生在真相大白的很久以前）。不过还有诗人阿斯堤达乌斯剧中的阿尔克迈翁（在不知情时杀母）和《受伤的奥德修斯》中的特勒戈诺斯（在不知情时伤父）。还有第三种（方式），那就是人物在本不知情、即将做出可怕行为以前发现且罢手。只有上述（三种）方式，因为行动不是完成就是未完成，人物不是知情就是不知情。

在这（三种）方式里，最糟的是一个人知情且想做（可怕的）事，但最终没有做。这种情节只会惹人嫌恶，由于没有杀人流血的事件发生，也就不带一丝肃剧意味。很少有人采用这种表达方式。[927]《安提戈涅》里有一例，海蒙（想杀其父）克瑞翁（但最终没有这么做）。

（这三种方式中）次糟的（比前一种略好些）是一个人（在知情中）完成行动。

最好的（好得多）是一个人在不知情中做出可怕的事，事后才发现真相。这里头没有（邪恶和）让人嫌恶之处。真相大白的过程往往带有让人为之战栗的恐惧之处。

最后这种方式好得多。例如《克瑞斯丰忒斯》中主人公的母亲墨洛珀想杀儿子又没杀，因为她发现身份真相。《伊菲革涅亚在陶洛人里》中的姐姐（认出自家兄弟而没有杀他），《赫勒》中的儿子在把母亲交出去时认出那是他的母亲。

正因为此，人们常说，肃剧往往取材自为数不多的家族故事。寻求处理这类故事的诗人们不依靠自家新编，而是仰赖机缘。他们不得不重述那些同样经历过此类事件的家族。

关乎行动（和情节）的安排和情节应有什么性质，能说的都已说完了。

第十五章　人物性格

1454a16-b18：

现在来看人物性格。有四点需要注意。第一，性格必须是善好的。凭借人物的行为或言说，我们有可能认出此人的偏好（和习惯），这样人物就有性格。他的偏好若是恶的，那么他的性格也就恶，他的偏好若是善的，那么他的性格也就善。（习性，或性格）有可能在任何（条件下）生成。也有善良的女子和善良的奴隶，虽然一般情况下女子比较坏而奴隶非常坏。

第二点，性格必须是适合的。英勇也是常见的性格，但不适合用作女子的习性，因为女子（天生）既不勇敢也不顽强。

［928］第三点，性格必须是相似的（换言之，被摹仿的人物在舞台上必须具有和在现实生活中一样的习性）。这个相似的特点有别于前两个性格特点，也即善好和适合。

第四点，性格必须是一致的。即便舞台上表现的人物偶尔也会改变（意愿和言辞），他（在根本上必须保持一致，始终遵循同样的原则，）必须在不一致中表现出一致。

并非必要的坏性格，以《俄瑞斯忒斯》中的墨涅拉奥斯为例。不适合、不与人物相符的性格，以《斯库拉》中奥德修斯的悲叹和《墨拉尼珀》中主人公的哲学讲辞为例。不一致（自相矛盾）的性格，以《伊菲革涅亚在奥利斯》为例，害羞的（畏惧死亡的）伊菲革涅亚与（慷慨赴死、不顾众人劝阻要赴死的）伊菲革涅亚毫无相似之处。

人物性格就像情节安排，必须努力做到合乎必然如此或看似如此的样子，换言之，人物的所言所行必须是必然如此或看似如此的所言所行，一件事紧随在另一件事之后发生，要么是必然会如此，要么看似可能会如此。

为此，故事情节的结局应该由故事本身交代出来，而不应该如《美狄亚》或《希腊人在攻陷特洛亚后的归航》那样借助机器降神。机器降神的手法只有在如下情况下才是好的，要么事件发生在故事情节之外或故事情节以前，剧中人物（没有神的援助）不可能知情，要么事件发生在故事情节以后，剧中人物不依靠启示或预言就不可能知晓。因为，我们承认诸神是无所不知的。

行动中不应该有荒谬（不合情理）之处。就算有，也只能发生在肃剧之外，例如索福克勒斯的《俄狄浦斯王》。（此处的意思也许是，忒拜人当初没有追查拉伊俄斯的死因是不合情理的。按亚里士多德的说法，这一不合情理的事件位于肃剧发生以前，因而可以接受。）

肃剧是对比一般人更好的人及其性格的摹仿，[929]诗人应该如好画家那样，在肖像中务求相似，同时使画像比本人更美。诗人表现或愤怒或耐心或其他性格的人物（如果达到出色程度的话），不但应该表现出他们本来是的样子，同时还应该表现出他们作为愤怒或温柔（或其他性格）的典范时应该是的样子。阿伽通和荷马就是这么表现阿喀琉斯的。

诗人应该关注所有这些事项，尤其小心不要作出任何违背视听的事——视听乃是诗歌评判的关键（即眼和耳）。有好几种违背视听的做法。我在谈论这一话题的著作中已作出说明。

第十六章　恍悟

1454b19–29：

何谓恍悟，前文已经说过。恍悟有几种方式。第一种最粗俗，大多数诗人由于欠缺创造力而予以使用，也就是标记。标记有天生的，一个人出生时就带着，比如"地生人身上的矛头标记"（指忒拜的家族），或卡尔喀诺斯的《堤厄斯忒斯》剧中的（小）星形标记。标记也有后来才有的，其中有身体上的标记，比如伤痕，也有身体之外的标记，比如项圈或《堤洛》剧中的（小）船。

使用这类标记的恍悟手法有高低之分。比如奥德修斯因为腿上的伤痕而分别被乳母和牧猪人以不同方式认出。后一次的手法（奥德修斯刻意露出伤痕，好让对方认出自己，以证明自己的话）略逊于前一次，乳母在替他洗脚时认出他。（此次恍悟）事出偶然而未经策划。一次意外带来突变，这类恍悟比（经过精心策划的）恍悟更好。

第二种是……

1455a16–21：

最出色的恍悟是从故事情节本身产生的，伴随一系列看似如此的事件逐渐成形，［930］引发恐惧和惊叹，好比索福克勒斯的《俄狄浦斯王》，或者《伊菲革涅亚在陶洛人里》，还有什么比伊菲革涅亚想送信回家更合乎情理的呢？此类恍悟远远超乎其他恍悟，无需诗人拼凑项圈之类的外在标记。

除此以外，次好的恍悟来自推断。

第二十六章　肃剧与史诗

1461b26–1462a4：

也许有人会问，史诗和肃剧这两种摹仿形式，哪一种更完善。

拥护史诗的人说，最好的摹仿形式最不会装腔作势，并且是给有教养的听众欣赏的。所谓装腔作势的摹仿，指想要摹仿一切，唯恐观众看不懂，表演达不到效果，于是努力缔造深刻印象，扭捏出各种姿态，大肆运用肢体动作和演员走位。[①] 拙劣的双管箫手摹仿掷铁饼扭来转去（铁饼是一种可转动的圆石，演奏者为了摹仿斯库拉怪兽抓住过往的船只，甚至对站在后头唱歌的歌队长乱抓乱拖）。

（他们说，）肃剧在这一点上近似于新派演员，肃剧与史诗相比，就如新派演员与老派演员的差距。（老演员）明尼科斯批评卡利庇得斯动作过火，称他"猴子"。（戏剧演员）品达时常遭受相似的批评。史诗专给有教养的听众欣赏，不需要借助肃剧经常运用的手法，肃剧运用这些手法是为了给低级观众欣赏。由此得出结论，肃剧更会装腔作势，是比史诗低级的摹仿方式。

---

① 原文并无相关说法。

关于当前肃剧的对话

德·维里埃

提曼忒斯（下文简称"提"）您看过《伊菲革涅亚》吗？这出戏让很多人着迷。

克利阿科斯（下文简称"克"）我认为这出戏很美。不惭愧地说，我看的时候有一两次忍不住掉了泪。但凡和我一样心地温和的人都会落泪。

提　戏中确有一两处让人很难不落泪。不过，您知道我在看这部肃剧时想到了什么？

克　什么？

提　我们有可能创作没有爱情也很美的肃剧。我说的爱情，单指情人之间温存热烈的爱情。

克　我不认为作者有意使人产生这个想法。他本人可是极擅刻画情人之间的热情。

提　我知道，他在这方面无人可比拟。不过他也很好地表明，爱情不是在剧场里获得成功的唯一感情。不妨说，《伊菲革涅亚》的成功让公众认识到以往的错误观念，也即肃剧非要有热烈爱情支撑不行。事实上，人人赞许这部肃剧，只有三两个假学究太太不满意，原因无疑在于，爱情在这出戏里不像在《巴嘉泽》或

《贝勒尼斯》里那样起主导作用。①

 克 可是，在我看来，爱情在这出戏里还是发挥了作用。埃里费勒、阿喀琉斯和伊菲革涅亚都是深陷爱情的人物。

 提 我承认这一点。不过，您也知道，剧中最触动人心的不是阿喀琉斯、伊菲革涅亚和埃里费勒谈论爱情的那几场戏。我更感兴趣阿伽门农［776］和克吕泰涅斯特拉，正是这两个人物的情感打动了我。

 克 我同意。不过，这部肃剧的美并不止于此。假使您抽掉阿喀琉斯和伊菲革涅亚的爱情场景、埃里费勒的嫉妒情节，我很怀疑这部肃剧能否成立。从头到尾听阿伽门农夫妇抱怨那将伊菲革涅亚判处死刑的神谕，我想这会很无趣。

 提 您没有明白我的意思，我一点也不指责阿喀琉斯的爱情。我甚至要赞美作者写出这么美的人物。按他的写法看来，爱情对阿喀琉斯是不可或缺的，假使他不爱伊菲革涅亚，那么他向她求婚就会显得古怪。但我要说的不是这个。我只是说，我们有可能做出没有爱情也很美的肃剧。我绝不是说，《伊菲革涅亚》的作者应该在他的剧中杜绝各种爱情戏。我只是提出一个想法，我们一起考虑这是否有道理。

 克 我认为，这就得考察是否已经有人成功地作出这类肃剧。这还得只限于考察我们时代的例子。因为，希腊古人作了好些没有爱情的肃剧并且大获成功，这并不能用作反证的例子。希腊古人在他们的剧场里运用过许多手法并且大获成功，这些手法在我们今天则显得可笑。

 提 我们说得太快了。我才刚提出道理，您已经说到古希腊作者了。不过，既然您提到了，我很愿意就从这一点出发谈谈我

———————

 ① ［译按］《巴嘉泽》（*Bajazet*，1672年）和《贝勒尼斯》（*Bérénice*，1670年）均系拉辛的剧作。

的想法。我不明白为什么人们总说古人的趣味与今天法国人的趣味有多少差别。难道人的常识不总是一样吗？既然有常识的人在索福克勒斯和欧里庇得斯的时代赞成没有爱情的戏剧，那么为什么在我们的时代不能如此呢？

克 常识不够，这还与习俗（coutume）有关，而习俗不总是到处一样。

提 确实。不过，希腊古人有什么习俗能使一部肃剧在当时大获成功而到了我们今天就不行呢？他们生活在共和政体，我们生活在君主政体。他们崇拜偶像，我们是基督徒。这是我所能找到的仅有的差别。或者不如说，我根本没有找到什么差别，因为，宗教和政府方面的思考不应与一部纯精神性的作品有干系，就算有干系，那也只是为了帮助消除作品中那些冒犯宗教和政府的因素。人们不会愿意模仿这样的民人，他们从未对统治者保持绝对的顺从，只想看君王之死的戏码①，并且总要求在剧场里表现杀人流血，这是欠缺人性的。您也清楚，[777] 形成类似的习气（usage）乃是失去理智的民人的趣味或不如说狂热使然，习俗若是建立在这样的原则之上则无法强迫有智慧的人。一切始于放纵的习俗莫不如此，特别在禁止这类习俗的宗教内部。

让我们回到希腊古人的习俗。无论希腊古人在公共事务中有何种习俗，可以肯定的是，在精神性的作品里，或者在与宗教无关的活动中，古人必须凭靠与我们今天无异的智慧行事，在这方面，古

---

① 高乃依在《论肃剧》中这么评说过一些古人的肃剧："这些生活在共和体制下的人极仇恨君王，乐于在剧场里看见君王家族里最无辜的人犯罪。"（O.C., III, 161）另参看他本人在谈及《熙德》时说："古人往往以最完美的君王作为主人公，又往往把这些君王的性格局限为某种微乎其微的善好，带有缺陷，甚至有可能犯罪。这些污点和大罪足以扭曲人物本身的美德。这么做无不是要适应当时观众的趣味和心愿，由此加强时人对于这些君王的统治以及君主政体的反感。"（O.C., I, 700）

人必须奉行同样的美德，持守同样的礼节，听从同样的理性。这些东西属于任何时代。我请问您，我们今天是出于何种理性在舞台上表演爱情，他们过去又是出于何种理性把爱情驱逐出剧场？难道希腊古人没有法国人多情吗？难道欧里庇得斯和索福克勒斯的年代没有陷入爱情的男男女女吗？难道爱情在当时不为人知？当时的人们感受不到强烈疯狂的爱情？这种感情在古代就如在今天一样强烈，但诗人们并不认为有必要把爱情的力量尽情呈现在观众眼前。尽管在同一时期，伯利克里为有智慧的阿斯帕齐娅着迷，在她的请求下征服萨摩斯岛。世人皆知这位雅典首领的爱情。

身为密友，索福克勒斯想必深知这份热烈的情感，他本可以以这位伟人为素材，在肃剧中做出细致的描写。他本可以在他的语言里找到柔情的表达，正如我们在法语中那样，因为古希腊文是如此优美，而索福克勒斯又是如此精通这门语言，以至于人们通常美誉他为阿提卡的蜜蜂，或阿提卡的塞壬。倘若索福克勒斯相信，雅典人的风流雅致足以构成充分的理由让他在剧场里逐一描写所有与爱情相关的情感活动，那么，他无须多费力气就能使他的肃剧与我们今天的肃剧一样富有感情。倘若他只考虑雅典的太太们的趣味①，那么，这位伟大的诗人将永远写不出《俄狄浦斯王》或《埃阿斯》。《安提戈涅》也将呈现出与他笔下的样貌截然不同的故事情节和感情色彩。他本可以在戏中表现一个失去爱人不肯独活而自杀的情人，借此倾情刻画二人临死前的种种热烈情感。他不会刻意避免让这对情人同时出现在舞台上，反而会特意为他们安排几场如今观众渴望看到的戏。他本不会让安提戈涅在

---

①　有关诗人如果一味尊崇（雅典或巴黎的）"太太们的趣味"会有何种下场，高乃依在《索福尼斯巴》前言中声称，他情愿因为绝对忠于历史故事而遭人批评，也不愿意顺从如今的风雅趣味把主人公写得带有女人气，因为如今的风雅趣味要求到处表现爱情，并且只允许凭靠爱情戏来决定作品是否受欢迎（O.C., III, 384–385）。

赴死以前大声述说她对兄长的爱，她在临死之前本该只想着年轻的王子海蒙。而年轻的王子本该发动整支军队力图保卫心爱的人，并最终死在她的身旁。这些情节安排将大大取悦年轻人和太太们。索福克勒斯［778］天生具有诗人的气质，倘若他不是比我们今天的作者更有所顾虑的话，他本不该放弃这个在剧场里表现爱情的机会，以此赢得赞美并取悦观众。

克　我明白，索福克勒斯有可能做到您说的那样，他是有才能的人，生活在相当文明的年代，也拥有极高的写诗天赋。关于他没有让笔下人物带有更强烈的情感，我只想到一个原因，那就是他所生活的国家的习俗与我们今天不同。因此，在我看来，今天的诗人作一味谈情说爱的戏，这完全合乎情理，因为观众只想看这个。

提　一旦我向您说明我们有可能作没有爱情也很美的肃剧，那么，今天的人们只想看谈情说爱的戏这个说法就不正确。不过，在讨论这一点以前，请告诉我，为什么您提到的我们今天的习俗没有在古希腊形成？莫非他们的法律比我们的法律更圣洁严谨？您知道，凡与风俗（moeurs）美德相关的，并不与各族习俗（coutumes）相连，这是因为，在这些问题上，我们应该遵循的不是习俗而是理性。像您这样回答问题，就仿佛一名将军不思时机没有分寸地作战，以此回应那些想要拿古希腊古罗马的范例教导他的人。我的意思是，就仿佛这名将军回答说，古人的习俗有别于我们，既然各民族的习俗各不相同，那么将军本人也就被允许采取不审慎乃至轻率的行动。

克　您不能否认，好些东西在古人的戏剧里是被容许的，迄今在外族的戏剧中也依然被容许，在法国却不被赞同。

提　我们又怎么知道呢？古代作者也许也不赞同这些东西，他们那么表现只是为了取悦无知的观众？当我阅读欧里庇得斯或索福克勒斯的肃剧时，一方面是极不自然的场景和相当拙劣的描述，另一方面却是英雄的情感、温柔的爱情和高贵的思想，我很难理解同一位作者怎么可能写出风格如此迥异的东西，唯一的理由是他顾虑到民众而不得不在剧场里表现某些东西，须知民众在共和政体内部的权威不容忽视。然而，无论这种权威有多大，古人绝不会在剧场上因顾虑到民众而表现那些有可能损害好人美德的东西。他们无非是在某些时候与民众的思维方式相适应，而他们的戏剧得到肯定，绝不在于那些颇有碍剧场尊严的地方。我们找不到一出古人的戏剧，在其中只能看到类似的场景和描述。这〔779〕只能取悦天资平庸的人，正直人看重更高贵优雅的场景和描述。正因为这些美的段落，肃剧在当时为人喜爱，如今依然为人欣赏。外国作者由于不识规则，不关心修饰作品，才会在戏剧中留下好些荒谬之处。① 在法国不会出现类似情况，因为我们精通于遵守规则，也能听从常识的支配。

　　克　可是，说真的，您不想看到戏剧里有一丝一毫的爱情戏，您能忍受诸如欧里庇得斯《伊菲革涅亚》中的阿喀琉斯那样不风流的人物吗？他甚至不敢和克吕泰涅斯特拉说话，按他自己的话说，那是因为青年男子长时间与女人独处不符合礼仪。这不会让您觉得可悲吗？表现出一个风雅热情的阿喀琉斯不是更好吗？我们在对话开场时提到的新版《伊菲革涅亚》就是这么做的。

　　提　您让我不得不违心地求助宗教感情以便回答这个问题。不过，为了不让您误以为我在这里假扮不合时宜的谨慎虔信之辈，我承认，倘若不是阿喀琉斯而是别的人物，那么我也许能更好地接受您的这番思考；倘若这是在树立教育民众的典范，那么他本该有更诚实精妙的措辞。我还承认，绝不要把情人角色写得冷淡无情，表现激情只表现一半，这是肃剧的一大忌。一种激情要得到充分的抒发，否则就是在骗人。我们看见的只会刺激我们渴望看到更多，如果作者没有实现观众对作品的期待，那么任何人都有抱怨的权利。

---

① 自1630年以来法国人对西班牙戏剧的常见批评。

您瞧，在爱情的话题上我并不是太严厉，我不想看到平庸的爱情。

克 您既不想看到平庸的爱情，又不赞同强烈的爱情，这岂不是要彻底地排除爱情吗？在我看来，这种态度比阿喀琉斯有意回避与克吕泰涅斯特拉说话更严厉。

提 看来得换个方式回答您。诸如欧里庇得斯笔下的阿喀琉斯这样对女士有礼的男子永无可能讨太太们欢喜。她们想要人招惹她们，而不是回避她们。他那套关乎礼节的说辞让他像个学生或傻子。倘若欧里庇得斯不是有充分理由这么做，我们本该指责他写出一个既不殷勤又无礼貌的阿喀琉斯。这位伟大的诗人努力做到取悦和教育观众①，为了不给雅典年轻人留下放纵的借口，他不敢写一个年轻男子与女人独处，他的谨慎做法遭到您的强烈指责。我已说过，您让我不得不求助于宗教感情，我显然无法避免［780］这一点。欧里庇得斯生恐损及笔下人物的节制，为了充分显示这一美德，情愿让他们显得无礼貌。

克吕泰涅斯特拉是年长者，并非阿喀琉斯爱恋的对象，她在对话中也只提及阿伽门农的献杀计划。即便如此，阿喀琉斯依然难以和她独处。在类似的情境下，索福克勒斯不会比欧里庇得斯少一丝宗教感情。不妨说，他为诗人和戏剧作者带来很美的教诲，而这个教诲最早是伯利克里带给他的。有一天，伯利克里在提及法官时说："他们不仅要有干净的双手，还要有清白的舌头和纯洁的眼睛。"诗人们就是这样做的。如果说雅典年轻人后来道德败坏，那么不应怪罪肃剧，在这些肃剧里，他们找不到任何准许道德败坏之处。不过欧里庇得斯和索福克勒斯只是天性正直而已。欧里庇得斯甚至不是拥有德性美名的人。人们经常讥讽他的行为，比如他在古希腊文的肃剧一词上有意模棱两可②，人们因此指责他

---

① 参看拉辛《淮德拉》前言。
② 古希腊文中的肃剧一词与"公羊"（τραγος）相连。

不是最节制的希腊诗人。但这位诗人似乎比我们克制许多……

　　克　我看出您的意图，你想当说教者，在这里重复反戏剧的诸种说辞。我预先提醒您，我读过一点教父们谈戏剧的著作，以及孔蒂亲王的文论①。我并不同意看我们时代的肃剧有危险。在当代肃剧中，美德几乎总是得到奖赏，最强烈的爱情总是真诚的，并且始终遵守最克制的底线。

　　提　我不会谈到教父们②或孔蒂亲王，只会把良知和理性当成唯一的证据。亲爱的朋友，请告诉我，年轻的公主不想别的只想着爱人，不说别的只谈论爱情，着急去寻找爱人，找到爱人以后欢欣不已，用温柔热情的话语向对方倾述内心活动，这一幕会对人产生什么影响？男女主角在新婚时刻面对面叹着气，彼此表白炽热的爱情，这一幕会对观众内心产生什么影响？

　　克　我认为这不会造成任何不良影响，只要这对爱人道德高尚，第一次相互表白心迹，并且不存在什么强大的障碍［781］让他们无法实现心愿。我完全同情他们，他们的美德甚至有助于纠正那些盲目沉溺于爱情的人。

　　提　这美德有各种不同影响。您知道，有些极有智慧的人早就谈论过阅读小说的问题。小说和肃剧一样，主人公总是深陷爱情，并且总是道德高尚。③ 那些喜好这类书的人读着主人公的冒险经历，不知不觉沉浸在主人公的情感里，他们没有足够的力量模仿主人公的美德，于是转而沉溺在主人公的爱情里。由此带来的恶果就是，他们满脑子都是各种无用的柔情观念，从而造成人心散漫，习

---

　　①　Armand de Bourbon, Prince de Conti, *Traité de la Comédie et des sepctacles, selon la tradition de l'Eglise, tirée des conciles et des saints Pères,* 1666.

　　②　大多数反对戏剧的论点最早出自奥古斯丁、特图良等教会教父。孔蒂亲王的戏剧文论也以教父论著为基础。

　　③　小说与戏剧的相似之处，以及对两者的批评，参看冉森派作者：Pierre Nicole, *Traité de la comédie,*1667, éd. Thirouin Champion, 1998。

俗很快败坏。恰恰是这些忠贞的情人的美德本身进一步助长了思想的败坏。自由民或男仆在谐剧里谈情说爱，观众很快就会淡忘，甚至回避这样有辱正直人声名的场景，原因在于我们对自由民或男仆的美德所知甚少。可是，如果舞台上是一位君王，他在情感上宽容大度，在行动上刚正不阿，观众出于对他的尊敬，往往连他的弱点也一并模仿，看见这些拥有高贵德性的出色君王毫无顾虑地追求爱情，观众就会自认为也可以谈情说爱。这样一来，人心不知不觉地习惯于谈情说爱。年轻姑娘盼望在现实中找到和戏里看到的一样忠诚的情人。她高高兴兴地搞起和戏里一样的恋爱关系。她想要变成那个被热烈爱慕着的女主人公。她不觉得聆听一个男子谈情说爱有什么不好，既然戏中那位骄傲的公主确也这么做了。在此之前她接受过与此完全相悖的基督宗教道德训诲，但很快，这些训诲就在她心里烟消云散，取而代之的是她在戏中看到的榜样。

如果确实只到这一步，那还只是微小的恶果。但人往往会走得更远。这个姑娘若有母亲的引导，除了前面说的没有发生别的事，但万一她有更多的自由，请您判断一下会有什么样的结果。不只是年轻姑娘，请您判断一下，这一类戏会给已经败坏一半的年轻人造成什么样的混乱后果，尤其当他们从舞台上那些有教养有美德的人物口中听到那些美丽的爱情言说。当初梭伦禁止最早的肃剧作者忒斯庇斯公演①，就是因为，在他看来，这样一种允许虚构故事的行业有可能带给人说谎的借口。倘若忒斯庇斯在剧场里上演我们今天看到的这些戏剧，有什么严禁肃剧的律法是这位哲人不会颁布的呢？

克 ［782］您就只差没说进戏院是一宗罪。那些说出此话来的人也不比您严厉。梭伦若是基督徒也一定会这么说。我打赌，只要忒斯庇斯稍有抵抗，他也会用同样的话来批评虚构故事。若是在今

---

① 梭伦禁止忒斯庇斯公演的传说，引自六世纪拜占庭编撰者Suidas的《辞典》（ *Lexique* ）。

天，这位哲人很可能变成古怪的决疑者，也绝不会有人指责他道德散漫。不过幸运的是，梭伦是异教徒，他很早以前就死了。

提 我提到梭伦，不过是要说明古人对公开演出有多么审慎。我不懊恼给您提供了这么个嘲讽的机会。不过回到您刚才说的话题，也就是进戏院是一宗罪，在这方面我没有什么可说的。您得去请教那些比我机灵的人，或者也可以向您自己的良知求证。不过，无论是不是罪过，您总不能否认，观看我们今天的大多数戏剧作品是有危险的。

克 那么应该禁止肃剧。事实上，这真糟糕，我们竟不能凭良心去享受如此让人愉快的看上去如此无辜的乐趣。

提 若不是听到我适才一席话，您本不可能得出这个结论。我一开始的意图就是向您指出，我们可以容许肃剧，并且这是一种相当正派的娱乐。不过，我的意图还在于向您说明，我们有可能作没有爱情的肃剧，也就是我们可以无所顾虑地观看的肃剧。

克 这么说来，您认为人们进戏院所面临的危险不在于别的，而在于戏中表现爱情。

提 我认为是这样。如果您只考虑剧院本身，也就是说，不是指剧院作为一宗罪的场合因而变得危险的情境①——不只剧院如此，就这层意思来说，所有公众聚会都是危险的，如果您把剧院单纯视为一场公开演出，那么只有爱情才会使之败坏。其他激情不具备这么迷惑人的力量。父亲对孩子的慈爱或兄弟之间的友爱只会促使产生高尚的情感。诸如仇恨、野心、复仇和嫉妒之类的恶习，观众有可能了解其暴力轻重，因为人们自然而然地厌恶此类放纵的情感，不会热切地听任这类情感爆发，也绝不会支持带有这类品质的人物。观众往往会指责他们，他们的下场几乎总是

① 参看阿奎那《神学大全》中的相关论述：Thomas d'Aquin, *Somme theologique*, Secunda Secundae, quaestio 168。

不幸的，而观众会幸灾乐祸。

克 可是，这类品质在我看来很难取悦人。我不明白，我们怎么可能看一出完全没有爱情的戏而不感到无聊。

提 ［783］您看《伊菲革涅亚》完全没感到无聊。莫非这仅仅因为戏里有阿喀琉斯的爱情？阿伽门农的温柔、他妻子的不安、夫妻二人的极度痛苦、伊菲革涅亚的忠诚，还有那位无辜的公主的危难，所有这些至少不也和阿喀琉斯的爱情一样让人欢喜吗？追逐光荣之道的阿喀琉斯不是和沉浸在爱情中的阿喀琉斯一样打动您吗？您不承认《伊菲革涅亚》这出戏里没有爱情戏的段落也不会让观众感到无聊吗？

克 我不知道。我只能回答，就算没有阿喀琉斯这个人物，《伊菲革涅亚》也不是一出让人感到无聊的戏。

提 假设不写阿喀琉斯的爱情，而只写他对阿伽门农的嫉妒，或者他因骄傲而反抗后者令所有希腊将领盲目顺从的意图；我的意思是，假设阿喀琉斯只是一心渴望光荣或者只有野心，那么他是不是还有兴趣保护伊菲革涅亚？须知这么做不为别的，只为表明他对希腊联军的信用。这种情感也能产生和爱情一样的效果，并且更符合肃剧大师们①想要表现的这位英雄的天性。倘若这还不够，不妨保留欧里庇得斯剧中的墨涅拉奥斯这个人物，让他进入剧情，表现出与爱情一样强烈的其他激情。甚至不妨让俄瑞斯忒斯出现在舞台上，不再是襁褓中的婴儿，而是长大了的，能够行动，有助于美化剧情。我认为，《伊菲革涅亚》的作者如果想作一出没有爱情的戏，他本来是有办法作一出好戏的，并且不会比现有版本更让人感到无聊。

克 在他作出这类戏剧之前，我保留原来的看法。除非亲眼

---

① 贺拉斯在《诗艺》（121–122）中提到：阿喀琉斯的形象必须是"不知疲倦、让人不快、热情似火，拒绝承认法律是为了他这样的人而制定的，只肯凭武器解决问题"。参看拉辛在《安德洛玛克》前言里的相关说法。

看见您关于肃剧的想法被恰当地实现，否则我不会改变主意。

　　提　您已看过足够多的戏，大可以就此评判我们能做什么。假设《伊菲革涅亚》的作者在写这出戏之前征求您的意见，假设他要在舞台上表现一位公主只有对父亲的爱而没有对情人的爱——在我看来这就是他笔下的伊菲革涅亚的品质，那么，您是不是要回答他这么写有悖习俗？您是不是要说，主导全剧的活人献祭的构思完全不符合我们的风俗？您会不会像和我争吵这样也去纠缠他？他的伊菲革涅亚可是大获成功呵。

　　克　伊菲革涅亚急切地想要得到父亲的疼爱，这并非全剧中最美之处。[784] 我看到不少人并不赞成，伊菲革涅亚这么大的姑娘还追着要父亲疼爱。

　　提　这却是整部戏的关键所在，惟其如此才能显现阿伽门农的温情和困境，也才有那些优美的诗行，主人公的疾呼引得所有人感动落泪。我不认为一个恋爱中的姑娘急切寻找情人会产生同样美的场景。进一步说，除少数几出完全谈情说爱的戏之外，近三十年来我们所能看到的最美的肃剧无不是因为表现爱情之外的别的美而得到认可。只要不辞辛苦审视每部戏剧，您就会发现，那些最受欢迎的段落要么是政治或复仇的场景，要么带有某种很强的趣味。高乃依《庞培之死》（La Mort de Pompée）①中的科尔涅里娅、《罗多庚》（Rodogune）中的克莱奥帕特拉和《安德洛玛克》中的安德洛玛克，还有比她们更美的女人角色吗？安德洛玛克和科尔涅里娅一心只想复仇。克莱奥帕特拉只听从野心支配。这些女人角色却深受观众推崇。《赫拉克利乌斯》（Heraclius）中的福卡斯（Phocas）在两个王子之间寻找儿子，但他们都不肯认他做父亲，还有比这更温柔更动人的极致困境吗？《尼科莫得斯》（Nicomède）中的主人公带着不

―――――――

　　①　除《安德洛玛克》和《米特利达特斯》是拉辛的肃剧以外，此处提及的肃剧作品均出自高乃依。

屈不挠的勇气轻蔑地对待随时威胁他的敌人，还有比这更吸引我们的英雄吗？《西拿》（*Cinna*）中的屋大维思虑是否要离开罗马帝国，《塞托里乌斯》（*Sertorius*）中的塞托里乌斯与庞培相遇，《米特利达特斯》（*Mithridate*）中的王子意欲将战争带到罗马，还有比这些更让人惊叹的场景吗？我在这里只列举最先出现在脑海中的几出戏，这类人物数不胜数，虽然远未表现出爱情的温存，他们从前打动过且现在依然打动着观众。这些人物能够取悦固执的观众，并且取悦的原因在于爱情之外的其他激情。既然如此，为什么不能摆脱爱情戏？难道没有爱情就不足以支撑从头到尾的戏剧情节吗？

克 我承认确实做得到这一点，不过我很怀疑这样做出的肃剧是好肃剧。

提 什么人会认为这样的肃剧不好呢？不会是有学问的人。一部肃剧借助其他激情贯穿始终，好过借助爱情贯穿始终。一部肃剧的结局要激发观众的怜悯和恐惧。莫非一个男子陷入爱河也能让人恐惧？莫非只有不幸的情人才能引发怜悯？索福克勒斯笔下的俄狄浦斯远比埃癸斯托斯更让人同情。[①]观众看到俄狄浦斯陷入可怕的不幸都会深受感动，这是因为，这位英雄看似不应该遭遇这等不幸。反过来，埃癸斯托斯之死不会引发怜悯，这是因为，[785]他本人为了爱情把厄运招惹上身。戏剧里的一切英雄概莫如此。在我们今天的舞台上，众多伟大人物鲜少保持他们从前具有的值得史家记载的品质，我们期待看到他们不惜一切代价去爱，因而让他们带有弱点。看到这一切，我们本可以像某位古人在剧场里当众控诉巴克库斯的说话方式不符合身份："你所描绘的绝不是巴克库斯。"[②]

---

① 埃癸斯托斯是阿伽门农的表亲，他与克吕泰涅斯特拉通奸，并密谋杀死阿伽门农。在索福克勒斯的《厄勒克特拉》中，他被俄瑞斯忒斯所杀。

② 可能是虚构的传闻。作者另外援引了古希腊的一句话，"这里头没有一丝狄俄尼索斯的因素"，与希腊戏剧的衰亡有关，希腊戏剧背离狄俄尼索斯精神。

一个伟大的人为了向情妇献殷勤，竟不顾及他的光荣和修养，这是正直人所不能容忍的事。倘若这个伟大的人由于过分顺从爱情，乃至丧失尊严或丢掉性命，那么观众对他的同情就算不转为愤慨，也会减轻许多。在新近上演的《索福尼斯巴》（*Sophonisbe*）①中，西法克斯（Syphax）的不幸完全不能感动观众，这是因为，他为了讨妻子欢心，拿自己的名誉、国家和性命去冒险；反过来，索福尼斯巴的不幸让人深深感动，她最终赴死，这是因为她热爱荣耀，没有自由就不能活下去。至于肃剧的第二种效果，也即在人心中引发恐惧，您知道，爱情完全没有可能办到。某个暴君的狂怒、嫉妒、复仇、仇恨以及其他激情才是制造恐惧的通常原由。您想知道为什么古希腊肃剧能让人心深深感到恐怖吗？那是因为希腊古人只关心这些强烈情感。

克　我相信您对希腊古人的说法。因为我本人不够资格做评判。我在这方面相当无知，还有待了解古希腊肃剧究竟美在哪里。我从来没能完整地阅读一部古希腊肃剧，因为我觉得相当乏味。我只相信希腊古人比我们今人好得多。这是因为有才智的人都这么说。何况我们是朋友，我不会与您唱反调。不过，您刚才说古希腊肃剧触动人心之处不在于爱情而在于其他激情，我不能完全赞同这个观点。传说上演一部肃剧曾让整个城邦的人发起高烧，②那部肃剧里头就有情人的角色，珀耳修斯和安德罗墨得这两个人

---

①　高乃依的肃剧作品（1663年上演）。

②　此指欧里庇得斯的佳作《安德罗墨得》。路吉阿诺斯在《如何书写历史》这部论著的开篇记载了一则传说。阿布德拉城遭逢瘟疫，得病的人发着高烧，纷纷背诵欧里庇得斯的诗剧，特别是《安德罗墨得》："满城都是仓促形成的演员，他们苍白消瘦而形容憔悴，口中高喊着：'爱若斯啊，神和人的暴君！'他们哀伤地扮演起珀耳修斯这个角色在后半场中的戏份。"值得注意的是，拉辛在他本人的路吉阿诺斯论著的页边加注："阿布德拉人发着高烧，在热天里观看欧里庇得斯的《安德罗墨得》。"

物尤其打动人心。不过，很有可能，安德罗墨得和珀耳修斯在剧中并非一味谈情说爱。那么，他们还有可能谈些什么话题呢？

　　提　出于对您的友爱，我很遗憾这部肃剧今已佚失。假设您的推测是真的，那么，您不用多说什么就足以推翻我刚才的一席话。不过［786］您的推测也可能错了。欧里庇得斯的佚作《安德罗墨得》很可能和这位作者的其他传世肃剧具有一样的品质。我正是依据这些肃剧才提出论断，也即肃剧没有爱情也能实现预先设定的两种效果。我并非出于某种可笑的固执才去赞美这些肃剧。我很明白，这些肃剧里不无生硬之处，有可能让您扫兴。我自己也碰到过，也觉得困难，不过我不像您这般挑剔。我把它们全读过了。您若是乐意，我们可以一起阅读，我会让您承认我提出的观点，也就是说，只要情节安排得当，其他情感得到巧妙的结合，那么一部没有爱情的戏不会得不到机智的人的赞成。

　　克　让有学问的人喜欢还远远不够。一出戏要成功，须得取悦王宫里的人，须得符合夫人们的趣味。

　　提　只要能让有学问的人喜欢，很快也就能让王宫里的人喜欢。因为，王宫和别处一样，也有许多有学问的人。不妨说，王宫里有学问的人和别处一样，他们在科学之外融合了某种敏锐精致的精神品质，足以让人赞叹地做出评判。在王宫里引得赞美和鼓掌的不再是凭随机，而是凭常识。至于夫人们，您认为作家要成功须得取悦她们，这些夫人又分成两类，她们的判断不尽相同。卖弄风情的太太们也许会指责我们的肃剧的情节设定，但那些正直有德的女子则会赞同我们。她们会很高兴地品味这种可爱的乐趣，同时不会在微妙之处损及她们的美德。她们会感谢作者让她们避免类似场景招致的顾虑，她们的声誉不至于面临未经审核的风险。她们的关怀往往延伸至家庭，她们会很高兴肃剧不再是一种必须对子女禁止的消遣，她们会相信，带着子女一同观看肃剧，形同找到一种让子女逐渐远离最危险的消遣的可靠方法。现在由您来选择应该取悦哪一类夫人。

克　作家如果只想取悦这些拥有完美德性的夫人，那么，他不会满足于创作没有爱情的肃剧，他会为她们带去更为神圣的演出。他只会创作基督宗教剧，他只愿意刻画殉教者作为剧中主人公。显然，如此虔信的消遣不会对良知带来丝毫的危险。不过可以肯定的是，遵守这样的原则很可能作出相当糟糕的肃剧。

提　这么说，在您看来，我们没有可能依据圣人故事作出好肃剧。

克　至少我们情愿不冒险这么做。虽然勃艮第宫一开始也规定演员们只能表演圣人故事，①但我［787］不认为这些大人先生愿意在今天重拾过去的习俗，他们对非宗教的世俗故事相当满意，不会放弃。

提　我听说，他们对圣人故事也不至于更不满意，他们演出《波吕厄克特》的收益远远超过后来的其他肃剧。②

克　这部肃剧确实很成功。高乃依先生拿声誉冒风险，他以为凭着这部剧的成功还可以再冒一次风险。他接着写了《忒奥多尔》，结果一败涂地。③自那以后没有人敢再做同样的尝试。这类题材的故事就被丢给学校，孩子们不管练习什么都是好的，在学校里可以不计后果地表现这些能够鼓励人笃信宗教或者畏惧神的审判的故事。

提　您还有别的理由批评刚刚提及的这些基督宗教题材的肃剧吗？

----

①　勃艮第宫于1548年始建，目的就是要上演表现神迹和受难的宗教题材的戏剧。十七世纪初期以来，该剧院不再上演圣徒故事的戏剧，而只限于把剧场出租给非宗教性质的剧团。1629年以来，"王的演员"剧团（Comediens du Roi）长驻勃艮第宫。

②　《波吕厄克特》（*Polyeucte*）并非勃艮第宫的演出剧目，而是在玛黑剧院上演。

③　《殉教的童贞女忒奥多尔》（*Théodore, vierge et martyre*）同样是玛黑剧院的演出剧目，1646年春天上演，比《波吕厄克特》晚三年。

克 没有。既然这类戏剧不在现有风气之列，我只限于谈到这儿。我不愿意再费劲去检查这些故事题材是否存在不与肃剧规则相容之处。

提 可是，在做出上述批判之前，您本该先这么检查一番的。怎么！就因为如今的风气要求在戏剧中表现轻浮的爱情，我们就不允许一个作家去写别的故事吗？难道风气影响戏剧作品就像影响语言吗？难道我们应该盲目听从风气支配，甚至在我们本可以轻易地纠正戏剧中的恶习的时候吗？我很清楚，语言方面只能听从风气支配。这是因为，在语言中出现新的表达法，这完全不取决于理性思考，而取决于偶然和随机。对于那些允许先推理再得出结论的事情，情况截然不同。肃剧是一种文明生活的图景，其生成目的是解决各种情感问题。在戏剧舞台上表现各类故事题材，必须遵循这一原则，而不能凭靠风气使然的怪现象，正如我所说，这类风气完全是由于风俗败坏才会产生。不管您继续说什么基督宗教题材的肃剧只适合学校，我始终坚持认为，只要是经过出色作家的精心处理，只要这些作家有足够的才华维持故事的崇高性，那么，这类肃剧就有可能取悦王宫和上流社会的观众。

克 可是，我从前似乎听您说过，在世俗化的舞台上表演圣徒故事无异于损害我们的宗教的神圣性。我似乎还听到您赞同上世纪颁布的禁止演员表演耶稣基督受难和其他相似题材故事的赦令。①

提 这条禁令很有道理，因为演员们用了很不恰当的方式表现最庄严的基督宗教奥义。涉及这类事情的表现问题，我的态度始终不变，[788] 诗人不可能在添加任何粉饰或传奇的时候不亵渎神圣。然而，这并不意味着不应该在戏剧舞台上表现基督徒主人公。这一类英雄形象至少与亚历山大或凯撒的形象一样美好。

---

① 指1549年巴黎国会颁布法令，禁止上演神迹和耶稣受难等故事题材的戏剧。

我敢肯定，基督徒的坚贞绝不逊于罗马古人的美德，一样可以产生让人惊讶和赞叹的事迹。因为，这样的坚贞绝不止于出身卑微的人物，同样可见于君王、将军、公主、智者，以及其他堪与罗马古人相媲美的伟大人物身上。为什么我们不能把这些人物当做肃剧的主人公呢？

　　克　在这些主人公的描写里总带有某种超越自然的东西。他们的情感让人感觉太过高尚和卓越，他们的行为离现实太过遥远。观众总是乐于在戏剧舞台上看见与普通人相似的人物，殉教者却总是超越人性。另一方面，贬低他们则会使他们丧失原来的品性。我认为，这些主人公与我们的时代趣味不相符合，原因在于他们缺乏温情，就算刻意把他们写得柔情似水，也只会有悖他们的信仰的神圣性。

　　提　这个问题容易解决。我并不希望把这个基督徒塑造成完美无缺的人。这样的美德近乎神迹，而在一部肃剧中表现神迹是最难让人接受的。不过，我也不希望他的缺点让他竟至深陷爱情的苦楚。这种情感带有某种与基督教人物格格不入之处，而且对于观众来说显然是太危险的榜样。不过，他大可以感受爱情之外的其他情感。他可以疼爱子女或敬爱父亲。他可以热忱地拥护祖国的利益。他可以想望光荣，小心经营自身的名誉。这些自然情感在与宗教情感形成张力的时候有可能发生极美的事迹。难道您从来不曾读到过什么适合搬上舞台的殉教者故事吗？

　　克　我知道大学里用好些这样的故事来作肃剧。只是，不论这些故事题材多么难能可贵，在大学之外的地方，在并不习惯中学的野蛮习气的观众面前，这些肃剧要获得成功想必很难。这些大人先生自己也说，王宫里应上演比他们的肃剧更讨人欢喜的戏，我觉得这么说没有错。他们不是意气用事，因为他们中的大多数人不是想要作一出好肃剧，而是想要训练他们所教导的学生。我不会指责他们，相反，我赞许他们在这件事上做得对。倘若他们在履行教职的过程中迷恋他们所作的肃剧，自我吹嘘精通这门艺术的所有微妙之处，那么他们将会非常不幸。这是因为，虽有很多诗人每［789］天都在创作戏剧，却很少有人的自我吹嘘是有道理的。

提 确实，这些学问家从事比写诗更重要的工作，不应该像大多数天天忙于写诗的诗人那样，有同样的迷恋和同样的弱点。就算这些学问家具有戏剧才华——这未尝不可能，我也不希望他们以此为傲，至少我不认同他们把才华用于这类爱好。这是因为，他们保持节制，才能更有效地教导学生，并且避免学生沉沦进遭人耻笑的情节。您知道，如果创作者没有带着我所说的审慎和节制的话，中学里的肃剧常常遭到恶意的玩笑。

克 我不明白您说的恶意玩笑是指什么。不过我知道，如果没有采用以教导学生为目的的故事题材，中学里的肃剧就总是会招人耻笑。当您看到肃剧主角是旧约圣经里的长老或新约圣经里的教父时，您还有可能忍住不笑吗？

提 我情愿学生接触这类肃剧而不是风雅剧。不过，我们讲了太多中学里的肃剧。我一开始说，基督徒的主人公同样有可能在戏剧舞台上取悦观众，我当时似乎还想给您提供几个例子作为证据。我只举三两例。您一定读过赫耳墨尼基尔多、圣俄斯塔提奥斯以及殉教徒普洛科普的故事。

克 您又回到中学里的肃剧。哪个中学不把您提到的这几个圣徒故事搬演过至少二十回呢？

提 这些故事也在别处上演过，有些法国诗人以此为题材作过肃剧。① 不过，这些戏是在中学里还是在别处上演，既不会反驳也不会证明我的观点。我只想向您指出，这些故事足以为一部

---

① Baro, *Saint Eustach*, 1637; Desfontaines *Saint Eustach*, 1643; La Calprenede, *Hermenigilde*, 1641.

美的肃剧提供充分的感情活动和故事情节。一位君王处死亲生儿子。一名将军为了信仰不惜牺牲子女、妻子和声誉。一个骄傲的母亲为了报复别人强加在儿子身上的轻蔑而亲自让儿子去送死。所有这些难道不能出现在法兰西的戏剧舞台上并取悦那些最挑剔的观众吗？

　　克　您说了也没用，我实在难以想象。怎么！如果演员们在冬季演出海报上预告"即将为您上演圣俄斯塔提奥斯的殉教故事"，您觉得还会有人进剧院看戏吗？光是圣俄斯塔提奥斯的名字就足以让所有人大倒胃口。

　　提　光是名字就让您难受啦，我赞成您的讲究，也很愿意承认，［790］我确实不愿意用某些太过出名的名字作为一出戏的标题。只是，换个名字还不容易吗？诗人们就可以这么做。就算我们不愿意采取这么任性的做法，不是还有不计其数的基督徒故事里头都有顶美好的名字吗？不必放任想象，让我们诚心诚意地承认一次，就名字和内容而言，世俗故事并不会比基督徒故事更有优势。

　　克　传奇故事并不是必要的。只要处理得法，最简单的事件也有可能作出很美的肃剧。我非常赞同我们最出色的一位诗人的观点。他在某出戏的前言里说过，一部肃剧的故事情节从来不嫌简单。[①]早在他之前，贺拉斯已想到过。[②]我斗胆再补充一点，为了使戏剧成功而一开始就寻求标新立异的事件并添加过多的插曲粉

――――――――

　　① 指拉辛的《贝勒尼斯》前言。［译按］拉辛前言："很久以来我想尝试写一部故事情节简单的肃剧，这与古人的趣味极为契合。这甚至就是古人留下的规范。贺拉斯说过：'无论写什么故事，务必始终保持简洁单一。'古人欣赏索福克勒斯的《埃阿斯》，这部肃剧没有写别的，只写埃阿斯没能得到阿喀琉斯的武器而狂怒大作，终于在悔恨中自尽。古人还欣赏《菲罗克忒忒斯》，这部肃剧无非就是写奥德修斯如何使计巧得赫拉克勒斯的箭。《俄狄浦斯王》尽管故事情节曲折，却也绝不比我们今天最简单的肃剧更复杂。"（OC1，451）

　　② 贺拉斯，《诗艺》，23。

饰，这不是合宜的做法。

提 我从没作过肃剧。我在这方面的一点认识完全归功于阅读古人经典。不过，我不久前读到一个故事，在我看来很适合改写成戏剧，前提是写法要和我从朋友那里听来的描述保持一致。有位相当高贵的基督徒长官拒绝别人想要交到他手里的统治权。他在临死的时候站在迫害他的人的立场，反对他的朋友们，他们不但想解救他，还想让他取代现有暴君。紧接着，儿子为了挽救父亲情愿赴死，那父亲被迫面临选择，要么亲眼看着儿子赴死，要么抛弃信仰。这个故事若是添上戏剧方面的装饰在您面前上演，恐怕您不会情愿去看那些世俗故事吧？

克 那也须得是某位大诗人负责写这部肃剧。不过，我希望故事情节为人所知。我想不起有哪个历史事件与您刚才讲的故事是相似的。

提 我若告诉您刚才所说的那位亲王的名字，您马上就能明白，有许多历史事件完全适合用作肃剧的故事题材！您也知道，只要是保留故事主线的为人所知的具体情境，在那些不为人所知或者只为少数有学问或爱打听的人所知的细节上，我们可以做出一定的添加或改动。①

克 我知道，世俗故事这么做是被许可的，但圣徒故事我倒是有些怀疑。在您看来，诗人可以捏造某个殉教者没有载入官方圣人名册里的事迹吗？

提 不是的。我不希望看见，某个未经历史记载的人，或者某个依据古代作者记载是异教徒的人，竟在舞台上表演为基督宗教信仰而牺牲生命。[791] 但是，我们可以虚构出某个基督徒人物并表现他为宗教殉难的情境，前提是他在戏中只是次要角色，并且他所遭受的迫害不至于让他赴死。假设历史上确有这么一个

---

① 参看高乃依在《论戏剧》中的相关论述（O.C., III, 159）。

人，并且他确为宗教殉难，那么，我们可以稍微改动他受难的情境，比如他在现实中只是面临放逐的危险，那么在戏中不妨改成他有可能要送死。更改若干不为人知也不甚重要的细节，这么做丝毫不会影响我们对教会历史的尊敬。

　　克　您促使我产生一个萦绕不去的想法，也就是说，一部戏剧若表现不为人知的故事，那么这部戏剧很难获得成功。这是因为，不为人知往往给人捏造杜撰的印象。一部肃剧就算再让人难以置信，但比起某个蛮夷名姓和若干传奇插曲，观众总是更期待在戏剧舞台上看见某个著名人物及其所经历的那些他们早已略有所闻的事迹。您如果还记得的话，这也是围绕《阿尔戈里娅》（Argélie）的最常见话题之一。①我们去年一起看了这出戏，剧中的情感和诗行都很美。我毫不怀疑，如果观众稍微知道一点阿尔戈里娅这个人物，那么这出戏一定会获得更大的成功。这样的不足之处很容易纠正。这出戏的作者很有才华，也许到了下一部戏就能真正做到无可指摘。

　　提　我们看过一些主人公不为人知的肃剧同样大获成功。在高乃依先生的肃剧之前，没有人知道熙德。不过，我承认，肃剧的标题若是为人所知，观众会有更好的心理准备。我也不愿意看到，初出茅庐的作者一上来就着手处理隐没无名的故事和人物。

　　克　我还会建议这位初出茅庐的作者不要一上来就写一出没有爱情的戏，或者某个殉教者的故事。这可不是引起轰动的做法，观众看到肃剧的写法如此新颖会觉得奇怪。

　　提　但也许他会凭靠这样的新颖写法大获成功。至少不会有人批评他抄袭别人。

　　克　这类故事题材确实少有可仿效的榜样，除非他想学习晚

---

　　①　这出肃剧的作者是Gaspard Abeille神父（1648—1718），此剧于1673年在勃艮第宫上演。

近某些拉丁语作者①，他们以为可以让同一人物一口气连续吟诵两百行诗，只要这些漂亮的格言警句与风俗操行有关。您知道，那些公开主张在戏剧舞台上只表现圣人故事的作者几乎无不是这么做的。这样的演出很可能与您刚才提到的肃剧有一样的下场，也就是没有办法从头演到尾，因为观众坚持不到第三幕就会提前离场。

提 ［792］让我们严肃地谈一谈。难道我们今天的大多数肃剧不是彼此相似吗？我记得听您本人说起过许多次。所有表现柔情的戏剧都有相同的品质，以及几乎相同的故事情节。要么是遭到强烈反对的炽热的爱情，要么是妨碍一对情人迈向幸福的嫉妒。在我们今天的这类戏剧中，最好的作品也不过是如此。由于总想表现那些同样的情感，作者很难找到新的故事题材。如果能够下决心摆脱爱情故事，那么，在历史上存在着不计其数让人难忘的事迹，足以在戏剧舞台上大放光彩。

克 那要有幸运胆大的人为其他人开辟出这条未知道路。只是谁愿意做这个胆大的人呢？我不认为如今写戏剧的哪个诗人会有足够的勇气去超越所有阻止他们这么做的理由。观众要求肃剧中有柔情。您也知道有关高乃依先生晚近的几出戏的批评。正因为没有爱情，这几出戏没有获得与其作者的伟大才华相称的成功。

提 高乃依先生晚近的几出戏并未有失水准，始终有这位大诗人独有的美。我想，就算他从不表现女性情人，人们也依然像当初追捧《熙德》那样追捧他。②我期盼看到他在写作生涯里光荣地坚持到底，下部作品不论是取材政治事件——须知在这方面他是无法模仿的，还是选定一个没有爱情的故事计划，他总能完整地表现英雄主义情感。因为这就是他的特色。高乃依先生不是唯

---

① 指当时一些耶稣会士以教育学生为目的而创作的新拉丁语肃剧。

② 《熙德》的女主人公爱上杀死父亲的仇人，因而是不道德的爱情，但在当时这出肃剧备受追捧，很大程度上应归功于女性人物的成功塑造。作者在这里所选的例子并不太恰当。

一能够为其他人开辟未知道路的人。《伊菲革涅亚》的作者同样做得到，并为此收获更大的荣耀，虽说他在温柔热情的故事题材方面总是很成功。只不过，在他做出这么异乎寻常的决定以前，我们可能还要等待很久。

克　听说有些作者正着手创作一部最新版《伊菲革涅亚》，有意做得比我们看过的版本更华丽。这些作者或许可以从您的忠告中受益。听说他们一心一意想要遮蔽《伊菲革涅亚》的作者的光芒。您若是提醒他们莫在肃剧里添加柔情戏，也许能帮助他们获得预期的成功。

提　我能给这些作者的最好忠告就是改写别的故事。我很难相信，他们作的《伊菲革涅亚》能像我们看到的版本那样连续上演三个月。观众一旦喜欢一出戏，就很难改变心意。此外，容我大胆地说，千万不要以为平庸的作者有能力实践我这套新肃剧体系。只有声名显赫的作者先赞同这一做法，观众才有可能跟着接受它。

克　[793] 您怎么看作者写肃剧时完全不加入女性角色？这不是与不加入爱情戏一样很难为观众所接受吗？

提　剧作者们会说，一部肃剧没有女人是不成的，因为女性演员总能把台词说得最好。学问家们会说，肃剧表现发生在一个或多个家庭里的情节发展，女人和男人在其中一样起作用。至于我，既然我希望肃剧中没有爱情，在我看来，肃剧中同样可以没有女人。这是因为，爱情以外的其他情感在没有女人的情况下同样可能发生。比如，就算献杀的是儿子而不是女儿，阿伽门农的父爱不也能起到同样效果吗？您瞧，只要戏里不写到婚礼，女人就不一定非出场不可。

克　我很意外您竟没有举古希腊作者的例子。索福克勒斯就写过一部没有女人出场的肃剧。[①] 既然您深深热爱古希腊作者，倒

---

① 《菲罗克忒忒斯》。

不如就此做出结论，也就是肃剧中不应安排女人角色。

提 我避免做这个结论。我只对那些有意在戏里安排女人角色的作者提出忠告，务必让她们具有符合女人身份的谦逊和节制。我热爱古希腊作者，恰恰就在于这一点。他们比我们更小心审慎地遵守诸种礼节，不妨说，他们对观众持有我们所不具备的尊敬。如果他们表现某个因爱痴狂的女人，比如欧里庇得斯在《希波吕托斯》中表现淮德拉，那么他们一开始就会告诉观众，这样的爱情源自诸神的义愤，而不是由于深陷爱情的主人公太放纵。总的说来，他们没有提出任何准许人心混乱的说辞。既然今人在别的事情上超过古人，我只盼望在这一点上今人能够仿效古人。这就是我对古希腊作者的想法。此外，在这篇对话里，我绝没有夸口要给今天的肃剧作者定规矩。我只不过提出我的想法。如果这些想法与近年来（也即自从我们变得足够理性、不再一味听从公众舆论支配以来）从事诗艺撰述的聪明人①不谋而合，那么我会很高兴。不管您怎么看待我的这席话，您都不能否认，我们大有理由期盼没有爱情的肃剧大获成功。当然我也知道，在我们这个到处追求爱情和风流韵事的时代里，做到这一点确实很困难。

---

① 参看哈班神父《思考当前的诗艺和古今诗人作品》(Rapin, *Réflexions sur la poétique de ce temps et sur les ouvrages des poètes anciens et modernes*, 1674)。

《伊菲革涅亚》绎读

吴雅凌

1. 某种秘密的恐惧让我浑身战栗

像活人祭这样的话题并非只是抵触现代文明底线。阿喀琉斯扬言要在好友葬礼上杀死十二个战俘做陪葬。他确实这么做了。西方文学史上第一部史诗开卷第一行起被多少朱笔圈点的"毁灭性的英雄之怒",历经整二十三卷铺陈,终在他手刃特洛亚十二勇士一路大声号哭的现场抵达高潮——此一时的愤怒,甚至超过彼一时在特洛亚人面前泄恨作践他们死去的领袖赫克托尔。与此同时,荷马以不动声色的优雅笔法相隔短短五行诗重复发出同一句耐人寻味的叹息:"高傲的特洛亚的十二个高贵儿子。"①优雅中没有掩饰让人不忍细加琢磨的残酷。

但不只这样呢!荷马接着讲,人间丧葬,天上神族摆宴。西风北风二神趁着酒兴,喧喧嚷嚷地出发,携手卷起大风吹旺火葬堆,敌我的尸身不分别地欢烧一夜,连带活人的爱恨伤心,天明才烧完。日出时,阿喀琉斯力倦神疲躺倒睡了。真真是一场游戏一场梦。游戏归神族。人只分到人生如梦。

像荷马这样的诗人不会再有第二个。后来的希腊作者不欠缺

---

① 《伊利亚特》, 23. 175, 23. 181。

谈论禁忌的勇气，但大都表现出必要的谨小慎微。希罗多德记载不少外邦异族的活人祭，只有一回涉及希腊本地传说。单是这一回，他做足万全的条件补充，那被活献祭的，乃是罪罚之人逃亡外邦又偷自回乡且擅闯圣地……诸如此类罪上加罪罪不可赦。① 素有"渎神"声名的欧里庇得斯很可能贡献了最多的相关细节。而他一样避免越过雷池。俄瑞斯忒斯险成陶洛人的牺牲，那是"蛮王统治的蛮夷"（barbaros），受希腊人鄙夷的异族礼俗。再不然是亵渎了神威，像那忒拜王彭透斯，因迫害狄俄尼索斯神教，被生母在狂迷中活活撕作碎片，反成就酒神伴侣的狂欢礼。②

大约只有一个例外。事情发生在希腊本乡本土，被选中的牺牲是天真的女孩儿。十万希腊大军要去远征特洛亚，不料被滞留在奥利斯海港。神谕说是阿尔忒弥斯女神发怒了，点名阿伽门农王的女儿伊菲革涅亚，只有无辜的鲜血才能息神怒。雅典的三大肃剧诗人纷纷讲过这事。依据埃斯库罗斯和索福克勒斯的说法，伊菲革涅亚确实死在奥利斯。欧里庇得斯却说，阿尔忒弥斯女神怜悯那女孩儿，从祭坛上救走她，以一头母鹿替代她做牺牲。

无独有偶。旧约圣经也有一则广为流传的献祭故事。亚伯拉罕在摩利亚山中把刀伸向独子以撒。最后一刻也有一头公羊奇迹般地现身，替代无辜的少年做了牺牲。亚伯拉罕的信德与神恩的降临相映成趣。皆大欢喜。这则故事历来被赋予希伯来文明中最高级别的教诲意味。

相比之下，旧约另有一处活人献祭的记叙较少为人说起。先知耶弗他向耶和华许愿，以色列人若能打败敌人，他将把第一个出家门迎接他的人献为燔祭。后来以色列大胜，先知的独生女儿

---

① 希罗多德，《原史》，7. 197。
② 分见欧里庇得斯的《伊菲革涅亚在陶洛人里》和《酒神的伴侣》。

敲鼓跳舞，最先出门迎接。那做父亲的撕裂衣服，当场哀哭不止。单从文学的眼光看，《士师记》的这段叙事相当精彩呢！细腻的心理细节，动人的戏剧突转，正是亚伯拉罕的故事欠缺的。《创世记》中的信仰之父自始至终孤独沉默，无人知晓神要他献祭以撒，连以撒也不知。父子二人朝摩利亚山前行的那三天，经书里讳莫如深。唯此才有基尔克果在《恐惧与战栗》中四次调音三次发问几番尝试谱奏亚伯拉罕老父的心曲。第二个故事远不如以撒的献祭有名，原因大抵出在结尾：没有神的使者从天上呼唤，没有鲜活的小兽在祭坛上咽气。先知耶弗他的女儿有不一般的勇气。她去山中哀哭，"两月期满，回到父亲那里，父亲就照所许的愿向她行了"。① 无辜的以色列处女真做了牺牲。直至故事终了，神意始终隐匿，透着一股让人隐隐不安的气息，应了先知以赛亚的话："救主以色列的神啊，你实在是自隐的神。"②

这种不安的气息以不一般的方式弥漫希腊作者讲述的伊菲革涅亚故事。埃斯库罗斯和索福克勒斯未留下专门的肃剧，《阿伽门农》（行1555–1559）和《厄勒克特拉》（行530–533，行566–579）不约而同将这场献祭当成阿伽门农家族肃剧的环节一笔带过。稍后的拉丁诗人卢克莱修强化了个中的批判语气："希腊将领在奥利斯用伊菲革涅亚的血可怕地玷污了那十字路口的处女神的祭坛……"③

欧里庇得斯是在人心里制造不安的大师。也只有他，兴致盎然地，就伊菲革涅亚的故事一连写了两出诗剧。《伊菲革涅亚在奥利斯》的结局看似皆大欢喜，却留有疑团莫释。神从天而降，为人间解围。"机器降神"作为欧里庇得斯的常用手法总带着一丝古怪含糊的意味。克吕泰涅斯特拉听闻女儿从祭坛神秘消失，没有

---

① 《士师记》，11：30–40。

② 《以赛亚书》，45：15。

③ 卢克莱修，《物性论》，1. 80–101。

感恩喜乐，反而丢下让人玩味的一句话："我怎么知道这不是一个虚假的故事，说来安慰我，叫我不要再哀悼你的呢？"更有甚者，继报信人之后，阿伽门农王"带着同一的故事"亲自上场宣布："她的确是和神们在一起。"[1] 不知为什么，这蛇足般的举动让人心愈发不安，让我们忍不住和克吕泰涅斯特拉一起怀疑。母鹿的美好神话莫非是息事宁人的"善意"谎言？在欧里庇得斯的隐微笔法下，神恩的降临更似一场"渎神"的戏谑。

当十七世纪法语诗人拉辛重写《伊菲革涅亚在奥利斯》时，我们注意到，他以欧里庇得斯的传人自居，反复强调他对欧里庇得斯（以及荷马！）的仿效（OCI，699）。拉辛从欧里庇得斯那里继承了什么？也许首先就是这股子不安的气息吧。它穿越两千年没有消散，反而更固执也更苛求小心应对。在现代文明语境里，这不安在哲学家那里不妨变形成一个基尔克果式的追问：倘若没有神恩临在，活人祭如何从伦理上得到辩护？从某种角度看，基尔克果的哲学追问方式依然可追溯至柏拉图对话传统。那么，诗人们呢？是否存在一种堪与哲学相抗衡的现代文学思考方案？由此能否形成某种新时期的诗与哲学之争？毕竟，由活人祭话题引发的不安虽然微不足道，但文学从来不把细节等同为小事，不是吗？

拉辛无疑提供了一个好的研究案例。在他生活的年代，欧洲知识人中爆发了一个新的纷争名曰"古今之争"，看上去与《理想国》里的那个古老纷争话题相去太远。但有什么好大惊小怪呢！拥有古典主义诗人名号的拉辛或许真的不失为荷马和欧里庇得斯的法兰西传人，我们这些后世有福的观众必须心知肚明，路易十四时代巴黎舞台上的精彩必然与伯里克利时代的雅典剧场有天壤之别。

---

① 欧里庇得斯，《伊菲革涅亚在奥利斯》，1616–1618，1623。

2. 这渎神的热情想要什么

在拉辛笔下，神意的隐匿这个说法早早出现在开场。与其说是肃剧故事的终极疑难，莫若说是阿伽门农王在不能眠的暗夜流泪哀叹时亦真亦假的修辞：

> 在卑微运命中满足的人有福了，
> 他远离这困住我的华美枷锁，
> 生活在诸神隐匿的幽暗境地里！（行10–12）

伏尔泰在《哲学辞典》中连用三个感叹句盛赞这三行诗："何其动人的情感！何其巧妙的诗行！何其自然的音籁！"[1] 奥利斯港的暗夜，全军都睡下了，没有一丝风声，大海也沉默着。我们应该知道的是，这沉寂如死一般出自诸神的诅咒，已经整整历时三个月。阿伽门农王叫醒老仆。这个举动显出不一般的隐喻色彩。众人皆睡我独醒，阿伽门农以肃剧中人的语气感叹，比起大人物的悲壮命运，他更情愿像夜里好梦的小人物那样拥有不受神恩眷顾的人生。

很妙的是，这般精心营造的气氛，这样华丽动人的言辞，随即却遭一个素朴的老仆人反驳。"主公啊，从何时开始你这般措辞？"（行13）阿伽门农在所有希腊君王中最受诸神恩宠，拥有世人不可企及的荣誉财富，断不可因眼前难关而轻狂，妄加渎神，忘记做人的本分：

---

[1]　Voltaire, *Dictionnaire philosophique*, tome 1, Paris: Garnier, 1879, "De la bonne tragédie française", p.407. 伏尔泰视拉辛为法语诗人的最佳典范，尤其推崇《伊菲革涅亚》，奉为历代法语肃剧佳作头名，在"戏剧艺术"词条中以近十页篇幅详加赏析。

> 虽有百般荣誉，你终究是凡人，
> 人活在世上，不停变化的运命
> 从来不保证不带杂质的幸运。（行32–34）

早在欧里庇得斯笔下，老仆就有这等明智让人印象深刻："你须得享快乐也得受忧患，因为你是生而为凡人呀，即使你不愿意也罢，这样总是诸神的意旨。"[①]老仆的反驳更像长者（几乎等同于智者）的告诫。无论幸或不幸，凡人须得顺从神意自知天命，君王不必说更得以身作则。

这让人忍不住要想，究竟是谁处在"诸神隐匿的幽暗境地"？

阿伽门农向老仆透露一个"天大的秘密"。伊菲革涅亚不得不被献祭。此事只有他和奥德修斯等三两君王知情。先知卡尔卡斯在秘密的祭仪上转达神谕：

> 你们带兵攻陷特洛亚将落空，
> 除非献一场庄严肃穆的祭礼，
> 要有一名与海伦同血脉的少女
> 在本地狄安娜神坛上流血牺牲。
> 想让天神收回的大风重新刮起，
> 你们要将伊菲革涅亚献作燔祭！（行57–62）

阿伽门农不知道神意为何要求他献祭女儿。在他看来，奥利斯三个月不起风，乃是"发怒的天神禁止我们找寻出征的路"（行218），至于这桩"突来奇事"（行47）事出何因，他和其他人一样茫然无知："不知为何过错，诸神在愤怒中索求流血的献祭。"（行1221–1222）关于这一点，古代诗人倒是另有交代。欧里庇得

---

① 欧里庇得斯，《伊菲革涅亚在奥利斯》，28–33。

斯的《伊菲革涅亚在陶洛人里》开场说，阿伽门农许愿把一年中最丰美的产物献给女神，正巧伊菲革涅亚在当年出世。索福克勒斯的《厄勒克特拉》则说，阿伽门农误杀了一头本要献给女神的鹿，不得不拿女儿去赎罪。在拉辛这里，阿伽门农不是要还愿赎罪，阿伽门农根本是误解了神谕。

是的。那华丽的开场几乎骗过我们。阿伽门农一样"生活在诸神隐匿的幽暗境地"。整部戏中的人物无不"生活在诸神隐匿的幽暗境地"。有一次，在天真的伊菲革涅亚面前，阿伽门农说了半句实话："诸神近来残酷，不听我祈祷。"（行572）另半句实话是："父爱受了惊我怎能再信神？"（行69）阿伽门农以亲情为名公然不再信神。他听闻神谕，当场"咒骂诸神"，"在神坛上发誓绝不屈服"（行67–68）。他的妻子稍后说："神谕表面说的岂能全当真？"（行1266）他更明目张胆些："我要求诸神第二次向我索讨。"（行1468）他也更矫饰些，比不得阿喀琉斯快意率直："让荣誉说了算，这才是我们的神谕。"（行258）

欧里庇得斯笔下的阿伽门农已够悲哀的了。老仆当面说不佩服他，兄弟当场拆他的家书，妻子当众无视他的威严。他想送信给妻子失败了，他想瞒过众人失败了，他想救女儿也失败了。出于某些值得推敲的缘故，拉辛为这个虚弱的角色额外添了许多光环和尊严，让他重新配得上"王中的王，希腊全军的头领"（行81）这个称号，乃至两次让他与英勇无敌的阿喀琉斯当面对峙唇枪舌箭——在欧里庇得斯那里，阿伽门农在阿喀琉斯上场之前急忙退场，似乎要规避这样的针锋相对。

但拉辛的苦心经营没有成就一个肃剧英雄。罗兰·巴特这么评价阿伽门农：他拥有一切，财富、荣誉、权力、盟友，但在性格上一无是处；他优柔寡断，但与肃剧英雄的两难无关。① 阿伽门农甚至不是真正的肃剧性人物。王者与父亲的身份两难，国家理性与父爱亲情的张力矛盾，这些常见的肃剧冲突元素更像是他频繁改变心意的借口。要不要献祭伊菲革涅亚？他在这个问题上再三翻悔。他同意献祭不是敬畏神意，而是忌惮公共舆论，且贪恋虚妄的功名。他反对献祭，最初是想救女儿，后来却像是与阿喀琉斯争权的手段。但归根到底，不管他同意还是反对，献祭的事从来不由他决定。阿伽门农从头到尾都是摇摆的软弱的，是受困的。那困住他的"华美枷锁"不单是人世的虚妄，更有世人对虚妄的贪念。阿伽门农生而为王，不在于他比常人更脱俗，而在于他更具人性。贪恋令他在神意临在时与神意无缘。所以，他也懂扪心自问："这渎神的热情想要什么？"（行1445）

只有那么一次，阿伽门农是如此挨近神意！他在不知情中扮演先知的角色。他在埃里费勒尚未出场时早早提起她。他称她为"另一个海伦"。他不知道他无意中道出真相。神秘的埃里费勒才是神谕点名的另一个伊菲革涅亚，另一个"与海伦同血脉的少女"。但阿伽门农对此一无所知。他仅仅满足于用埃里费勒从公主沦落为女奴的悲哀例子去批评他的政敌阿喀琉斯：

> 特洛亚人为另一个海伦哭泣，
> 那被你俘虏送往密刻奈的女子。
> 我毫不怀疑这位年少的美人，
> 守秘是枉然，她的高傲泄露天机，
> 她的沉默表明高贵的身份，
> 隐瞒不住她本是显赫的公主。（行237–242）

---

① Roland Barthes, *Sur Racine*, coll. *"Pierres vives"*, Paris: Le Seuil, 1963, p.107.

　　从开场的惊世秘密到终场的真相大白。从起初没有一丝风的死寂，到最后献祭礼上大风呼啸，全军咆哮，天地海洋轰鸣，拉辛的天才笔触步步从容有条不紊地营造出一个完美依循三一律的古典主义戏剧世界。风声从无到有变化起落，秘密一层层抽茧剥丝，自然与人心的秩序整顿保持同一个节奏，故事简单集中而又精彩纷呈。从天黑到天亮，以阿伽门农王为首，整部戏中的人物全在神意的隐匿中昏睡。他们从头到尾没有付出任何代价，也就与这场轰轰烈烈的肃剧无缘，只配做旁观的人群。在伟大心灵事件的发生现场，他们没有经历思想的颤抖，而是满足于被动地感受"一阵消除疑虑的神圣恐惧"（行1784）。

　　只有一个人例外。只有她，从诸神下了咒的灵魂的暗夜走出来，独自一人走向刺瞎人眼的光亮。

3. 你每走一步就多一点痛苦

　　在路易十四时代的剧场，关乎活人献祭的伦理辩证诉求让位给逼真性（la vraisemblance）的审美规范。拉辛以务实的态度交代他面临的技术两难，既不能让"像伊菲革涅亚这么高尚可爱的人儿被杀死"，又不能借助机器降神或变形故事解决问题。前者过于野蛮有"玷污舞台"之嫌，后者过于荒谬无可信度（OC1，698）。总之，古代作者的手法无以满足十七世纪凡尔赛宫廷王族和巴黎显贵的趣味要求。拉辛必须另辟蹊径。

　　拉辛的方法简单有效。据说最有效的方法向来最简单。拉辛不但有写诗的天分，还有务实的能力，这是我们应该知道的。他想象出"另一个伊菲革涅亚"，从各方面与伊菲革涅亚形成正与反的对比。

　　伊菲革涅亚是王的女儿，有高贵的出身，也有美好的天性。

她善良正直，庇护落难的孤女。她纯洁勇敢，有分辨是非的明智。她爱阿喀琉斯也为阿喀琉斯所爱。英雄美人，门当户对。父亲捎信回家，阿喀琉斯要在出征前行婚礼，她便欢欢喜喜随母亲动身了。她所到之处，路人在脚下散播鲜花（行1308），军中战士着迷得为她对天祈福（行350–352）。人世间一切美好幸运的，欢乐轻盈的，伊菲革涅亚应有尽有。

伊菲革涅亚所拥有的，身为反面的埃里费勒全没有。我们从阿伽门农的例子已看到，"拥有"这件事在拉辛笔下的世界里是头等重要的事。埃里费勒受此种执念的折磨最深。与她相连的是人世的另一面，阴暗不幸的，悲痛沉重的。她是身份不明的孤儿："被爹娘永远抛弃的孤儿，处处是外乡人，从出生以来没有亲人的看顾和抚爱。"（行586–588）她原本有望去特洛亚寻亲，不料途经勒斯波斯时赶上阿喀琉斯攻陷该城，就此沦为俘虏："一度也被许诺以高贵的未来，而今成了希腊人的低贱奴婢，唯存无处证明的血统的一丝骄傲。"（行450–452）埃里费勒受困于身世之谜，在戏中不断提起，不住追问。神谕预言她注定为认识自己而丧命。好比那俄狄浦斯王，寻找身世之谜的过程亦是走向自我毁灭的过程。

> 我不知我是谁，更难堪的是
> 一则可怕的神谕预言我注定犯错，
> 但凡我试图寻访身世之谜，
> 没有赴死我不能认识我自己。（行427–430）

历代法语诗人中，拉辛尤以书写无望的爱著称。埃里费勒的不幸被重点表现为爱情的不幸。拉辛让她爱上敌人不能自拔："那可怜的勒斯波斯人的毁灭者，那导致我不幸的阿喀琉斯，那用沾满鲜血的手劫走我的人，那凭空夺走我的身份的人，那连名字也该遭我憎恨的人"（行471-475），芸芸众生里，她偏偏对他一见钟情。何况是暗恋，没有回报也不为人知。只有身为情敌的伊菲革涅亚猜出几分："你亲眼所见那浸在血中的臂膀，勒斯波斯、死者残骸和大火，全是刻在你灵魂深处的爱的印记。"（行680-682）而她矢口否认，只对身旁的女伴吐露心声："在勒斯波斯我爱他，在奥利斯我爱他。"（行502）

她原不该来奥利斯！何必随伊菲革涅亚从阿耳戈斯长途跋涉，前来充当悲伤的见证人（行882-883）。她原该远离他们躲起来，"永是不幸，永不为世人知"（行890）。但正如俄狄浦斯命里绕不过忒拜城邦，奥利斯也注定是埃里费勒流浪的终点。她声称前来寻访先知卡尔卡斯打听身世，心里怀着不可告人的秘密。是的。既然伊菲革涅亚天性善好，埃里费勒必有阴暗的反面。她假意接受伊菲革涅亚的庇护，"无非想破坏她而不败露自己，阻扰我无法忍受的她的幸福"（行507-508）。

> 一个秘密的声音命令我出发，
> 说什么我这不受欢迎的到场
> 也许会把厄运带来此地，
> 亲近那两个幸福相爱的人，
> 也许我的不幸会蔓延到他们身上。
> 这是我来的原因，倒不是我急切
> 想揭开悲哀的身世之谜。（行516-522）

"那深深折磨我的太可悲的愤怒啊！"（行505）在为情困顿的埃里费勒身上，依稀显出稍后拉辛笔下的淮德拉的形影和声音。她在悲愤中冷眼旁观精心密谋。她最早察觉阿伽门农嫁女儿是幌子。在献祭的秘密泄露后，她跑去告密阻止那母女俩逃离，又挑起阿伽门农和阿喀琉斯的争端，扰乱希腊军心。在她心目中，希腊人是充满威胁的劫城者，特洛亚才是母邦（行1135–1140）。她像不和女神，"来回跑遍军营，用致命的布带蒙住所有人的眼，发出争吵动乱的不祥信号"（行1734–1736）。

拉辛谨记亚里士多德《诗术》第十三章[①]的教诲。为了实现恐惧和怜悯的肃剧效果，埃里费勒不能是完美的好人，也不能是彻底的坏人。"她是陷入嫉妒的有情人，一心想把情敌推进不幸的深渊，因而从某种程度上理当受惩罚，却又不是完全不惹人同情。"（OC1，698）她在奥利斯遭受的折磨确乎惹人同情。在拉辛的娴熟笔法下，好些细节迄今不失为爱情戏的经典桥段。她对心不在焉的阿喀琉斯说："我的眼泪且对你隐瞒一半真相。"（行892）他应允还她自由，作为与伊菲革涅亚谈婚论嫁的佳礼，而她作为女奴在旁陪衬，且把仇人当恩人。待到献祭消息传出，他拼命维护爱人，不惜与全希腊人（和神）为敌，更使她嫉恨心碎。

但无望的爱情只是一种借喻。埃里费勒的根本不幸在于她身为"另一个"却渴望成为伊菲革涅亚本人。她一无所有而渴望拥有一切，她是外乡孤儿而渴望找回城邦家人。在全剧五幕戏中，她与女伴独处的四场对手戏均匀分布在第二幕和第四幕的首尾——拉辛谋篇之精巧，让人赏心悦目，这是其中一小例。只这四场戏，她说真话不必佯装。而她开口即说："我们走开吧！"（行395）最后一场她更明白地说："那不是我们走的路。"（行1487）她的血缘身份来历不明，她的精神身份是外乡人。她在全剧头一次亮相就是回避阿伽门农一家的重逢："让我的忧伤和她们的欢欣各得自在。"（行398）她与周遭世界格格不入，为此深受其苦。身旁的女伴说："有一种我不明所以的运命，仿佛你每走一步就多一点痛苦。"（行415–416）

肃剧一经启动就收不住。历来如此。埃里费勒在奥利斯解开

---

① 亚里士多德，《诗术》，1453a。

身世之谜。她原是海伦和忒修斯的女儿，本名伊菲革涅亚。她与原来那个伊菲革涅亚是嫡亲的表姐妹，但她不可能变回高贵显赫的王族世家的成员。她比先知更早预感："诸神枉然地判决她，我是并永远是唯一的不幸者。"（行1125–1126）她才是神谕要求牺牲的另一个海伦的血亲（行1749）。多少英雄在这场因海伦而起的战争中丧生，而她，海伦的女儿，终将第一个赴死。

这样，借助正反两个伊菲革涅亚，拉辛漂亮地解决了古希腊肃剧流传至十七世纪法国剧场时客观存在的技术难题："只需看到埃里费勒这个人物就能明白我给观众带去的乐趣，我在终场时拯救了一个在整出戏中让观众极为关怀的高尚公主。"（OC1，698）两个伊菲革涅亚，共同的名字，共同的血缘，共同的爱人。多么构思巧妙！她们一起站到祭坛前。保全一个而杀死另一个。纯洁无辜的活下来，那工于心计的活该有不祥的下场！她甚至不是合法婚生的继承人，而是海伦不能公开相认的私生女儿（行1285，行1752）。她是本不该出世的。这个细节带着同样让人不忍细加琢磨的残酷不是吗？

透过终场报信人之口，拉辛以六十来行诗描绘出一个无与伦比的献祭场景。空气里浮动刀枪的乌云，地上血泊预示杀戮在即（行1741–1742）。先知卡尔卡斯在骚乱的人群中现身，"眼凶狠脸阴沉，怒发冲冠，模样可怖"（行1744–1745）。卡尔卡斯不是剧中正式出场人物，但从开场阿伽门农的转述直到终场奥德修斯的转述，他时时在场。外战亦或内乱，婚礼亦或献祭，公告亦或密谋，先知的法力让人生畏无处不在。这种绝对权威在最后一刻却遭到质疑。

> 卡尔卡斯伸手想要抓住她。
> "住手，"她说，"莫靠近我，
> 你说我是这些英雄的嫡传女儿，

> 不用你渎神的手我自会流血。"
> 狂怒的她飞一般在近旁的祭坛
> 拿起神圣的祭刀猛扎进胸膛。（行 1771–1776）

出人意料。埃里费勒拒绝先知的献祭！拒绝的理由耐人寻味，她说先知的手是渎神的。怎么！还有谁比那出名的先知更接近神意呢？他通晓诸神的秘密，知道一切过去和将来的事（行456–458）。而她微不足道，只是"诸神长久愤怒"（行703）的私生子。值得注意的是，先知公布埃里费勒才是神意索取的牺牲，不早不晚，正是阿喀琉斯为救恋人大动干戈时。献祭仪式被迫中止，骚乱一触即发（行1704）。希腊全军还没出发，先要分裂溃散。先知再次传达神谕，好似欧里庇得斯笔下的阿伽门农二度宣布女儿活着到神那里，随即急急忙忙地号令出征。究竟这是来自神意还是出于高贵显赫的王族世家的"拥有"考虑？希腊人深知事关特洛亚战争的成败。比起王的孩子去送死，一头母鹿、公羊或一个孤儿在祭坛上咽气算得了什么？他们"大声疾呼反对她，向卡尔卡斯要求献杀她"（行1769–1770）。他们出于自身的政治利益主动牺牲最卑微的那一个。

祭坛上的埃里费勒看在眼里也听在心里。一旦弄清身世，认知的光也就照亮她目光所及之处。只有一种方法可以摆脱"另一个"的命运。成为伊菲革涅亚，就是替代伊菲革涅亚去做牺牲。她为此在心里埋怨那致命的献祭礼仪太缓慢（行1764）。她主动取代卡尔卡斯的先知身份，在神坛上自行献祭了自己。她涌出的血才刚染红大地，诸神就在祭坛上鸣雷作响（行1777–1778）。依据报信人的转述，刹那间电闪雷鸣风浪大作，神的诅咒就此消解。有现场士兵声称看见阿尔忒弥斯女神显灵。众人消除疑虑，皆大欢喜。人群中唯有伊菲革涅亚哭悼那死去的另一个（行1790）。

一个细节就够了。只要有人为埃里费勒哭泣，我们就有理由问：保全一个杀死另一个的主谋究竟是谁？是先知，是拉辛，是希腊人，还是路易十四时代的观众？

务实的拉辛有一点算是落空了。他没能化解从欧里庇得斯那里承继来的那股不安的气息。也幸亏他失败了。这使他再怎么将伊菲革涅亚的故事改头换面也无愧于欧里庇得斯传人的称号。一出古典主义的戏剧里飘然走出一个真正肃剧味的人。从血缘身份看，埃里费勒也许属于路易十四时代，但就精神身份而言，她与古雅典剧场里的英雄人物一脉相承。

4. 我的死亡标注你的光荣起点

神恩是否对祭坛上的埃里费勒降临？我们不得而知。这个挑战先知、"传说诸神的威胁"（行1130）的女子，这个以死换来顺风送希腊人出征的孤儿，在拉辛笔下没有英雄的光环。除了伊菲革涅亚洒下几滴泪，从头到尾她一无所有。倘若沿用戈德曼的说法，埃里费勒见证"义人与神恩的不在"——在1653年罗马教廷谴斥冉森派的五大主张中，这是头条异端罪证。戈德曼凭此坚称，拉辛作品带有冉森派思想的深刻烙印，拉辛肃剧中的神就是帕斯卡式的"隐匿的神"（deus absconditus）。[1]

现代哲学方案或许可以从中得到满足，以冉森派教义充当这起活人祭事件的伦理辩护。然而，拉辛作品是否受冉森派思想影响并没有定论，就连拉辛与冉森派的关系也是无穷尽的争议。少年受教于波尔－罗亚尔修院，青年对冉森派导师发起公开论战毫不留情面，中年转又修好关系，乃至凭遗作《波尔－罗亚尔修院史略》（*Abrégé de l'Histoire de Port-Royal*）被奉为"波尔－罗亚

---

[1]　Lucien Goldmann, *Le Dieu caché. Étude sur la vision tragique dans les Pensées de Pascal et dans le théâtre de Racine,* Paris : Gallimard, 1959, pp.351–352.

尔修院的辩护人"（OC2，37-150）。但归根到底这些重要吗？义
人与神恩的难题不仅见于基督宗教传统，也在古希腊哲学传统中。
依据亚里士多德论诗理论，肃剧要展现追求完美道德的政治行为
没有幸福的结局。[①]而柏拉图对话更早也更明白地讲述义人苏格拉
底如何被雅典城邦处以死刑不是吗？

不得不说，与戈德曼同时期的罗兰·巴特谈拉辛的小书带给
我更多的启发和乐趣。个中原因，我想大约有一条是，读者能够
切身感受到罗兰·巴特从拉辛身上感受到的诗的乐趣。反过来说，
一个人甚至分辨不出索福克勒斯与欧里庇得斯的不同，很难说他
真正领会到了古希腊肃剧的魅力。戈德曼在讨论所谓的拉辛肃剧
观时不住援引雅典诗人却不止一次失误。[②]

罗兰·巴特参考的前人作家不多，有两位尤其不应怠慢，因
为他们有诗人的自觉去看拉辛。其中一个是渴望成为像拉辛那样
的诗人的伏尔泰，另一个是二十世纪戏剧诗人季洛杜。和拉辛一
样，季洛杜擅长改编古希腊神话故事。他留下的作品以戏剧和小
说居多，却不妨碍他的诗人身份。他与古希腊书写传统的渊源使
他犹如现代作家里的异数，萨特曾专题谈过"季洛杜的亚里士多
德主义和柏拉图主义"。[③]也许只有诗人真正了解诗人。季洛杜这
么评价拉辛：一个从来就不上帝和认知、政治和道德这类问题对
自己发问的人。[④]

拉辛生于1639年，三岁成孤儿，十岁进波尔－罗亚尔修院学
校。有别于彼时耶稣会学校盛行的拉丁文教学，冉森派学校增设
有希腊文和法文教学。这是拉辛特出于同时代文人群落的开端。
他直接阅读古希腊原文经典，凭天分独自深入古典肃剧世界，几

---

① 如参亚里士多德，《诗术》1453a7 等。

② Lucien Goldmann, *Le Dieu caché*, p.408 等。

③ Jean-Paul Sartre, *Situations 1*, Gallimard, 1947.

④ Jean Giraudoux, *Racine*, Grasset, p.18.

乎无人引领。在很长时间里，荷马和索福克勒斯是他最亲密的同伴。二十岁他踏入巴黎文坛。这个选择进一步说明冉森派教育对他的首要影响不在宗教神学思想。他用一种迥异于同时代作者的语言讲故事。说起这位诗人的语言，人们最常使用的评语是："纯"。纯粹而不杂，浑然天成，不可迻译。季洛杜说得好："拉辛笔下的每个字眼和他本人一样历经二十年离群隐居，一样沉浸在孤独和炽热的纯洁中，这使得寻常用语的组合也仿佛带有婚姻礼仪般的庄重和节制。"[①] 他比同时代作者更纯熟地运用三一律规范。他没有创新什么，他的才华在于把一种关系里的被动处境转化为优势。

所以他有幸遇见路易十四。他们几乎同龄，且同时投身戏剧事业。君王爱戏剧，更把戏剧用作彰显绝对王权的手段。十七世纪六七十年代，凡尔赛宫是一座华丽大剧场，戏剧表演犹如某种最高级别的皇家礼仪。拉辛赶上施展才华的时机。二十五岁至三十八岁，他在十来年间写下全部传世肃剧作品。此后他退出文坛改身份为宫廷内侍和君王史官。他为君王写作，毕生以此为志向。

《伊菲革涅亚》写在三十五岁时，1674年8月18日在凡尔赛宫的凯旋庆典首演，终场伴有大型烟花秀，路易十四亲临现场，堪称拉辛文坛生涯巅峰时刻。同年12月起巴黎剧场连演三个月，广受好评。拉辛的用意无他，旨在取悦同时代的观众，首先取悦路易十四。这出戏讲一个伟大的征服者在军营准备出征的故事，巧妙地逢迎彼时凭法荷战争名震海外的太阳王。剧中人物言谈举止完美符合十七世纪宫廷贵族的风雅礼仪规范。阿喀琉斯请王后回军营小间休息，很难不让人联想到凡尔赛皇室的出行派头。

是的。拉辛无意还原荷马或欧里庇得斯笔下的古典世界。尽

---

① Jean Giraudoux, *Racine*, p.59.

管他特意添了几场阿喀琉斯与阿伽门农的对手戏，仿佛向《伊利亚特》的开场致敬，但古典诗中的英雄血气无条件地让位给中世纪武功歌的情爱缠绵。在欧里庇得斯剧中，阿喀琉斯与伊菲革涅亚素不相识，献祭是一起政治事件，试炼每个共同体成员的言行德性。在拉辛这里，献祭是一道爱情难关，谈情说爱成了剧情发展必不可缺的元素。早在上演期间，拉辛的知交维里埃曾撰文批评爱情戏码泛滥的乱象："我们今天出于何种理性在舞台上表演爱情，希腊古人又出于何种理性把爱情驱逐出剧场？"[①] 伏尔泰不得不承认这是"拉辛的弱点"，根源在于"时代风俗、路易十四宫廷风雅习气、毒害民族的小说趣味以及高乃依的榜样"。[②] 直至二十世纪还有研究观念史的哈扎尔痛惜道："法国做了什么？不过是歪曲败坏那些高贵的典范。法国让古典肃剧充满女人气，充斥调情气氛，爱情戏占据过分重要的位置。大师始终是索福克勒斯，必须重新回到索福克勒斯。"[③]

考虑到拉辛的崇古派身份，加上他公开自称为古代作者的传人，这些严厉的批评着实让人惊愕。拉辛的古典主义戏剧究竟是对古希腊肃剧的继承还是背叛？不得不说，《伊菲革涅亚》让拉辛置身于古今之争的论辩中心。相比崇今派对古希腊作者无底线地嘲弄戏仿（崇今派的根本主张即是今人作者比古人作者更高明！），拉辛确乎强调并示范了对待古传经典的审慎与克制（OC1，701）。然而，诸如伏尔泰的维护在某些时候又显得欲盖弥彰。他说，荷马若是法国人必会像拉辛那样让阿喀琉斯去爱去说话。[④]

不妨来看看阿喀琉斯说过什么话：

---

① 参看《关于当前肃剧的对话》，前文页302。

② Voltaire, *Dictionnaire philosophique*, tome 1, p.413.

③ Paul Hazard, *La Crise de la conscience européenne*（*1878 - 1944*），Paris: Boivin et Cie, 1994, p.273.

④ Voltaire, *Dictionnaire philosophique*, tome 1, p.414.

诸神掌管着我们的生命时日，

大人，但我们掌管自己的荣名。

何必为神们的最高律令而苦恼？

一心只想如神们一样不死吧。

不管运势何如，凭着英勇才干

追求如神们一样伟大的运命吧。（行259–264）

荷马诗中的阿喀琉斯倒有一个常常为后人援引的说法与此大相径庭：宙斯地板上有两只土瓶，一只福，一只祸，凡人的运命全凭神王愿意给什么礼物。[①] 事实上，无论荷马还是欧里庇得斯，古代作者笔下没有人会这么说话，而拉辛笔下人人渴望能这么说话。这个阿喀琉斯不在乎群体利益，坚持做自己的主人，既挑衅阿伽门农代表的国家理性，也违抗卡尔卡斯代表的神权意志。他不以审慎为荣，坚决诉求自由。与其说他是古典英雄的再现，不如说他预示启蒙斗士的来临。

《伊菲革涅亚》意外地展示出一种更高的文学境界。十七世纪法语文学罕有如此珍贵的意外。之所以是意外，是因为相关细节比起戏中重彩浓墨之处几乎要被忽略不计，并且效果很可能是无心插柳。拉辛煞费苦心地塑造高尚纯真的女主人公伊菲革涅亚，他确也做到了，崇古派的主将布洛瓦盛赞过老友打动观众的技艺："在奥利斯的伊菲革涅亚促使当代观众落下比希腊古人更多的泪水。"[②] 意外发生在微不足道的"另一个"身上。

埃里费勒身为肃剧英雄的声名光环全部给了伊菲革涅亚。拉辛没能摹仿荷马咏叹特洛亚十二勇士的笔法。他选择对被献祭的

---

① 《伊利亚特》，24. 526起。

② Boileau, *Epitre*, VII, v.1–6, in *Œuvres complètes*, Gallimard, Pléiade, p.127.

埃里费勒缄口不语，而让伊菲革涅亚在人群中美丽动人为之哭泣。不单如此，他让伊菲革涅亚不明真相而如女英雄般地赴死，让她做戏般地与恋人亲友一一诀别。伊菲革涅亚抢走本属于埃里费勒的台词"我的死亡标注你的光荣起点"（行1561），在走向火葬堆时发出光彩照人的呐喊：

> 啊呀！这么美的火引我向上，
> 攀升在凡人女子的运命之外。（行1045–1046）

　　伊菲革涅亚所拥有的，埃里费勒全没有。反过来，埃里费勒在孤独中所担负的严酷责任，伊菲革涅亚毫不知情。按罗兰·巴特的话说，这出资产阶级情节剧里只有一个自由的人，很可能在拉辛全部作品中仅此一个。[①] 埃里费勒以死安顿了自己。这个身份不明的异乡人通过主动承受希腊人的判决而正式成为城邦中人，并且是在城邦中少数行正义的人，一如苏格拉底在赴死的那个黄昏所说，"承受雅典人命令的判决才更正义"。[②] 她在认识自己的路上走得比别人远，凭靠的法子不是虔敬信神，而是爱欲挣扎。拉辛本意是写一个"陷入嫉妒的有情人"，祭坛上的埃里费勒却仿佛恍悟柏拉图的爱欲教诲而实现灵魂的神秘攀升。她甚至和《会饮》中的爱欲精灵一样，从头到尾是一无所有的。

　　薇依说过，《伊利亚特》独有一种"超凡的公正"，后世作品无可企及，这公正表现为融贯史诗的苦涩笔调："源自温情，贯穿所有人类，宛如一丝阳光。"[③] 在拉辛的含糊笔法下，很难说有这样一丝阳光有意识地普照整部《伊菲革涅亚》，然而，诸神解咒

① Roland Barthes, *Sur Racine*, p.104.
② 柏拉图，《斐多》，98e。
③ 薇依，《柏拉图对话中的神》，华夏出版社，2017年，页30。

的转瞬之间，确有一道闪电横空出世（行1783），不意照见一个人的苦难尽头。那苦难淹没在普天同庆中。那苦难必定孤独无名。惟其如此一个人才有可能摆脱力量世界的情爱困顿，凭借灵魂的爱欲努力去接近义人与十字架的真实。

出于某种文学的意外，某种"才华压过取悦心的例外"，[①] 拉辛抓住了古诗人荷马吟唱时以公正为名的心跳节拍。犹如爱的惊鸿一瞥。一种横跨两千多年的诗歌传承就此落实，一种堪与哲学抗衡的文学方案得以更新。季洛杜说过，作家在一般年代以受限的手段获取经验、感悟不幸和洞察人性，但在文明开花结果的幸运年代，他们先天般地拥有对伟大心灵和伟大时刻的认知，路易十四时代的拉辛是最美的案例。[②] 我们应该知道的是，如此伟大心灵和伟大时刻的认知之光从来只是一闪而过。

是因为这样罢。拉辛的文学遗产不仅天生带有哲学家诊断出的"女人气"，还有这么一丝为了忘却的纪念。最终解封文学魔咒的不是光环中的自我，而是幽暗处的他者。在拉辛之后寻觅另一个伊菲革涅亚的踪丝，三百年来俨然是最严肃的诗歌问题。

---

① Ferdinand Brunetière, *L'Evolution des genres dans l'histoire de la littérature*, Tome 1, Paris : Hachette, 1898, pp.128–129.

② Jean Giraudoux, *Racine*, pp.1–2.

拉辛与古希腊肃剧传统

吴雅凌

拉辛与索福克勒斯

少年阅读笔记

1655年至1658年间，少年拉辛在波尔－罗亚尔修院求学期间留下为数可观的修习古希腊经典的阅读笔记：拉辛全集本收录长达260余页篇幅（OC2，713–973）。相比之下，涉及基督宗教典籍的笔记仅50余页，涉及拉丁文经典的笔记不足20页，这从某种程度上反映冉森派教学的侧重和拉辛本人的偏好。这些笔记中，有对古希腊原文如亚里士多德的《诗术》的摘译，有对经典诗文如《奥德赛》前十卷或品达的《奥林波斯竞技凯歌》的释义，还有在三大肃剧诗人的希腊文原著上做出的大量眉批。

据其子路易·拉辛的回忆录记载，少年拉辛在求学三年期间"最大乐趣是在修院的树林深处阅读他早已烂熟于心的索福克勒斯和欧里庇得斯的著作"。[①] 拉辛较少谈及埃斯库罗斯，笔记中仅见《奠酒人》不足两页的眉批（OC2，843–845）。有关索福克勒斯和欧里庇得斯的大量笔记尤其引人注意。由于拉辛的四部古希腊题材的肃剧作品全部改写自欧里庇得斯，故而学界一般认为欧里庇

---

①   Louis Racine, "Mémoires sur la vie de Jean Racine", in OC1, 1120.

得斯对拉辛的影响比其他肃剧诗人深远。然而，这些阅读笔记却从各方面表明，至少在少年期间，拉辛欣赏索福克勒斯远胜于欧里庇得斯。

从篇幅看，拉辛谈索福克勒斯的篇幅最长，逾30页，尤以《埃阿斯》和《厄勒克特拉》两篇批注最详，各约占8页；谈欧里庇得斯不足10页，每篇批注长则两页，短则仅止于几行诗文。

从篇目看，拉辛的阅读和思考几乎涵盖索福克勒斯的全部七部传世诗剧，相比之下，欧里庇得斯虽有十六部诗剧传世，拉辛的批注仅以《腓尼基妇女》和《美狄亚》等剧为主。此外，拉辛使用1502年的阿尔杜斯本、1553年的图尔奈布斯本、1568年的亨利·埃提安本和1603年的保罗·埃提安本等四个索福克勒斯文集版本，欧里庇得斯文集仅1503年的阿尔杜斯本和1602年的保罗·埃提安本。

从内容看，拉辛对索福克勒斯的诗艺才华和戏剧技巧推崇备至，所有眉批无一例外全系誉美之辞，而评欧里庇得斯常有贬责不足之处。下文试举例说明。

拉辛多处赞叹索福克勒斯的诗艺。《埃阿斯》中歌队咏叹埃阿斯之死的诗行代表索福克勒斯的诗才巅峰（OC2，855）。《俄狄浦斯王》的开场诗出色优美（OC2，863）。《厄勒克特拉》中女主人公没有认出失散多年的弟弟，在他面前哀哭亲人离丧，拉辛将这场姐弟相认的戏视为肃剧实现亚里士多德所规范的怜悯效果的最佳范例："戏剧舞台上没有比这更美的场景！"（OC2，851）

拉辛还多处称颂索福克勒斯的戏剧手法。《埃阿斯》中有一处歌队离场的处理"在古希腊肃剧中绝无仅有"，显示出"诗人极其出色的技巧"（OC2，861）。《厄勒克特拉》《菲罗克忒忒斯》和《俄狄浦斯在科洛诺斯》这三部戏的开场体现诗人铺陈戏剧场景的精湛技艺："手法相近，却带有令人愉悦的多样特点和让人赞叹的效果。"（OC2，865）

拉辛倾慕索福克勒斯，还可以通过如下评语得到印证。在少年拉辛的笔记中，点评古代作者仅此一例：

> 索福克勒斯天性温柔，为所有人所喜爱。尽管有好些君王邀约，他始终不愿离开雅典。他极其虔信。……他对人物性格的刻画让人赞叹，在仿效荷马上无人可比拟。他的肃剧有诸多美质：言谈得体、优雅、勇敢、多样性。他用半行诗足以刻画一个人物性格。（OC2，857）

相形之下，拉辛常常批评欧里庇得斯肃剧的不足之处。这里仅以评注篇幅最长的《腓尼基妇女》和《美狄亚》为例。《腓尼基妇女》中先知要求克瑞翁在儿子与城邦之间做出选择，拉辛的评语是"雕琢过度的理由，使原本美好的故事变得冷冰冰"（OC2，878）；克瑞翁的人物性格在终场显出有悖于整出戏的"徒然的恶"（OC2，879）；剧末近三百行诗是"多余的，无力的"（OC2，879），等等。《美狄亚》中有多次处理尽管很美却不符合肃剧规范，比如保姆点评音乐，美狄亚出场独白，等等。该剧由保姆和保傅开场，拉辛虽承认此二人成功地向观众传达了信息，"个中不无优美的诗行"，却批评欧里庇得斯违背开场戏至少有一名主人公出场的传统做法："我很怀疑索福克勒斯会愿意让这类人物为肃剧开场。"（OC2，871）凡此种种表明，在少年拉辛心中，索福克勒斯比欧里庇得斯更能代表古希腊肃剧诗人的典范形象。

早期肃剧前言

拉辛的肃剧创作生涯始于1664年的《忒拜纪》（*La Thébaïde*），终于1677年的《淮德拉》。这期间他共创作九部作品，其中四部取材自古希腊神话，五部取材自罗马或近世历史故事。此后他放弃肃剧写作十余年，担任路易十四的史官，晚年受王后之托再作两部圣经题材的肃剧，即1689年的《以斯帖》（*Esther*）和1691年的《亚他利雅》（*Athalie*）。

拉辛的十一部肃剧均有出版前言。这些前言往往是针对同时代批评家的回应和反驳，既有论战文章的意味，也是体现诗人创作主张的珍贵文献。拉辛在这些前言中多次提及索福克勒斯和欧里庇得斯这两位古代肃剧诗人。仔细看来，1674年的《伊菲革涅亚》犹如分界，标志着某种态度转变。在此之前，即肃剧创作前十年间，拉辛延续少年阅读笔记中的态度，推崇索福克勒斯远甚于欧里庇得斯。下文仅以三例说明。

首先，处女作《忒拜纪》讲述俄狄浦斯的一双儿子自相残杀的故事，尽管主要参考欧里庇得斯的《腓尼基妇女》而不是索福克勒斯的《安提戈涅》，但拉辛本人声称，这部肃剧有意向俄狄浦斯家族故事这一"古代世界最有肃剧意味的主题"致敬，也就是向留下传世三联曲的索福克勒斯致敬（OC1，119）。

其次，以两部罗马历史题材的肃剧为例，1669年的《布里塔尼古斯》（*Britabicus*）和1670年的《贝勒尼斯》在前言中均两次提及索福克勒斯（而未提及欧里庇得斯），奉之为最好的古典肃剧诗人。《布里塔尼古斯》的故事情节没有随主人公死亡而终止，而是继续交代其他人物的结局，由此受到评家诟病，拉辛以《安提戈涅》为例予以反驳，声明这乃是索福克勒斯"几乎处处使用"的手法（OC1，374）。《贝勒尼斯》的故事情节单一简洁，这也是拉辛的肃剧风格，拉辛自称是对索福克勒斯的仿效，并举例说明，古人欣赏的《埃阿斯》《菲罗克忒忒斯》和《俄狄浦斯王》等传世诗剧均有单一动人的故事情节（OC1，451–452）。作为拉辛心目中最高明的肃剧诗人权威，索福克勒斯与荷马、维吉尔等古代作者比肩，被奉为古人趣味的典范：

　　　　我试图取悦的少数明智的人会怎么说？我努力仿效的古
　　代伟人会怎么看我？……这才是我们应该预设的真正观众。
　　我们必须时时自问：荷马和维吉尔若读到这些诗会说什么？
　　索福克勒斯若看到这部剧作会说什么？（OC1，374–375）

　　第三，《安德洛玛克》尤其说明问题。虽有欧里庇得斯的同
名肃剧，拉辛却一再强调维吉尔才是他的主要参考依据。在分别
写于1668年和1676年的两篇前言里，开场白如出一辙，先是援
引《埃涅阿斯纪》第三卷第292行至第332行埃涅阿斯巧遇安德洛
玛克的相关段落，再指出维吉尔的短短几行诗已包含整部肃剧的
故事情节和人物地点等要素。拉辛显得有意与欧里庇得斯划清界
限："尽管我的肃剧与欧里庇得斯的肃剧同名，主题却极为不同。"
（OC1，297）

　　拉辛有意淡化欧里庇得斯的影响，主要表现在关键剧情的改
动。特洛亚亡城以后，安德洛玛克沦为希腊征服者阿喀琉斯之子
皮洛斯的奴妾，与她相依为命的小儿子不幸危难当头。在欧里庇
得斯笔下，安德洛玛克竭力拯救的是她为皮洛斯所生的儿子，拉
辛则改写成她与亡夫赫克托尔的独子。依据古代作者记载，希腊
人攻陷特洛亚以后，从望楼摔死了特洛亚王族继承人也即赫克托
尔的遗子。拉辛不惜做出改动让他幸存下来，理由是依据十七世
纪法国观众的趣味标准，安德洛玛克不应改嫁皮洛斯而背叛赫
克托尔（OC1，298）。拉辛举《海伦》为例，批评欧里庇得斯在
《安德洛玛克》中的情节处理过于保守：

　　　　欧里庇得斯在《海伦》这部肃剧里表现得大胆多了。他公然
　　顶撞全希腊的共同信誉：他假设海伦从来不曾去过特洛亚，墨涅
　　拉奥斯攻城之后在埃及找到妻子……我认为没有必要借用欧里庇
　　得斯的例子来证明自己也有做出改动的自由。（OC1，298）

　　拉辛为改动神话传统做出自我申辩，一边宣称不借用欧里庇得斯的实例，一边又以索福克勒斯的权威为依据。在举证不同古希腊作者笔下的神话故事版本亦不尽然相同之后，拉辛引用"某个索福克勒斯的古代解释者"的话来反驳他的同代人："不应挑剔诗人们偶尔也会改动神话故事，应该努力审视诗人们做出改动的精妙用意，以及他们擅长让神话故事与作品主题相适应的高超手法。"（OC1，298）早在批注索福克勒斯的《厄勒克特拉》时，少年拉辛已表达过同样的观点（OC2，871）。凡此可见，在早期创作中，拉辛始终将索福克勒斯视为古代肃剧传统的仿效代表。

拉辛与欧里庇得斯

　　在肃剧创作前十年间，拉辛将索福克勒斯奉为最佳肃剧诗人典范，即便改写欧里庇得斯的肃剧也有意淡化后者的影响痕迹。然而，自1674年创作《伊菲革涅亚》以来，拉辛转而公开自封为欧里庇得斯的当世唯一传人，并且连续写下两部取材自后者的肃剧——除《伊菲革涅亚在奥利斯》以外，《淮德拉》改写自《戴华冠的希波吕托斯》。拉辛一反从前举证欧里庇得斯肃剧种种不足的做法，旗帜鲜明地将其列为继荷马之后的诗人典范，大加称颂之余，亦不再刻意否认仿效欧里庇得斯，反而主动强调与之的传承关系。《伊菲革涅亚》前言中声称"实在感激欧里庇得斯"："我对荷马或欧里庇得斯的仿效带给我们今天的戏剧一点成效"，"我的肃剧中好几处最受人称赞的地方全是他的功劳"（OC1，699）。《淮德拉》前言中延续同样的措辞语气："我用以充实剧作的手法并不能胜过欧里庇得斯原作中光彩夺目之处"，"我所能带给戏剧舞台的最得体合宜之处无不归功于他"（OC1，817）。

　　此种态度转变与路易十四年代的文坛论战"古今之争"（Querelle des Anciens et des Modernes）密切相关。1674年，以

佩罗（Charles Perrault）为代表的崇今派借新戏《阿尔刻提斯》
（*Alceste*）公演之际，声明新版歌剧比欧里庇得斯的同名肃剧更高
明，同时撰文指出欧里庇得斯的古本有诸多不符合今人风俗的败
笔。[①] 拉辛在同一年借《伊菲革涅亚》旗帜鲜明地为欧里庇得斯辩
护，乃是有意代表崇古派发起一次有力反击。

　　古今两派在这场被后世冠名为"《阿尔刻提斯》之争"（Querelle
d'Alceste）的论战中的争议焦点大致可以归结为：如何阅读和改
写欧里庇得斯的古传经典？崇今派不遗余力地贬低欧里庇得斯。
在欧里庇得斯的古传肃剧里，阿尔刻提斯为救丈夫阿德墨托斯而
情愿赴死，英雄赫拉克勒斯为她的美德所感动，去与死神恶斗，
将她带出冥府，送回她丈夫身边。新版歌剧大幅度删改剧情。阿
尔刻提斯不是身为人妻，而是阿德墨托斯的未婚妻，赫拉克勒斯
变成追求她的贵族青年。戏中还有第三个追求者，与高贵正直的
赫拉克勒斯形成对比。阿德墨托斯在决斗中杀死第三个追求者，
自己也受了致命伤，这才引出阿尔刻提斯替他赴死的情节。在崇
今派作者的改写下，这部探究城邦正义问题的古典肃剧变成一出
侧重谈情说爱的现代情节剧。崇今派在论战中声称，新版歌剧没
有保留古本的地方，全系因为欧里庇得斯的写法蹩脚荒唐，不能
为今人所容忍。这场围绕欧里庇得斯的论战从根本上呼应了十七
世纪法国古今之争的核心问题："就文学成就而言，今人是否不能
超越古人，是否一定得模仿古人？"[②]

　　拉辛亲身投入这场论辩，从理论和实践两方面反驳崇今派。
首先是对欧里庇得斯作品的阅读和理解。拉辛的古希腊语文素养

---

　　① Charles Perrault, "Critique de l'opéra, ou examen de la tragédie intitulée
Alceste ou le triomphe d'Alcide", in Philippe Guinault, *Alceste*, Genève : Droz,
1994, pp.79–106.

　　② 刘小枫，《古今之争的历史僵局》，收入斯威夫特《图书馆的古今之
战》，华夏出版社，2015年，第20页。

优于同时代多数文人作家，这与他少时受教于冉森派有关，从其早年笔记可见一斑。法国中世纪以来通行拉丁语教学，佩罗等崇今派作者不通希腊文，只借助拉丁译本了解希腊经典。拉辛在《伊菲革涅亚》前言中用相当长的篇幅举证，崇今派凭着某个有误的拉丁文译本对欧里庇得斯做出误读，比如阿尔刻提斯的临终告别戏，本该是阿尔刻提斯的台词却被误解为她的丈夫阿德墨托斯的台词，由此造成剧情的混淆：

> 我感到惊讶，晚近在批评欧里庇得斯的《阿尔刻提斯》时，崇今派竟表现得如此厌恶这位伟大的诗人……我很肯定，欧里庇得斯在他们心目中如此糟糕，只因为他们没有好好读他的作品。（OC1，699）

拉辛引用昆体良的话，强调在谈论历史上那些伟大人物的传世作品时"务必格外审慎和克制"（OC1，701）。这既是崇古派的主张，也是古今两派对待古传经典的分歧所在。与拉辛同时代的卡里埃尔（François de Callière）说过，拉辛是"穿越拉丁作者的国境"直通古希腊世界的第一位法语诗人，正是在其努力下，欧里庇得斯等古希腊诗人"在几世纪的遗忘之后重新为世人所知"。[①]

在改写欧里庇得斯的《伊菲革涅亚在奥利斯》时，拉辛处处显得自己尊重古传经典权威，极力证明所有改动并非无中生有，处处有典可查。《伊菲革涅亚》讲述阿伽门农献祭女儿伊菲革涅亚的故事：希腊军队因触怒阿尔忒弥斯而被滞留在奥利斯，只等国王的女儿依照神谕指示被献祭给女神，才能顺利出征特洛亚。有

---

① François de Callière, *Histoire poétique de la Guerre nouvellement déclarée entre les Anciens et les Modernes*, Paris: Aubouin, 1688, p. 184.

别于《安德洛玛克》，拉辛基本保留了欧里庇得斯古本的谋篇结构，并细致交代做过的改动："我稍稍脱离欧里庇得斯的布局和故事，主要是这一二处。"（OC1，699）拉辛的改写主要是在戏中增加埃里费勒（Eryphile）这个人物。她是海伦的私生女儿，常年流亡外乡，不识身世之谜，不知自己本名也叫伊菲革涅亚，她无意中随阿伽门农的女儿来到奥利斯，并在剧终真相大白，代替后者踏上祭坛。拉辛在前言列举出有关伊菲革涅亚献祭的三种写法。第一种以埃斯库罗斯和索福克勒斯为代表，伊菲革涅亚真在祭坛上被献杀。第二种以欧里庇得斯为代表，阿尔忒弥斯女神在关键时刻用一头鹿取代伊菲革涅亚做了牺牲。拉辛没有采用这两种写法，而是强调第三种写法同样有可靠的古代文献依据：古代作者斯特西克鲁斯（Stésichore）和泡赛尼阿斯笔下确乎提及过埃里费勒（OC1，697–698）。

在谈及未遵循欧里庇得斯之处后，拉辛紧接着说："至于人物的情感，我尽量准确地效仿他。"（OC1，699）亚里士多德在《诗术》第十五章中谈及人物性格的诸种规范，曾以欧里庇得斯笔下的伊菲革涅亚作为人物性格前后不一致的反面例子，少年拉辛摘译过《诗术》相关段落，并在括号内做出批注：

> 不一致（自相矛盾）的性格可举《伊菲革涅亚在奥利斯》为例。因为，害羞的（畏惧死亡的）伊菲革涅亚与（慷慨赴死、不顾众人劝阻要赴死的）伊菲革涅亚毫无相似之处。（OC2，928）[1]

尽管伊菲革涅亚的人物性格刻画受亚里士多德批评，但拉辛

---

[1]　亚里士多德，《诗术》，1454a。拉辛迻译《诗术》行文多有增减，此处依据法文译出。

在改写过程中没有纠正而是原样保留，这一做法明显不同于《安德洛玛克》。伊菲革涅亚在拉辛笔下正如在欧里庇得斯笔下，起初也恐惧被献祭的命运，也向父亲求情，随后也不顾母亲、阿喀琉斯和众人劝阻，也下定决心赴死。拉辛的《伊菲革涅亚》大获成功，深受路易十四宫廷贵族和巴黎知识人群追捧，与女主人公的形象直接有关，崇古派主将布瓦洛为此赞道："拉辛深谙让观众感动、惊讶和陶醉的技巧，在奥利斯被献祭的伊菲革涅亚促使当代观众落下比希腊古人更多的泪水。"① 拉辛本人却宣称，这些成功之处"全是欧里庇得斯的功劳"，他对法国戏剧的贡献无非就在于仿效古代作者，而"这些认可让我更为坚定地尊敬和思慕古传经典"（OC1，699）。拉辛紧接着援引亚里士多德在《诗术》中对欧里庇得斯的重要评语：

> 有人说，所有诗人中欧里庇得斯最有肃剧味（τραγικώτατος），换言之，他深谙如何唤起怜悯和恐惧这两种情绪，而这正是肃剧的真正效果。（OC1，699）

或许是欣赏和偏爱索福克勒斯的事实使然，少年拉辛在迻译《诗术》第十三章时恰恰漏译此句："所有诗人中欧里庇得斯最有肃剧味。"（1453a30）两相比较，《伊菲革涅亚》前言仅有一次提及索福克勒斯，《淮德拉》前言未有提及。在审视肃剧的道德教化功能时，拉辛转而追溯以欧里庇得斯为代表的古希腊肃剧传统（OC1，819）。拉辛对两位古希腊肃剧诗人的公开态度转变背后不但隐藏着特定时代的论战语境，还与拉辛如何看待肃剧的真正意图相关。自《伊菲革涅亚》以来，拉辛提及欧里庇得斯，每每连

---

① Nicolas Boileau, "Épitre", VII, *v.*1–6 , in *Œuvres complètes*, Paris : Gallimard, Pléiade, p.127.

带援引亚里士多德的论诗理论。为探究拉辛与古希腊肃剧传统的渊源，有必要通过了解拉辛如何阅读亚里士多德的《诗术》来做进一步的梳理和审视。

<h2 style="text-align:center">拉辛与亚里士多德</h2>

二十世纪研究拉辛的法国学者戈德曼提出，倘若没有拉辛的极为独特的肃剧实践探索，亚里士多德的诗学概念很可能迄今还停留为纯粹的理论。[①] 除十一部脍炙人口的传世肃剧以外，拉辛还留下为数可观的颂诗，并仿阿里斯托芬的《马蜂》作过一部今人鲜少关注的谐剧《讼棍》（*Les Plaideurs*）。叙事诗仿效荷马，肃剧仿效索福克勒斯，谐剧仿效阿里斯托芬：拉辛的创作构想与亚里士多德在《诗术》开篇奠定的三类诗体传统呼应。[②]

早在波尔-罗亚尔修院求学期间，少年拉辛就在《诗术》的希腊文原书页边留下若干章节的摘译。篇目的选译颇能说明拉辛日后的肃剧创作主张。《诗术》全文共二十六章，拉辛的摘译仅含八章。除第十四章（谈故事布局）和第十五章（谈人物性格）完整译出全文以外，其余各章仅译出部分段落。从摘译内容看，第六章（肃剧的定义）和第十二章（肃剧的篇幅）谈肃剧概论，第九章（诗与史）和第二十六章（肃剧与史诗）比较不同文体，真正论及肃剧创作细则的仅四章，其中十四、十六两章谈故事情节安排，十三、十五两章谈人物性格设定。拉辛选译《诗术》侧重故事和性格这两项，故而呼应了亚里士多德在第六章中对六大肃剧要素的定义，其中故事（μῦϑος）最重要，性格（ῆϑη）第二

---

① Lucien Goldmann, *Le Dieu caché*, p.407.

② 亚里士多德，《诗术》，1447b–1448a。

位。① 拉辛迻译相关段落如下：

> 情节是最重要的部分。人们行动不是为了摹仿性格。没有行动不成为肃剧，但没有性格也许仍是肃剧。情节组织比表演更有难度。突转和恍悟。情节是肃剧的灵魂，人物性格是第二位。古人让言说带有政治性，今人让言说带有修辞性。（OC2，924）

再进一步看，亚里士多德谈故事情节规范，集中在第七至十一章，拉辛完全忽略未译，其中第九章只摘译了诗与史的对比段落，未涉及情节内容。此外，第十四章谈如何处理传世故事，第十六章谈恍悟的种类，虽与故事情节安排相关，重心却在肃剧效果的实现。不妨说，少年拉辛阅读亚里士多德论诗理论的心得，主要在于如何刻画人物性格，如何安排故事情节的突转（Péripéties）和恍悟（Agnitio），以实现怜悯和恐惧这两种肃剧效果。

这一思路与拉辛前期的肃剧创作基本一致，同时也与诸前言对《诗术》的援引情况遥相呼应。十一部肃剧的前言中，有七部至少一次直接援引《诗术》，其余四部则间接谈及亚里士多德肃剧规范的若干细节，其频繁程度不亚于援引索福克勒斯或欧里庇得斯。拉辛参考亚里士多德的论诗理论大致可以分成两类，一类涉及肃剧创作规范，另一类涉及肃剧功能探讨。前一类又可分为肃剧人物设定和故事情节安排两大内容。下文分别举例说明。

第一，涉及肃剧人物设定。《诗术》第十三章讨论肃剧人物在何种情况下能激发怜悯和恐惧，强调一个完全的好人或者一个坏人的不幸均无可能激发这两种情绪。这一理论在拉辛的肃剧中反复得到实践。《安德洛玛克》中皮洛斯的英雄形象受到质疑，拉辛

---

① 亚里士多德，《诗术》，1450a。

几乎是照搬亚里士多德的理论作为反驳依据：

> 亚里士多德从不要求塑造完美英雄，而要求塑造肃剧人物，也就是说，这些人物的不幸营造出肃剧性的灾难，肃剧人物既不能全好，也不能全坏。他们不能全好，因为惩罚一个好人会引起观众的怜悯和愤慨。他们不能过分地坏，因为没有人会怜悯恶人。（OC1，197–198）

《布里塔尼古斯》中尼禄的暴君形象被指摘，拉辛再次提及《安德洛玛克》前言里的说法（OC1，373）。《伊菲革涅亚》中埃里费勒的人物被如此设定："她是陷入嫉妒的有情人，一心想把情敌推进不幸的深渊，因而从某种程度上理当受惩罚，却又不是完全不该为人怜悯。"（OC1，698）同样，《淮德拉》的女主人公"完全符合亚里士多德对肃剧英雄的规定，能够激发观众的怜悯和恐惧：淮德拉既不完全有罪，也不完全无辜"（OC1，817）。

第二，涉及故事情节规范。针对批评家对《贝勒尼斯》情节单一的诟病，拉辛在前言中多次强调肃剧的既有规范，且两次追溯《诗术》（OC1，452）。《伊菲革涅亚》前言在梳理埃里费勒的情节主线时引用《诗术》第十五章的说法："每个故事的解决必须从故事本身而来。"（OC1，698）此外，《米特里达特》（*Mithridate*）探讨个别场次与情节主线的关系（OC1，630），《巴嘉泽》（*Bazajet*）谈近代历史题材是否符合诗剧规范（OC1，625），《以斯帖》和《亚他利雅》恢复歌队与情节的关系（OC1，946，1012），虽未直接援引亚里士多德，但均有明显的参照意味。

第三，涉及肃剧功能探讨。在《亚历山大大帝》前言中，拉辛驳斥同时代批评家的病态思想，不肯从戏剧中得到乐趣，"用摇头和鬼脸向观众证明他们深入阅读过亚里士多德的《诗术》"（OC1，125–126）。拉辛在早期前言中多次将肃剧称为娱乐

（OC1，452，450）。基于取悦的用意，在亚里士多德提出的两种
肃剧效果里，拉辛强调怜悯往往甚于恐惧。[1]《忒拜纪》没有爱
情戏，原因在于俄狄浦斯的儿子身怀仇恨，在他们身上发生爱情
难以激发观众的共鸣（OC1，120）。《安德洛玛克》同样以怜悯
效果作为依据，解释拉辛对欧里庇得斯的重大修改：安德洛玛克
若"有另一个丈夫，救另一个儿子"，则不可能如此深深打动观
众的心（OC1，298）。

　　在《淮德拉》前言里，拉辛首次谈及肃剧的道德教化意义，
对"戏剧的真实意图"做出与从前截然不同的思省。拉辛自称
"从未像在这出戏里那样努力地表现美德"，并追溯古希腊肃剧传
统，指出戏剧不仅要取悦观众，更有承担起教授德性的任务：

> 　　古代肃剧诗人看重这一点胜过一切。剧场是教授德性的
> 学校，不亚于哲人开办的学园。所以，亚里士多德特意为诗
> 体肃剧设立规则。苏格拉底这位最有智慧的古代哲人也不吝
> 参与创作欧里庇得斯的肃剧。有必要展望，今天的作品也能
> 像古代经典那样可靠并充满教诲意义。（OC1，819）

　　在思考肃剧有别以往的教化问题时，拉辛对亚里士多德的论
诗理论也相应地做出别以往的理解。如果说拉辛此前援引《诗
术》的关注重心在于文艺创作规范，那么，依据这里的表述，拉
辛想要强调的似乎是肃剧所代表的诗教传统问题。从这个层面看，
《诗术》不仅是一部文艺理论著述，更是"一部哲学之书"，从根
本上是"讲授如何在城邦之中并为了城邦的共同利益而施教的课
程"。亚里士多德谈论作诗，用意在于谈论"常人的道德生活方

---

　　① See Tristan Alonge, "Racine à l'école d'Aristote: théoricien, poète", in
Effet propre de la tragédie - de l'humanisme aux Lumières, 2012, p. 3.

式"。[①]《诗术》在亚里士多德传世著述中尤以晦涩难懂著称。早在《贝勒尼斯》前言中，拉辛确已说起理解《诗术》的难度，并自视为有能力探究个中奥秘的少数人（OC1，452）。

在最后两部圣经题材的剧作中，拉辛尝试性地恢复了《诗术》第十八章所规范的歌队这一古希腊肃剧要素，个中原因同样与其晚期思考戏剧教化问题密切相关。戏剧是古代希腊城邦生活的重要组成部分，肃剧的歌队由刚成年的青年组成，训练青年歌队舞蹈歌唱，有教诲年轻人的意味。《以斯帖》和《亚他利雅》有别于拉辛全盛时期的写作，用意不复是娱乐观众，而是教导先施修院的女生。与此相适应，这两部肃剧设置由以色列少女所组成的歌队，在剧中扮演推动情节发展的重要角色。拉辛在《以斯帖》前言中声称"仿效古希腊肃剧，将歌队与剧中情节紧密相连，安排歌队在合唱中赞美真正的天主，就像古代异教徒在合唱中赞美他们那虚妄的诸神"（OC1，946）。《亚他利雅》前言进一步明确设置歌队的用心："仿效古人做法，使歌队成为情节的延续，整出戏没有中断，幕与幕由歌队的咏唱衔接，这些咏唱与剧情相关，带有教诲意味。"（OC1，1012）种种细节表明，拉辛晚期对亚里士多德诗学理论的思考、参考，其侧重点完全转向戏剧的道德教化功能，正如拉辛本人所言，这是"为公众写作的人必须自我设定的基本目标"（OC1，819）。

＊

伏尔泰以降的评论家普遍认为，欧里庇得斯对拉辛的影响远胜过其他古希腊肃剧诗人。圣勃夫在《文学肖像》中得出同样的

---

① 刘小枫，《巫阳招魂：亚里士多德〈诗术〉绎读》，生活·读书·新知三联书店，2019年，页102。

结论。[①] 当代法国学者阿隆热提出："拉辛未必忠于亚里士多德的诗学理论，却堪称欧里庇得斯的合格传人"，"拉辛的四部古希腊题材的肃剧全部改写自欧里庇得斯不是偶然"。[②] 通过梳理拉辛早期笔记、肃剧前言和肃剧创作情况，我们发现，拉辛与古希腊肃剧传统的渊源相当微妙复杂。拉辛早期将索福克勒斯奉为最佳肃剧诗人典范，即便改写欧里庇得斯的肃剧也有意否认其影响，自《伊菲革涅亚》起转而公开自封为欧里庇得斯的当世唯一传人。相应的，拉辛参考亚里士多德的《诗术》也从单纯的文艺理论借鉴逐渐转为沉思戏剧教化问题。

笔者认为，这些转变既体现拉辛逐渐深化完善自身的肃剧创作主张，更应从法国十七世纪下半叶的古今之争这一文坛论战背景予以理解。拉辛早年推崇索福克勒斯，后转为欧里庇得斯公开申辩，更似他适应论战需求所采取的应变。索福克勒斯与欧里庇得斯之别，远不如古今两派对待古传经典的立场分歧来得重要。研究拉辛论战的法国学者费埃福尔强调，拉辛的笔战往往有现世功利意图而非立场坚定的思想论争，比如他初入文坛时陆续与高乃依、莫里哀等名家为敌，从某种程度上是有意图的成名战略。[③] 下文试举二例说明，拉辛在后期论战前言中虽鲜少提及索福克勒斯之名，创作实践仍不失有仿效索福克勒斯之实。

首先是《伊菲革涅亚》中埃里费勒这个肃剧人物的设定。二十世纪法国有两位引人瞩目的拉辛评论家，戈德曼致力于复兴拉辛戏剧的冉森派思想源流，罗兰·巴特提出后现代式概念"拉辛式的爱欲"，一度使拉辛成为法国新批评浪潮的论辩核心。这两

---

① 圣勃夫，《圣勃夫文学批评文选》，范希衡译，南京大学出版社，2016年，第356页。

② See Tristan Alonge, "Racine à l'école d'Aristote : théoricien, poète", p. 13.

③ Paul Fièvre, "Racine en querelles", in *Littératures classiques*, N° 81（2013）, p. 207.

位评论家的思考视角截然不同，涉及《伊菲革涅亚》却有惊人一致的说法，即整部戏的肃剧性完全集中在埃里费勒这个人物身上，其他人物的故事主线纷纷脱离古典肃剧传统，戈德曼称之为"正剧"[①]，罗兰·巴特称之为"资产阶级情节剧"[②]。埃里费勒受困于身世之谜，并且依据神谕指示，她注定为认识自己而丧命（OC1，716）。探寻身世之谜的过程亦是走向自我毁灭的肃剧，在古希腊传统中最典型的例子莫过于索福克勒斯笔下的俄狄浦斯。作为拉辛剧中唯一真正有肃剧意味的人物设定，埃里费勒的原型更像是对索福克勒斯的仿效，而与欧里庇得斯笔下的人物类型有所差异。

其次是《以斯帖》和《亚他利雅》这两部肃剧中的歌队应用。亚里士多德在《诗术》中多处并举索福克勒斯与欧里庇得斯的剧作，各有褒贬，并无明显分别，唯有两处颇具深意地对比两大诗人，一处是第二十五章谈诗歌的属实问题，另一处是第十八章谈歌队与情节的关系，亚里士多德明确提出："不应采用欧里庇得斯的做法，而应采用索福克勒斯的做法。"[③] 索福克勒斯的歌队是剧情的必要组成部分，欧里庇得斯的歌队则与剧情联系不大。拉辛早期强调肃剧的娱乐功效，并不重视歌队，直至最后两部取材自圣经故事的肃剧有意恢复歌队这一古希腊肃剧要素，同样是在仿效索福克勒斯。

无论仿效索福克勒斯还是仿效欧里庇得斯，在参考亚里士多德论诗理论时，拉辛的思考没有绕过十七世纪古典主义戏剧作家共同关注的问题：戏剧如何协调娱乐与教化两种功能以实现寓教于乐的目的？《贝勒尼斯》前言两次提到戏剧的旨趣："首要规则是取悦和打动人心，其他规则无非是为实现这个首要目标服务。"

---

① Lucien Goldmann, *Le Dieu caché*, p.403.

② Roland Barthes, *Sur Racine*, p.104.

③ 亚里士多德，《诗术》，1456a。

（OC1，452，450）布瓦洛的《诗艺》援引此话："首要秘密是取悦和打动人心。"[①] 莫里哀为《太太学堂》申辩时也说"一切规则中的最终规则就是取悦"，并进一步指出"要在舞台上让人愉快地展现人人皆有的诸种缺点"。[②] 戏剧首先要取悦观众，在打动人心的前提下实现教化人心的目标。这并非拉辛一人的主张，而毋宁说是路易十四时代文人作家的共识。由此引发的争议在于，如何权衡娱乐与教化之间的矛盾张力？

拉辛初入文坛时曾因冉森派作家尼古拉（Pierre Nicolas）批评戏剧败坏人心，不惜针对昔日导师挑起论战，为诗人和戏剧家申辩（OC2，13）。然而，在去世前的书信中，拉辛把早年文学生涯称作"陷入迷途和不幸的十五年"，把从《忒拜纪》到《淮德拉》的九部肃剧视为青年时代的过错（OC2，595）。戏剧教化问题的思考贯穿拉辛写作生涯始末，青年拉辛与晚年拉辛的公开主张截然相反。进一步说，发生在拉辛身上的戏剧道德之争可谓诗学史从古有之的重大命题。柏拉图的《理想国》通过将诗人赶出正义城邦而提出如下严肃问题：讲什么故事以及怎么讲故事对城邦教化才是恰当的？[③] 这个问题从某种程度上贯穿文学思想史上的诸种古今论辩，并在不同时代幻化出纷繁迥异的样貌。

法语中"古典主义"（le classicisme）狭义专指路易十四时代以戏剧为主的文学鼎盛时期，尽管该词在十七世纪的法语中并不存在，而是晚至十九世纪才出现并逐渐成为文艺批评的重要用语。法语中更早出现的另一个同根词 classique（古典的，或古典

---

① Nicolas Boileau, "Art poétique", III, v.25, in *Œuvres poétiques*, Paris : Libraire Hachette, 1935, p.52.

② Molière, "Écoles des femmes", in *Œuvres complètes*, tome 1, Paris : Gallimard, Pléiade, 1932, p.663.

③ 柏拉图，《理想国》，392c5，王扬译注，华夏出版社，2013年，第94页。

作家），同是源自拉丁文classicus（头等的，一流的）。十六世纪，法语作家赛比耶在《诗艺》中最早以classique指可供仿效的古代典范作家。十七世纪，费尔提埃尔的《通用词典》进一步限定该词专指在学校教习的古传经典作家。①

从"古典"（classique）到"古典主义"（classicisme），法语的诗剧体裁（尤其肃剧体裁）在十七世纪路易十四年代走向繁荣，这与古希腊肃剧传统大有渊源。拉辛既借鉴同时代作者布瓦洛的《诗艺》，更直接受益于亚里士多德的《诗术》。他仿效索福克勒斯和欧里庇得斯等古典诗人，身体力行地实践历代诗学理论。通过仿效借鉴"古典"（classique），拉辛及其同时代作家在特定时期实现了某种"古典主义"（classicisme）的创新。法语中的classique在狭义的文学领域中因而专指两类作家：古代经典作家和十七世纪法语作家。到了十九世纪的古今论辩，以《拉辛与莎士比亚》为例，司汤达在论战中主张，1823年的法语肃剧应该走"浪漫主义"莎士比亚的道路而不是"古典主义"拉辛的道路，与此同时他反复强调，拉辛是路易十四年代的"浪漫主义者"，一切伟大作家都是他们时代的"浪漫主义者"。② 诚然，在司汤达笔下，无论"浪漫主义""古典主义"还是"现实主义"，这些用语均被赋予特定时期论战语境的特殊含义。这也提醒我们，理解不同时代的古今论辩，归根到底是"从前人出发的地方起步"③，重新探究"时代之别所不能排除的那些永久性问题"④。

---

① 见 O. BLoch & W. von Wartburg（dir.），*Dictionnaire étymologique de la langue française*, Paris : PUF, 2004，词条 classique。

② 司汤达，《拉辛与莎士比亚》，王道乾译，2006年，上海人民出版社，第14–29页，第47页，第97页。

③ 贝西埃等，《诗学史》，史忠义译，河南大学出版社，2010年，上卷，第1页。

④ 基尔克果，《恐惧与战栗》，赵翔译，华夏出版社，2014年，第161页。

图书在版编目（CIP）数据

伊菲革涅亚：附戏剧前言与古典笔记 / (法) 拉辛著；吴雅凌编译.
北京 ： 华夏出版社有限公司, 2024. 10. -- (西方传统 ： 经典与解释).
ISBN 978-7-5222-0729-2

I. I565.073

中国国家版本馆 CIP 数据核字第 2024840VT8 号

伊菲革涅亚——附戏剧前言与古典笔记

著　　者	[法]拉辛	
编　　译	吴雅凌	
责任编辑	刘雨潇	
责任印制	刘　洋	

出版发行	华夏出版社有限公司
经　　销	新华书店
印　　装	三河市万龙印装有限公司
版　　次	2024 年 10 月北京第 1 版
	2024 年 10 月北京第 1 次印刷
开　　本	880×1230　1/32
印　　张	12
字　　数	301 千字
定　　价	95.00 元

华夏出版社有限公司　　地址:北京市东直门外香河园北里 4 号　邮编:100028
网址:www.hxph.com.cn　电话:(010)64663331(转)

若发现本版图书有印装质量问题，请与我社营销中心联系调换。